BESTSELLER

Danielle Steel es una de las autoras más conocidas y leídas en el mundo entero. De sus novelas, traducidas a cuarenta y tres idiomas, se han vendido seiscientos millones de ejemplares. Sus libros presentan historias de amor, de amistad y de lazos familiares que llegan directamente al corazón de los lectores de todas las edades y culturas. Sus últimas novelas publicadas en castellano son: *Tiempo prestado*, *Asuntos del corazón*, *Luces del sur*, *Una gran chica*, *Lazos de familia* y *El legado*.

Para más información, consulte la web de la autora: www.daniellesteel.com

Biblioteca
DANIELLE STEEL

Luces del sur

Traducción de
Laura Rins Calahorra

DEBOLS!LLO

Título original: *Southern Lights*
Primera edición en Debolsillo: septiembre, 2015

© 2009, Danielle Steel
Todos los derechos reservados, incluido el de
reproducción total o parcial en cualquier formato
© 2013, Penguin Random House Grupo Editorial, S. A. U.
Travessera de Gràcia, 47-49. 08021 Barcelona
© 2013, Laura Rins Calahorra, por la traducción

Printed in Spain – Impreso en España

ISBN: 978-84-9062-730-3 (vol. 245/64)
Depósito legal: B-14030-2015

Compuesto en Comptex & Ass., S. L.
Impreso en Novoprint
Sant Andreu de la Barca (Barcelona)

P 627303

Penguin
Random House
Grupo Editorial

Para mis maravillosos hijos,
Beatrix, Trevor, Todd, Nick, Sam,
Victoria, Vanessa, Maxx y Zara,
que son la luz de mi vida.
Deseo que la vuestra esté siempre
llena de alegría y cosas buenas,
¡y de momentos felices!
Con todo mi amor,

MAMÁ/D.S.

1

El hombre sentado en el desvencijado sillón del que asomaba la guata parecía estar dormitando, con la barbilla cayéndole poco a poco hacia el pecho. Era alto y de complexión fuerte, y en su nuca, por encima del cuello de la camisa, asomaba una serpiente tatuada. Los largos brazos le caían inertes a ambos lados del sillón en la penumbra de la pequeña habitación. Llegaba un fuerte olor a comida procedente del pasillo y el televisor estaba encendido. En un rincón de la habitación había una cama estrecha sin hacer que cubría casi toda la alfombra de pelo largo, descolorida y llena de manchas. Los cajones de la cómoda estaban abiertos y las pocas prendas que antes contenían estaban en el suelo. Llevaba puesta una camiseta de manga corta, unas zapatillas resistentes y unos vaqueros, y el barro incrustado en las suelas se había secado y empezaba a caer en la alfombra. De repente, se despertó de su sueño plácido y se espabiló de golpe. Levantó la cabeza con un movimiento brusco y abrió los ojos azul hielo, y al instante se le erizó el vello de los brazos. Tenía un oído muy fino. Cerró los ojos de nuevo mientras prestaba atención; entonces se puso en pie, cogió la chaqueta y cruzó la habitación de una sola zancada. Al erguir la cabeza, la serpiente tatuada desapareció bajo el cuello de la camisa.

Luke Quentin se deslizó con mucha cautela por encima del alféizar de la ventana y, tras cerrarla, bajó la escalera de incendios. El tiempo era gélido; lo habitual en Nueva York durante el mes de enero. Llevaba dos semanas en la ciudad. Antes de eso había estado en Alabama, Mississippi, Pennsylvania, Ohio, Iowa, Illinois y Kentucky. Había visitado a un amigo en Texas. Hacía meses que viajaba. Aprovechaba los trabajos que le salían; no necesitaba demasiado para vivir. Se movía con el sigilo de una pantera, y empezó a descender por la calle del Lower East Side antes de que llegaran a su habitación los hombres a quienes había oído acercarse. No sabía quiénes eran, pero su intuición le decía que no debía arriesgarse a descubrirlo. Existía una alta probabilidad de que fueran policías. Había estado dos veces en la cárcel, por fraude con tarjetas de crédito y robo, y era muy consciente de que los ex presidiarios nunca recibían un trato justo por parte de nadie. Sus compañeros de prisión lo llamaban Q.

Se detuvo a comprar el periódico y un sándwich. Temblaba de frío, así que decidió dar un paseo. En otro ambiente se le había considerado atractivo. Tenía los hombros anchos y musculosos y un rostro de facciones muy marcadas. Tenía treinta y cuatro años y, entre las dos condenas, había pasado diez entre rejas. Había cumplido la pena completa, no le habían concedido la libertad condicional. Y ahora era libre como el viento. Hacía dos años que había regresado a las calles y, de momento, no se había metido en ningún lío. A pesar de su corpulencia, era capaz de pasar desapercibido entre la multitud. Tenía el pelo de un rubio rojizo anodino y los ojos azul pálido, y de vez en cuando se dejaba barba.

Quentin se dirigió hacia el norte, y torció hacia el oeste cuando llegó a la calle Cuarenta y dos. Nada más pasar Times Square, entró en un cine, se sentó en la sala a oscuras y se quedó dormido. Era medianoche cuando salió, y cogió un autobús para regresar hacia el sur. Supuso que a esas horas las visitas se habrían marchado haría rato. Se preguntó si algún empleado del hotel le habría soplado a la policía que allí se alojaba un delincuente. Los tatuajes que llevaba en las manos eran una señal inequívoca para los duchos en la materia. No había querido estar por allí cuando entraran en la habitación; y esperaba que, al no encontrar nada, hubieran perdido el interés por él. Eran las doce y media cuando volvió al hotelucho.

Siempre subía por la escalera. Los ascensores eran una trampa, y él prefería tener libertad de movimientos. El recepcionista lo saludó, y Luke se dirigió a la habitación. Estaba en el descansillo inferior a su planta cuando oyó un ruido. No había sido una pisada ni una puerta; había sido un clic. Tan solo eso. Lo adivinó al instante, acababan de amartillar una pistola; y, moviéndose a la velocidad del sonido, bajó la escalera con sigilo y solo aminoró un poco la marcha cuando se acercó al mostrador de recepción. Algo iba mal, muy mal. Entonces se dio cuenta de que los tenía detrás, a media escalera. Eran tres, y Luke no pensaba quedarse a descubrir su identidad. Se le pasó por la cabeza intentar librarse del tema hablando con ellos, pero su intuición lo empujaba a correr. Y fue lo que hizo; correr como alma que lleva el diablo. Ya había recorrido un tramo de calle cuando sus perseguidores salieron por la puerta a toda velocidad. Pero Luke era el hombre más rápido del mundo. Cuando estaba en chirona, practicaba atletismo para mantenerse en forma. La gente decía que Q era más veloz que el viento. Y ahora estaba haciendo honor a su fama.

Se encontraba en lo alto de una tapia, detrás de un edificio, y se aferró al tejado de un garaje para saltar otra tapia. Era la zona más poblada del barrio, y ya sabía que no podría volver al hotel. Algo iba muy, muy mal. Aunque no tenía ni idea de qué. Llevaba una pistola corta enfundada en los vaqueros y, como no quería que lo pillaran con un arma encima, la arrojó en un contenedor de basura, y luego enfiló un callejón que quedaba detrás de otro edificio. Se limitó a seguir corriendo, pensando que los había despistado, hasta que topó con otra tapia y, de repente, una mano se alzó por detrás de él y lo agarró por el cuello como una tenaza. Nunca lo habían agarrado con tanta fuerza, y se alegró muchísimo de haberse deshecho de la pistola. Ahora solo tenía que librarse del policía. Clavó el codo en las costillas de quien lo estaba sujetando, pero solo sirvió para que este hiciera más fuerza y estrujara el cogote de Luke. Casi al instante, se mareó y cayó al suelo a pesar de su imponente constitución. El policía sabía bien dónde tenía que apretar. Propinó un sonoro puntapié a Luke en la espalda, y él dio un grito con los dientes apretados.

—Hijo de puta —renegó Luke, intentando sujetar a su agresor por las piernas.

El policía cayó y ambos rodaron por el suelo. El agente lo inmovilizó en cuestión de segundos; era más joven que Luke, estaba en mejor forma física y llevaba meses esperando deleitarse con su compañía. Lo había seguido por todo Estados Unidos, y ya había estado en su habitación del hotel dos veces esa semana y una la anterior. Charlie McAvoy conocía a Luke Quentin mejor que a su propio hermano. Hacía casi un año que había obtenido un permiso especial para apresarlo, y tenía muy claro que iba a atraparlo aunque muriera en el intento; así que, ahora que por fin le había echado el guante, no pensaba dejarlo escapar. Charlie se puso de rodillas y estampó la cara de Luke contra el suelo. La nariz le sangraba profusamente al levantar la cabeza, justo cuando los otros dos agentes se acercaban a Charlie por detrás. Los tres iban de paisano, pero se adivinaba a la legua que eran policías.

—Tranquilos, chicos, vamos a jugar limpio —dijo Jack Jones, el jefe de los otros dos, y le entregó las esposas a Charlie—. No lo mataremos antes de llegar a la comisaría.

Los ojos de Charlie clamaban muerte. Jack Jones sabía que su subordinado quería cargarse a Luke, y también sabía por qué. Charlie se lo había confesado una noche estando borracho. A la mañana siguiente, Jack le había prometido no contárselo a nadie, pero ahora era consciente de lo que le estaba ocurriendo; temblaba de rabia. A Jack no le gustaba que las venganzas personales se mezclaran con el trabajo. Si Luke movía un dedo para liberarse y escapar, Charlie le dispararía. Y no procuraría herirlo en un brazo o una pierna. Lo dejaría seco en el sitio.

El tercer miembro del equipo avisó por radio a un coche patrulla. El suyo estaba a varias manzanas, demasiada distancia para ir con Luke. No pensaban correr riesgos.

A Luke la sangre de la nariz le estaba empapando la camisa, pero ninguno de los agentes le ofreció nada para frenar la hemorragia. No tendrían ninguna compasión con él. Jack le leyó sus derechos, y Luke lo miró con arrogancia a pesar de la tremenda contusión. Tenía la expresión hierática, y unos ojos que captaron hasta el último detalle de los tres policías sin revelar nada. Jack pensó que era el cabrón más insensible que había conocido en su vida.

—Os demandaré por esto, hijos de perra. Creo que me habéis roto la nariz —los amenazó.

Charlie le lanzó una mirada fulminante mientras los otros dos hombres lo empujaban hacia el coche. Lo metieron dentro a la fuerza e indicaron a los policías de los asientos delanteros que se encontrarían en la comisaría.

Los tres hombres guardaron silencio en el camino de vuelta hasta su coche, y cuando arrancaban Charlie miró a Jack y, a continuación, se dejó caer contra el respaldo, muy pálido.

—¿Qué se siente? —preguntó Jack durante el trayecto—. Ya es tuyo.

—Sí —respondió Charlie en voz baja—. Ahora solo tenemos que demostrar lo que hizo y conseguir que lo condenen.

Cuando llegaron a la comisaría, Luke estaba hecho un gallito. Tenía todo el rostro y la camisa ensangrentados, pero, incluso esposado, se mostraba chulesco.

—¿Qué piensas hacer, tío? ¿Culparme de un falso atraco, o de haberle robado el bolso a una ancianita? —rió Luke en la cara de Charlie.

—Fíchalo —le dijo Charlie a Jack, y se alejó.

Sabía que le creerían, llevaba demasiado tiempo detrás de él y por fin le había echado el guante. Era pura cuestión de suerte que Quentin hubiera acabado otra vez en Nueva York. Cosas de la Providencia. Del destino. Charlie estaba contento de haberlo pillado en la ciudad. Allí tenía más contactos, y le gustaba el fiscal con el que trabajaban. Era un tipo duro de Chicago, más partidario de empapelar a los delincuentes que la mayoría de sus colegas. A Joe McCarthy, el fiscal, le daba igual lo llenas que estuvieran las cárceles, no estaba dispuesto a soltar a un sospechoso. Y si conseguían demostrar todo lo que Charlie esperaba sobre Luke Quentin, sería el juicio del año. Se preguntaba a quién iba a asignar el caso McCarthy. Ojalá fuera uno de los buenos.

—Veamos, ¿y con qué muerto vais a cargarmen esta vez? —preguntó Luke, riéndose en la cara de Jack mientras un novato le ponía los grilletes y se lo llevaba—. ¿Haber robado en una tienda? ¿Haber cruzado con el semáforo en rojo?

—No exactamente, Quentin —respondió Jack con frialdad—. Violación y homicidio en primer grado, más bien. Cuatro cargos de cada hasta el momento. ¿Quieres contarnos algo sobre ello? —lo provocó Jack arqueando una ceja, y Luke volvió a echarse a reír y sacudió la cabeza.

—Hijos de puta. Sabéis que no colará. ¿Qué os pasa? ¿Tenéis un montón de crímenes que no sabéis resolver y habéis decidido endosármelos todos a mí? —A Luke se le veía tan tranquilo, casi parecía estar pasándoselo bien, pero sus ojos eran de acero y tenían un azul de matiz malévolo.

A Jack no lo engañaban sus bravatas. Luke era muy ladino. Tenía pruebas que lo acusaban de dos asesinatos y estaban casi seguros de que había cometido otros dos. Y, si estaba en lo cierto, Luke Quentin había matado a unas doce mujeres en dos años, tal vez a más. Estaban esperando resultados concluyentes del análisis de ADN que habían hecho con la tierra de la suela de las zapatillas que Charlie había recogido de la alfombra de la habitación del hotel de Quentin. Si conseguían cuadrarlos, tal como Charlie esperaba, Quentin habría pisado la calle por última vez en su vida.

—Menuda cagada —musitó Luke cuando se lo llevaban—. Sabéis que no colará. Estáis dando palos de ciego. Tengo una coartada para cada noche, apenas he salido del hotel en dos semanas, he estado enfermo.

Sí, sí, pensó Jack para sí; muy enfermo. Todos los tipos como él lo estaban. Eran sociópatas que se cargaban a sus víctimas sin pestañear, arrojaban el cadáver en el primer agujero que encontraban y se iban a comer tan tranquilos. Luke Quentin era atractivo y daba la impresión de tener mucha labia. Parecía el galán perfecto para engatusar a una joven inocente y llevarla a algún lugar apartado donde pudiera violarla y matarla después. Jack había visto a otros tipos como él, aunque si lo que contaban de este resultaba ser cierto, era uno de los peores. O, por lo menos, el peor que habían pillado en años. Jack sabía que se hablaría mucho del caso, y debían cuidar todos los detalles si no querían que acabaran declarando nulo el juicio por alguna chorrada. Charlie también lo sabía, y por eso le había pedido a Jack que hiciera el papeleo. Después de que se llevaran a Luke para registrarlo y hacerle las fotos de archivo, Jack en persona telefoneó al fiscal.

—Ya lo tenemos —le comunicó, orgulloso—. Nuestras sospechas eran ciertas, y nos ha sonreído la suerte. Además, Charlie McAvoy se ha lanzado a por él como un poseso y lo ha atrapado. Si hubiera tenido que ser yo quien lo persiguiera por todos esos callejones y saltara todas esas tapias, el tipo estaría a medio camino de Brooklyn antes de que yo doblara la primera esquina.

Jack estaba en buena forma física, pero tenía cuarenta y nueve años y el fiscal y él siempre estaban bromeando con el sobrepeso. Tenían la misma edad. El fiscal lo felicitó por su buen trabajo y se despidió hasta la mañana siguiente. Quería reunirse con los agentes responsables de la detención para decidir cómo manejar el asunto ante la prensa.

Cuando media hora más tarde Jack salió de la comisaría, Luke estaba entre rejas. Habían decidido encerrarlo solo. Al día siguiente por la tarde le tocaba comparecer ante el juez, y Jack sabía que a esas horas ya tendrían a toda la prensa encima. Detener a un hombre que había asesinado a una docena de mujeres o más en siete estados distintos era el bombazo del siglo. Como mínimo, pondría por las nubes el trabajo de la policía de Nueva York. El resto quedaba en manos de la fiscalía, la acusación y los agentes de investigación asignados al caso.

Esa noche acompañó a Charlie a su casa en coche. La jornada había sido larga; se habían pasado toda la tarde vigilando el hotel. Vieron a Luke cuando salió, y Charlie quiso apresarlo de inmediato, pero Jack le ordenó que esperara. Estaban seguros de que volvería, puesto que no sabía que andaban siguiéndole. Además, en el hotel había demasiada gente y Jack no quería que nadie resultara herido.

Al final, habían tenido suerte. Luke, no tanta.

Luke Quentin estaba sentado en la celda mirando a la pared, oyendo los sonidos de la cárcel, tan familiares para él. En cierto sentido, se sentía como en casa. Y sabía que si perdía el juicio, esta vez iba a pasarse encerrado el resto de sus días. Su semblante no mostraba nada mientras permanecía cabizbajo; luego se tumbó en la litera y cerró los ojos. Parecía estar completamente en paz consigo mismo.

2

—¡Corre! ¡Corre! ¡Corre! —apremió Alexa Hamilton a su hija mientras le encajaba en la mano un paquete de cereales y un cartón de leche—. Siento que el desayuno sea poco elaborado, pero llego tarde al trabajo.

Tuvo que esforzarse por tomar asiento y echar un vistazo al periódico en lugar de permanecer de pie dando golpecitos en el suelo con impaciencia. Savannah Beaumont, su hija de diecisiete años, tenía una melena muy rubia y kilométrica que llevaba suelta, cubriéndole la espalda, y una figura que desde los catorce le valía silbidos por la calle. Para su madre era lo más importante del mundo. Alexa levantó la vista del periódico con una sonrisa.

—Te has pintado los labios. ¿Hay alguien que te haga tilín en la escuela?

Savannah cursaba su último año en un prestigioso centro privado de Nueva York, y se estaba preparando para ingresar en Stanford, Brown, Princeton o Harvard. Su madre detestaba la idea de que se marchara a estudiar lejos de casa, pero la chica sacaba unas notas fantásticas y era tan inteligente como atractiva. Alexa también era ambas cosas, pero no se parecían. Ella era alta y delgada y tenía el porte de una modelo, solo que con una cara aún más bonita y un aspecto aún más saludable. Llevaba el pelo recogido en un moño tirante y nunca se maquillaba para ir a trabajar. No sentía la necesidad ni el deseo de captar la atención de nadie con su físico. Era ayudante del fiscal, tenía treinta y nueve años y a finales de año cumpliría cuarenta. En cuanto terminó la carrera de derecho, ingresó en la fiscalía y llevaba siete años trabajando allí.

—Me doy toda la prisa que puedo. —Savannah sonrió y la tranquilizó.

—No vayas a atragantarte. Los criminales de Nueva York pueden esperar. —La noche anterior había recibido un mensaje de su jefe en el que la convocaba a una reunión por la mañana; por eso tenía tanta prisa. Claro que siempre podía contarle que se había averiado el metro—. ¿Qué tal te fue anoche con la redacción para Princeton? Pensaba ayudarte, pero me quedé dormida. Podemos revisarla juntas por la tarde.

—No podrá ser. —Savannah le dirigió una amplia sonrisa; era una chica guapísima. Formaba parte del equipo universitario de voleibol—. He quedado con un amigo —anunció mientras se llevaba a la boca la última cucharada de cereales, y su madre arqueó las cejas.

—¿Hay algo que debería saber? ¿O alguien a quien debería conocer?

—De momento solo somos amigos. Salimos en grupo. Hay un partido en Riverdale que nos apetece ver a todos. No te preocupes por la redacción, la terminaré junto con las demás pruebas el fin de semana.

—Solo tienes dos semanas para completar todas las pruebas de acceso —la reprendió Alexa. Llevaba casi once años educando sola a Savannah, desde que la niña tenía seis—. Más vale que no pierdas el tiempo; esa gente no se andará con tonterías si se te pasa la fecha.

—Entonces a lo mejor tengo que tomarme un año sabático antes de empezar la universidad —la provocó Savannah.

Lo pasaban estupendamente juntas y tenían una relación

muy estrecha. A la chica no le avergonzaba confesar a sus amigos que su madre era la mejor amiga que tenía, y a ellos también les caía muy bien la mujer. Todos los años, Alexa se llevaba a un puñado de estudiantes a la fiscalía para que les sirviera de orientación a la hora de elegir la especialidad que querían cursar. Pero Savannah no deseaba estudiar derecho. Quería ser periodista o psicóloga, aún no había terminado de decidirlo, y tenía los dos primeros años de carrera de margen para hacerlo.

—Pues si tú te tomas un año sabático, a lo mejor yo también. Este último mes no he visto más que casos cutres. Las vacaciones hacen aflorar lo peor de cada cual. Creo que desde Acción de Gracias me han tocado todas las amas de casa de Park Avenue que se dedican a choricear en las tiendas —se quejó Alexa cuando salían juntas de casa y entraban en el ascensor.

Savannah sabía que en octubre su madre había trabajado en el caso de un peligroso violador y había conseguido que lo encerraran de por vida. El tipo había arrojado ácido en la cara de la víctima. Pero desde entonces todos los casos eran muy aburridos.

—¿Por qué no hacemos un viaje en junio, cuando acabe la escuela? Por cierto, papá me llevará a esquiar a Vermont una semana —dijo Savannah en tono jovial mientras el ascensor bajaba.

Evitó mirar a su madre a los ojos, detestaba la expresión que veía en ellos siempre que mencionaba a su padre. Era una mezcla de resentimiento y enfado, aun al cabo de tantos años; once, casi. Ese era el único momento en que Savannah veía a su madre cargada de rencor, aunque nunca había hecho ningún comentario claramente ofensivo delante de ella.

Savannah no recordaba gran cosa del divorcio, pero sabía que su madre lo había pasado mal. Su padre era originario de Charleston, en Carolina del Sur, y hasta aquel momento la familia había vivido allí. Después, su madre y ella se habían trasladado a Nueva York. Savannah no había vuelto a Charleston en todos aquellos años, y en realidad ya no recordaba la ciudad. Su padre iba a verla a Nueva York dos o tres veces al año, y siempre que podía la llevaba de viaje, aunque su agenda sufría muchas variaciones. A Savannah le encantaba pasar tiempo con él, e intentaba no sentir que estaba traicionando a su madre cuando lo hacía. Sus padres se comunicaban por correo electrónico, y desde que vivían separados no habían vuelto a hablar en persona. Para el gusto de Savannah, aquello se parecía demasiado a *Los ángeles de Charlie*, pero así eran las cosas y sabía que no iban a cambiar. Eso significaba que su padre no asistiría a la ceremonia de graduación del instituto. Savannah esperaba que las cosas cambiaran entre los dos durante los cuatro años de universidad que tenía por delante. Pero, dejando aparte la animadversión que sentían el uno por el otro, su madre era estupenda.

—Ya sabes que puede que lo anule en el último momento, ¿no? —dijo Alexa con aire irritado. Odiaba que Tom defraudara a su hija, y lo hacía a menudo. Savannah siempre lo perdonaba, pero Alexa no. Detestaba cómo era y todo lo que hacía.

—Mamá —la amonestó Savannah, casi como si fuera la madre en lugar de la hija—. Ya sabes que no me gusta que digas eso. No puede evitarlo, está muy ocupado.

¿En qué?, tenía ganas de preguntar Alexa, pero no lo hizo. ¿Celebrando comilonas en el club? ¿Jugando al golf? ¿Visitando a su madre entre reunión y reunión de las Hijas Unidas de la Confederación? Alexa apretó los labios en el momento en que el ascensor se detenía y las dos salían al vestíbulo.

—Lo siento —se disculpó con un suspiro, y besó a su hija.

Ahora a los diecisiete años no era tan duro, pero recordaba lo mucho que se indignaba cuando Savannah era pequeña y sus grandes ojos azules se llenaban de lágrimas a pesar de lo mucho que se esforzaba por hacerse la valiente porque su padre le había dado plantón. A Alexa se le partía el corazón, pero ahora Savannah tenía más recursos y lo llevaba mejor. Y casi siempre disculpaba a su padre hiciera lo que hiciese.

—Si cambia de planes, podemos pasar un fin de semana en Miami, o ir a esquiar. Ya organizaremos algo.

—No hará falta. Me ha prometido que esta vez no fallará —aseguró Savannah.

Alexa asintió; se dieron un breve beso de despedida tras el cual la chica salió corriendo hacia la parada del autobús y Alexa se adentró en la gélida mañana rumbo a la estación de metro. En la calle hacía un frío que pelaba, y parecía que iba a nevar de un momento a otro. Alexa era bastante más friolera que Savannah, y después de un lento viaje en metro, llegó al trabajo helada hasta los huesos.

Vio a Jack, el detective, y a uno de sus jóvenes ayudantes que llegaban al despacho de Joe McCarthy justo en el momento en que ella se dirigía hacia allí a paso ligero.

—¿Hoy toca reunión a primera hora? —preguntó Jack.

Durante los últimos siete años habían trabajado en bastantes ocasiones codo con codo, y no le habría importado pedirle una cita porque le gustaba mucho, aunque le parecía demasiado joven para él. Alexa conocía bien el terreno que pisaba y era muy sensata, y Jack sabía que el fiscal la tenía en muy buen concepto. Había colaborado con ella en el importante caso de violación de hacía tres meses. El criminal había ingresado en prisión; Alexa siempre lo conseguía.

—Sí, Joe me envió un mensaje anoche. Seguramente quiere que lo ponga al día de los dos casos penosos que me han asignado últimamente. Me han tocado todos los chorizos de Nueva York —dijo Alexa con una sonrisa.

—Estupendo —bromeó Jack, y le presentó a Charlie, que se limitó a ofrecerle un saludo lacónico. Se le veía distraído, como si estuviera pensando en otra cosa—. ¿Han ido bien las vacaciones? —le preguntó cuando llegaron al despacho del fiscal, y le pidió a Charlie que aguardara fuera.

—Han sido tranquilas. Me cogí una semana y la he pasado en casa con mi hija. Está haciendo las pruebas para solicitar una plaza en la universidad. Este es el último año que la tengo en casa —dijo con tristeza, y él sonrió.

Alexa hablaba de su hija a menudo. Jack estaba divorciado pero no tenía hijos, y con gusto habría borrado de la cabeza a su ex mujer. Hacía veinte años que ella se había casado con su amante, después de haberlo engañado a él durante dos. Se le quitaron las ganas de volver a casarse, y sospechaba que a Alexa le ocurría algo parecido. No era ninguna amargada, pero solo pensaba en el trabajo. No conocía a nadie en todo el departamento de policía que hubiera salido con ella. Tenía la impresión de que cinco años atrás había estado liada con uno de los ayudantes del fiscal del distrito, pero ella era muy reservada y no hablaba de su vida personal... a excepción de su hija.

Alexa se había fijado en que el policía que lo acompañaba era joven y parecía vehemente. Su expresión decía que se tomaba las cosas en serio, y eso la hizo sonreír. Le daba la impresión de que todos los policías jóvenes tenían ese aspecto.

Jack y Alexa entraron en el despacho de Joe McCarthy al mismo tiempo, y dejaron a Charlie esperando en la puerta. El fiscal del distrito se alegró de verlos. Era un hombre bien parecido, de origen irlandés, con una mata de pelo blanco que siempre llevaba un poco demasiado largo. Siempre decía que ya en la universidad tenía el pelo blanco, pero le quedaba bien. Llevaba vaqueros, botas de cowboy, una chaqueta de tweed desgastada y una camisa de cuadros. Siempre vestía al estilo del Lejano Oeste, incluso en las reuniones con el alcalde.

—¿Habéis estado hablando por el camino? —preguntó Joe mirando a Jack, y él negó con la cabeza. No se le habría ocurrido robarle la primicia al fiscal, no era tan tonto.

—¿Tenemos algún caso nuevo? —preguntó Alexa con interés.

—Sí, supongo que conseguiremos aguantar un día más sin que salga publicado en los periódicos, hasta que lo tengamos todo bien atado —dijo él, tomando asiento—. Seguramente esta tarde se filtrará la noticia, y entonces empezarán a estallar fuegos artificiales.

—¿De qué se trata? —A Alexa se le iluminó el rostro al preguntarlo—. No serán más chorizos, espero. Odio las vacaciones —dijo con aire asqueado—. No sé por qué no les dan lo que quieren y sanseacabó. A los contribuyentes les cuesta un millón de veces más todo el proceso que dejarles que se lleven lo que les dé la gana.

—Me parece que en este caso los contribuyentes estarán encantados de pagar lo que cueste. Violación y homicidio en primer grado. Por cuarta vez. —Joe McCarthy sonrió a Jack cuando lo dijo.

—¿Por cuarta vez? —preguntó Alexa, intrigada.

—Se trata de un asesino en serie. De mujeres jóvenes. Nos han dado el chivatazo. Al principio parecía una pista falsa, pero luego aparecieron los cuerpos y las piezas empezaron a encajar. Un pequeño equipo operativo lo ha estado siguiendo por varios estados durante seis meses, pero no han conseguido pillarlo con las manos en la masa. Solo teníamos a las víctimas, y no había forma de vincularlo con ellas. El soplón nos avisó desde la cárcel, pero las pruebas que tenía eran de hacía más de un año. Supongo que el tipo le tocó los huevos a alguien en chirona y por eso nos avisaron. Tiene mucha sangre fría. Hasta la semana pasada no dispusimos de pruebas concluyentes, pero ahora podemos acusarle con bastante seguridad de dos asesinatos, y probablemente también de otros dos. Intentaremos que lo procesen por los cuatro. Es nuestro trabajo —dijo tanto a Jack como a Alexa, que lo escuchaban con interés.

Entonces mencionó que Charlie McAvoy, el policía que

aguardaba en la puerta, era del equipo operativo que había seguido al criminal por todo el país. Según McAvoy, el sospechoso había cruzado la frontera de varios estados, por lo que el asunto pasó a manos del FBI, pero la noche anterior Jack y Charlie habían conseguido echarle el guante.

—Las cuatro víctimas eran de Nueva York, así que el caso es nuestro —explicó.

—¿Cómo se llama? —quiso saber Alexa—. ¿Lo conocemos de otras veces? —Nunca olvidaba una cara ni un nombre; no le había ocurrido jamás hasta la fecha.

—Luke Quentin. Salió de la prisión de Attica hace dos años. Había cometido algunos robos en el norte del estado. Hasta ahora no lo habíamos tenido en nuestro tribunal, y nunca lo han procesado por nada similar. Al parecer, le contó a alguien de Attica que le gustaban las películas *snuff* y que disfrutaba viendo morir a las mujeres durante el acto sexual, y se ve que al salir decidió probarlo de primera mano. El tío da bastante miedo. —Entonces sonrió a Alexa—. Es nuestro hombre.

Alexa abrió los ojos y le devolvió la sonrisa. Los casos difíciles le hacían hervir la sangre, y disfrutaba poniendo a buen recaudo a la escoria que merecía ser desterrada de la sociedad. Pero nunca se había enfrentado a nada igual. Cuatro cargos por violación y asesinato en primer grado eran palabras mayores.

—Gracias, Joe. —Sabía que le mostraba una deferencia asignándole el caso.

—Te lo mereces. Eres muy buena en tu trabajo y nunca me has hecho quedar mal. Este caso nos valdrá muy buena prensa, pero tenemos que andarnos con pies de plomo. No me gustaría que declararan el juicio nulo por alguna cagada nuestra. El equipo operativo está trabajando para recoger datos en los otros estados por los que se ha movido. Si el tipo es quien creemos que es, lleva dos años matando compulsivamente. Su modus operandi es siempre parecido. Primero las víctimas desaparecen como por arte de magia. Luego encontramos los cadáveres pero no hay forma de vincularlos con él. La semana pasada dimos con dos, y tuvimos suerte. McAvoy entró en la habitación del hotel donde se alojaba Quentin y recogió un poco de tierra que había dejado el detenido al pisar la alfombra con las zapatillas. Contiene trazas de sangre seca, y ahora estamos esperando los resultados del análisis de ADN. Para empezar, ya es algo. Hay dos víctimas más que murieron exactamente de la misma forma. Las estrangularon mientras las estaban violando. Las dos han aparecido en East River, junto con dos hebras de alfombra que coinciden con la del hotel. Eso suma un total de cuatro víctimas. Os aseguro que no os vais a aburrir. Pienso poner a Jack al frente de la investigación, y por lo demás el caso es tuyo —dijo, mirando a Alexa—. Tenemos que comparecer ante el juez a las cuatro.

—Será mejor que nos pongamos manos a la obra —repuso Alexa, emocionada.

No veía la hora de salir del despacho y meterse de lleno en el caso. Quería asegurarse de los cargos que podían imputarle hasta la fecha, aunque siempre podían añadir más después, cuando dispusieran de más información, de más resultados de las pruebas forenses, o si aparecían más cadáveres mientras se investigaban los crímenes sin resolver. Todo cuanto deseaba era poner a Luke Quentin entre rejas. Para eso le pagaban los contribuyentes. Y le encantaba su trabajo.

Al cabo de unos minutos salieron del despacho después de que el fiscal les deseara suerte. Se encontraron con Charlie, y Jack lo envió a averiguar cómo progresaban las pruebas del laboratorio forense y le pidió que volviera a reunirse con él después. Charlie asintió y desapareció.

—Es un chico muy callado —comentó Alexa.

—Es muy bueno en su trabajo —la tranquilizó él, y entonces decidió compartir con ella cierta información confidencial—. Tiene mucho interés en este caso.

—¿Por qué?

—Si el tipo resulta ser quien creemos, mató a su hermana en Iowa hace un año. Fue un crimen horrible, y después de eso Charlie entró a formar parte del equipo operativo. Tuvo que trabajárselo mucho para que se lo permitieran, porque para él es una especie de venganza personal. Pero es muy buen policía, así que los convenció.

—Eso no siempre es bueno —opinó Alexa, preocupada, mientras caminaban en dirección a su despacho—. Si quiere ayudarnos, tendrá que mantener la cabeza muy fría. No me gustaría que por querer cargárselo malinterprete información o actúe impulsivamente. Podría echarnos el caso por tierra.

No le gustaba nada lo que acababa de saber, deseaba que todo el trabajo que se hiciera en relación con ese caso fuera impecable, para que nadie pudiera revocar el veredicto de culpabilidad. Estaba segura de que esa sería la sentencia. Alexa era implacable y meticulosa. Ambas cosas las había aprendido de su madre, que también era abogada, y muy buena. Ella no se había especializado en derecho hasta después del divorcio. Cuando terminó la universidad, se casó con el primer y único hombre al que había amado. Estaba locamente enamorada de él. Tom Beaumont era un apuesto sureño que había estudiado en la Universidad de Virginia y trabajaba, por decir algo, en la oficina bancaria que su padre dirigía en Charleston, donde el espíritu de la Confederación se mantenía muy vivo, en parte gracias al trabajo de las Hijas Unidas de la Confederación, que tenían en la madre de Tom, una mujer de armas tomar, su presidenta local. Tom era un hombre divorciado con dos niños adorables que en aquella época tenían siete y ocho años. Alexa se prendó de ellos al instante, y también de Tom y de todo lo relacionado con el Sur. Era el hombre más encantador que había conocido jamás. Él le llevaba seis años, y para gran alegría de ambos Alexa se quedó embarazada la misma noche de bodas, o tal vez el día anterior. Todo fue idílico durante siete años, ella era la mujer más feliz sobre la faz de la Tierra y la esposa perfecta; hasta que Luisa, la ex mujer de Tom, regresó después de que el hombre por quien lo había abandonado muriera en un accidente de coche en Dallas. Hubo entonces otra guerra civil, solo que esa vez perdió el Norte y ganó Luisa. La madre de Tom resultó ser la mayor aliada de su ex mujer, así que Alexa no tenía ninguna posibilidad. Y para que no pudiera romperse el acuerdo, Luisa se quedó embarazada en una de las escapadas de Tom, a quien tenía igual de encandilado que cuando se conocieron en la universidad. La madre de Tom le hizo ver con claridad cuál era su deber, no solo respecto a la Confederación sino también a la mujer que llevaba a su hijo en el vientre, la madre de «sus hombrecitos». Tom se debatía entre las dos, y mientras se decidía empezó a beber más de la cuenta. Pero Luisa era la madre de tres de sus hijos, mientras que con Alexa solo tenía una hija. La madre de Tom no paraba de recordárselo, y al final lo convenció de que ella nunca había encajado en su forma de vida.

Todo sucedió como en una película muy mala; fue una pesadilla hecha realidad. En la ciudad no se hablaba de otra cosa que del desliz de Tom con su primera mujer. Él se excusó diciendo que no le quedaba más remedio que divorciarse de ella y casarse con Luisa. No podía permitir que su hijo fuera ilegítimo, ¿verdad? Le prometió que lo arreglaría en cuanto Luisa tuviera al bebé, pero para entonces ella ya había vuelto a coger las riendas de su vida y daba la impresión de que todo el mundo, incluido Tom, había olvidado que existía otra mujer, y otra hija. Alexa se esforzó todo lo posible para hacerlo entrar en razón y convencerlo de que estaba cometiendo una locura, pero no consiguió que las aguas volvieran a su cauce. Tom estaba muy decidido e insistía en que, por el bien del bebé, no tenía otra opción que casarse con Luisa. No atendía a más razones.

Alexa se marchó de Charleston con la sensación de que le habían arrancado el corazón. Mientras hacía las maletas, Luisa ya se estaba instalando en la casa. Se marchó con Savannah y su corazón hecho pedazos, regresó a Nueva York y estuvo un año viviendo con su madre. Durante esa época se solucionó todo lo relativo al divorcio, y luego Tom no supo cómo explicarle que le parecía más adecuado dejar las cosas tal como estaban. Era lo mejor para Luisa, y para su madre, y también para la pequeña a la que Luisa había dado a luz. Alexa y Savannah quedaron desterradas; habían regresado al Norte, era allí donde debían estar como buenas yanquis.

Luisa le prohibió a Tom que recibiera a Savannah en Charleston, ni siquiera le permitía que la niña fuera de visita. Volvía a ejercer un completo control sobre su vida. Tom se desplazaba a Nueva York para ver a su hija unas cuantas veces al año, normalmente cuando le coincidía con algún viaje de trabajo. Alexa estuvo un tiempo escribiéndose con sus hijastros, que ya tenían catorce y quince años cuando ella se marchó, y siguió preocupándose por ambos. Pero no eran hijos suyos, y en sus cartas percibía cómo se debatían entre las dos madres. En cuestión de seis meses, sus noticias empezaron a escasear, y ella no hizo nada por cambiar la situación. Empezó a asistir a la facultad de derecho y trató de apartarlos a todos de su corazón. Excepto a su hija. Le costaba mucho no hacerla partícipe de su indignación, pero se esforzaba por ello; aun así, la pequeña de seis años notaba lo dolida que estaba su madre. Su padre se comportaba como un auténtico príncipe azul cada vez que iba a visitarla, y le enviaba unos regalos preciosos. Pero al final la propia Savannah se dio cuenta de que no encajaba en su vida. No lo culpaba por ello, pero a veces eso la entristecía. Le encantaba pasar tiempo con él. A su lado la diversión estaba asegurada. Las visitas que le hacía en Nueva York no daban tanto de sí como para que se pusiera de manifiesto la tremenda falta de carácter que lo había hecho acabar de nuevo en las garras de Luisa. Lo único que saltaba a la vista era lo guapo, divertido, amable y encantador que resultaba. Se trataba del perfecto caballero sureño con aire de estrella de cine. Y Savannah se tragó el anzuelo, tal como le había ocurrido a Alexa.

—Tiene la sangre de horchata —se quejaba Alexa a su madre cuando Savannah no estaba delante—. El hombre sin agallas. ¿No había una película que se llamaba así? ¡La pobre no tiene padre!

Su madre lo sentía por ella, pero le aconsejaba que no debía mostrarse resentida; no le hacía ningún bien a nadie, y era peor para la niña, se lamentaba Alexa.

—Tú tampoco lo tuviste —le recordó su madre con sentido práctico.

El padre de Alexa había muerto de un ataque al corazón durante un partido de tenis cuando ella tenía cinco años, por culpa de una anomalía congénita de la que nadie sabía ni sospechaba nada. Su madre había actuado con mucha valentía y había ingresado en la facultad de derecho, como hizo más tarde Alexa. Pero no había nada que pudiera sustituir un buen marido como el que Alexa creía tener y luego descubrió que no tenía.

—Y mira qué bien has salido —observó su madre.

Muriel Hamilton estaba muy orgullosa de su hija. Había sabido superar la situación y salir adelante, pero había pagado un precio por ello, y ella se daba cuenta. Alexa llevaba puesta una dura coraza que nadie podía atravesar a excepción de su hija, y su madre. Desde el divorcio había tenido muy pocos novios: un compañero de la fiscalía, uno de los miembros del grupo de investigación con el que trabajaba y el hermano de una amiga de la universidad, y todos le habían durado muy poco. Casi siempre prefería quedarse en casa y dedicarse a cuidar de Savannah. De lo demás no le importaba nada excepto su trabajo, que le apasionaba.

Alexa se hizo una promesa al marcharse de Charleston. Nadie volvería a romperle nunca el corazón, porque nadie accedería a él. Lo había encerrado en una cámara acorazada a la que solo permitía que entrara su hija. Ningún hombre iba a volver a acercarse por allí para hacerle daño. Alexa vivía rodeada por una muralla de un kilómetro y medio de altura, y la única que tenía la llave de la puerta era Savannah. Su hija era la luz que iluminaba su vida, lo cual no constituía ningún secreto. Tenía el despacho lleno de fotografías suyas, y pasaba todos los fines de semana y las horas libres con ella. Todas las noches las pasaba en casa. Lo duro vendría cuando en otoño Savannah se marchara para estudiar en la universidad. Alexa le había sugerido discretamente que probara a ingresar en la Universidad de Nueva York o en la de Barnard, pero Savannah quería marcharse lejos. Así que les quedaban nueve meses para vivir juntas y disfrutar de su compañía mutua. Alexa trataba de no pensar en lo que vendría después. Notaría un gran vacío en su vida. Savannah era todo cuanto tenía, y todo cuanto quería.

Leyó con detenimiento los informes que Jack le entregó sobre Luke Quentin, sus antecedentes penales y las listas de víctimas enviadas desde otros estados que pretendían atribuirle. Llevaban meses vigilándolo, y un policía de Ohio lo había relacionado con uno de los crímenes, pero no disponía de pruebas lo bastante concluyentes para presentar cargos contra él aunque sí para que la situación resultara preocupante. No había nada que lo demostrara, pero estaba en el lugar preciso en el momento preciso, y eso había ocurrido ya en varias ocasiones. El asesinato que tuvo lugar en Ohio fue el primero que les hizo pensar que Luke Quentin era su hombre. Pero no tenían bastante material para encerrarlo. Aquella vez lo habían detenido para interrogarlo, y de nuevo por un caso ocurrido en Pennsylvania con el que había resultado no tener relación. Y él se reía en su cara. Tan solo hacía dos semanas que Charlie McAvoy tenía la certeza de que había sido él cuando encontraron los cadáveres de dos mujeres jóvenes y luego sacaron otros dos del río. La descripción de las víctimas encajaba exactamente con el tipo de Quentin, y todas habían muerto de la misma manera, violadas y estranguladas. No había ninguna otra evidencia de maltrato. No les clavaba cuchillos ni les daba palizas. Las violaba y las asesinaba durante el acto sexual. Las únicas heridas que presentaban las víctimas, aparte de las señales del cuello causadas por el estrangulamiento, eran los cortes y los rasguños que su agresor les hacía al arrastrarlas para llevárselas cuando ya estaban muertas. Eso bastaba para obtener la sangre con la que en el laboratorio forense practicarían los análisis de ADN.

Alexa revisó los informes que habían recibido de otros estados desde que tuvo lugar la detención la noche anterior. Estaban intentando comprobar la relación de Quentin con una docena de víctimas. Las imágenes de las chicas asesinadas eran desgarradoras y se correspondían de forma asombrosa con la de la hermana de Charlie. Entre todo el material también había una fotografía suya. Todas las víctimas tenían entre dieciocho y veinticinco años, la mayoría eran rubias y se parecían entre sí. Se las veía de lo más normal, o sea que podría haberle pasado a cualquiera. Y todas habían sido violadas antes de morir; las marcas del cuello indicaban que las habían estrangulado, habían muerto asfixiadas mientras el agresor las violaba, lo cual cuadraba con el supuesto deseo de Quentin de recrear las películas *snuff* y matar a las mujeres durante el acto sexual. Todas aquellas jóvenes tenían padres y amigos que las querían, hermanos, novios o prometidos cuyas vidas habían cambiado para siempre con su muerte. Algunos de los cadáveres seguían sin aparecer, pero muchos los habían encontrado. Algunas de las chicas solo habían desaparecido y nadie estaba seguro de si seguían vivas; pero el ordenador las clasificaba como posibles víctimas, y tenían el mismo aspecto que las otras. En total, incluyendo las que aún no habían sido encontradas, eran diecinueve. De doce habían localizado los restos. Quedaban siete más.

Luke Quentin tenía una clara preferencia por un físico determinado, si era el agresor. Si no, a quien lo fuera le gustaba matar a un tipo de mujer muy concreto: joven, rubia, guapa, normalmente alta y más bien esbelta. Muchas eran modelos o ganadoras de concursos de belleza, el orgullo de su comunidad, chicas que tenían por delante una vida feliz y llena de éxitos, hasta que se topaban con él. No se dedicaba a matar a mujeres que frecuentaban bares de mala muerte ni a prostitutas. El tipo arrasaba seleccionando a jóvenes típicamente americanas, y a su paso por varios estados había dejado una estela de padres destrozados, perplejos y llenos de ira. Jack y Charlie, además del resto de los miembros del grupo de investigación y del equipo operativo, estaban convencidos de que era el asesino que buscaban. Ahora solo quedaba demostrarlo, y todo comenzaba por la sangre seca que habían encontrado en las pisadas de sus zapatos y en la alfombra del hotel. Era el primer golpe de suerte que les permitía respirar; pero no podían fiarse. Un paso en falso a favor del criminal, un pequeño desliz, y todo el castillo de naipes podía venirse abajo y dejarlos sin su hombre.

Costaba creer que un solo hombre pudiera matar a tantas mujeres, pero así era. En el mundo había gente muy enferma. El trabajo de Jack consistía en encontrar a esa gente, y el de Alexa, meterlos entre rejas. Mientras miraba las fotografías se dijo que acabaría con Luke Quentin, si era el asesino. En ese caso, Alexa sería implacable y no se detendría ante nada con tal de que lo condenaran.

A las familias de las chicas no les serviría de mucho consuelo. Sabía que en numerosos casos mostraban una indulgencia asombrosa y que incluso accedían a hablar con el asesino y le decían que lo perdonaban. Alexa no acertaba a comprenderlo, aunque había sido testigo de ello a menudo. Estaba segura de que si a Savannah llegara a ocurrirle algo, ella nunca perdonaría al agresor. No podría. Solo con planteárselo se echaba a temblar.

Jack y ella acudieron temprano a la lectura de cargos, a las tres y media. Para entonces Alexa ya se había leído todos los informes pertinentes y conocía el historial de Luke Quentin. Lo observó cuando lo hicieron entrar en la sala con las esposas puestas y el mono naranja. Llevaba un calzado ligero de lona que le habían proporcionado en la prisión, ya que sus zapatillas iban a servir de prueba y estaban en el laboratorio forense para que las analizaran.

Alexa lo observó cruzar la sala. Era un hombre fuerte y corpulento, pero se movía con elegancia. Tenía una arrogancia que le llamó la atención desde el primer momento. Y no sabía por qué, pero en él se percibía un sutil erotismo. Comprendía que las chicas se sintieran atraídas por él, o que le resultara fácil engañarlas con la excusa de ir a algún lugar tranquilo para hablar. No parecía peligroso; era sexy, guapo y atractivo, hasta que lo mirabas a los ojos y descubrías su mirada gélida. Eran los ojos de un hombre que no se detenía ante nada. Al trabajar de fiscal, Alexa había visto otras veces unos ojos así. Quentin charlaba con soltura con el abogado de oficio que le habían asignado; una mujer. Y Alexa vio que se reía. No parecía preocuparle en absoluto el hecho de encontrarse allí, acusado de cuatro casos de violación con asesinato. Asesinato en primer grado; premeditado; con intención de matar. Iban a imputarle todos los cargos posibles, y si lo condenaban, Alexa pensaba pedirle al juez que las condenas fueran consecutivas. Se pasaría en la cárcel los siguientes cien años como mínimo si de ella dependía; y esperaba que fuera así. Iba a ser un caso largo y complicado de demostrar ante un jurado si no se declaraba culpable, cosa que los tipos como él no solían hacer. Siempre negaban la evidencia, y no tenían nada que perder. Podían permitirse malgastar el tiempo y el dinero de los contribuyentes. En algunos casos incluso disfrutaban del espectáculo que ofrecían a los medios de comunicación. Luke Quentin no parecía molesto en absoluto, y mientras esperaban a que el juez entrara en la sala, se dio la vuelta despacio en la silla y clavó los ojos en Alexa. Estaba inmovilizado por las esposas y los grilletes y tenía a su lado a un guardia que lo custodiaba, y pareció atravesarla con la mirada como si fueran rayos X. Alexa notó que un escalofrío le recorría la espalda; resultaba aterrador mirar esos ojos. Al cabo de un momento desvió la mirada y le hizo un comentario a Jack, quien asintió. De repente, no le costaba nada creer que Quentin había asesinado a diecinueve mujeres, tal vez a más. Charlie McAvoy estaba sentado en la sala, y lo miraba como si quisiera matarlo. Había visto el cadáver de su hermana y lo que el asesino le había hecho. Ahora solo esperaba que se hiciera justicia, y ningún castigo le parecería lo bastante duro.

Entonces entró el juez, y Alexa habló en nombre del estado de Nueva York y expuso los cargos que imputaban al acusado. El juez asentía mientras la escuchaba, y luego la abogada defensora habló por su cliente y dijo que se declaraba inocente de todos los cargos, lo cual era el procedimiento estándar. Significaba que el acusado no pensaba reconocer su culpabilidad ni intentaría llegar a un acuerdo con el fiscal de momento, aunque tampoco se lo habían propuesto. Era demasiado pronto. No se había hecho ningún intento por establecer una fianza, no con cuatro cargos por violación con asesinato, y Alexa dijo que intentarían que el gran jurado encontrara causa suficiente para llevarlo a juicio. Al cabo de unos minutos, sacaron a Quentin de la sala por la puerta de acceso de los detenidos y lo devolvieron a la cárcel. Justo antes de abandonar la sala, se volvió y miró de nuevo a Alexa. Le dirigió una sonrisa, y luego cruzó la puerta que sujetaba otro guardia. Daba la impresión de que la estaba escrutando. Ella era mayor que él, y doblaba la edad de sus víctimas, sin embargo su mirada daba a entender que podía forzarla si quería. Alexa tuvo la impresión de que no había mujer en el mundo que estuviera a salvo de ese hombre. Era una auténtica amenaza para la sociedad y se hacía el gallito de una forma escandalosa. Nada en él sugería que sintiera remordimientos, ni miedo, ni siquiera inquietud. Su aspecto era el de un tipo imponente que siempre tiene la sartén por el mango y puede hacer lo que le venga en gana, o eso era lo que quería aparentar.

En la sala del tribunal no había periodistas porque aún no estaban al corriente de lo que ocurría, pero Alexa sabía que, en cuanto se supiera la noticia, todos los medios estarían pendientes del caso. Estaba intranquila. Se sentía como si el tipo le hubiera puesto las manos encima, y tenía ganas de pegarle. Aún la atenazaba esa sensación cuando al cabo de una hora se puso el abrigo para salir de su despacho y subió a otra sala de justicia. Aún se estaba celebrando la vista, y la jueza reprendía desde el estrado a un hombre por no haber pagado la pensión alimenticia de sus hijos durante los últimos seis meses. Lo amenazaba con meterlo entre rejas, y él prometió que satisfaría la deuda sin dilación. Era el Juzgado de Familia, donde todos los días salían a la luz unos cuantos dramas.

Alexa aguardó a que se levantara la sesión y siguió a la jueza hasta su despacho. Llamó a la puerta abierta y vio que se estaba despojando de la toga. Llevaba una falda negra y un jersey rojo, y era una mujer atractiva de unos sesenta años. Sonrió a Alexa de inmediato y se acercó a darle un abrazo.

—Hola, corazón. ¿Qué estás haciendo aquí? —Alexa no había ido por nada en particular, pero necesitaba verla después de los nervios que había pasado en la sala con Quentin.

—Me han asignado un caso difícil, y acabo de salir de la lectura de cargos. El tipo da mucho miedo, me ha puesto los pelos de punta.

—¿De qué va el caso? —preguntó la jueza con interés.

—Es un violador y un asesino en serie. Al parecer, ataca a mujeres jóvenes, entre dieciocho y veinticinco años. Ha habido diecinueve asesinatos que tenemos intención de imputarle. Con cuatro lo tenemos casi todo atado, y tuvieron lugar aquí, en Nueva York. Espero que podamos demostrar su culpabilidad en el resto, pero aún no lo sé.

La jueza se estremeció escuchándola. En su escritorio había un rótulo con el nombre de Muriel Hamilton. Era la madre de Alexa y la jueza del Juzgado de Familia.

—Santo Dios. Me alegro de no tener casos así; me pondría enferma. Ya es bastante desagradable vérselas con tipos que no pagan la pensión de sus hijos pero, en cambio, se compran un Porsche. A uno lo obligué a vender el coche para volver a pagar la ayuda a su esposa. A veces los hombres son idiotas. Pero eso que dices suena fatal. —A Muriel no le gustaba nada. Ni un pelo.

—Solo con mirarlo, y aun sabiendo lo que voy a hacer con él, me da pavor —reconoció Alexa.

No le habría confesado eso a nadie excepto a su madre. No solía reaccionar de esa manera con los acusados, pero las miradas arrogantes e invasoras de Quentin le habían producido una gran impresión.

—Ten cuidado —le advirtió su madre.

—No me quedaré a solas con él, mamá. —Alexa le sonrió. Le encantaba que pudieran hablar de trabajo, entre otras cosas. Su madre le había salvado la vida cuando regresó de Charleston, pues había sido idea suya que ingresara en la facultad de derecho; y, como casi siempre, había acertado.

—Lo traen a la sala del tribunal con las esposas y los grilletes puestos —la tranquilizó, pero la mujer seguía preocupada.

—A veces esos tipos tienen amiguitos. Y como eres la fiscal, si consigues que se formule una resolución de acusación y lo llevas a juicio, descargará toda su ira contra ti. Siempre pensará que la culpa de que lo condenen es tuya. Y la prensa también se te comerá viva con un caso así. —Las dos sabían que era cierto.

—Parece que le dé igual estar en la cárcel. Además, seguro que el tipo que tuvo que vender el Porsche también acabó muy cabreado contigo. —Hubo un par de casos difíciles durante los cuales la madre de Alexa tuvo a un ayudante del sheriff en casa para protegerla. La mujer se echó a reír ante la observación de su hija. Entonces Alexa tuvo una idea—. ¿Te apetece venir mañana a cenar a casa?

Su madre la miró con cierta incomodidad.

—No puedo. Tengo una cita.

—No sé qué voy a hacer con Savannah y contigo, no hay forma de competir con vosotras.

—No. Pero tampoco lo intentas. ¿Cuándo fue la última vez que saliste con un hombre?

—En la Edad de Piedra. La gente llevaba garrotes y se cubría con pieles, creo.

Alexa miró a su madre con pesar. Muriel siempre sacaba ese tema.

—No me hace ninguna gracia. Tienes que salir más; por lo menos queda para cenar con amigos.

Cuando salía de trabajo, Alexa se iba directa a casa para estar con su hija, y ahí acababa la historia. Su madre estaba preocupada por ella.

—Ahora no tengo tiempo de salir por ahí. Debo prepararme el caso.

—Siempre tienes a punto alguna excusa —la reprendió Muriel—. Detesto que te ocupes de casos así. ¿Por qué no te buscas un trabajo decente? —la provocó—. Podrías dedicarte al derecho tributario o patrimonial, o a la defensa de los animales, por ejemplo. No me acaba de gustar que te dediques a proceder contra asesinos en serie.

—No me va a ocurrir nada malo —repuso Alexa.

No necesitaba preguntar a su madre con quién había quedado al día siguiente por la noche. Hacía años que se veía con el juez Schwartzman, desde que ella estudiaba en la universidad. Antes de eso, no solía salir. Estaba demasiado ocupada con el trabajo y con cuidar a su hija. Pero ahora Stanley Schwartzman y ella iban a menudo a cenar o al cine, y de vez en cuando pasaban el fin de semana fuera. Alexa sabía que él solía quedarse a dormir en casa de su madre los sábados. Ninguno de los dos quería casarse, y llevaban varios años funcionando de ese modo. Él era un encanto de hombre, le llevaba cinco años a Muriel y se estaba acercando a la edad de jubilación, pero era muy activo y estaba en buena forma física. Tenía dos hijas y un hijo mayores que Alexa, y a veces pasaban algún día de vacaciones todos juntos.

La madre de Alexa se puso el abrigo y salieron del juzgado las dos juntas. Estaba empezando a nevar, y compartieron un taxi en dirección al norte de la ciudad. Primero se bajó Muriel, y luego el taxi continuó el camino hasta el piso de Alexa. Tenía muchas ganas de encontrarse con Savannah después de un día tan largo y se llevó una decepción al ver que no estaba en casa. Por un segundo, le entró un escalofrío al pensar en los hombres como Luke Quentin que andaban sueltos por el mundo; Savannah, a su edad, seguía siendo muy inocente. Era un pensamiento horripilante, pero encendió la luz y lo apartó de su mente. Contempló la sala, y entonces se dio cuenta de que eso era lo que le esperaba todos los días a partir del otoño: una casa vacía y a oscuras. Lo cierto era que no se le antojaba muy emocionante, por no decir algo peor. Mientras permanecía allí plantada pensando en eso con desánimo, Savannah llamó por teléfono y la avisó de que pronto estaría en casa, y llevaría a algunos amigos. No quería que su madre se preocupara. A Alexa eso le sirvió para recordar que todo iba bien. Luke Quentin seguía entre rejas, donde debía estar. Y Savannah seguía formando parte de su vida cotidiana. Exhaló un breve suspiro de alivio, se sentó en el sofá y encendió el televisor. Allí estaba la noticia; en el telediario hablaban de la detención de Luke Quentin. Y aparecía una foto de Alexa al salir de la sala del tribunal después de la lectura de cargos. Ni siquiera se había fijado en que hubiera un fotógrafo. La noticia la presentaba como una ayudante del fiscal del distrito con gran experiencia y todo un historial de condenas en casos importantes. Al ver su imagen en televisión no se le ocurrió pensar en otra cosa que en lo despeinada que iba. No era de extrañar que llevara más de un año sin salir con ningún hombre, pensó, y soltó una carcajada mientras cambiaba de canal y volvía a toparse con la misma imagen. El espectáculo acababa de empezar.

3

Mientras Alexa aguardaba sola, sentada en una pequeña sala en penumbra y observando a través del cristal polarizado, Luke Quentin entró en la sala más espaciosa del otro lado. Jack Jones y Charlie McAvoy lo esperaban sentados ante una mesa larga. El otro agente que había participado en la detención, Bill Neeley, también estaba presente, además de otros dos policías a quienes Alexa conocía de vista pero no por el nombre. Habían asistido todos los implicados en la investigación, y también algunos de los integrantes del equipo operativo que más tarde se incorporaría al proceso. De momento, el caso estaba en manos de los tres policías que habían practicado la detención. Era lunes por la mañana, y todos parecían revitalizados después del fin de semana.

Quentin entró en la sala con las esposas y los grilletes puestos, igual que en la lectura de cargos, y aparentaba serenidad y un buen dominio de sí mismo. En cuanto se hubo sentado, el guardia le quitó las esposas y Luke miró a los hombres acomodados al otro lado de la mesa.

—¿Alguien tiene un cigarrillo? —preguntó con una sonrisa indolente. En las salas de interrogatorios ya no estaba permitido fumar, pero Jack pensó que tal vez el tabaco resultara de ayuda para tranquilizar a Quentin, así que asintió y le acercó un paquete y una caja de cerillas.

Quentin encendió una rascándola con la uña del pulgar. Alexa oía con claridad todo lo que decían; permanecía atenta y tensa en la penumbra. Deseaba que el interrogatorio fuera bien. Quentin dio una larga calada al cigarrillo, exhaló el humo despacio para formar una nube y se volvió hacia el lugar exacto donde estaba Alexa, como si intuyera su presencia, como si la percibiera y supiera sin lugar a dudas que se encontraba allí. A través del cristal polarizado, aquellos ojos del color del hielo buscaron los suyos, y esbozó una sonrisa perversa dirigida a ella en particular. Estaba prácticamente convencido de que estaba allí. La palabra que acudió a la mente de Alexa fue «insolente». No estaba segura de lo que pretendía con aquella mirada, si era más bien una caricia o una bofetada, pero a ella le sentó como las dos cosas juntas. Se irguió en el asiento y sin pensarlo dos veces buscó su paquete de cigarrillos. Allí no la veía nadie. Mientras observaba a Quentin con gran atención, iba dando alguna que otra calada.

—Dinos dónde has pasado los últimos dos años —le preguntó Jack sin ningún tipo de inflexión en la voz—. En qué ciudades, en qué estados.

Sabían con exactitud los lugares que había visitado durante los últimos seis meses, y Jack quería averiguar si el sospechoso les decía la verdad. Lo hizo. Les soltó una retahíla de ciudades y pueblos de todos los estados por donde sabían que se había movido.

—¿Qué hacías allí?

—Trabajar. Ver a tíos que conocí en el trullo. Soy libre, puedo hacer lo que me dé la gana —contestó impertinente.

Jack asintió para mostrar su conformidad. Sabían que había hecho de peón, que había realizado trabajos de carga y descarga, y también que, en uno de los estados agrícolas, lo habían contratado de jornalero durante varias semanas. Su constitución le suponía una ventaja y siempre conseguía encontrar trabajo. No obstante, por eso mismo sus víctimas tenían las de perder, y de hecho acababan perdiendo la vida. Eso también lo sabían. La apariencia de Quentin era arrogante pero su conducta no denotaba agresividad, y no tenían noticia de que hubiera empleado la violencia mientras estuvo en la cárcel ni antes de ingresar en ella. De él se decía que era pacífico, pero que si le buscaban las cosquillas acababan por encontrárselas. Una vez lo apuñalaron mientras trataba de separar a dos bandas rivales; sin embargo, que se supiera, no pertenecía a ninguna; a él más bien le gustaba ir por libre y cuidar de sí mismo.

Sabían que Quentin hacía footing en la cárcel. Frecuentaba la pista de atletismo, y todos los días corría en el patio. Cuando quedó en libertad, siguió saliendo a correr. Lo habían visto varias veces entrenándose en parques, y allí era donde habían encontrado a la mayoría de las víctimas, aunque seguían sin poder vincularlas con él. No había ningún testigo de los crímenes. El hecho de que Quentin hubiera ido a correr a los mismos parques donde habían aparecido los cadáveres no significaba que fuera el autor de las muertes. Ninguna de las mujeres presentaba el mínimo resto de esperma, lo que implicaba que había usado condón o que padecía algún tipo de trastorno sexual, y ese podría ser precisamente el móvil que lo impulsaba a violar. Quentin era brillante en lo que hacía, si se trataba de él.

Se mostraba arrogante, pero no era jactancioso. Aguardaba a que le formularan las preguntas y solo daba la información imprescindible. Miraba a su interlocutor a los ojos, y de vez en cuando se volvía hacia el cristal tras el cual Alexa lo observaba con expresión seria. Sin darse cuenta ya se había ventilado media docena de cigarrillos.

—Sabéis que no lo hice yo —dijo Quentin al cabo de un rato, riéndose en la cara de Jack mientras lo miraba sin pestañear. Al volverse hacia él había obsequiado a Charlie con un gesto desdeñoso—. Lo que pasa es que necesitáis un cabeza de turco para quedar bien. Todo esto no es más que una comedia de cara a la prensa.

Jack decidió prescindir de la cortesía al corresponder a la mirada de Quentin. Sus ojos no delataban nada, ni culpa ni miedo, ni siquiera preocupación. Lo único que observó en él fue desprecio. Luke se reía de ellos, los consideraba unos tontos. Ni siquiera había empezado a sudar, tal como solía ocurrirles a los sospechosos, a pesar de que los focos eran muy potentes. Todos los policías presentes en la sala estaban sudando a mares; sin embargo, Quentin seguía tan fresco. Claro que ellos iban vestidos con ropa de calle y chalecos antibalas, mientras que Luke llevaba un mono de tela fina y muy cómodo.

—Encontramos sangre en las suelas de tus zapatillas —dijo Jack con toda tranquilidad.

—¿Y qué? —Quentin aparentaba una indiferencia absoluta—. Todos los días salgo a correr, y no voy mirando al suelo. Piso tierra, cacas de perro y excrementos humanos. Es posible que las tenga manchadas de sangre, pero las manos no. —Y la ropa tampoco. Habían analizado todas sus pertenencias y solo habían encontrado sangre en las zapatillas. Cabía la posibilidad de que estuviera diciendo la verdad, aunque era poco probable—. No podéis retenerme eternamente. Si eso es todo lo que tenéis, no conseguiréis probar nada. Lo sabéis tan bien como yo. Tenéis que esforzaros un poco más. Estáis de mierda hasta el cuello y lo sabéis. Esta detención no os llevará a ninguna parte.

—Eso ya lo veremos, yo no cantaría victoria tan pronto —repuso Jack con una confianza que no acababa de sentir.

Necesitaban pruebas concluyentes para la acusación. Las que tenían de momento les habían servido para detenerlo, pero no bastaban para condenarlo. Con un poco de suerte obtendrían otras pruebas, solo necesitaban unos cuantos golpes de suerte más. En el equipo había hombres muy válidos. Y a lo mejor recibían otro soplo, aunque Quentin no parecía de los que se iban de la lengua. Era mucho, muchísimo más listo que eso. Pero sin duda los resultados forenses que estaban esperando lo comprometerían.

El interrogatorio duró varias horas. Le preguntaron dónde había estado, qué había hecho, a quiénes conocía y a quiénes le habían presentado, con qué mujeres había salido y en qué hoteles se había alojado. Resultó que había visitado las ciudades donde habían asesinado a las víctimas, pero aún no existía nada concluyente que lo vinculara con las otras chicas. Pendían de un fino hilo, aunque de momento no podían quejarse de cómo les estaba yendo, y contaban con que los análisis de ADN del laboratorio forense les proporcionaran más pruebas.

—Tendréis que demostrar un huevo de cosas, por mucho que me vieran corriendo en los mismos parques. —De momento, la sangre y los cabellos bastaban como prueba, y todos lo sabían; incluido Luke Quentin.

Durante el interrogatorio no mencionaron ni una vez su afición por las películas *snuff*. No querían delatarse antes de tiempo. Esa mañana le habían ofrecido la posibilidad de presentarse con su abogado de oficio, pero Quentin dijo que le daba igual. No tenía miedo de la policía, y creía que los abogados de oficio solo servían para cubrir las apariencias porque todos eran jóvenes e inexpertos y a la mayoría de sus clientes acababan condenándolos de todos modos. Para él, el hecho de que fueran culpables no contaba. Y la abogada que le habían asignado no era mucho mejor. La chica llevaba un año trabajando en la oficina del turno de oficio, pero a él le daba igual. Creía que no llegaría a celebrarse el juicio y que tendrían que soltarlo por falta de pruebas. No podrían demostrar nada en absoluto, y la sangre que habían encontrado en sus zapatillas no bastaría.

La sangre de las cuatro víctimas procedía de las heridas que se habían hecho al rascarse la piel contra el suelo mientras las violaban, o cuando se las llevaron a rastras, y una tenía un corte en el brazo. Por la zona donde se habían producido las hemorragias no eran la causa de la muerte. Las chicas estaban desnudas cuando las violaron y las mataron, y así era como las habían encontrado. El asesino siempre les quitaba la ropa y no se molestaba en volver a vestirlas una vez estaban muertas. Las dos primeras habían aparecido en una zanja poco profunda del parque, y las había descubierto un perro escarbando. A las otras dos las habían arrojado al río, un método más arduo; pero el asesino logró cumplir su objetivo sin ser visto. En los otros estados se habían deshecho de las víctimas con igual falta de esmero. Algunas aún no habían aparecido, pero casi seguro que estaban muertas. Un buen día salieron y no regresaron jamás, y en casi todos los casos habían ido a correr al parque a primera hora de la mañana o a última de la tarde.

Al parecer, el asesino tenía preferencia por los parajes bucólicos para sus citas. En una granja del Medio Oeste desapareció una chica de tan solo dieciocho años. Sus padres decían que tenía la mala costumbre de trasladarse a la ciudad haciendo autoestop; claro que conocían a todo el mundo en varios kilómetros a la redonda, o sea que por fuerza tenía que haberla recogido un extraño. Aguardaron meses enteros; esperaban recibir noticias suyas y enterarse de que se había fugado con algún apuesto joven; era una chica un poco alocada, pero encantadora. Nunca volvieron a saber de ella, y al cabo de los meses un bulldozer que removía tierras descubrió su cadáver. Había muerto igual que las demás, violada y estrangulada.

Interrogaron a Quentin durante tres horas, y luego lo devolvieron a la celda. Salió de la sala tan tranquilo, sin siquiera volverse a mirar atrás. Tampoco miró en dirección a Alexa, que estaba tan agotada como los agentes y los detectives cuando todos se reunieron en su despacho para comentar la información recibida. No les había servido de nada hablar con él, excepto para confirmar los lugares en los que había estado, aunque ya lo sabían de antemano, y para recopilar un montón de nombres que no significaban nada, tan solo designaban a las personas a quienes había conocido, para quienes había trabajado o con quienes había salido a cenar o a tomar una copa. El tipo era consciente de lo que tenía que hacer para no meterse en líos, al menos en apariencia. Desde que había salido de la cárcel no habían vuelto a detenerlo. Según su historial, no se había visto mezclado en asuntos de drogas, a excepción de los trapicheos con marihuana mientras estaba entre rejas. Le gustaban el tequila y el vino barato, pero eso les ocurría a todos los jóvenes y no se dedicaban a violar ni estrangular a mujeres. Consumir alcohol de mala calidad no era ningún delito, y quienes conocían a Quentin decían que tenía buen beber, no era ningún borrachuzo que fuera liándola por los bares. Era frío y calculador, se reservaba sus opiniones y cuidaba cada uno de sus movimientos. Y así era precisamente como se había mostrado durante el interrogatorio.

—No hemos sacado gran cosa —dijo uno de los agentes más jóvenes con aire desalentado.

—Tampoco lo esperaba —respondió Jack con calma—. El tipo es más listo que todo eso. No va a cometer ningún desliz ni nos dará la pista que estamos esperando. Este caso tendremos que resolverlo a fuerza de arrimar el hombro y sudar tinta, igual que tuvieron que hacer los tres cerditos para construirse sus casas. No nos lo va a poner fácil. Tendremos que trabajárnoslo a pulso y rompernos los cuernos si queremos trincarlo.

A Alexa le hizo gracia la metáfora y sonrió mientras los otros agentes salían del despacho.

—Bueno, ¿tú qué opinas? —preguntó a Jack con franqueza cuando volvieron a quedarse solos. Los dos eran conscientes de que, hasta la fecha, a Quentin nunca lo habían condenado por delitos violentos. Sin embargo, tras la última temporada en la cárcel había cambiado su modus operandi y Alexa estaba convencida de que era el culpable de los crímenes, igual que el equipo operativo que lo había seguido y observado durante meses.

—Para serte sincero, creo que es él. El instinto me dice que ha matado a todas esas mujeres, tal vez a más y aún no lo sabemos. Pero creo que tendremos que trabajar duro para pillarlo. En mi opinión, es culpable. Todo cuanto nos queda es demostrarlo, y luego tú podrás hacer tu trabajo.

Alexa asintió; estaba de acuerdo con él. Aún no podían apuntarse ningún tanto, pero deseaba pillar a ese tipo más que nada en el mundo si es que era el culpable, y estaba convencida de que lo era. Tenía el mismo presentimiento que Jack, pero Quentin era más escurridizo que una canica untada con lubricante y les resultaría difícil cazarlo. Presentaba todos los rasgos de un sociópata, un hombre capaz de cometer crímenes atroces y responder con total indiferencia. Era obvio que no tenía miedo ni remordimientos. Tal vez más adelante sí que los tendría.

—¿Te apetece que comamos juntos? Te garantizo una digestión muy pesada —ofreció Jack—. Podemos comentar el caso, o hablar de otra cosa si lo prefieres. Yo aún tengo que asimilar lo que nos ha dicho esta mañana. A veces reacciono tarde y capto las cosas cuando vuelvo a darles vueltas. Hay cosas que parecen no significar nada pero que luego, tirando del hilo, te llevan a otras.

Por eso era bueno en su trabajo, se fijaba en todos los detalles, por mínimos que fueran, y al final siempre valía la pena. Había salido airoso de todos los casos en los que habían trabajado juntos. Él era el mejor investigador del departamento de policía, y ella era la mejor ayudante del fiscal.

—Claro. Tengo que estar de vuelta a las dos para una reunión. Me preparo para presentarme ante el gran jurado.

El acto se celebraba al cabo de dos días, y Jack asistiría con ella. Quería tenerlo todo a punto. A falta de pruebas más contundentes que delataran a Quentin, sus argumentos para llevarlo a juicio tenían que estar mejor articulados y ser más categóricos. Aún no existían datos irrefutables. Pero Alexa era tan buena en lo que hacía como él.

Cruzaron juntos la calle hasta el restaurante de comida rápida que todos odiaban pero que frecuentaba a diario. Alexa intentaba preparar comida en casa, pero casi siempre salía con demasiadas prisas y no le quedaba más remedio que ayunar todo el día, llenar el estómago con porquería de las máquinas expendedoras o sacrificar su aparato digestivo acudiendo al restaurante de comida rápida. No valía nada, pero era el establecimiento más cercano al edificio donde trabajaban. Todos coincidían en que para acudir allí tenías que estar muriéndote de hambre o ser un suicida. La comida era pesada y grasienta, siempre te la servían o muy hecha o muy cruda hasta el punto de ser incomestible. Alexa trataba de pasar con una ensalada, que parecía lo menos arriesgado. A Jack le gustaban los platos abundantes y solía tomar la especialidad del día, que era mortal.

Él pidió pastel de carne con puré de patatas y ella una ensalada César, que le sirvieron mustia y sin escurrir.

—Dios, cuánto odio esta comida —masculló mientras atacaba el plato, y él sonrió.

—Sí, yo también. Por eso como aquí dos veces al día, a veces tres. Nunca tengo tiempo de ir a otro sitio.

Desde que se divorció años atrás, Jack pasaba casi todas las horas del día en el trabajo, incluso los fines de semana. No tenía nada más que hacer y decía que le evitaba problemas. Alexa se aplicaba la misma teoría.

—Los dos trabajamos demasiado —comentó ella con una

mueca ante la lechuga pasada que parecía recolectada hacía varias semanas, y probablemente así era y la habían comprado por ser la más barata.

—Bueno, ¿y qué más te cuentas? ¿Qué tal la vida amorosa? —preguntó él en tono trivial.

Alexa le gustaba, siempre le había gustado. Era inteligente, muy trabajadora, y estricta cuando tenía que serlo; a veces rozaba la inflexibilidad, pero también era justa, y amable, y genuinamente bondadosa, además de guapa. Le costaba encontrar algo de ella que no le gustara, a excepción de que era demasiado delgada y no se esmeraba mucho con el pelo. Siempre lo llevaba recogido en un moño informal, aunque sospechaba que lo tenía muy largo y que en la cama resultaba cautivador. Trató de apartar esa idea de la cabeza y recordarse que ella formaba parte de los «hombres» de su vida. Ese era el papel que había adoptado, y no parecía querer otro tipo de relación con él ni con nadie. Había quedado muy escarmentada del matrimonio y de la traición de su marido. En una ocasión le había contado la historia a Jack; era incluso peor que la suya.

—Imagino que estás bromeando, ¿no? —Ella sonrió al responder a su pregunta—. ¿Quién tiene tiempo para el amor? Tengo una hija y un trabajo que requiere dedicación completa. Con eso me basta.

—Hay personas que consiguen encajar otras cosas. Incluso tienen citas, se enamoran y se casan; por lo menos, es lo que tengo entendido.

—Seguro que se drogan —repuso Alexa, apartando la ensalada. Ya había comido bastante—. Bueno, ¿y qué opinas del caso que tenemos entre manos? ¿Crees que lo hemos pillado?

—Eso espero. Lo que está clarísimo es que voy a intentar trincarlo. La frialdad de ese tío supera a la de los cadáveres de sus víctimas. Lo creo capaz de matar a todo el que se le ponga por delante y sabe que va a salir indemne.

—¿Qué te hace pensar eso?

Alexa estaba intrigada por su comentario y sus razonamientos le merecían toda la confianza, como siempre había demostrado hasta la fecha. Rara vez se equivocaba, y probablemente esa no era ninguna excepción.

—En su historial no figuran crímenes, y, que sepamos, nunca había asesinado a nadie hasta la última escabechina. —Ahora ella estaba haciendo de abogado del diablo por los dos.

—Eso solo significa que es muy bueno en lo que hace. No sé por qué lo creo, pero he visto a otros tipos como él, y tú también. Son fríos como el hielo y están muertos por dentro. Parecen máquinas, no tienen nada de humanos. Es el típico sociópata, y los sociópatas suelen ser muy listos, igual que él. Son los tíos más peligrosos con los que te puedes topar. Acaban contigo en menos de lo que tardan en estrecharte la mano. Puede que de más joven no hubiera matado a nadie, pero estoy convencido de que ahora sí que lo ha hecho. A lo mejor se le cruzaron los cables la última vez que estuvo en la cárcel. Me parece un enfermo mental y un cabrón retorcido, y nos va a hacer sudar tinta. Se ha cubierto muy bien las espaldas; aún no sé cómo hemos tenido la suerte de encontrar sangre en las zapatillas, los sociópatas no suelen cometer errores así. A lo mejor se le han subido los humos, y seguro que no sabe que lo vigilábamos.

Era lo que se había evidenciado durante el interrogatorio, y habían optado por no revelárselo. Se habían limitado a dejarlo hablar para ver qué les contaba.

—Mierda. Espero que lo hayamos pillado —dijo Alexa con fervor. No había nada que deseara más que ponerlo a buen recaudo.

—Yo también —convino él.

—Me pongo enferma cada vez que veo las caras de esas chicas. Son todas guapas y muy jóvenes. Se parecen a mi hija.

Al decirlo, un escalofrío le recorrió la espalda. No lo había pensado hasta ese momento, pero era cierto. Savannah coincidía a la perfección con el estereotipo del asesino. Por suerte, estaba entre rejas en lugar de andar suelto por el mundo. De momento.

—¿Qué tal está Savannah, por cierto? —preguntó Jack, cambiando de tema.

Creía conocerla bien gracias a las fotos que Alexa tenía encima del escritorio, y un par de veces habían coincidido en el despacho. Era una chica muy guapa, igual que su madre.

—Está haciendo solicitudes para entrar en la universidad. Quiere estudiar en Princeton, y me alegraré mucho si se queda en New Jersey. Tengo pavor de que la admitan en Stanford, no quiero que se marche tan lejos. Me sentiría muy sola.

Él asintió. Captaba en la expresión de Alexa que estaba verdaderamente triste. Siendo tan joven no debería haber sacrificado la vida entera por una hija.

—A lo mejor necesitas darle unas cuantas vueltas al tema. Aún tienes tiempo de ponerle remedio.

—¿Qué? ¿Y eso me lo dices tú, que trabajas tantas horas como yo? Puede que la última vez que salí con un hombre fuera en la Edad de Piedra, pero algo me dice que tú abandonaste varios milenios antes.

Él soltó una carcajada al escuchar la respuesta.

—Pues aprende de mi ejemplo. Es un error. Yo ya no llego a tiempo; a mis años no convengo ni a las mujeres jóvenes que quieren tener hijos, porque yo no quiero tenerlos, ni a las de mi edad, que están resentidas y amargadas y odian a los hombres.

—¿Y no hay un término medio?

Alexa se preguntó si tenía razón. Ella misma estaba resentida con Tom, y con los hombres en general. Había prometido que no volvería a confiar en un hombre, y no lo había hecho; ni siquiera en los poquísimos con los que había salido. Siempre se protegía con muros de un kilómetro de altura.

—No —aseguró Jack—. Bueno, las putas. Pero soy demasiado agarrado para pagar por sexo.

Ante eso, los dos se echaron a reír, y luego él pagó la comida de los dos y Alexa le dio las gracias.

—No digas que no te llevo a los mejores sitios. Si es cierta la teoría de que una cena exquisita garantiza un buen polvo, por esta comida seguro que me merezco una patada en cada espinilla. ¿Qué tal se te ha quedado el estómago después de esa ensalada? ¿Ya tienes náuseas?

—Aún no. Suelen empezar al cabo de media hora. —Los chistes sobre ese restaurante proliferaban, y lo cierto era que el local hacía buen honor a su fama e incluso la superaba. Todos los policías aseguraban que la comida que daban en la cárcel era mejor que aquella, y probablemente tenían razón.

Entraron juntos en el edificio, y Jack dijo a Alexa que la mantendría informada de las últimas averiguaciones sobre Quentin. La prensa demostraba un interés creciente por él, y todos estaban procurando extremar la prudencia en sus declaraciones. Algunos periodistas ya habían intentado entrevistar a Alexa, pero ella se había negado. Todo eso lo dejaba para el fiscal del distrito.

Pasó el resto de la tarde ocupada entre reuniones y la preparación del material que iba a presentar al tribunal de acusación, y salió del trabajo antes de lo habitual, a las seis. Su madre y el juez Schwartzman iban a ir a cenar a su casa y Savannah acababa de meter un pollo en el horno cuando ella llegó. La chica tenía un aspecto fresco y atractivo. Esa tarde había estado jugando al voleibol, y no cabía en sí de satisfacción porque habían ganado al equipo del instituto rival. Siempre que podía, Alexa acudía a ver los partidos, pero no lo lograba tan a menudo como le habría gustado. Seguía atónita por el parecido que había entre su hija y las víctimas de Luke Quentin. Eso hacía que la muerte de todas aquellas jóvenes se le antojara mucho más atroz.

—¿Qué tal te va con el caso del asesino en serie? —preguntó Savannah cuando las dos estaban en la cocina. Alexa preparaba una ensalada, y entre las dos acababan de poner a asar las patatas en el microondas. Estaba previsto que la madre de Alexa y Stanley Schwartzman llegaran al cabo de media hora y, mientras la cena terminaba de hacerse, ellas dos aprovecharon para charlar, como siempre.

—Poco a poco vamos avanzando —respondió Alexa—. Dentro de dos días tengo que presentarme ante el gran jurado. Y a ti, ¿qué tal te va con las solicitudes? ¿Has preparado más trabajos? Me gustaría verlos antes de que los envíes —le recordó, aunque Savannah hacía unas redacciones excelentes, y tanto sus notas como las puntuaciones de las pruebas de preingreso eran altas. Entraría donde ella quisiera. Alexa había hecho un buen trabajo, Savannah era una chica brillante.

—He acabado con Princeton y Brown. Aún me quedan Stanford y Harvard, pero no creo que entre en ninguna de las dos, exigen demasiado. George Washington también estaría bien. Y Duke.

A Savannah aún se le hacía raro pensar en ir a la universidad; era como un sueño, pero estaba entusiasmada. No veía la hora de comentarlo con su padre cuando fueran a esquiar.

Alexa y Savannah charlaron mientras ponían la mesa y terminaban de preparar la cena, y entonces sonó el timbre. Eran Muriel y Stanley. A pesar de su edad, el hombre era guapo y de aire distinguido, transmitía mucha energía. Era la apariencia que debería tener todo juez: serio y prudente, pero hacía gala de un gran sentido del humor y lucía cierto brillo en la mirada.

El pollo estaba delicioso, y todos hicieron ver que no notaban que las patatas habían pasado demasiado tiempo en el horno. Tuvieron una conversación muy animada. Las mujeres, que representaban tres generaciones distintas, siempre lo pasaban muy bien juntas, y a Stanley le encantaba compartir su tiempo con ellas. Alexa le recordaba a sus propias hijas, y Savannah, a su nieta favorita, que tenía su misma edad y estaba en Boulder, pasándoselo en grande. Hablaron de las pruebas de preingreso de Savannah, y también de un caso muy gracioso que había llegado a oídos de Stanley últimamente: un hombre había denunciado a un compañero de trabajo porque siempre le estornudaba encima y lo hacía enfermar. La causa se había sobreseído por no existir mala intención ni daños demostrables, y no hubo indemnización por daños y perjuicios.

—De vez en cuando uno se pregunta si todo el mundo se ha vuelto majareta —dijo al tiempo que dejaba limpio el plato de helado—. ¿Qué tienes entre manos ahora, Alexa?

—El caso del asesino en serie del que habla todo el mundo —respondió Muriel en su lugar, y Stanley pareció impresionado.

—Esos casos siempre son muy difíciles, conllevan mucha carga emocional. A mí me obsesionan durante meses.

Alexa asintió. A ella ya estaba empezando a ocurrirle. Conocía al detalle los rostros de las chicas asesinadas, y sus vidas. De quien menos sabía por el momento era del acusado, cómo había cometido los crímenes, cuándo y dónde, y qué lo movía a hacerlo. Pero tarde o temprano conseguiría enterarse. Siempre lo conseguía.

—Detesto que Alexa tenga casos así —se quejó su madre mientras llevaba los platos al fregadero y la ayudaba a cargar el lavavajillas.

Le encantaba cenar en casa de Alexa, siempre resultaba muy relajado. Y a Stanley le encantaba acompañarla. Se llevaban muy bien y les gustaban prácticamente las mismas cosas. No tanto para casarse a esas alturas, pero lo suficiente para pasar mucho tiempo juntos y hablar por teléfono todos los días. A veces quedaban para comer en el despacho del uno o del otro.

—Siempre me preocupa que los criminales sean demasiado peligrosos y tengan amiguitos igual de peligrosos fuera de la cárcel.

—¿Tienes indicios de algo así? —preguntó Stanley con cierta preocupación, pero Alexa negó con la cabeza.

—No. Todo va bien.

Poco después pusieron fin a la velada y Alexa y Savannah se retiraron cada una a su dormitorio. Antes de acostarse, Savannah estuvo hablando con sus amigos por teléfono, y Alexa se enfrascó en sus informes hasta que cayó rendida y se durmió vestida. Cuando su hija fue a darle las buenas noches, le quitó los papeles de las manos con cuidado, la tapó con una manta y apagó la luz. Le ocurría muchas noches. Alexa se quedaba dormida así muy, muy a menudo, sobre todo cuando había algún juicio en curso. Savannah le dio un beso y ella no se movió lo más mínimo. Había empezado a roncar suavemente cuando la chica cerró la puerta con una sonrisa.

4

Al día siguiente, después de la cena con su madre, Alexa recibió buenas noticias sobre el caso. El último informe de las pruebas de ADN, más completo, determinaba sin lugar a dudas que la sangre seca incrustada en las zapatillas de Luke Quentin coincidía con la de dos de las chicas muertas y, con igual seguridad, que los cabellos eran de otras dos. A Alexa la noticia le pareció un regalo del cielo porque así ya podían vincularlo con las cuatro víctimas. Ahora les tocaba demostrar cómo habían ido a parar allí la sangre y los cabellos, sin embargo las pruebas que tenían eran contundentes, y llegaban justo a tiempo para presentarlas al gran jurado al día siguiente. Jack la llamó para decírselo y Alexa recibió la noticia con expresión radiante. Aún faltaba realizar más pruebas que aportarían datos definitivos, pero la información de que disponían era fidedigna. Luke Quentin estaba metido en serios aprietos. Y Alexa, como era debido, llamó a su abogada defensora para informarla de las novedades, que no la dejaron nada contenta.

—¿De verdad creéis que podréis demostrar su culpabilidad? —preguntó la letrada. Alexa la conocía y le caía simpática, aunque aún estaba muy verde.

—Sí —respondió Alexa en tono categórico.

—No tenéis mucho más a lo que agarraros. —En eso tenía razón.

—Tenemos a cuatro mujeres muertas y a un criminal que ya ha cumplido condena anteriormente, es reincidente y tiene sangre y cabello de las víctimas en las suelas de las zapatillas. Seguro que no fueron a parar allí mientras comía tranquilamente en un McDonald's. Él dice que debió de pisar la sangre mientras corría por el parque, pero es muy difícil que justo saliera a correr por los escenarios de los cuatro crímenes. Lo conseguiremos. Avísame si se decide a declararse culpable.

—No lo creo —respondió la abogada defensora en tono descontento.

No le apetecía nada llevar ese caso. El asesinato de cuatro jóvenes recibiría una gran reprobación por parte de la opinión pública, y por lo que había observado hasta el momento, su cliente no tenía ningún remordimiento y estaba muy seguro de sí mismo. Al jurado se le atravesaría en cuanto pusiera los pies en la sala. Ella solo podía jugar sus cartas lo mejor posible, pero las dos sabían que tenía muchas posibilidades de perder. Y Quentin no mostraba el mínimo interés en declararse culpable de los cargos. Si algo contaba en su favor era el tiempo, y arriesgaba mucho. De condenarlo, se pasaría el resto de la vida en la cárcel. No iba a servirles las cosas en bandeja. Al revés, iba a ponerles muchos obstáculos en el proceso.

—Gracias por mantenerme informada —dijo la abogada defensora a Alexa; luego colgaron y volvieron cada una a su trabajo.

Como siempre, Alexa se preparó de forma impecable para la vista con el gran jurado. Se celebró en el juzgado de Manhattan, donde tenía su despacho. Jack pasó a recogerla por su casa por la mañana y la acompañó al centro en un coche de policía de incógnito. La vista era a puerta cerrada, y todo lo relativo a ella se mantuvo en el más estricto secreto. Solo asistirían Alexa, como representante de la oficina del fiscal, Jack, como jefe de la investigación, el acusado, su abogada y el gran jurado. La sesión determinaría si existían suficientes pruebas para que el caso pasara a disposición judicial. Alexa sabía que dieciocho de los veintitrés miembros del gran jurado estarían presentes, dos más de los necesarios para que se procesara al acusado. Y por lo menos doce tendrían que votar a favor; obviamente, Alexa tenía las esperanzas puestas en ello. Jack y ella no hablaron mucho durante el trayecto. Era temprano. Cuatro funcionarios custodiarían a Quentin hasta la sala del tribunal, por si trataba de escaparse. La abogada defensora se encontraría con él allí. Había tenido en sus manos la posibilidad de presentar una petición para suspender la vista con el gran jurado, pero no lo había hecho. Había demasiadas pruebas en contra de su cliente para que la iniciativa prosperara.

Jack y Alexa subieron a toda prisa la escalinata del juzgado y entraron en la sala donde los esperaba el gran jurado a la vez que, por otra puerta, entraban Quentin y su custodia. Tanto el inspector como Alexa se habían visto en esas circunstancias otras muchas veces, y casi siempre obtenían buenos resultados. Era rarísimo que los miembros del gran jurado desestimaran procesar a un acusado a petición de Alexa; prácticamente nunca le ocurría. Y toda la burocracia estaba en orden. No quería cometer ningún error de procedimiento con ese caso.

Ocuparon sus puestos en la mesa designada para la oficina del fiscal mientras la abogada defensora tomaba asiento en la mesa del otro lado del pasillo y los funcionarios acompañaban a Luke Quentin. Alexa se sorprendió al verlo vestido con traje. No tenía ni idea de dónde lo había obtenido su abogada, pero le sentaba bien. Se preguntó si ya lo tenía de antes, aunque le pareció poco probable. Entonces él miró a Alexa desde el otro lado del pasillo y esta vez no le sonrió. Clavó en ella la mirada y la atravesó, como si varias brocas al rojo vivo le estuvieran taladrando la cabeza. Sus ojos denotaban puro odio; luego los apartó. A Alexa no le costó imaginárselo sosteniendo esa misma mirada mientras violaba y asesinaba a alguna joven. El caso no le ofrecía el mínimo resquicio de duda.

Los miembros del gran jurado no tardaron en reunirse y escuchar la alegación por parte de Alexa. No había testigos que la refutaran, puesto que en la sala solo estaban ellos. Jack presentó pruebas suficientes para apoyar el procesamiento sin revelar ningún dato importante. Dijo que en otros estados se estaban llevando a cabo investigaciones sobre quince posibles víctimas y que seguían trabajando en el caso, pero que de momento tenían cuatro víctimas seguras. Los miembros del jurado hablaron unos momentos con la abogada defensora y formularon unas cuantas preguntas al acusado sobre los lugares en los que había estado y las pruebas que el laboratorio forense había descubierto en su contra. Luego agradecieron a todos los asistentes su comparecencia y dijeron que durante el día comunicarían su veredicto, después de someter el caso a votación. Pero, por sus expresiones, Alexa, igual que todos los presentes en la sala, sabía que decidirían imputarlo. No tenían otra opción, después de que hubieran encontrado a cuatro mujeres muertas y sangre en las zapatillas de Luke Quentin.

—Bueno, una cosa menos —dijo Jack cuando subían a sus respectivos despachos—. Ahora, a trabajar.

Alexa asintió, y se despidieron en silencio mientras los dos pensaban en todo lo que tenían que hacer. Estaba en manos de los investigadores proporcionarle las pruebas que necesitaba para ganar el caso, y Jack le merecía toda la confianza.

Esa tarde Alexa recibió la llamada del gran jurado. Su decisión era presentar el caso de Quentin ante el juez: cuatro cargos por violación, y asesinato en primer grado. Ya se había dado el pistoletazo de salida. Alexa sabía que durante los meses siguientes el estrés iría en aumento hasta que se hubiera celebrado el juicio. Llamó a la abogada defensora para preguntarle si estaría de acuerdo en que se celebrara un juicio rápido y ella accedió. Joe McCarthy convino con Alexa en que servirían mejor al interés público si lo juzgaban y lo condenaban cuanto antes, y tema zanjado. La abogada defensora reconoció que no se moría de ganas de que se celebrara el juicio sobre el caso. Establecieron una fecha en mayo, lo cual les dejaba cuatro meses de margen. Y el viernes por la noche, tras organizar todos los archivos, hacer limpieza del escritorio y poner en movimiento el motor de la justicia, Alexa estaba molida.

Savannah y ella encargaron una pizza para cenar, y después la chica salió con unos amigos y Alexa sacó los bártulos de su maletín y se enfrascó en el trabajo. Ahora que sabía que el juicio de Quentin se celebraría en mayo, tenía claro que pasaría varios meses sin ningún tipo de vida social. Claro que no salía nunca con nadie, de todos modos.

Savannah tenía el fin de semana repleto de planes con amigos, lo cual permitió que Alexa trabajara sin remordimientos, y por fin el domingo por la tarde revisaron juntas los trabajos para las pruebas de preingreso de la universidad. Eran los últimos.

—Me parecen bien —dijo Alexa, y le sonrió orgullosa. Como de costumbre, Savannah había terminado las tareas en la fecha prevista—. Vamos a meterlos en sobres y a enviarlos.

Savannah estuvo de acuerdo, y cada una llenó varios sobres, les puso el sello y escribió las direcciones de los centros de admisión correspondientes. Alexa se ofreció a llevárselos y echarlos al buzón, ya que de todos modos necesitaba tomar un poco el aire. No había salido de casa desde el viernes por la tarde, y se había pasado todo el fin de semana trabajando.

Estaba a punto de salir cuando vio un sobre que alguien

había colado por debajo de la puerta. La letra era forzada, poco fluida. Al cogerlo, Alexa vio que parecía la de un niño.

—¿Qué es esto? —dijo en voz baja.

El sobre era para Savannah y lo habían dejado allí en persona. Alexa fue al dormitorio de su hija y se lo entregó.

—Me parece que te estás ligando a chicos muy jovencitos —la provocó, y estaba a punto de salir de la habitación cuando Savannah abrió el sobre y se quedó desconcertada. Era una nota impresa, escrita a ordenador. Si era obra de un niño, tenía que tener uno; claro que en los tiempos que corrían eso no era nada raro.

Savannah parecía un poco incómoda cuando le entregó la nota a su madre sin hacer ningún comentario. El mensaje rezaba: «Te amo, y quiero tu cuerpo».

—Bueno, ahora sí que está claro que es una carta de amor. ¿Tienes idea de quién puede haberla escrito? —La nota no estaba firmada, y Savannah negó con la cabeza.

—Es muy raro, mamá. Da un poco de miedo. Parece de algún mirón.

—O de un admirador secreto. Igual es algún vecino, porque no lo han enviado por correo. Ten cuidado cuando entres o salgas, y no te metas en el ascensor con desconocidos. —Era un sabio consejo.

—¿Por qué me escriben una cosa así?

—Porque el mundo está lleno de chalados, y porque eres una chica muy guapa. Ándate con ojo y sé prudente y no te pasará nada.

Alexa intentó quitarle importancia y bajó para enviar las solicitudes de ingreso. No quería reconocer ante su hija que ella también estaba un poco nerviosa. Pensó en el consejo de su madre de que se anduviera con especial cuidado mientras durara el caso de Quentin, y en su advertencia de que esos hombres tenían amiguitos fuera de la cárcel aunque ellos estuvieran a buen recaudo. De momento, él no daba la impresión de tener muchos amigos, por lo menos en Nueva York. Sus compañeros de prisión habían dicho a los inspectores que Quentin era un lobo solitario.

Alexa preguntó al portero si tenía constancia de que alguien hubiera llevado en mano una carta para ellas, pero él respondió que no, lo cual hizo que se preguntara cómo se las había arreglado el remitente para dejar allí la nota dirigida a Savannah. Y, lo más importante, quién la había escrito y por qué. Trató de aparentar menos preocupación de la que sentía cuando regresó a casa, pero reconoció que estaba intranquila. Sin decir nada, metió el sobre en una bolsa de plástico. Savannah volvió a sacar el tema mientras compartían la comida china que habían encargado.

—Le estoy dando vueltas otra vez a lo de esa nota, mamá. Da mucho miedo, y no tengo la impresión de que la haya escrito un niño —a pesar de que la letra del sobre lo sugería—. Los niños no escriben esa clase de cosas.

—A lo mejor es un chiquillo muy retraído. O alguien que te admira en secreto y que ha camuflado su letra para que no adivines quién es. Yo no le daría importancia. Tú vigila de todos modos, pero no lo veo peligroso. —Alexa estaba intentando tomárselo con calma.

—Supongo que tienes razón —respondió Savannah mientras se terminaba el rollito de primavera—. Aunque no deja de ponerme los pelos de punta.

—Sí, a mí también. Además, es un poco insultante. Yo también vivo aquí y nadie se enamora de mí ni me dice que quiere mi cuerpo. —Savannah se echó a reír, pero en realidad a Alexa no le hacía ninguna gracia que un extraño le hubiera escrito una nota anónima de ese tipo a su hija. Estaba mucho más preocupada de lo que aparentaba.

Sin decirle nada a Savannah, al día siguiente se guardó en el bolso el sobre con su envoltorio de plástico y lo llevó al laboratorio forense. Ese día le tocaba cumplir turno a su técnico preferido, un joven asiático que siempre obtenía resultados muy rápidos y le proporcionaba hasta el último detalle.

—¿Quién lo ha escrito? —le preguntó sin rodeos, y él se echó a reír cuando le tendió la bolsa de plástico que contenía el sobre.

—¿Quieres saber cuál es su color de pelo y qué número calza? ¿O te basta con la marca de los vaqueros?

—Quiero saber si es un hombre, una mujer o un niño. —Temía que no lo hubiera escrito un joven locamente enamorado, ni siquiera un viejo verde. Tenía la sensación de que el objetivo era ponerla nerviosa, y lo habían conseguido.

El técnico entornó los ojos mientras sacaba con cuidado el sobre de la bolsa de plástico, con las manos cubiertas por unos guantes de goma; lo miró y sonrió a Alexa.

—Dame unos minutos. Tengo que terminar una cosa, si no los de narcóticos me matarán. Dentro de una hora como máximo estaré contigo. Supongo que también quieres que compruebe las huellas dactilares.

Ella asintió.

—Gracias. —Alexa le devolvió la sonrisa y subió a su despacho. Tal como había prometido, el técnico la llamó antes de que hubiera pasado una hora.

—Ya lo tengo. —Jason Yu había obtenido buenos resultados, como siempre—. Es un hombre adulto; con buen pulso, así que debe de estar en la veintena o la treintena. Estadounidense. Seguramente fue a una escuela católica, o sea que igual es cura. —Se echó a reír.

—Sí, muy divertido.

—Han forzado la letra con muy poca gracia para que pareciera que lo había escrito un niño, pero no es así. Y no hay huellas. El autor debió de ponerse guantes. ¿Es una amenaza de muerte? —preguntó con interés.

No era raro que los policías y los abogados de la fiscalía e incluso de la oficina del turno de oficio las recibieran. Los condenados a prisión tenían ojeriza a los abogados, a los jueces y a los policías que los habían detenido. Eran gajes del oficio.

—No, nada de eso. Es una especie de carta de amor, pero no iba dirigida a mí sino a mi hija.

—¿Y quieres saber quién es su novio?

—No tiene novio. Es una nota anónima de alguien que dice que quiere su cuerpo. Como estoy trabajando en el caso de Quentin, estoy un poco obsesionada con los tipos que andan detrás de las chicas jóvenes. Es posible que sean paranoias mías y se trate de algún vecino bromista.

—Nunca está de más asegurarse —la tranquilizó él—. Justo estoy haciendo las pruebas de ADN. Te llamaré cuando tenga novedades.

—Gracias, Jason —dijo, y colgaron.

El técnico no había resuelto el misterio del admirador anónimo, pero por lo menos ahora sabían que era un hombre adulto y no un niño. Tal como decía Savannah, la cosa ponía los pelos de punta. Alexa no podía tener la certeza de que Luke Quentin estuviera detrás de ello, y tampoco había motivos para pensar que sabía que tenía una hija. Sin embargo, alguien había escrito la nota. Y si Quentin había conseguido hacer averiguaciones sobre su vida, o la había buscado en internet desde alguno de los ordenadores de la cárcel y había descubierto que tenía una hija, ya disponía de la información necesaria y podría haber pedido a algún conocido que enviara una nota a Savannah para asustarla; o podría haber hecho que la siguieran y así descubrir que tenía una hija. No sabía cómo se las había arreglado, pero tenía claro que el tipo estaba convencido de que el gran jurado no lo imputaría y al final sí que lo había hecho. Era inevitable que la culpara de ello, y las miradas que le había dirigido las pocas veces que se habían visto también tenían como objetivo hacerle perder el control para demostrarle quién mandaba allí y que, a sus ojos, ella no representaba más que carne fresca como cualquier otra mujer. Además de la arrogancia, destilaba una fuerte carga sexual que no pasaba desapercibida. Y a Alexa no le gustó; en absoluto. Sobre todo si iba dirigida a su hija. Había enviado la nota para asustar a Alexa y nada más, para demostrarle lo mucho que distaba de tenerlo en sus manos y que, incluso desde la cárcel, podía acceder a ella.

—¿Qué ocurre? —Jack había entrado en su despacho y se sorprendió al ver su expresión.

—¿Por qué?

—Tienes una mirada asesina.

—No, no es cierto. El acusado sí que tiene una mirada asesina. En mi caso, solo es preocupación.

—¿Qué te preocupa? —Se sentó en la silla que había frente al escritorio.

—Savannah. Este fin de semana hemos recibido un dichoso anónimo, de un tipo que dice que quiere su cuerpo. Seguramente estoy paranoica, pero me pregunto si Luke Quentin ha conseguido que alguien deje la nota. ¿Podrías comprobar el registro para ver si ha recibido alguna visita y seguirle la pista?

—Claro —la tranquilizó Jack—. Pero es poco probable que se trate de Quentin. No es tan estúpido. Acabo de pasar un par de horas más con él, y es un tipo listo. ¿Qué sentido tiene que persiga a tu hija? ¿O que le mande un anónimo para fastidiarte? Está entre rejas, y lo último que quiere ahora mismo es invadir tu territorio y cabrearte. Eres una contrincante muy temible, y juegas con ventaja. No creo que sea obra suya. Es más probable que se trate de una mera coincidencia, Savannah es muy guapa y la nota podría haberla escrito cualquiera.

—Supongo que tienes razón. Es que tengo los nervios a flor de piel. Y no me gusta que molesten a mi hija. —Alexa lo dijo en tono feroz, cual leona que protege a su cría, y Jack sonrió.

—¿Ella está asustada?

—No mucho. Pero las dos estamos desconcertadas.

—Seguramente es un chico a quien le gusta. Los chicos hacen cosas muy estúpidas a esa edad. Claro que, bien pensado, los hombres hacemos tonterías a cualquier edad.

—Jason Yu dice que tiene veinte o treinta años.

—¿Se lo has comentado? —Jack pareció sorprendido. Pedir que analizaran la letra en el laboratorio forense le pareció una medida extrema—. Pues sí que estás preocupada —dijo cuando ella asintió.

—Solo quiero saber a qué nos enfrentamos. Resulta que es un adulto y no un niño. Aun así, es probable que no tenga importancia.

—Comprobaré en el registro de entrada qué visitas ha recibido Quentin. Y si la cosa se repite, házmelo saber.

Alexa asintió y Jack la puso al corriente del interrogatorio que había tenido lugar por la mañana. No tenían novedades, pero iban a enviar los primeros resultados del análisis del ADN de Quentin a los otros estados para ver si se producía alguna coincidencia. Y a última hora de la tarde pudo asegurarle a Alexa que Quentin no había recibido ninguna visita, así que era poco probable que la carta para Savannah fuera obra suya. Alexa no sabía si sentirse aliviada o preocuparse aún más. Si no se trataba de Quentin, ¿quién podía ser?

Dos días después, Jack volvió a entrar en su despacho. Alexa tenía un mal día. Todo le había salido al revés; para colmo, acababa de derramar el café sobre los papeles del escritorio y los había empapado, además de mancharse la falda nueva.

—Mierda —estaba renegando para sí cuando Jack entró con una sonrisa de oreja a oreja.

—¿Tienes problemas?

—No, solo es que acabo de tirar el café. —Estaba intentando salvar los documentos del escritorio. La falda había quedado hecha un desastre—. ¿Qué hay de nuevo?

Jack lanzó una carpeta sobre la parte seca del escritorio.

—¡Bingo!

—¿Bingo? ¿A qué te refieres? —Esa mañana había estado muy ocupada y tenía en la cabeza un millón de cosas.

—Hemos encontrado coincidencias en Iowa y en Illinois. Hay pelo de Quentin en las uñas de tres víctimas. Ya tenemos siete. Y me parece que no hemos hecho más que empezar.

Habían pedido que el juez de instrucción correspondiente en cada caso recopilara y conservara con meticulosidad las pruebas que ponían de manifiesto la coincidencia y evidenciaban la violación.

—¡Qué horror! —Estaba contenta, pero a la vez lo sentía mucho. Lo sentía por las familias de las víctimas y al mismo tiempo se alegraba de tener al criminal entre rejas—. ¿Nos permitirán incorporar sus casos al juicio que se celebre aquí, o tendremos que extraditarlo para que lo juzguen después de hacerlo nosotros? —Su gran temor era que el FBI los apartara del caso porque este afectaba a la jurisdicción de más de un estado. Alexa quería encargarse de él, igual que Jack y el fiscal del distrito.

—Aún no hemos llegado a ese punto.

De momento, habían conseguido vincularlo con los asesinatos en serie cometidos en tres estados. A partir de ahí la cosa se complicaría; habría que tener en cuenta la mecánica y los tecnicismos legales específicos. La expresión de Jack se ensombreció.

—Una de las víctimas era la hermana de Charlie; lo sospechaba y por eso quiso implicarse en el caso. Pero ahora que se ha confirmado, le va a resultar muy duro.

—¿Se lo has dicho ya?

—Aún no, pero no tardaré. Me he planteado relevarlo del caso porque tiene demasiadas implicaciones personales. Fue él quien le echó el guante, con eso basta.

—Creo que debes hacerlo. No quiero que pierda los estribos delante del tribunal y nos perjudique. O que se le cruzen los cables y le pegue un tiro al tipo. La cosa ya es bastante complicada de por sí.

—Es un buen policía, no va a hacer ninguna locura. Solo lo digo porque no quiero que sufra aún más.

Alexa convino en que tenía razón, y durante un minuto Jack y ella se dedicaron a celebrar que podían vengar a tres nuevas víctimas en el juicio. Era lo único que podían hacer por aquellas chicas y sus familias.

Sin embargo, cuando Jack habló con Charlie a última hora de esa misma tarde, él insistió en seguir trabajando en el caso y le suplicó que no lo apartara. Había participado en la investigación desde el comienzo y había jugado un papel decisivo a la hora de proporcionar información al equipo operativo. Se sintió herido al pensar que Jack y la ayudante del fiscal del distrito lo consideraban capaz de perder los estribos durante el juicio. Lo habían relevado de otros trabajos para que pudiera unirse al equipo operativo de buen principio, y no había puesto ningún problema para revelar datos sobre su hermana. Lo habían seguido de cerca y por el momento no había cometido ningún desliz.

—¿Qué clase de policía crees que soy? ¿Un cabeza hueca? No voy a dispararle a ese hijo de puta, aunque no por falta de ganas. Llevo un año rompiéndome los cuernos para poner al tipo en manos de la justicia y poder empapelarlo. Fui uno de los primeros en sospechar de él. Y tuvimos suerte de poder imputarle los crímenes cometidos en este estado en primer lugar, o sea que queda dentro de nuestra jurisdicción. Jack, no puedes apartarme de este caso.

Tenía los ojos arrasados en lágrimas de pura frustración. Quería hacerlo por su hermana. Jack no se había dado cuenta de que eran gemelos hasta que leyó los documentos enviados por la policía de Iowa, el estado del que Charlie era originario antes de trasladarse a Nueva York varios años atrás.

—De acuerdo, de acuerdo. Pero si la cosa te supera, te lo pondré fácil para que lo dejes. Te relevaré si te resulta demasiado estresante.

—No me resulta demasiado estresante —dijo Charlie con toda tranquilidad—. Nunca he odiado a alguien tanto en toda mi vida, que es distinto. —Jack asintió. Esperaba estar haciendo lo correcto. Recordó cómo la noche en que detuvieron a Quentin, Charlie le estampó la cara contra el suelo y le rompió la nariz.

—Te permitiré seguir con el caso, pero no quiero que os quedéis solos en ningún interrogatorio, y no consentiré que te enfrentes a él, ni él a ti. ¿Está claro? —Charlie asintió—. La cosa superaría tu capacidad de aguante y la mía. ¿Entendido?

—Entendido.

Después de eso, Charlie salió de su despacho para poder asimilar lo que llevaba meses sospechando pero que hasta ahora no había sabido seguro. Luke Quentin había violado y estrangulado a su hermana gemela. Esperó a llegar a casa para tumbarse en la cama y dar rienda suelta al llanto. Aún había pasado muy poco tiempo y les quedaba un gran trecho por recorrer, pero el caso ya les estaba pasando factura a todos de una forma u otra; y las cosas irían de mal en peor.

5

El resto del mes de enero pasó volando, y el trabajo mantuvo a Alexa confinada en su despacho. Habían encontrado coincidencias en cinco víctimas de Pennsylvania, y también en una de Kentucky de la que ni siquiera habían tenido noticia hasta la fecha. Si se sumaban a las víctimas de Iowa e Illinois, ya ascendían a trece mujeres violadas y asesinadas. Los cargos se incorporaron al archivo de Nueva York tras el acuerdo con los otros estados. La prensa de todo el país se había hecho eco de la noticia.

Alexa había realizado una breve declaración ante los medios, pero por el resto se negó a comentar nada más. No quería hacer ni decir nada equivocado. El caso era demasiado importante. Y había como mínimo una docena más de víctimas potenciales, en varios de los estados por los que Quentin se había movido. El caso trascendió a escala nacional y Alexa no paraba de reunirse con investigadores de otros estados. Jack se estaba encargando de recopilar la información y Alexa había empezado a prepararse para el juicio. Por fin, a principios de febrero, tuvo tiempo para salir a cenar tranquilamente con su madre después del trabajo.

—Se te ve cansada —dijo la mujer con aire preocupado.

—Pues aún queda lo peor antes de que las cosas empiecen

a arreglarse. Solo faltan tres meses para el juicio. —Todas las noches se quedaba despierta hasta las tres de la madrugada, instruyéndose sobre la legislación y tomando notas.

—Bueno, intenta no agotar todas las fuerzas. ¿Qué tal está Savannah? ¿Sabe algo de las universidades?

—No recibirá noticias hasta marzo o abril —respondió Alexa con un suspiro—. La semana que viene se va a esquiar con su padre. Si no la deja plantada, como suele pasar. Seguro que vuelve a hacerlo —dijo Alexa con expresión furibunda.

Detestaba que el padre de Savannah la decepcionara, pero la chica siempre lo perdonaba. Ya era suficiente con que le hubiera hecho daño a ella.

—A lo mejor esta vez no le falla —comentó Muriel en voz baja—. Ojalá.

—¿Por qué? —preguntó Alexa con aire exasperado.

Odiaba a su ex marido, por lo que representaba y lo que les había hecho. Las había barrido de su vida por falta de carácter. Le había resultado más fácil ceder a la presión de su madre y de su anterior esposa que quedarse a su lado. Alexa detestaba a los gusanos como él.

—¿Por qué esperas que no le falle? —insistió Alexa, que de repente estaba enfadada con su madre.

—Porque a ella le conviene ver a su padre, aunque solo sea de vez en cuando. Lo quiere. Puede que tú lo odies, y lo comprendo; a mí tampoco me cae bien por lo que te hizo. Pero sigue siendo su padre, Allie. Es mejor un padre de carne y hueso, con todos sus defectos y debilidades, que cualquier fantasía que puedas forjarte.

Alexa sonrió ante las palabras de su madre. Hacía años que no la llamaba «Allie». Para Muriel, Alexa seguía siendo una niña, igual que Savannah lo era para ella y siempre lo sería.

—Puede que tengas razón —reconoció; había reculado—. Pero yo me crié sin padre y no me he muerto. Y Tom es un auténtico capullo.

—Eso ya lo descubrirá por sí misma. Dale tiempo.

—Creo que ya lo sabe, pero lo quiere de todos modos.

—Pues deja que lo quiera. Lo necesita. Por ahora.

—Siempre se enfada conmigo porque no quiero saber nada de él. No lo he visto desde hace diez años, y espero no volver a verlo nunca más.

—¿Asistirá a la ceremonia de graduación en junio?

—Le he pedido a Savannah que no lo invite —confesó Alexa con remordimientos—. Dice que me da cuatro años de margen, pero que cuando se gradúe en la universidad quiere que él asista. —Alexa sonrió a su madre con arrepentimiento—. Supongo que no tengo elección. Ella siempre se lo toma muy bien, y yo intento no hincharle la cabeza, pero ya sabe lo que pienso de él. No tenemos secretos sobre ese tema.

—Tienes que superarlo —dijo su madre con voz tranquila, y Alexa la miró sorprendida.

—¿Por qué? ¿Qué diferencia habría?

—Porque te envenena. Y nunca conseguirás establecer una relación en condiciones con otro hombre si no pasas página y dejas de odiar a Tom.

La expresión rotunda de Alexa parecía esculpida en piedra.

—Pregúntamelo dentro de treinta o cuarenta años. A lo mejor para entonces tengo Alzheimer. —Su madre no hizo más comentarios, y Alexa regresó a casa, junto a Savannah, que estaba tumbada en su cama viendo la televisión.

—¿Qué tal está la abuela? —preguntó con cara somnolienta. Había terminado todos los deberes y había pasado una tranquila velada en solitario.

—Bien. Me ha dado besos para ti.

Alexa se dispuso a colgar el abrigo en el armario del recibidor y vio el sobre que asomaba por debajo de la puerta. No se había fijado en que estuviera allí al entrar. Lo cogió con cuidado por una esquina. Estaba escrito con la misma caligrafía infantil que el anterior. No le dijo nada a Savannah y lo abrió tras ponerse unos guantes de goma que guardaba en un cajón. La nota decía: «Sé dónde estás en cada instante del día. Mira a tu alrededor. No me ves. Eres una chica muy guapa». No contenía ninguna amenaza explícita, pero quien la había escrito quería que Savannah supiera que la estaba observando, y que era un hombre que la deseaba. Alexa tenía miedo; de hecho, estaba aterrada. Metió la carta en una bolsa de plástico, igual que había hecho la otra vez.

No pronunció palabra sobre el tema, pero entró en su dormitorio y cerró la puerta. Llamó a Jack al móvil, quien respondió de inmediato, y le contó lo de la carta. Alexa la mantuvo bien guardada en la bolsa de plástico.

—Ni siquiera sé si es algo serio. Puede que se trate de alguien que quiere hacerse el simpático, o asustarla. Pero si es cierto que la andan siguiendo, la cosa no me gusta un pelo.

Se hizo un largo silencio al otro extremo de la línea, y por fin Jack reconoció que a él tampoco le hacía ninguna gracia.

—¿Por qué no le pones escolta? Podría acompañarla al instituto un policía.

Alexa detestaba tener que asustar a Savannah, pero sabía que no tenía elección. Desde el momento en que aceptó el caso de Quentin era consciente de que podía recibir amenazas. Con lo que no contaba era con que el objetivo fuera Savannah en vez de ella. No eran amenazas explícitas, pero en ellas había un componente intimidatorio. Y si era Luke Quentin quien movía los hilos y había pedido a algún ex presidiario que siguiera a Savannah, la cosa aún resultaba más peligrosa. No podía demostrarlo, pero incluso la posibilidad remota de que fuera así la ponía enferma.

—No le he dicho nada de la carta todavía, pero supongo que tendré que hacerlo. Gracias, Jack; sí que quiero que le pongas escolta —confirmó. Tenía miedo por Savannah, no por ella.

—No hay problema. Intenta no preocuparte. Es probable que Quentin no tenga nada que ver en ello, pero siempre es mejor prevenir que curar. Quién sabe con qué chusma se relaciona. —Todas las personas a quienes conocía o con quienes tenía relación habían estado en la cárcel.

Alexa decidió no preocupar a Savannah esa noche y le contó lo de la carta durante el desayuno. La chica puso mala cara.

—Da mucho miedo, mamá. Ese tipo es un enfermo.

—Sí, sí que lo es. Anoche llamé a Jack Jones y se lo conté. Va a designar a un policía de paisano para que te acompañe al instituto, solo para prevenir, por si de verdad hay alguien que te observa. Es mejor actuar de forma inteligente. Puede que no pase de ser una broma pesada, pero no quiero correr riesgos.

El caso en el que estaba trabajando le servía para no perder de vista que había hombres muy depravados.

Savannah pareció disgustada al instante.

—Menudo rollo, mamá. ¿Cuánto tiempo tendré que llevar escolta?

—Esperaremos a ver si vuelve a escribirte. Puede que tengas que esperar hasta que acabe el juicio.

Mientras no supiera si las notas eran de Quentin o no, quería que Savannah estuviera protegida y fuera de peligro.

—¡Para eso faltan tres meses! —chilló Savannah—. ¡O cuatro! —Conocía lo bastante el trabajo de su madre para saber que el juicio podía durar un mes entero, y ese en concreto prometía ser sonado, ya que había trece víctimas y tal vez se descubrieran más—. Prefiero quedarme en casa a tener que ir todos los días al instituto con un poli detrás, como una tonta.

—No puedes faltar a clase, así que tendrás que aguantarte —dijo Alexa, aliviada de que Savannah estuviera más preocupada por la escolta que por el peligro potencial.

Aún estaba quejándose y despotricando cuando al cabo de cinco minutos llamaron al timbre y al abrir les sonrió un apuesto joven de pelo oscuro y grandes ojos castaños ataviado con una gorra de béisbol y una cazadora. Dijo que era el agente Lewicki, pero que podían llamarlo Thad. Le sonrió a Savannah y ella se lo quedó mirando embobada mientras Alexa trataba de aguantarse la risa. No costaba adivinar que le gustaba, y a quién no. Aparentaba unos dieciséis años, y seguramente no tenía muchos más; debía de ser de la misma edad de Savannah. Al pensar en un policía ella se había imaginado a un vejete uniformado, pero Thad Lewicki era justo lo contrario.

—¿Todo a punto para el instituto? —preguntó Alexa con dulzura mientras Savannah se ponía el abrigo.

—Eso creo —respondió ella, y Thad le cogió la mochila.

—Creo que podríamos explicar que soy tu primo de California y que he venido a pasar unos meses, ya que me verán todos los días —propuso él con una sonrisa aniñada.

—Sí... Vale... —accedió Savannah al abrir la puerta del piso.

—Es mejor que estés advertida. Se me dan fatal la historia y las matemáticas. Creo que debo de tener algún bloqueo mental. Pero saqué buena nota de español, si puede servirte de ayuda.

—Gracias —respondió Savannah, y poco a poco esbozó una sonrisa. Miró a su madre con aire cauteloso, y Alexa asintió.

—Que tengas un buen día —le deseó justo antes de que se cerrara la puerta. Telefoneó al instituto para ponerlos al corriente de la situación, y luego a Jack. Con Thad había acertado de lleno.

—Oye, ¿cómo es que a mí no me mandas a tipos así? La última vez que te pedí escolta me enviaste a un veterano de ciento sesenta kilos. Ese chico es monísimo.

Jack se echó a reír.

—Ya me parecía a mí que iba a gustarte. ¿Qué dice Savannah?

—No ha tenido tiempo de darme su opinión, pero cuando se ha ido casi me había perdonado. El chico se ha ofrecido a ayudarla con el español y a llevarle la mochila. Ahora es su primo de California. Parece que tenga catorce años.

—Tiene veintiuno, y es un chico muy agradable. Es el mayor de nueve hermanos, y su padre, su abuelo y su hermano también son policías. Son una buena familia de origen polaco que vive en New Jersey. Oye, a lo mejor acaban casándose; y no es un mal partido para Savannah. —Alexa soltó una carcajada en el otro extremo de la línea.

—Lo has resuelto de golpe. La escolta y el yerno, todo en uno. ¿También limpias los cristales y pules el suelo?

—A su disposición para todo lo que necesite, señora. —Jack hablaba con aire burlón, pero siempre que charlaba con ella de algún tema que no era estrictamente de trabajo su voz traslucía cierto flirteo. Claro que era consciente de que no debía tirarle los tejos. Ella habría huido de él como de la peste y habría perdido a una amiga—. Bueno, asunto concluido. —Se alegraba de quitarle de encima un dolor de cabeza. Ya tenía suficientes preocupaciones.

Cuando salió hacia el trabajo, Alexa se sintió muy aliviada de que su hija contara con una buena protección. A finales de esa semana, Thad ya tenía por costumbre desayunar con ellas antes de acompañar a Savannah a las clases. Según la chica, Thad era un joven de lo más agradable. Decía que tenía novia desde que iba al instituto; llevaban siete años juntos. Era una persona seria, de fiar, y Jack lo consideraba un buen policía. Alexa tenía la sensación de que Savannah y él se estaban haciendo amigos, aunque el chico mantenía las distancias oportunas. Y de momento no habían recibido más cartas. Todo estaba bajo control. Alexa albergaba la esperanza de que el asunto de las cartas acabara ahí, fuera quien fuese la persona que las había escrito. Ya tenía suficientes quebraderos de cabeza aparte de eso. Jason Yu había buscado huellas dactilares en la segunda carta cuando Alexa la llevó al laboratorio, y de nuevo resultó que el remitente y autor de la nota hecha en ordenador había utilizado guantes. No había ninguna huella.

A finales de la semana siguiente, Alexa presenció otro interrogatorio con Luke Quentin, esta vez dentro de la sala. No hizo preguntas y se limitó a observarlo, pero él no le quitó los ojos de encima. Alexa tenía la sensación de que la estaba desnudando con cada gesto. Ella no permitió que su expresión delatara nada; se mostró muy fría y profesional, pero cuando abandonó la sala estaba temblando y completamente turbada.

—¿Estás bien? —preguntó Jack en el pasillo. Se la veía pálida.

—No pasa nada. Odio a ese hijo de puta —dijo, tratando de serenarse.

Habían conseguido vincularlo con dos crímenes más. Su castillo de naipes se estaba desmoronando. El número de víctimas ascendía a quince.

—No te sientas mal por eso, él también te odia. Las miradas que te lanza son solo para desmontarte. No permitas que te intimide, es lo que quiere. Se pasará el resto de su vida en la cárcel, no puede hacerte nada.

—Actúa como si pudiera tener en sus manos a cualquier mujer que se proponga.

—Es un tipo con muy buena planta, supongo que eso juega en su favor. —La había mirado directamente a los ojos y se había pasado la lengua por los labios con un gesto casi imperceptible. Alexa se ponía mala con solo mirarlo.

—Pues para sus víctimas fue una desgracia —repuso Alexa en tono lacónico, y regresó a su despacho. Tenía trabajo.

Y al día siguiente Savannah se marcharía una semana a esquiar con su padre en Vermont. Él mismo pasaría a recogerla al instituto mientras Alexa trabajaba. Así no tendría que verlo, cosa que le estaba la mar de bien.

Esa noche Alexa y Savannah cenaron muy a gusto juntas, y a la mañana siguiente se despidieron mientras Thad aguardaba a un lado, cargado con los libros. La bolsa con el equipaje que Savannah necesitaba para la estancia en Vermont estaba dispuesta y a punto en el recibidor. Alexa la había ayudado a prepararla por la noche.

—Pásalo bien con tu padre —le deseó Alexa con amabilidad. Le habían dado la semana libre a Thad, y él la dedicaría a prestar el servicio habitual. Alexa no lo necesitaba. Ninguna de las cartas iba dirigida a ella, solo a Savannah.

—Te llamaré desde Vermont —prometió Savannah, y abrazó a su madre antes de salir de la casa junto con Thad.

Alexa se entristeció al verla partir, la echaría de menos, pero sabía que lo pasaría bien con su padre. Él esquiaba de maravilla, de joven había ganado varias competiciones. Había enseñado a esquiar a Savannah cuando tenía tres años, y desde entonces el esquí era el deporte favorito de la chica, seguramente gracias a los recuerdos de todo lo que había compartido con su padre.

Alexa se quedó a trabajar hasta tarde, y cuando llegó a casa eran más de las siete. Se había preparado para encontrar el piso vacío y se quedó de piedra al ver a Savannah allí sentada con cara de vinagre. Alexa se puso tensa al instante. Era obvio que Tom había vuelto a dejarla plantada.

—¿Qué le ha pasado a tu padre? —preguntó Alexa en tono amable puesto que no quería que el ánimo de Savannah decayera aún más.

—Vendrá más tarde. Hay retraso en el vuelo desde Charleston y no llegará hasta las nueve. —Exhaló un suspiro y sonrió a su madre mientras esta se preguntaba si de verdad Tom acabaría presentándose.

Justo empezaba a pensar en lo que podían cenar cuando reparó en que él la encontraría en casa cuando llegara. Durante la cena le dijo a Savannah que había decidido quedarse en su habitación mientras su padre estuviera allí. No iba a romper el impresionante récord que habían conseguido y verlo por primera vez desde hacía un montón de años. No estaba preparada para eso. Y no lo estaría aunque pasara un siglo por mucho que su madre opinara lo contrario. Los planes de reconciliación podían irse al cuerno. Y Tom también.

—Vamos, mamá. Pórtate bien.

Savannah no lo dijo, pero se planteaba que tal vez, si se veían y la cosa no iba tan mal, Alexa permitiría que su padre asistiera a su graduación en junio. No quería que su madre la considerara una traidora después de todo lo que había hecho por ella, pero en secreto deseaba que su padre estuviera presente. Y él ya le había dicho que iría a verla solo si a su madre le parecía bien. Se mostraba muy respetuoso con los sentimientos que inspiraba a su ex mujer, y era muy consciente de los motivos que tenía para ello. No podía hacer ver que estaba equivocada; habría sido una canallada.

—Ya me porto bien —dijo Alexa en tono cortante mientras colocaba los platos en el lavavajillas—. Pero no tengo por qué ver a tu padre, al menos esta noche. Ni dentro de poco. Tal vez no pueda volver a verlo nunca más.

—Solo tienes que decirle «hola» y «adiós».

Alexa no hizo comentarios, pero la expresión que le venía a la cabeza era más bien «que te jodan».

—Me parece que no, corazón. Quiero que lo paséis bien juntos. Los dos te queremos mucho, pero no tenemos por qué ser amigos.

—No, pero al menos podrías ser amable. Ni siquiera hablas con él por teléfono. Él dice que estaría dispuesto a hacerlo aunque entiende que tú no quieras.

—Es todo un gesto por su parte. Por lo menos eso nos garantiza que conserva intacta la memoria —soltó Alexa, y salió de la habitación.

Savannah sabía que su padre había vuelto con su primera

esposa tras abandonar a su madre, y que habían tenido otra hija a quien ella no conocía. Tampoco conocía a la otra mujer, y a sus hermanastros no los veía desde hacía diez años, aunque aún los recordaba un poco. No conocía los detalles del divorcio ni lo que lo había ocasionado, y su madre se negaba a hablarle de ello. A Alexa no le parecía apropiado explicárselo. Por mucho que odiara a Tom, era el padre de Savannah. La chica tenía un vago recuerdo de su abuela paterna, y del ligero temor que le inspiraba. En todos esos años tampoco había sabido nada de ella; ni siquiera la felicitaba por su cumpleaños. A las dos ramas de su familia las separaban kilómetros de distancia emocional, y el único contacto que mantenía con su padre eran los momentos en que él se dejaba ver. Apenas la llamaba por teléfono, y años atrás le había dado instrucciones explícitas de que si ella lo hacía, solo lo llamara al despacho; a casa, jamás. Savannah había interpretado correctamente que su padre no tenía problema en ir a visitarla, pero que ella no podía inmiscuirse en la vida que llevaba en Charleston. Era un acuerdo tácito entre los dos, de ese tipo de cosas que los niños intuyen aunque nunca se hayan verbalizado.

Alexa y Savannah se sentaron a ver la televisión juntas, y a las nueve y cuarto alguien llamó al timbre. Al oírlo, Alexa se levantó de un salto, y justo cuando se encaminaba al dormitorio después de pedirle a Savannah que fuera a decirle adiós antes de marcharse, la chica abrió la puerta y lo vio, y se sintió como un ciervo iluminado por los faros de un coche mientras permanecían el uno frente al otro mirándose sin pronunciar palabra. Los diez años transcurridos se esfumaron con la misma rapidez con que la nieve se derrite en la boca. Alexa no sabía qué decir, y Tom tampoco. Él no esperaba verla allí; nunca habían coincidido en casa. Ella lo encontró como siempre, con los vaqueros, el anorak de esquí negro y las botas de montaña; igual de guapo. Llevaba el pelo un poco más largo de la cuenta, con algunas canas que el color rubio disimulaba, tenía los ojos del mismo azul intenso, la misma figura atlética y el mismo hoyuelo en el mentón. Tom Beaumont no había cambiado ni un ápice.

—Hola, Alexa —saludó Tom en voz baja, como si tuviera miedo de acercarse a ella.

Daba la impresión de que Alexa estaba a punto de sufrir un ataque de pánico y salir corriendo de la sala para huir de él. Pero cuando él habló lo hizo con la misma voz de siempre, profunda y grave, y el mismo acento sureño. La única diferencia radicaba en que ella ya no era su mujer; desde hacía bastantes años.

—Hola, Tom —le correspondió Alexa en tono tirante.

Aún llevaba la ropa de trabajo, un discreto traje azul marino con una blusa blanca muy propia de una abogada, y el pelo recogido en un moño, pero se había quitado los zapatos y tenía los pies cubiertos por las medias también azul marino. A diferencia de él, ella sí que se veía distinta a la mujer despreocupada y feliz de hacía diez años. Ahora tenía un aspecto serio y profesional, y parecía estar muy incómoda ante él. Savannah, sin embargo, agradecía que, como mínimo, le hubiera dirigido la palabra. Era algo para empezar. Se alegraba mucho de que el avión hubiera llegado con retraso. Alexa no se alegraba nada.

—Bueno, os dejo. Savannah te preparará algo si aún no has comido.

—Ya pararé por el camino —dijo él con amabilidad.

Lo que más lo desconcertaba era la expresión de pesar de los ojos de Alexa. El sufrimiento que le había causado seguía presente. Se le puso un nudo en el estómago y le entraron ganas de echarse a llorar. Pero para eso ya era tarde; muy tarde.

—Nos vamos —anunció, como si quisiera tranquilizar a Alexa garantizándole que pronto desaparecería de su vista y de su vida. Ella asintió con gesto sombrío y abandonó la sala. Entró en su dormitorio y cerró la puerta. Tom miró a Savannah sin decir nada. La chica parecía feliz, como si acabara de suceder algo maravilloso. Él se preguntó si estaría acostumbrada a la expresión desolada de los ojos de su madre, lo cual era aún peor. En general, Alexa tenía buen aspecto, pero su mirada traslucía el precio de la traición.

Al cabo de unos minutos estuvieron listos para marcharse. Savannah llevaba puestos unos pantalones de esquí negros y un anorak blanco, y estaba guapísima cuando entró en el dormitorio de su madre para despedirse. Alexa iba a echarla mucho de menos, pero tenía un montón de trabajo. La soledad le serviría para aprovechar el tiempo sin tener que sentirse culpable por no poder dedicárselo a Savannah. Además, sabía que la chica se moría de ganas de pasar esos días con Tom.

—Te quiero —dijo, abrazándola—. Pásatelo bien.

—Yo también te quiero, mamá. No trabajes demasiado. —Se detuvo un momento en la puerta, vacilante—. ¿No sales a despedirte? —Lo decía por su padre, y Alexa sacudió la cabeza sin pronunciar palabra. La chica la tranquilizó—. No te preocupes. Gracias por haber sido amable con él. —Alexa sonrió, y Savannah cerró la puerta.

Poco después los oyó marcharse, y decidió quedarse tumbada en la cama. No esperaba verlo, ni sentirse tan afectada. Lo que más la sorprendió fue que no había cambiado ni pizca. Tom tenía el mismo aspecto que cuando era su marido, y por un instante se vio obligada a recordarse a sí misma que ya no lo era. Daba la impresión de que su corazón y sus instintos se aferraban a las vivencias que tanto se había esforzado por aniquilar. Las viejas sensaciones le llenaban el alma, la piel y el corazón, y ahora toda ella estaba impregnada por el recuerdo de lo mucho que lo había amado y cuánto había sufrido. Mientras permanecía allí tumbada, se preguntó si era posible que existieran personas por las que siempre se sentía lo mismo, personas que siempre despertaban las mismas emociones y los mismos recuerdos. Daba igual que del amor se hubiera pasado al odio, o lo mucho que las cosas hubieran cambiado; siempre había una pequeña parte que se aferraba a lo dulce que había sido todo. Lo peor para Alexa era el hecho de darse cuenta de que si esa noche hubiera visto a Tom por primera vez, se habría sentido igual de atraída; él y su impresionante apariencia la habrían deslumbrado como el primer día. Costaba mucho resistirse. Y poco a poco, mientras permanecía en la cama, fue recordando lo horrible que había sido todo, el daño que le había hecho y lo débil y ruin que era. Pero, por una fracción de segundo, había recordado los viejos tiempos y había sentido el mismo amor de antaño. Lamentaba haberlo visto. Sin embargo, un momento después se dijo que no debía lamentarlo. A fin de cuentas aquello le había servido para reafirmarse en lo mucho que lo odiaba, y por qué.

6

A mitad de semana Alexa se alegró de que Savannah estuviera con su padre. Llevaba unos días de locos. Habían encontrado otra víctima que podían relacionar con Luke Quentin. Esta vez se trataba de una joven de diecinueve años. El número de víctimas conocidas ya ascendía a dieciséis, y el laboratorio forense estaba cubriendo las pruebas de ADN a fuerza de horas extras. El equipo operativo crecía bajo la supervisión del FBI, puesto que ahora había varios estados implicados. Jack tenía a una docena de hombres trabajando en el caso a tiempo completo. Faltaban tres meses para el juicio.

El jueves Alexa se dio cita con Judy Dunning, la abogada defensora, para comentar con ella los nuevos descubrimientos. Alexa tenía que presentarle las pruebas de que disponía, y todas eran condenatorias sin lugar a dudas. Trató de convencer a Judy para que el acusado se declarara culpable, y ella le explicó que empezaba a pensar que alguien le había tendido una trampa, seguramente algún compañero de prisión con quien tenía cuentas pendientes y que había prometido vengarse. Dijo que estaba convencida de que era inocente. Había demasiadas víctimas, y de repente él aparecía como el único responsable de la muerte de todas aquellas chicas en media docena de estados diferentes. Le aseguró que Quentin era un hombre muy sentido, y que de ningún modo se avendría a declararse culpable si no había cometido los crímenes. Alexa tuvo la impresión de que la abogada había perdido la razón. En su opinión, lo ocurrido estaba muy claro. Luke Quentin había clavado en ella su ardiente mirada sexual, había exhibido sus dotes de sociópata, y ahora Judy se estaba enamorando de él con una ingenuidad que daba miedo. Era su forma de actuar, seguramente la misma que había puesto en práctica para seducir a todas las víctimas haciendo que cada una se sintiera especial, como la única mujer sobre la faz de la Tierra... durante los breves instantes anteriores a su muerte. A Judy Dunning no la mataría, pero le había puesto una venda en los ojos y ya no era capaz de reconocer la verdad. A lo mejor era lo que le hacía falta para poder defenderlo, pero cuando terminó la reunión Alexa salió de la sala sacudiendo la cabeza.

—¿Dónde estabas? —preguntó Jack cuando se toparon en el pasillo.

—En un ovni, comiendo Twinkies —respondió ella sonriendo.

—¿Ya está otra vez con las drogas, letrada?

—Yo no, pero la abogada defensora sí. Se ha pasado media hora tratando de convencerme de que Luke Quentin es inocente. Y lo peor de todo es que ella se lo cree. Seguro que la ha cautivado con sus encantos.

—Perfecto, pues que vaya a verlo a la cárcel. Son cosas que pasan, ya lo sabes. Las mujeres se enamoran de ellos por muy atroces que sean sus crímenes, y se pasan años enteros yendo a visitarlos al trullo. En fin; acabamos de encontrar a la decimoséptima víctima. La cifra aumenta prácticamente a diario.

—Tengo la sensación de estar cubriendo las elecciones presidenciales —dijo ella cuando se detuvieron junto a la máquina expendedora de café. Ya había tomado demasiados por ese día—. ¿Cuántos estados hay implicados a estas alturas del caso?

—Nueve —anunció Jack con expresión adusta—. Ese tío es monstruoso, y tengo la impresión de que la cosa aún no ha terminado.

—No lo estaremos sobrestimando, ¿verdad?

Alexa no quería pecar de negligente y acabar fastidiando todo el procedimiento por achacarle crímenes que no había cometido él. No podía dejar de concederle el beneficio de la duda ni ignorar al jurado.

—Creo que es posible que lo estemos subestimando. De momento todo cuadra. Tenemos su ADN en todas las víctimas.

Alexa asintió y regresó a su despacho. Esa noche se quedó a trabajar hasta las nueve, igual que llevaba haciendo toda la semana. El viernes estuvo clavada en la silla hasta las diez y media, revisando los informes forenses de todos los estados. En general, las evidencias eran muy sólidas. A esas alturas ya no la sorprendía nada, excepto que el acusado no estuviera dispuesto a declararse culpable. Aseguraba que era inocente, y lo más asombroso era que la abogada defensora se lo creía. Seguro que no conseguiría engañar a nadie más en todo el planeta, y menos al jurado. Alexa tenía un buen caso entre manos.

Esa noche llegó a casa agotada, arrastrando el pesado maletín. Eran casi las once. Había hablado con Savannah a las seis, y sabía que se lo estaba pasando muy bien con Tom en Vermont. Tenían previsto regresar al día siguiente.

Alexa echó un vistazo al correo y estaba a punto de arrojar las cartas sin abrir sobre la mesita del recibidor cuando un sobre captó su atención. Lo rompió y sostuvo la hoja de papel con las manos temblorosas. Impresas con la misma letra en negrita aparecían las palabras: AHORA VENDRÉ A POR TI Y SERÁS MÍA. DESPÍDETE DE TU MADRE. Alexa se quedó plantada en el recibidor con el abrigo puesto, temblando de pies a cabeza mientras leía el texto una y otra vez. ¿Qué sabía ese tipo de ellas? ¿Por qué se dirigía a Savannah? ¿Se trataba de una broma, o acaso Luke Quentin las estaba torturando? No tenía forma de saberlo, ni de averiguar la procedencia de las cartas. Avisó al portero pero este le dijo que nadie había dejado nada para ella. Fuera quien fuese, entraba en el edificio y deslizaba los sobres por debajo de la puerta. La cosa daba muchísimo miedo. ¿Y si no bastaba con que Thad Lewicki acompañara a Savannah al instituto para protegerla? ¿Y si conseguían llevársela?

Sacó el móvil del bolso, se sentó en el sofá y llamó a su madre. Detestaba darle quebraderos de cabeza, pero Muriel tenía la mente fría. Alexa le leyó la última nota y le preguntó qué opinaba. ¿Hasta qué punto era lógico que tuviera miedo? Ahora mismo estaba demasiado asustada para pensar con claridad.

—Creo que debes tomártelo muy en serio —dijo su madre en tono sombrío—. Si quien está detrás de todo esto es Quentin, no tiene nada que perder. Y querrá vengarse de ti. No puedes correr riesgos.

—¿Y qué voy a hacer? —preguntó Alexa, con las lágrimas rodándole por las mejillas—. ¿Abandonar el caso? Lo más importante es que Savannah esté a salvo.

Ese caso no era simplemente uno más; si ponía en peligro a su hija, era más bien una pesadilla.

—Ya es demasiado tarde para eso. Delegar la responsabilidad en otra persona no servirá para cambiar las cosas. Has sido tú quien ha echado a pique sus planes. Si lo declaran culpable, le caerán cien años. Te tiene en el punto de mira y querrá vengarse. Es posible que, aunque él mueva los hilos, quien sea que te deja esas cartas en casa no llegue a hacer nada más que asustaros, pero no puedes correr riesgos.

—¿Y qué hago? —Alexa se sentía abrumada, aterrada y

confundida. La situación superaba con creces su capacidad de aguante. Ella solo intentaba que se hiciera justicia por las familias de todas aquellas chicas, y ahora era la suya la que corría peligro.

—Sácala de Nueva York.

—¿Hablas en serio? —Alexa parecía horrorizada.

—Nunca he hablado más en serio en toda mi vida. Y tú búscate un sustituto. Por lo menos hasta que termine el juicio. Es posible que después la cosa se tranquilice, es lo que suele pasar. Ese tipo se amoldará a la situación. Pero de momento corréis peligro las dos. También puedes optar por quedarte en Nueva York y seguir con el caso, pero haz que Savannah se marche. —Su madre parecía igual de asustada que ella.

—¿Adónde? —preguntó Alexa.

Solo se tenían la una a la otra. Y no era cuestión de meter a Savannah en un programa de protección de testigos sin saber adónde iría ni con quién estaría. Además, a ser posible prefería encargarse ella misma del juicio y evitar que su hija corriera más riesgos. No temía tanto por sí misma. Nadie la estaba amenazando.

—Envíala a Charleston con Tom —dijo su madre en tono tranquilo, y todo cuanto oyó al otro lado del hilo telefónico fue la inspiración entrecortada de Alexa.

—No puedo hacer eso —respondió enronquecida mientras se enjugaba las lágrimas de las mejillas. La cosa se estaba poniendo muy fea y tenía que esforzarse por tener la mente despejada—. Luisa no lo permitirá —añadió en voz baja—. Además, a Tom le faltan agallas para eso. Nos barrió de su vida hace diez años; no querrá a Savannah de vuelta.

—No te queda más remedio —insistió su madre en tono férreo—. Y a él tampoco. Está en juego la vida de vuestra hija. Puede que solo sea una broma pesada para hacértelo pasar mal, o para que te asustes y abandones el caso. Pero no podéis correr riesgos. Tienes que sacarla de aquí. Para ella esto no es vida; resulta demasiado estresante. Y para ti también, preocupándote por ella de esa forma. Personalmente, preferiría que abandonaras el caso; pero, para serte sincera, creo que es demasiado tarde. Con todo, Savannah no tiene por qué verse mezclada en una cosa así. Y tú sufrirás mucho si la tienes cerca. —Era cierto. Ya lo estaba pasando muy mal. Tenía las palabras de la carta grabadas en la memoria: «Despídete de tu madre»—. ¿Todavía está con Tom en Vermont?

—Sí. La traerá de vuelta mañana por la noche.

—Pues pídele que no lo haga, que se la lleve a su casa. O tal vez tenga algún pariente en el Sur con quien pueda alojarse. Aunque, por mucho que me cueste admitirlo, creo que estará mejor con él. Lo único que sé seguro es que no puede volver aquí. Al menos de momento, hasta que termine el juicio. Con suerte, después las aguas volverán a su cauce. Llama a Tom, Alexa. No tienes otra opción.

—Mierda.

Era lo último que deseaba. No quería enviar a Savannah lejos de allí, y menos con Tom. Pero si su madre estaba en lo cierto y le ocurría algo, nunca se lo perdonaría.

—Es demasiado tarde para llamarlo ahora —dijo Alexa en tono pragmático—, y no quiero comentárselo si tiene a Savannah al lado.

—Entonces llámalo por la mañana, pero dile que no la traiga a casa.

En el otro extremo de la línea, Alexa dio un hondo suspiro. Era un precio muy alto el que le tocaba pagar por enviar a la cárcel a un asesino en serie. Pero su madre tenía razón, no podía poner a Savannah en peligro. Ella había apostado fuerte al elegir esa profesión, y asumía todas las consecuencias. Quería mandar a Luke Quentin a la cárcel. Pero quería que Savannah estuviera a salvo.

—Mañana lo llamaré —dijo con tristeza y resignación. Iba a echar de menos a su hija. Claro que todavía no sabía si

Tom querría llevarla con él; había muchas probabilidades de que dijera que no podía, ya que tenía que rendir cuentas a Luisa.

—Muy bien. Y ahora llama a Jack Jones y pídele que te envíe a un agente inmediatamente para que haga guardia en la puerta de tu casa.

—No me pasará nada, mamá. He echado el pestillo y no voy a salir.

Pero cuando colgó sí que llamó a Jack y le explicó lo que le había ocurrido. Él la escuchó y estuvo de acuerdo con su madre.

—Si es él quien está detrás de las cartas, y empiezo a pensar que así es, no creo que a estas alturas tenga huevos de intentar nada, y tampoco estoy seguro de que tenga tanto poder como para conseguir que otra persona haga daño a Savannah. Ese tipo no tiene contactos en el mundillo. Es un ex presidiario y un sociópata, y seguro que considera que todo esto es asunto suyo y de nadie más. Probablemente se haya puesto en contacto con alguien a quien conoce de forma indirecta y esté haciendo todo esto para ponerte nerviosa, sin más intención que esa. No ha recibido visitas, pero puede haber contactado con alguien de fuera de la cárcel a través de otra persona. Lo más seguro es que no sea más que un jueguecito morboso, pero para tu hija es demasiado. Creo que deberías sacarla de aquí si tienes a alguien con quien enviarla. Y te asignaré un par de agentes. Lo siento, Alexa. Sé que todo esto te resulta muy duro.

Ella asintió y las lágrimas volvieron a rodarle por las mejillas. Savannah era su vida entera y no quería que le ocurriera nada malo. Esperaba que Jack tuviera razón y que si Quentin era el responsable de todo aquello, su única intención fuera asustarla; pero no podía correr riesgos. Y si la cosa no era obra de Quentin, pintaba mal de todas formas. Jack le dijo que en media hora tendría a un policía de paisano en la puerta.

También en eso había coincidido con su madre, aunque Alexa no estaba ni la mitad de preocupada por sí misma que por su hija. Había que tener estómago para cargarse a la fiscal; y no era la forma de actuar de Quentin. En cambio, sí que era propio de él echarle el guante a Savannah, si hubiera podido hacerlo en persona. Seguramente Jack también tenía razón en eso. Posiblemente quien colaba las cartas por debajo de la puerta no tuviera agallas para hacerle daño a Savannah. Pero nunca se sabía. Y estar preocupadas día y noche sería demasiado duro para las dos. Era mejor que se marchara a vivir a otra parte, aunque Alexa sabía que a la chica no iba a hacerle mucha gracia la idea. No querría alejarse de su madre y de sus amigos, ni tener que dejar las clases; y menos cuando le quedaban tan pocos meses para acabar el último curso. No era justo.

Alexa permaneció despierta hasta el amanecer. A duras penas consiguió conciliar el sueño unas horas, y a las siete se levantó y llamó a Tom. Él respondió con la voz ronca que siempre tenía de buena mañana, y cuando Alexa le preguntó por Savannah explicó que estaba en otra habitación. Al cabo de media hora iban a bajar a desayunar juntos, y esperaban poder esquiar un poco más antes de que al mediodía la acompañara de regreso. Dijo que llegarían sobre las siete. El vuelo a Charleston era a las nueve.

—Por eso te llamo —dijo Savannah con voz exhausta—. No puedes traerla de vuelta.

Le contó lo sucedido y Tom se mostró igual de preocupado que ella. Alexa intentó tranquilizarlo, pero la situación no pintaba bien y era imposible prever qué podía ocurrir.

—¿Y tú qué, Lexie? ¿Estarás segura? —No se había puesto en contacto con ella ni una sola vez desde que se marchó, ni siquiera por correo electrónico.

—Lo único que quiero es que condenen a ese cabrón. Tiene que estar entre rejas los próximos cien años, se lo debo a todas esas familias. Pero no tanto como para poner en riesgo a mi propia hija.

—No, claro que no —dijo él en tono solemne—. ¿Estás segura de que no quieres que te releven del caso?

—Todo irá bien. Pronto habrá acabado. El juicio está previsto en mayo. Savannah tendrá que quedarse contigo hasta entonces —dijo en un tono anodino, desprovisto de alegría.

—Lo comprendo. Y es mejor para ella que se quede más tiempo, no hay problema.

Era la única conversación que habían mantenido en diez años, pero Tom se estaba mostrando más humano de lo que Alexa esperaba, y parecía preocupado y disgustado.

—¿De verdad puede quedarse contigo? —Alexa no quería mencionar a Luisa, pero los dos sabían a qué se refería.

—Lo arreglaré —aseguró él—. ¿Qué hago con Savannah? ¿Se lo digo yo o prefieres hacerlo tú? Igual resulta más fácil decírselo en persona que por teléfono. —Alexa detestaba tener que admitirlo, pero pensó que tenía razón—. Y me parece que luego lo mejor que podemos hacer es irnos a casa. Tenía previsto marcharme en el vuelo de las nueve, pero la llegada es casi a medianoche. Será mejor que nos vayamos de aquí por la mañana y busque un vuelo más temprano.

Presentarse en casa con su hija a la una de la madrugada complicaría aún más las cosas con Luisa. Prefería llegar temprano y tener tiempo de acomodar a Savannah. Vivían en una casa enorme, la misma que había compartido con Alexa y también con Luisa cuando se casó con ella por primera vez. Había muchas habitaciones de invitados donde Savannah podría alojarse. A Alexa se le revolvieron las tripas al pensarlo. No quería que su hija viviera allí, pero tampoco que volviera al piso de Nueva York. Eso era lo mejor que podían hacer.

—¿Crees que podrás conseguirle plaza en algún instituto? —preguntó Alexa.

—Me ocuparé de eso la semana que viene. Te llamaré para decirte a qué hora es el vuelo.

—Os veré en el aeropuerto. Le llevaré sus cosas y me despediré de ella allí.

Iba a resultarles muy duro a las dos, y Alexa no pudo reprimir el llanto al colgar el teléfono. Lloraba de alivio al saber que Tom estaba dispuesto a ayudarla y mantener a salvo a su hija, lloraba por Savannah, por la situación que tendría que soportar, y por sí misma, por lo sola que se sentiría sin ella.

Media hora más tarde, Savannah la telefoneó, y también estaba llorando.

—No puedo irme, mamá. No puedo. Quiero terminar el último curso en Nueva York... Y no quiero dejarte. —Sollozaba, lo que hizo que Alexa se sintiera fatal.

—Tienes que ir, corazón. No es bueno que vivas aquí de esta forma, preocupada porque un lunático te envía cartas amenazadoras. Sé que a las dos nos costará mucho, pero prefiero que estés a salvo.

—No quiero ir a Charleston —dijo en voz baja para no herir los sentimientos de su padre, que se había portado muy bien con ella y había procurado que se sintiera mejor. La situación era dura para todos.

—Iré a visitarte, te lo prometo —la tranquilizó Alexa, intentando comportarse como una persona adulta.

Lo cierto es que se sentía como una chiquilla triste y asustada, y lo lamentaba mucho por Savannah. Ella era quien lo pasaría peor al tener que abandonar su hogar de esa forma, sin previo aviso, para marcharse a una ciudad nueva con un padre al que apenas conocía.

—No vendrás —repuso Savannah entre sollozos—. Odias el Sur. Siempre dices que no volverás allí nunca.

—Claro que iré, tonta. Si tú estás, sí que iré. De todas formas, no tendrás que quedarte mucho tiempo, y lo pasarás bien. Irás al instituto.

—No quiero perderme lo que queda del último curso en Nueva York.

Savannah se dio cuenta enseguida de que no valía la pena discutir. Por primera vez en diez años sus padres se habían puesto de acuerdo y habían tomado una decisión sin contar con ella. Savannah se marcharía hasta que terminara el juicio, y no había más que hablar. La chica se limitó a llorar durante cinco minutos mientras Alexa trataba de confortarla. Luego su madre le explicó que por la tarde iría a despedirla al aeropuerto.

—¿Qué quieres que te ponga en las maletas? —preguntó Alexa, y Savannah empezó a darle instrucciones. Seguía llorando, pero no con tanto desconsuelo como antes—. Te regalo mis dos jerséis rosas —le dijo con una sonrisa a pesar de estar llorando también.

—¿Y los zapatos negros de tacón? —Savannah estaba a punto de sonreír. Más que nada se sentía desorientada. Como todos. Las cosas habían sucedido muy deprisa.

—Vale, vale. —Alexa accedió a regalarle los zapatos, si eso le servía de ayuda—. Puedes quedártelos. Menuda negociadora estás hecha.

—¿Y si su mujer me odia? No la conozco. Es probable que no le haga ninguna gracia tenerme allí —dijo Savannah, aterrada.

A su madre le pareció que se quedaba corta. Luisa era una bruja con todas las letras, y Savannah llevaba años oyéndoselo decir.

—Tu padre se ocupará de eso. No vas a quedarte allí para siempre, serán solo tres meses. La semana que viene trataré de ir a visitarte.

—Más te vale, si no me escaparé y volveré a casa.

—¡Ni se te ocurra! —exclamó Alexa con severidad, aunque sabía que Savannah no haría una cosa así. Siempre había sido muy razonable, y ahora también lo sería, por muy dura que le resultara la situación—. Será mejor que vaya a preparar el equipaje. Te veré luego, corazón.

Al cabo de diez minutos, Tom llamó para decirle que había conseguido plaza para los dos en un vuelo que salía a las seis y que llegaría a Charleston a las ocho y media, y que salían de Vermont de inmediato. Esperaba estar en JFK sobre las cuatro o las cinco.

—Os estaré esperando allí a partir de las cuatro con el equipaje. Llámame al móvil cuando lleguéis al aeropuerto.

Le dictó el número, puesto que nunca se lo había dado. Hasta ese momento Tom solo disponía de su dirección de correo electrónico, pero ahora tenían que estar unidos.

—Nos encontraremos en la terminal de United Airlines.

—Llegaré lo antes posible para que podáis estar un rato juntas. A Savannah se la ve bastante afectada.

Notaba que Alexa también lo estaba, pero ninguna de las dos hizo tantos aspavientos como Luisa cuando Tom la llamó y le comunicó la noticia.

—¿Estás loco o qué? ¿Cómo se te ocurre traerla aquí? No puedes hacer eso. Daisy ni siquiera sabe que existe.

Daisy era la hija de diez años que había tenido con él y que había utilizado como excusa para que Tom rompiera su matrimonio y volviera con ella. Mientras estuvo casado con Alexa, Luisa no se había preocupado en absoluto de los dos hijos que tenían en común; de hecho, los abandonó durante ocho años. Había roto con Tom para escaparse a Texas con un magnate del petróleo y había dejado a los niños con su padre. Pero en cuanto murió su segundo marido, volvió corriendo. Había utilizado el embarazo para cazarlo, y él cayó en la trampa como un estúpido. Estuvo varios años lamentándolo amargamente, pero era demasiado tarde para ponerle remedio. Todo cuanto podía hacer era intentar compensar a Alexa ocupándose de Savannah. Era lo mínimo que le debía. A fin de cuentas, también era hija suya.

—Pues más te vale decírselo —repuso Tom con frialdad, refiriéndose al hecho de que Daisy no sabía que tenía una hermana y que su padre había estado casado con otra mujer—. Llegaremos esta noche, y no quiero que Savannah tenga que hacerse pasar por otra persona. Todo esto ya es bastante duro para ella.

—¿Cómo que «para ella»? ¿Y Daisy y yo qué? ¿Se te ha ocurrido pensarlo? ¿O es que te has liado con su madre? ¿Es eso lo que pasa?

—Es la primera vez en diez años que veo a Alexa. La vida de nuestra hija corre peligro en Nueva York, y voy a llevarla conmigo, Luisa; te guste o no.

—Eres un cabrón. Ya sabía yo que un día u otro volverías con Alexa.

Luisa era consciente de que Tom no la amaba, pero le daba igual. Había optado por recuperar su antiguo estilo de vida y a su marido porque era lo que más le convenía. Siempre había pensado solo en ella misma.

—No se me acercaría ni a diez metros, y tiene sus buenos motivos —dijo él, refiriéndose a Alexa—. Sí que la jodí bien, sí, pero hace diez años y no en el sentido al que tú te refieres. Si se digna a dirigirme la palabra es porque necesita enviar a Savannah a alguna parte. Hay alguien que está amenazando a nuestra hija, y es probable que guarde relación con el caso del que se ocupa su madre. Tengo que llevarla a casa, no hay otra solución. Puede que esté en riesgo su vida.

Lo ponía enfermo el simple hecho de tener que discutirlo. A Luisa no le corría ni una gota de humanidad por las venas, ni de compasión. Nunca se habría comportado como hizo Alexa con los chicos. Resultaba irónico que ahora debiera ocuparse de la hija de Alexa cuando esta lo había hecho por ella durante siete años.

—Pues no esperes nada de mí —soltó Luisa hecha una furia.

—Lo único que espero es que te comportes con ella de

forma civilizada y hagas que se sienta lo más cómoda posible.

—¿Su madre vendrá a verla? —El tono de Luisa era suspicaz.

—Es probable. Todavía no he hablado con ella de eso. Solo hace media hora que lo hemos decidido, porque anoche recibió otro anónimo dirigido a Savannah.

—Mantenla alejada de mí, Tom. Y hablo en serio. La quiero lejos de mi vista. —Tom detestaba la forma de ser de Luisa y todo lo que representaba. El castigo por lo que le había hecho a Alexa era tener que vivir con ella. Esos diez años habían sido muy duros y se le habían hecho muy largos. Pero no tenía fuerzas, o agallas, para volver a divorciarse. Por eso se había conformado con la situación, aunque le supusiera pagar un precio muy, muy alto.

Al cabo de unos minutos Savannah y él dejaron el hotel de Vermont, y la chica se limitó a guardar silencio y mirar por la ventanilla con tristeza durante la mayor parte del trayecto hasta la ciudad. Él intentó convencerla de lo mucho que le gustaría Charleston y de lo feliz que estaba de que fuera a vivir allí con él, pero era obvio que Savannah no tenía ganas de hablar, y al cabo de un rato la dejó tranquila, sumida en sus pensamientos. Ya echaba de menos Nueva York, a su madre y a sus amigos.

Alexa tardó casi todo el día en preparar el equipaje. Metió en las maletas todas las prendas preferidas de Savannah, todo lo que necesitaba para el instituto y para el tiempo libre. También incluyó todo lo que a la chica más le gustaba de su propio ropero. Los libros de texto, su música favorita y dos osos de peluche a los que apenas hacía caso desde que era niña pero que creía que ahora le servirían para sentirse más acompañada. Si hubiera podido, Alexa se habría metido ella misma dentro de una de las maletas. Detestaba tener que separarse de Savannah, pero no le quedaba otro remedio.

Llamó a su madre y le explicó lo ocurrido, y lo bien que

había reaccionado Tom. Por muy pobre que fuera la opinión que tenía de él, había de reconocer que en esa ocasión se había comportado.

Apenas tuvo tiempo de arreglarse antes de salir hacia el aeropuerto. Llegó a las cuatro en punto, con tres maletas grandes. Media hora más tarde Tom la llamó al móvil; estaban a diez minutos. En cuanto llegaron, Savannah saltó del coche y se arrojó en brazos de su madre. Estaba llorando, y Alexa tuvo que pasarse casi todo el tiempo que les quedaba para estar juntas consolándola. Le acarició con delicadeza el pelo que tanto se parecía al suyo, la abrazó y la reconfortó, y le prometió que iría a verla a Charleston en breve, y que antes de que se diera cuenta estaría de vuelta en Nueva York. Apenas tuvo tiempo de hablar con Tom, que las observaba con expresión disgustada. Se había alejado un poco para que pudieran estar tranquilas. Y llegó el momento de la despedida. Tom había comprado un billete de avión para Savannah, y Alexa insistió en hacerse cargo de los gastos por el exceso de equipaje. Savannah y Alexa rompieron a llorar cuando esta tuvo que dejarlos. No podía acompañarlos hasta la puerta de embarque porque no tenía billete.

—Te quiero —repetía una y otra vez, y Savannah se aferraba a ella como una niña pequeña. Al final Tom rodeó a su hija por los hombros y la apartó de su madre con suavidad mientras las dos lloraban.

—Cuídate —se volvió a decirle él—. Yo me encargaré de cuidarla a ella, te lo prometo. Tú preocúpate de que no te pase nada a ti.

Alexa asintió y le dio las gracias; y luego los observó cruzar el control de pasaportes y dirigirse a la puerta de embarque, hasta que los perdió de vista.

Seguía llorando cuando paró un taxi para que la llevara de vuelta a la ciudad, y se sentía exhausta al entrar en el piso y descolgar el teléfono para llamar a su madre. El agente vestido de paisano que Jack le había prometido estaba apostado en la puerta.

—¿Qué tal ha ido? —preguntó Muriel. Parecía preocupada; llevaba toda la tarde dándole vueltas al asunto.

—Ha sido horrible. Pero Tom se ha portado muy bien. Intentaré ir a Charleston la semana que viene —dijo Alexa con tristeza.

Ni siquiera podía imaginar cómo sería su vida sin Savannah durante los meses siguientes. Y en otoño se marcharía para estudiar en la universidad. La vida a la que estaba acostumbrada pronto tocaría a su fin, si no lo había hecho ya.

—Por la noche la llamaré —dijo Muriel en tono sombrío.

Detestaba lo que les estaba ocurriendo, y lo que ese juicio había supuesto para sus vidas.

—¿Quieres venir a cenar a casa? —preguntó amablemente, pero Alexa no estaba de humor. Le había resultado demasiado duro dejar a Savannah llorando en el aeropuerto.

—No. Lo único que me apetece es meterme en la cama y llorar.

—Me siento fatal. A lo mejor hice mal aconsejándote que la enviaras a Charleston, pero creo que es mejor que esté segura. Ven a cenar a casa siempre que te apetezca. —Sabía que Alexa se sentiría muy sola sin su hija.

—Gracias, mamá —respondió Alexa con abatimiento. Y cuando colgaron hizo justo lo que había anunciado. Se metió en la cama, se tapó con las sábanas y lloró.

7

El vuelo a Charleston duró poco más de dos horas. Savannah guardó silencio en su asiento mientras miraba por la ventanilla con las mejillas humedecidas, y en los últimos minutos echó una cabezada. El impacto de tener que abandonar su casa de forma tan repentina la había dejado agotada, y se sentía muy abrumada por haberse separado de su madre. Ninguna de las dos esperaba que la participación de Alexa en un juicio tuviera semejantes consecuencias. Tom la observó mientras dormía y le echó una manta por encima con delicadeza. Era muy consciente de que el vínculo entre madre e hija era más estrecho de lo normal, sobre todo porque él apenas había visto a la chica en los últimos diez años. Alexa era todo cuanto ella tenía, y de repente se había visto catapultada a un mundo nuevo del que ella no formaba parte. Aún peor, a un mundo y una vida en los que no era bienvenida por considerarla una amenaza. Le preocupaba Luisa, y con razón. No tenía precisamente fama de ser amable, cálida y compasiva, y Tom sabía que aparecer en casa con Savannah desataría una lucha encarnizada. De hecho, la guerra ya había empezado; Luisa se la había declarado esa misma mañana, y hablaba en serio. Claro que, conociéndola, lo peor todavía estaba por llegar.

Cuando el avión aterrizó en Charleston, dio un buen bote

en la pista, lo cual despertó a Savannah, que miró a su padre con sorpresa. Por un momento había olvidado con quién estaba y adónde iba, pero al ver su cara lo recordó de inmediato.

—Ya hemos llegado, cariño. Me alegro de que hayas podido dormir un poco, lo necesitabas. —Ella asintió, encendió el móvil y vio un mensaje de texto de su madre que simplemente decía: TE QUIERO. HASTA PRONTO. Y de repente el acento de Tom se le antojó más sureño que nunca. Estaba en su tierra. Y Savannah estaba lejos, muy lejos de la suya, y se sintió como un ánima errante.

Bajó del avión detrás de su padre y fueron a recoger el equipaje: las tres grandes maletas de Savannah y la más pequeña y los esquís de Tom. Los suyos se los había llevado su madre. Un mozo los acompañó al exterior con las maletas en un carrito y su padre paró un taxi. Savannah se acomodó junto a él y miró a uno y otro lado de camino a casa. Había oído que su padre indicaba la dirección de Mount Pleasant, el barrio de Charleston en el que residía.

—¿Recuerdas algo de la temporada que viviste en Charleston? —preguntó Tom con amabilidad, y Savannah abrió los ojos como platos y negó con la cabeza.

Estaba muy guapa allí sentada, con los pantalones de esquí y un jersey grueso, y la parka en la mano. El pelo le caía por la espalda como un fleco de oro puro y tenía los ojos del color de las flores del aciano, de un azul vivo, intenso. Su aspecto era igual al de su madre cuando él la conoció, y sabía que Luisa también notaría el parecido. Savannah solo tenía cuatro años menos de los que tenía Alexa cuando se enamoró de ella, después de que Luisa los abandonara a él y a sus hijos para irse con otro. Tom se había quedado hecho polvo, y junto a Alexa descubrió una felicidad con la que ni siquiera soñaba. Pero siete años más tarde se comportó como un completo idiota cuando Luisa regresó y le tendió su trampa. Cada vez que lo pensaba desde la perspectiva actual, cosa que ocurría a menudo, sabía que todo lo que había sucedido después se lo tenía bien merecido. Pero cuando volvió a ver a Alexa, se dio cuenta de que ella también lo estaba pagando todavía. Se sentía tremendamente culpable por ello; esperaba que a esas alturas lo hubiera superado con creces. Sin embargo no era así; notó el dolor en su mirada. Esperaba poder ayudarla en cierta forma encargándose de su hija y haciendo por ella todo cuanto estaba en sus manos. Esta vez no pensaba permitir que Luisa se lo impidiera, tal como había ocurrido en muchas otras ocasiones. Pensaba hacer todo lo que pudiera por Savannah. También era hija suya.

—Creo que me acuerdo del colegio —dijo Savannah en voz baja—, y de la casa, me parece; o el jardín... Y de Henry y Travis. —Eran sus hermanastros. No había tenido contacto con ellos desde hacía diez años.

Fuera el ambiente no era muy frío. Se parecía más a la primavera que al invierno de Nueva York, y durante el corto trayecto el jersey grueso la abrigó lo suficiente. En quince minutos llegaron a Charleston y vio los chapiteles de las iglesias que se elevaban en el aire. Observó con curiosidad e interés las bellas casas antiguas frente a las que pasaban, pintadas de colores pastel, con las verjas y los balcones de hierro forjado. El estilo arquitectónico era antiguo e intrincado, y había bonitos puentes construidos en épocas lejanas que conectaban con islas diminutas. Reparó en un muelle espectacular lleno de barcos, la mayoría veleros. Desde allí Tom señaló el Fuerte Sumter, el punto donde oficialmente había empezado la guerra de Secesión. Era una ciudad bonita, y la envolvía un halo de historia y elegancia. Antes de empezar a odiarla, Alexa siempre decía que era la ciudad más imponente de todo el Sur, tal vez incluso del mundo entero. Había árboles altos con musgo colgando de sus ramas que seguían exhibiendo su verdor a pesar de la estación invernal. De camino a Mount Pleasant, su padre le explicó que eran robles.

—Mañana te llevaré a hacer una visita a los alrededores —prometió, y la cogió de la mano mientras Savannah asentía y sonreía con valor.

Todo era tan diferente y novedoso que tenía la impresión de estar en otro planeta.

Se notaba que allí todo era distinto: la cultura, la forma de vida, el respeto por el pasado... Daba la sensación de haber entrado en otro mundo. Se encontraba como si estuviera flotando en el espacio, aunque era todo muy bonito. La ciudad entera parecía al servicio de la historia y el arte. Sabía que los sureños estaban muy orgullosos de su pasado, y cuando años atrás estudió la guerra civil en la escuela y le preguntó por ello a su padre, él la corrigió diciéndole que el nombre correcto era «guerra de Secesión» y que de civil no tenía nada. El padre de Savannah era sureño hasta la médula, tanto de nacimiento como por sus orígenes, y presumía de ello. Como buen sureño, era un caballero de los pies a la cabeza, aunque cuando varios años atrás Savannah le fue con el cuento a su madre, esta le dio la espalda sin pronunciar palabra. Estaba claro que con ella no se había comportado como tal, pero tenía unos modales de lo más corteses. Eso no cambiaba lo que había hecho, pero servía para que su compañía resultara agradable.

El anciano de raza negra que conducía el taxi tenía un acento cálido y marcado. A Savannah le encantaba escucharlo. Siempre que conocía a algún sureño se acordaba de su padre y le contaba que este era de Carolina del Sur. Ella también lo llevaba con orgullo, aunque su estilo, sus hábitos y su cultura eran del todo neoyorquinos como los de su madre. Era una yanqui.

Las casas que su padre había señalado en el pueblo pertenecían a una época anterior a la guerra de Secesión. Fueron dando tumbos por varias calles adoquinadas mientras le explicaba que también quería enseñarle el barrio francés. Había dos ríos, el Cooper y el Ashley. Y su padre le aseguró que las playas eran magníficas en Isle of Palms y en Sullivan Island. Le dijo que podrían ir cuando hiciera mejor tiempo. La ciudad era pequeña, pero le ofrecía miles de oportunidades. Había varias universidades, cafés frecuentados por estudiantes y bonitas tiendas donde pasar un día de compras. Entonces se dio la vuelta y le preguntó si sabía conducir. Savannah se avergonzaba de tener que decir que no, pero era la verdad. Había muchas cosas de ella que su padre no sabía; pero estaba a punto de saberlas. Tom se preguntó si a fin de cuentas la huida de Nueva York acabaría resultando una bendición para ambos. De otro modo habría sido impensable que se trasladara a Charleston a vivir con él. Luisa no lo habría permitido; de hecho, habían pasado diez años sin que Savannah acudiera allí para nada. La había borrado de su vida. Al pensarlo se sentía muy avergonzado, y sabía que debería haber experimentado ese sentimiento con anterioridad. La situación siempre lo había incomodado, pero no lo bastante para plantar cara a su mujer y cambiar las cosas.

—Tengo el carnet —aventuró Savannah con cautela—. Hace un año que me lo saqué, y por mi cumpleaños me regalaron una «L», pero no la utilizo. Mamá no tiene coche; siempre alquila uno para salir los fines de semana. En la ciudad es demasiado complicado. Además, para conducir un coche de alquiler tienes que haber cumplido los veinticinco, o sea que no tengo mucha práctica —dijo con un tono casi lastimero.

—En Charleston es muy fácil conducir en cuanto te orientas un poco. Puedes hacer prácticas, te dejaré un coche de los nuestros. Hay varios que tienen bastantes años. —Obvió añadir: «Son para los criados», pero Savannah lo dedujo. Era un ofrecimiento muy amable—. Puedes llevártelo cuando vayas a clase.

Savannah volvió a asustarse al pensarlo, al imaginar un

instituto lleno de caras nuevas y sentirse tan distinta a los demás. Volvió a guardar silencio mientras lo pensaba. Pasaron por un bonito puente y entraron en Mount Pleasant, el elegante barrio donde vivía Tom, al este del río Cooper. Había kilómetros y kilómetros de mansiones impresionantes, todas con varias hectáreas de terreno alrededor, y todas con altos robles que delimitaban la parcela y bordeaban el camino de entrada. Tom volvió a recordarle a Savannah que tan solo estaban a diez minutos de la playa.

La arquitectura que contemplaba era de estilo colonial, con altas columnas de color blanco, entradas majestuosas, algunas puertas ornamentadas y largos caminos que daban acceso a las casas. Era la parte más lujosa de la ciudad, sin lugar a dudas, y Savannah no se sorprendió. Mientras miraba por la ventanilla no descubrió nada que le resultara familiar, hasta que de repente el taxi aminoró la marcha y enfiló el camino de entrada de una casa. Había una vasta extensión de terreno y el camino parecía interminable. Entonces, Savannah se volvió a mirar a su padre con los ojos como platos. Hasta ese momento no le sonaba nada, pero ahora sí.

—Me acuerdo de este camino. —Él le sonrió y pareció complacido.

En la entrada flanqueada por postes de ladrillos había una pequeña placa metálica que rezaba: THOUSAND OAKS. Su padre le explicó que, según se decía, mucho antes de la guerra, un millar de robles bordeaban la propiedad; de ahí el nombre. Nunca se había entretenido en contarlos, y dudaba que en la actualidad fueran tantos. La propiedad había quedado reducida a cuatro hectáreas que suponían una bonita extensión de terreno alrededor de la casa, sobre todo en la parte trasera. Savannah recordaba ahora que había una pista de tenis, y una piscina donde solía bañarse con su madre y sus hermanos. Tom la había construido para ellos, cosa que en su día suscitó gran entusiasmo; y a Savannah le encantaba. Había aprendido a nadar como un pez, y todavía conservaba el estilo. Formaba parte del equipo de natación del instituto, además del de voleibol. Iba a echar de menos todo eso.

A medida que avanzaban por el camino, distinguía mejor la casa. Era enorme, y absolutamente espectacular. Parecía sacada de una película. Ahora Savannah sí que la recordaba, pero era mucho más grande de lo que esperaba. Y los jardines de alrededor eran preciosos, y debían de serlo aún más en primavera. Su padre sonrió ante la mirada de asombro que observó en su rostro; estaba encantado. Tal vez le gustara vivir allí y eso compensara la separación temporal de su madre. Esperaba que fuera así.

La casa era de color blanco y tenía columnas altas, y la puerta principal estaba lacada en negro con un enorme picaporte antiguo justo en el centro. La habían construido en el siglo XVIII y formaba parte de la plantación original. Ahora no quedaba nada más que la casa y las cuatro hectáreas de terreno en las que se asentaba. Las ruinosas dependencias que habían habitado los esclavos se encontraban en la parte trasera de la propiedad, y ahora servían de cobertizo para almacenar herramientas y productos de jardinería. Costaba creer que la gente hubiera vivido en esas cámaras diminutas, hacinados en grupos de doce o quince. Su madre gustaba de explicar que los Beaumont eran muy amables con sus esclavos, pero Tom no se enorgullecía. Savannah le había preguntado sobre ello hacía años, durante sus visitas al lugar, y él siempre cambiaba de tema. No consideraba que la esclavitud fuera un buen tema de conversación.

El chófer sacó el equipaje del coche, y como por arte de magia aparecieron dos hombres afroamericanos que saludaron a Tom de forma calurosa. Uno era un amigo de la universidad que trabajaba para la familia a tiempo parcial y el otro era un anciano circunspecto de comportamiento amable y lenguaje cuidado. Jed llevaba años trabajando para la familia.

También estaba allí en tiempos de Alexa, y no le costó adivinar quién era la bella jovencita rubia a pesar de que no le habían anunciado su llegada. Era igual que su madre, y al verla en su rostro se dibujó una amplia sonrisa.

—Buenas noches, señorita Savannah. Me alegro de volver a verla —dijo Jed, como si hubiera esperado su visita durante mucho tiempo y con gran expectación.

Ella no lo recordaba, pero la conmovió descubrir que él se acordaba de su nombre, y Tom lo miró agradecido. La familia de Jed había trabajado para los Beaumont durante varias generaciones, ya desde los tiempos de la esclavitud. Y cuando quedaron libres, permanecieron allí. Jed sentía que un fuerte vínculo lo unía a la familia y a su casa, y desde muy pequeño estuvo destinado a trabajar para la madre de Tom. Ahora hacía de tutor y cuidador, y de vez en cuando también de camarero y chófer. Para Tom era como un padre.

Tom los presentó para que Savannah conociera el nombre de Jed, y también le presentó a Forrest, el joven estudiante. Entre los dos trasladaron las maletas mientras Tom pagaba al taxista, y Savannah aguardó al lado de su padre con desasosiego. Tom dio instrucciones de que dejaran el equipaje de Savannah en la habitación azul de las reservadas a los invitados. Era la más grande y elegante de las cuatro de que disponían, y en ella se sentiría bien acogida en los meses siguientes, mientras durara su visita. Allí tendría espacio de sobras para pasarlo bien con sus amigos cuando conociera a gente en el instituto.

Savannah entró en la casa detrás de Tom. El techo del recibidor era altísimo y de él colgaba una araña gigante de cristal que los primeros propietarios habían adquirido en Francia. También había una escalinata impresionante, de las que solo se ven en las películas. Ahora Savannah también la recordaba; se acordaba de bajarla corriendo con su madre cuando iban con prisas. Su antigua habitación estaba cerca de la de sus padres; la de sus hermanos estaba en el mismo pasillo, un poco más lejos. Era agradable, de color rosa, muy luminosa y tenía muchos animales de peluche, juguetes y cojines floreados. Contrastaba al máximo con la decoración que su madre había elegido para el dormitorio de Nueva York: simple, moderna y de un blanco anodino. Todavía estaba igual; era su habitación, la que acababa de dejar. En cierta forma reflejaba el estado de ánimo frío y apagado de su madre cuando se trasladaron al piso de Nueva York. Su vida era un desierto, y Savannah pensaba que, hasta cierto punto, el piso aún conservaba ese aspecto. Su madre había ganado calidez, pero el piso no. Y Thousand Oaks estaba inundada de un aire tradicional, antigüedades espectaculares, reliquias de familia y grandeza. Alexa vivió de maravilla durante los siete años que la casa representó su hogar. Y en ese momento Savannah también era feliz.

Su padre la acompañó al salón, igualmente suntuoso y decorado con antigüedades. Del techo colgaba otra bella lámpara de araña y los asientos estaban tapizados con elegantes brocados. Había esculturas y retratos de familia, y jarrones con flores. El ambiente desprendía un delicado aroma, y Savannah reparó en que las pantallas de las lámparas y los cortinajes estaban rematados con borlas de seda. Le recordaba a la decoración francesa. Todo estaba impecable y en perfecto orden, pero no se veía un alma. No había rastro de Luisa, ni de la hija que tenía con Tom. En la casa reinaba un silencio sepulcral.

Cruzaron el enorme comedor, en cuyas cuatro paredes colgaban sendos retratos de generales confederados, sus antepasados. Tom acompañó a Savannah hasta la cocina, que era grande, luminosa y moderna, y le dijo que cuando quisiera podía ir allí y servirse lo que le apeteciera. La comida la preparaba un cocinero y dos ayudantes, pero tampoco había rastro de ellos. La casa estaba desierta.

Entonces Tom la guió a la planta superior, a su dormitorio, y Savannah se quedó sin respiración. Era una habitación digna de una princesa o de una reina. Sus maletas reposaban sobre una base, listas para que las deshiciera. Pero Luisa seguía sin dejarse ver.

Tom dejó sola a Savannah y se dirigió a su dormitorio, que estaba en el mismo pasillo, un poco más lejos. Allí encontró a Luisa, tumbada bajo el dosel sostenido por las cuatro columnas de la gran cama de matrimonio, con un paño húmedo en la cabeza y los ojos cerrados. Lo había oído entrar en la habitación, pero no dijo nada.

—Ya estamos aquí —se limitó a anunciar él.

De vez en cuando dormía en su despacho, siempre que Luisa tenía uno de sus «días malos», lo cual equivalía a decir que no se hablaban. Esa era la excusa que le daban a Daisy para explicar que dormían separados; le decían que su madre tenía una migraña y que Tom se iba para no molestarla. Los dos trataban de ocultarle el hecho de que su matrimonio estaba haciendo aguas. Era demasiado joven para entenderlo; por lo menos, eso creían ellos.

—¿Luisa? —la llamó en voz más alta al ver que no contestaba.

Sabía que no dormía. Tenía la mandíbula tensa y estaba vestida, con un traje rosa de Chanel y una blusa con volantes del mismo color, y los zapatos rosa y negro, también de Chanel, estaban tirados junto a la cama. Tom tuvo la impresión de que se había acostado a toda prisa y se había puesto el paño húmedo en la cabeza al oírlos llegar. Luisa no tenía ninguna intención de saludar a Savannah. En su opinión, la chica no pintaba nada allí, y por lo que a ella respectaba, no era bienvenida.

—Tengo migraña —respondió con un chorro de voz que contradecía sus palabras, y con un fuerte acento surcarolino, igualito al de él.

La familia de Tom había vivido en Charleston durante cientos de años y la de Luisa se había afincado originalmente en Nueva Orleans pero se trasladó a Charleston antes de la guerra de Secesión. Su historia y sus raíces estaban muy vinculadas al Sur. A ninguno de los dos se le habría pasado por la cabeza establecerse en ninguna otra parte. La temporada que Luisa pasó en Dallas después de dejar a Tom había representado una agonía. Los texanos le parecían poco civilizados y chabacanos, pero le gustaba que la mayoría de ellos fueran ricos; por lo menos los que había conocido gracias a su marido lo eran. Sin embargo, tal como a ella le gustaba apostillar, no tenían otra cosa que dinero; de modales, nada. Luisa era una fanática de todo lo sureño; una nueva rica de los pies a la cabeza. No tenía ni una chispa del abolengo y la categoría de Charleston.

—Me gustaría que te acercaras a saludar a Savannah —dijo Tom con firmeza sin mostrar la mínima compasión por su dolor de cabeza, ya que desde el primer momento sabía que mentía—. Está en la habitación azul.

—Sácala de ahí inmediatamente —espetó Luisa con los ojos cerrados—. Esa habitación es para las visitas importantes, no para una niña. Ponla en alguna de las de arriba, que es donde tiene que estar.

Lo dijo todo sin abrir los ojos y no movió nada aparte de la boca. Las habitaciones de las que hablaba estaban en el ático y eran para las doncellas, y Tom notó que le hervía la sangre aunque no le sorprendía. Luisa ya les había declarado la guerra por teléfono a Savannah y a él por la mañana.

—Se quedará en la habitación azul —replicó él con decisión—. ¿Dónde está Daisy?

—Durmiendo. —Tom miró el reloj, eran las nueve y media.

—¿A estas horas? ¿Qué le has hecho? ¿La has drogado? Nunca se acuesta antes de las diez.

—Estaba cansada —dijo Luisa, y por fin abrió los ojos

para mirarlo, pero no hizo el mínimo gesto de ir a levantarse.

—¿Qué le has contado? —preguntó él, con la mandíbula también tensa.

Sabía que eso era solo el principio, tenía muy claro de lo que Luisa era capaz. Cuando quería, se comportaba de una forma vergonzosa. Sintió lástima de Savannah. Él estaba acostumbrado a las venganzas particulares y los ardides viperinos de Luisa, pero Savannah seguro que no, y no tenía ni idea de lo que le esperaba. De todos modos, la había llevado allí porque quería mantenerla a salvo de los peligros que la acechaban en Nueva York. Haría todo cuanto estuviera en sus manos para protegerla; la cuidaría lo mejor que supiera. Pero Luisa era un elemento peligroso; era consciente de ello.

—¿Sobre qué? —Luisa se lo quedó mirando con indiferencia en respuesta a la pregunta de qué le había contado a Daisy.

—Ya sabes de qué te estoy hablando. ¿Qué le has contado a Daisy sobre Savannah?

Escrutó a su mujer. Era igual de rubia que Savannah y Alexa, pero en su caso el color no era natural sino teñido. Llevaba una melena suelta hasta los hombros desde que tenía dieciséis años, y para conservar el peinado iba tres veces a la semana a la peluquería y utilizaba una cantidad ingente de fijador. Iba excesivamente acicalada, llevaba vestidos muy recargados y demasiado maquillaje para el gusto de Tom, y también muchas joyas, de las cuales algunas las había heredado de su madre y el resto eran regalos de Tom y de su otro marido.

—Le he dicho que en tu juventud tuviste un desliz y Savannah es el resultado, y que hasta ahora habíamos preferido no contárselo.

Tom pareció horrorizarse ante la idea de que Savannah era una hija ilegítima que había aparecido de repente, si eso era lo que le había contado a Daisy.

—¿Le has explicado que estuve casado con su madre?

—Le he dicho que no era necesario hablar de ello, que de hecho prefería no hacerlo, y que Savannah se quedará solo el tiempo imprescindible porque su madre tiene problemas.

—Por el amor de Dios, Luisa, tal como lo dices parece que esté en un centro de desintoxicación o en la cárcel. —Estaba consternado, pero no sorprendido.

—Daisy es demasiado joven para contarle que hay criminales que atentan contra la vida de Savannah. Se quedaría traumatizada de por vida.

Las mentiras que su madre le contaba también la dejarían traumatizada, Tom lo sabía muy bien. Pero resultaba muy difícil pararle los pies, o desmontar las historias a las que daba la vuelta en su propio beneficio. Luisa reunía todos los defectos que se decía que tenían las mujeres del Sur: era hipócrita y deshonesta y lo disfrazaba todo con una dulzura y una amabilidad fingidas. Claro que había muchos sureños, tanto hombres como mujeres, que no se servían de las buenas maneras para enmascarar las mentiras, sino que eran sinceros, pero Luisa no estaba entre ellos; siempre tenía un motivo oculto, un objetivo o un plan. El actual era amargarle todo lo posible la vida a Savannah, y de paso a Tom.

—Quiero que me acompañes y saludes a Savannah —repitió con una dureza inusitada en él.

A Luisa no le gustó en absoluto. Se incorporó en la cama con las piernas colgando y lo miró entornando los ojos.

—No intentes obligarme. No la quiero en esta casa.

—Eso me ha quedado claro. Pero ahora está aquí, por motivos de extrema importancia. Todo cuanto te pido es que seas amable.

—Me comportaré con corrección cuando me cruce con ella. No esperes más por mi parte.

Él asintió y salió de la habitación. Era obvio que Luisa no iba a acercarse a saludar a Savannah esa noche. Se dio por vencido y regresó solo al dormitorio de la chica. También quería pasar a ver a Daisy, pero antes volvió junto a Savannah.

—Luisa no se encuentra bien, está acostada —se limitó a decir, y Savannah adivinó lo que ocurría pero no hizo ningún comentario. De hecho, se alegraba de no tener que verla—. ¿Te apetece comer algo?

—No, estoy bien, papá. Gracias, pero no tengo hambre. Me dedicaré a deshacer las maletas.

Tom asintió y fue a su despacho para consultar el correo. Estaba tan enfadado con Luisa que prefirió no pasar a ver a Daisy. No estaba de buen humor y decidió quedarse a dormir en el despacho. No tenía ningunas ganas de pasarse la noche batallando con su mujer. Ya tendrían ocasión de hacerlo al día siguiente, y durante los tres meses que faltaban para el juicio. Cerró la puerta sin hacer ruido y Savannah hizo lo propio con la de su dormitorio.

Permaneció sentada en el amplio y cómodo sillón y miró alrededor. Todo estaba decorado con seda y raso de color azul pálido. Las cortinas tupidas estaban recogidas con sendas borlas azules, había un bello tocador antiguo con un espejo y una pequeña zona de lectura con una estantería y dos sofás de dimensiones reducidas. La habitación disponía de una iluminación cálida y una decoración elegante. Era mucho más pomposa del estilo al que estaba acostumbrada, y tenía una gran cama con dosel del que también colgaban unas cortinas de seda tupida.

Sin duda la habitación era preciosa, aunque no se sentía acogida. Sabía que su padre llevaba una vida desahogada, pero no se había dado cuenta de que disfrutara de tanto esplendor. Cuando entró en la casa se sintió desconcertada, y aún estaba un poco fuera de lugar. No tenía la sensación de que pudiera andar por la casa en vaqueros y descalza, ni con un viejo camisón de franela agujereado. Era el tipo de casa que pedía que fueras bien vestido y te sentaras con la espalda recta en las sillas tapizadas de seda, sin ocasión de relajarse ni soltarse el pelo. Costaba imaginar que alguien pudiera vivir allí y sentirse cómodo al mismo tiempo. Y aún más a un niño; de momento, no había visto a ninguno. Del mismo modo que su madre, la hermanastra de diez años no había aparecido por ninguna parte desde su llegada, y en la casa seguía respirándose un silencio sepulcral mientras Savannah miraba las maletas y trataba de reunir fuerzas para deshacerlas. En vez de eso, cogió el teléfono móvil y llamó a su madre. Eran las diez, y no había diferencia horaria con respecto a Nueva York. Sabía que a esas horas Alexa todavía estaba despierta, y le sorprendió mucho descubrir que ese día estaba durmiendo. La había acometido un sueño profundo después de pasarse horas llorando, pero eso no se lo dijo a Savannah.

—¿Cómo te va, corazón? —se apresuró a preguntarle, y Savannah exhaló un suspiro.

—Me siento rara. La casa es increíble y papá está siendo muy amable. Me han puesto en una habitación de invitados enorme y muy elegante, toda decorado en azul.

Alexa la conocía bien; en sus tiempos ya la llamaban «la habitación azul», y antes de casarse con Tom ella misma se alojaba allí siempre que iba a visitarlo. Ahora era Savannah quien la ocupaba. Alexa podía formarse una imagen detallada.

—Lo que pasa es que todo es demasiado pomposo y formal, como en un museo.

No se sentía para nada como en casa, aunque de niña hubiera vivido allí.

—Esa casa tiene historia; tu padre está muy orgulloso de ella. Tu abuela vive cerca en una casa aún más grande; por lo menos que yo sepa. Es una antigua plantación que tu abuelo compró cuando se casaron.

Eran demasiadas cosas para que Savannah las asimilara. Echaba de menos a su madre y su habitación, y también la vida en la ciudad. Eso era todo cuanto le preocupaba de momento; la elegancia y la historia del Sur le daban igual.

—Te echo de menos, mamá —le confesó con tristeza—. Mucho. —Hacía esfuerzos para no echarse a llorar, igual que Alexa.

—Yo también, corazón. No tardarás mucho en volver, te lo prometo. Y yo iré a verte en cuanto pueda.

No le gustaba nada tener que ir allí, pero por ver a su hija habría bajado al mismísimo infierno. Claro que, desde su punto de vista, Charleston y todo lo que había vivido allí no distaba mucho de serlo.

—¿Cómo está Luisa? —Alexa contuvo la respiración al formular la pregunta. Sabía de lo que aquella mujer era capaz, y detestaba tener que exponer a Savannah en primera línea.

—Aún no la he visto. Papá me ha dicho que tenía dolor de cabeza y se había acostado. —Alexa se mordió la lengua y no contestó—. A Daisy tampoco la he visto. También se ha ido a la cama. Parece que aquí todo termina temprano. —Al contrario que en Nueva York, donde había movimiento durante toda la noche—. Papá dice que me dejará un coche para que lo conduzca yo.

—Ve con cuidado —le recomendó su madre—. No tienes práctica todavía.

La ciudad era pequeña y no había mucho tráfico. Tom era muy amable poniendo un coche a su disposición. Eso le daría cierta libertad, sobre todo cuando empezara las clases.

—Me muero de ganas de verte —dijo con tristeza, y deseó estar a su lado.

—Yo también. Creo que será mejor que deshaga las maletas. Mañana iremos a hacer una visita turística.

—Eso es otro mundo, ya lo verás. La Confederación se mantiene bien viva. Para ellos la guerra de Secesión aún no ha terminado. Siguen odiándonos y se aferran a cualquier reducto de su memoria histórica. No se fían de nadie que no sea del Sur. Pero también tienen muchas cosas buenas, y Charleston es una ciudad muy bonita. A mí me encantaba vivir allí, y me habría quedado toda la vida si... bueno, ya conoces el resto. Creo que te gustará. Tiene de todo: belleza, historia, una arquitectura espléndida, unas playas preciosas, un clima agradable y gente amable. No se encuentran muchos sitios así.

No costaba deducir que en otro tiempo Alexa se había sentido muy apegada al lugar, por mucho que ahora sus sentimientos fueran otros.

—Yo solo quiero volver a casa contigo —respondió Savannah con tristeza.

El paisaje y los detalles históricos de Charleston no le interesaban en absoluto; ni siquiera tenía ganas de ir al instituto. Solo quería regresar junto a sus amigos de Nueva York y terminar el último curso de secundaria, pero no podía por culpa de un puñado de cartas estúpidas que le había escrito algún chalado. No era justo.

—Creo que será mejor que empiece a deshacer el equipaje. ¿Me pusiste música?

—Claro. —Alexa se alegró de haber pensado en ello.

En la habitación no había ningún aparato para escuchar música, pero su madre le dijo que dentro de una maleta encontraría el discman y el iPod. Tenía de todo. Y no le haría falta molestar a nadie, lo cual le pareció una suerte.

Pusieron fin a la llamada y Savannah, con calma, abrió las maletas y empezó a colgar la ropa. Estaba todo, su ropa preferida y también la de su madre. Se le llenaron los ojos de lágrimas al ver los dos jerséis de color rosa, los zapatos negros de tacón alto sin estrenar que tanto le gustaban a su madre y un suéter de leopardo también nuevo que no había pedido pero que le encantaba. Vio los dos osos de peluche y los colocó encima de la cama con una sonrisa; se alegraba de verlos por primera vez en varios años. Se le antojaron viejos amigos, los únicos que tenía allí por el momento. Luego dispuso la pila de CD sobre el tocador junto con el discman y el iPod, y al darse la vuelta para sacar más cosas de la maleta notó que en la habitación había alguien más. Estuvo a punto de retroceder de un salto cuando vio a la niña en camisón plantada junto a la cama, mirándola. También tenía el pelo largo y rubio, y unos ojos verdes enormes.

—Hola —fue lo único que dijo. Tenía la expresión seria, y su camisón estaba todo salpicado de lazos y osos de peluche estampados. Parecía una muñequita—. Ya sé quién eres —confesó con aire solemne.

—Hola —saludó Savannah en voz baja. Aún estaba sobresaltada pero no quería asustar a la niña—. Somos hermanas. —Se le hacía extraño decirlo en voz alta.

—Yo no he sabido que existías hasta hoy. Mi madre me lo ha contado. Dice que hace tiempo mi padre estuvo casado con tu madre durante unos meses y entonces naciste tú.

—Más bien fueron siete años —contestó Savannah en defensa de su pasado y su territorio, y al hacerlo se sintió como si también ella tuviera diez años en lugar de diecisiete.

—Mi madre cuenta mentiras —soltó Daisy sin rodeos. Era muy duro oír a una niña de diez años decir una cosa así de su madre, pero era la verdad—. Lo hace muchas veces. Nunca me había hablado de ti. Dice que a mi padre le daba vergüenza, y por eso no me habían contado nada. Y también dice que ahora estás aquí porque tu madre tiene problemas con la justicia.

Esas eran las palabras exactas que había empleado Luisa, y Savannah soltó una carcajada. Resultaba indignante, y le sirvió para hacerse una idea de qué clase de persona era su madrastra.

—¿Está en la cárcel?

—No. —Savannah seguía riéndose cuando se sentó en la cama e hizo señas a Daisy para que se acercara y se sentara a su lado. La niña le hizo caso—. Mi madre es fiscal y está intentando meter en la cárcel a un hombre muy, muy malo.

—¿«Fiscal» es una palabrota?

Daisy parecía preocupada, y Savannah se echó a reír otra vez. Sabía lo que la niña se estaba imaginando, y no le habría sorprendido descubrir que Luisa también había dicho eso de ella.

—No. Quiere decir abogada. Trabaja en la fiscalía del distrito y mete en la cárcel a los criminales. Hará de abogada de la acusación en un juicio y llevará a prisión a un hombre muy malo que ha hecho muchas cosas horribles.

Sabía que no debía asustar a Daisy contándole que ese hombre había matado a diecisiete mujeres, o tal vez más.

—Recibí unas cartas muy feas que creemos que escribió un amigo suyo, y mi madre ha preferido que me marche hasta que acabe el juicio para que no pueda mandarme ninguna más. Por eso estoy aquí.

—¿El hombre sabe que estás aquí? —Daisy parecía preocupada, y Savannah negó con la cabeza.

—No, y no lo descubrirá. Por eso mi padre me ha traído aquí, para que nadie sepa dónde estoy.

—¿Y tu madre? ¿Sabe que estás aquí?

Daisy mostraba mucho interés por todo lo que contaba Savannah y no se perdía detalle. La creía. Tenía claro que su madre no era de fiar, por muy triste que fuera. Le había mentido otras veces, le había contado cosas que no eran ciertas sobre personas que no le caían bien o para salir airosa. Una vez había echado de casa a una niñera a quien Daisy adoraba porque creía que se estaba encariñando demasiado con ella. Luego le contó a la niña que la mujer se había ido y que no la quería. Pero la cocinera le explicó la verdad. Daisy no había vuelto a tener noticias de la niñera.

—Mi madre y nuestro padre han decidido que lo mejor es que viva aquí.

—Me parece que mi madre no está muy contenta —la advirtió Daisy con los ojos muy abiertos, y Savannah asintió.

—Creo que tienes razón.

—Oí cómo le gritaba a mi padre. Lo hace muchas veces. Se pelean.

Lo explicó como si fuera un deporte, como quien se dedica a jugar al golf. Solo hacía cinco minutos que se conocían, pero Daisy le había hecho a su hermana un buen resumen de la situación. Con todo, a Savannah no hubo nada que le sorprendiera. Sabía más o menos lo que se iba a encontrar. Y de momento todo iba según lo previsto; nada de bienvenidas por parte de Luisa.

—Cuando se enfada es tremenda, así que ten cuidado. Me gustan tus ositos de peluche —dijo, volviéndose a mirarlos—. Yo también tengo uno, siempre duermo con él. —Sonrió a Savannah con timidez.

—¿Quieres escuchar la música que he traído mientras deshago las maletas? —la invitó Savannah, y Daisy respondió con una sonrisa de oreja a oreja.

Savannah fue a por el iPod, lo llevó hasta Daisy y lo puso en marcha. La niña conservó la sonrisa y empezó a cantar, y luego bajó la voz para que no la oyera nadie. No quería que su madre se enterara de que estaba en la habitación de Savannah. Le gustaba estar allí, su hermana le caía bien.

Aún estaba escuchando música con el iPod cuando Savannah terminó de ordenar sus cosas. La habitación era enorme, tenía mucho más espacio del que necesitaba. Había un vestidor gigante con repisas para los zapatos.

Daisy seguía sentada en la cama y apagó el iPod para poder seguir hablando con Savannah.

—Me gusta la música que has traído. Es genial. —La niña hablaba arrastrando las palabras, igual que el padre de ambas, solo que en ella ese acento sonaba más delicado. Entre unas cosas y otras, se habían hecho las once de la noche—. ¿Te gusta que tu madre sea abogada? La mía no hace nada. Solo juega al bridge y queda para comer con amigas; y también va mucho de compras.

—A mí me encanta ir de compras —reconoció Savannah—. Y mi madre también lo hace, pero trabaja mucho. Tiene un trabajo muy interesante, solo que de vez en cuando ocurre alguna tontería, como lo de las cartas. Es la primera vez. Mi abuela también era abogada —añadió—. Ahora es jueza.

—Yo creía que todos los jueces eran hombres. —Daisy la miró perpleja.

—Qué va —respondió Savannah—. También pueden ser mujeres. Trabaja en el Juzgado de Familia, trata divorcios, custodias y muchos temas relacionados con los niños.

—Debe de ser muy inteligente. —Daisy estaba impresionada.

—Sí que lo es, y muy buena. La quiero mucho.

—Mi abuela es la presidenta generala de las Hijas Unidas de la Confederación. —El nombrecito se las traía para una niña de diez años, pero lo pronunció con mucha soltura. No se daba cuenta de que también estaba hablando de la abuela de Savannah—. Y tengo dos hermanos: Henry y Travis. —Ante eso, Savannah se echó a reír.

—Yo también.

—Qué raro. —Daisy parecía sorprendida.

—Son los mismos, porque nuestro padre es el mismo —explicó Savannah.

—Aaah; eso sí que es raro —dijo la niña sonriendo—. Siempre he querido tener una hermana.

—Yo también.

—¿Sabías que yo existía? —preguntó Daisy, recostándose en los almohadones y mirando a su hermana.

—Sí, sí que lo sabía —dijo Savannah con delicadeza—. Mi madre me lo contó hace mucho tiempo. —Entonces se le ocurrió una idea—. ¿Quieres dormir conmigo esta noche?

La cama era tan grande que cabían hasta diez, y Savannah creyó que podía servir para fortalecer un vínculo que había empezado con buen pie. Daisy sopesó el ofrecimiento y asintió.

—¿Quieres ir a por tu osito? —preguntó Savannah, ya que Daisy había dicho que solía dormir con él.

—Prefiero no hacerlo. A lo mejor mi madre me oye y no me deja volver. —Era una respuesta inteligente, y tenía razón—. Dormiré con uno de los tuyos.

Savannah retiró la ropa de cama y Daisy se coló entre las sábanas con una sonrisa. Entonces Savannah se puso el camisón y al cabo de unos minutos estuvo de vuelta. Daisy la esperaba bien despierta, y Savannah apagó la luz y también se metió en la cama.

—¿Tienes miedo de estar aquí? —susurró Daisy al cabo de unos minutos.

Las dos estaban tumbadas en la oscuridad, con los ojos puestos en el dosel de seda azul que cubría la cama. La pregunta hizo que Savannah se acordara de su madre y de lo mucho que la echaba de menos, y de lo extraño que le resultaba encontrarse allí.

—Un poco —respondió, también con un susurro—. Por eso te he pedido que te quedes a dormir conmigo esta noche. —En respuesta, Daisy deslizó su manita para coger con fuerza la de Savannah.

—Todo irá bien —la tranquilizó—. Papá no dejará que te pase nada, y el hombre malo no te escribirá ninguna carta más, y luego tu madre lo meterá en la cárcel. Además, ahora nos tenemos la una a la otra —dijo con la dulzura y la inocencia propias de la niñez. Sus palabras y el tacto de su manita hicieron que a Savannah se le arrasaran los ojos en lágrimas.

—Gracias —dijo en voz baja, y se inclinó para besar a Daisy en la mejilla. Tenía la piel suave y a Savannah le recordó a la de un bebé. Daisy sonrió y cerró los ojos sin apartar la mano de la de Savannah. Poco a poco fue relajándola y las dos se quedaron dormidas.

Era más de medianoche cuando su padre llamó a la puerta con suavidad. Al no obtener respuesta, la abrió un poco para echar un vistazo. Se dio cuenta de que Savannah estaba acostada, y entró de puntillas en la habitación a oscuras. Y de repente, a la luz de la luna, reparó en las dos siluetas tumbadas boca arriba, una junto a la otra. Vio a sus hijas dormidas, cogidas de la mano. Las contempló durante un minuto con gesto enternecido mientras las lágrimas le caían por las mejillas. Luego salió del dormitorio con el mismo sigilo con que había entrado y cerró la puerta.

8

Cuando Savannah se despertó por la mañana el sol entraba a raudales en la habitación y Daisy no estaba. Se sorprendió de ver que eran las diez y que había dormido como un tronco. No había oído a Daisy salir del dormitorio por la mañana, y no había rastro de que hubiera estado allí. Había abandonado la habitación al amanecer para que no la encontraran en la cama de Savannah; si no, su madre le haría pasar un infierno.

Savannah se duchó, se cepilló el pelo y los dientes y se vistió, y luego bajó a la cocina, donde vio a dos mujeres sentadas a la mesa. Cuando entró, le sonrieron.

—Buenos días —saludó con cautela, preguntándose dónde estaría su madrastra.

—Estábamos esperando a que te levantaras. No queríamos despertarte —dijo la mayor—. El señor Beaumont ha dicho que volverá a las once para recogerte. Tenía que solucionar unos asuntos en el despacho. Y la señora Beaumont está en la peluquería y luego ha quedado en el centro para comer.

Eso significaba que su padre regresaría al cabo de media hora para la visita turística que le había prometido. Las dos mujeres se presentaron; eran Tallulah y Jane. Tallulah era la mujer de Jed, y Jane procedía de Memphis y también hablaba con un acento peculiar pero distinto. A Savannah le fascinaban sus pronunciaciones.

Le preguntaron qué le apetecía desayunar, y ella dijo que le bastaba con unos cereales y que podía preparárselos ella misma, pero ellas insistieron en servírselos en un bol de porcelana floreada sobre un mantel de lino con delicados bordados. Allí todo era elegante. No había nada sencillo, ni simple, ni práctico, a diferencia de aquello a lo que estaba acostumbrada. Se sentía completamente fuera de lugar. Su madre y ella vivían cómodamente, pero su estilo de vida no se parecía en absoluto al de allí. Era otro mundo. Ahora se daba cuenta del shock que debía de haberle supuesto a su madre abandonar todo eso cuando la desterraron. Debió de sentirse como Cenicienta después del baile, cuando la carroza se convierte en calabaza, los caballos blancos en ratones... Y encima el príncipe azul le salió rana. Savannah se apenó mucho por ella.

Estaba terminándose los cereales cuando su padre regresó y entró a zancadas en la cocina. Se le veía tan guapo como siempre, con una americana de tweed de corte inmaculado y unos pantalones anchos de color gris.

—Hola, Savannah —saludó en tono jovial—. ¿Qué tal has dormido?

—Como un bebé.

—¿Estás lista para la gran ruta turística? —Ella asintió, dio las gracias a las dos mujeres vestidas con uniforme blanco y delantales de puntilla almidonada y lo siguió hasta el recibidor. Fue a por una chaqueta y el bolso, ya que no hacía frío pero soplaba una fresca brisa procedente del océano, como ocurría a menudo en Charleston, y eso provocaba que en verano tuvieran una humedad sofocante. Al cabo de cinco minutos estaban montados en el coche de Tom, un Jaguar, y se dirigían al centro de la ciudad.

Charlaron con desenfado sobre la ciudad, y el primer sitio al que la llevó fue al Fuerte Sumter, para instruirla un poco en la historia del lugar. Allí se produjo el primer disparo de la guerra de Secesión. A Savannah la visita le pareció fascinante, sobre todo la visión tendenciosa que tenían sobre todas las cosas. Todo giraba en torno a la Confederación y el Norte no importaba para nada; de hecho, parecía que para ellos solo existiera como el enemigo al que habían odiado ciento cincuenta años atrás, y al que algunos aún seguían odiando.

Después la llevó al barrio francés para echar un vistazo, y luego a comer a un pintoresco restaurante con jardín interior. La carta ofrecía platos condimentados según el estilo local, e incluía sopa de cangrejo, delicias de cangrejo y langostinos con arroz, todo acompañado de exquisitas salsas con especias aromáticas. Estaba todo riquísimo y los dos lo pasaron muy bien durante la comida; luego él alquiló un coche de caballos para pasear por las calles adoquinadas. Vieron más lugares históricos y él le indicó algunas cafeterías frecuentadas por gente joven.

Más tarde le mostró varias tiendas a las que tal vez Savannah quisiera echar un vistazo en algún momento, y de regreso a casa pasaron por las espectaculares playas de Sullivan Island.

A las cuatro y media estaban de vuelta tras haber pasado un maravilloso día juntos. Durante la comida su padre le explicó que al día siguiente empezaría el instituto. Lo tenía todo dispuesto. Ingresaría en el último curso, por supuesto, y si quería podía asistir a la ceremonia de graduación junto con los demás estudiantes, aunque su diploma oficial lo expediría el centro de Nueva York. Habían enviado su expediente académico por fax, y en el instituto de Charleston quedaron impresionados por sus notas. Tom se encargaría de acompañarla por la mañana y también la recogería por la tarde por ser el primer día. A partir de entonces dispondría de un coche para poder desplazarse por su cuenta. Ese día había hecho el cambio de nombre. No había dejado ningún cabo suelto, se había ocupado de todo; Savannah se sintió conmovida.

Cuando entraron en casa los dos sonreían y charlaban amigablemente, y ambos se sorprendieron al darse de bruces con Luisa, que también acababa de llegar de la comida en el centro de la ciudad. Cuando los vio, ya era demasiado tarde para evitarlos o esconderse. El temido encuentro entre Savannah y su madrastra ya no tenía dilación posible.

—Hola —saludó Savannah con timidez.

Fue la primera en hablar, puesto que Luisa la miraba de hito en hito sin pronunciar palabra. Llevaba un traje de color azul marino con las solapas de raso y pendientes de zafiro. Su peinado recordaba a un casco, sin un solo pelo fuera de su sitio. La manicura era impecable, y sus ojos se clavaban en los de Savannah como si fueran puñales.

—Ella es Savannah —dijo Tom con amabilidad para romper el hielo, como si Luisa no lo supiera—. Y, Savannah, ella es Luisa, tu madrastra.

Al instante supo que había cometido un error, pues su mujer se volvió hacia él con una mirada feroz e ignoró a la chica.

—No soy su madrastra —repuso con dureza—. Puede que sea hija tuya, pero mía no lo es; de ningún modo. Y no te olvides de quién es tu verdadera hija en esta casa.

—Las dos son mis hijas verdaderas —contestó Tom con decisión, y a Savannah le entraron ganas de que se la tragara la tierra y desaparecer. La cosa no le hacía ninguna gracia. Daisy tenía razón; Luisa estaba furiosa por tenerla allí y no hacía el mínimo esfuerzo por ocultarlo. En realidad quería asegurarse de que Savannah tuviera claro hasta qué punto estaba de más.

—Lamento que lo veas de ese modo —dijo Luisa, dándoles la espalda y dirigiéndose a la cocina para hablar de la cena con la cocinera.

Savannah se preguntó si le permitirían cenar con ellos. No parecía probable, y aunque se lo permitieran, la perspectiva no le resultaba muy gratificante.

Tom la miró con aire de disculpa y se encogió de hombros.

—Ya se le pasará. Es duro para ella —dijo sin mucha convicción; era incapaz de explicar la vergonzosa conducta de su esposa y se sentía incómodo.

Savannah estaba tratando de tranquilizarlo cuando Daisy bajó la escalera dando saltos y se abrazó a la cintura de Savannah. Aún estaba así cuando Luisa apareció de nuevo en el recibidor, y al ver a Daisy abrazada a su hermana dio la impresión de que estaba a punto de sufrir un ataque de nervios.

—¿Os habéis vuelto todos locos? —exclamó dirigiéndose a su marido y a su hija—. A esta chica no la conocemos de nada. La tendremos aquí unos días porque la has traído tú, pero no forma parte de esta familia; por lo menos, seguro que de la mía no. Quiero que los dos tengáis eso presente, y no os olvidéis de quién soy yo. Soy tu madre, Daisy, y la mujer de tu padre; pero los errores que él haya podido cometer en el pasado no son asunto ni problema mío, ni tuyo tampoco —dijo mirando fijamente a la niña, quien retiró los brazos de la cintura de su hermana para no enfadar más a su madre—. Haremos lo que tengamos que hacer porque no nos queda más remedio, pero no hay ninguna necesidad de que actúes como si fuera un miembro de la familia al que habías perdido la pista y a quien piensas acoger en casa. Este es nuestro hogar, no el suyo. Y no pertenece a mi familia ni a la tuya.

Volvía a dirigirse a Daisy; y, dicho esto, lanzó una mirada furibunda a su marido, ignoró a Savannah y subió la escalera a toda prisa con paso decidido. Al cabo de un instante la oyeron estampar con ganas la puerta de la habitación, y se quedaron quietos mirándose, incómodos y desconcertados.

Tom se volvió con aire de disculpa hacia su hija mayor, que estaba consternada y al borde de las lágrimas. Luisa los había arrollado con la fuerza de un huracán.

—Papá, quizá es mejor que me vaya —susurró—. En Nueva York estaré bien. Mamá está muy nerviosa, eso es todo. No quiero causar problemas aquí. —Ni tampoco estaba dispuesta a permitir que la trataran como a una paria, ni a aguantar los insultos de una mujer que a todas luces la odiaba.

—No te irás a ninguna parte —respondió su padre con decisión, y le dio un abrazo—. Lo siento. Luisa tiene un genio terrible. Se le pasará. —Entonces miró a Daisy, que parecía tener el ánimo por los suelos.

—¿Te irás? —preguntó a Savannah.

—No lo sé —respondió ella con sinceridad—. Creo que sería lo mejor. No quiero molestar a tu madre.

—Se está portando mal —soltó Daisy, enfadada—. Me gusta que estés aquí. Quiero tener una hermana. No te vayas —dijo en tono suplicante, y volvió a rodear a Savannah por la cintura. Costaba mucho resistirse.

Tom las acompañó arriba, con un brazo sobre los hombros de cada una. Él también estaba contento de tener allí a Savannah. Siempre había querido que fuera a visitarlos, pero Luisa nunca se lo había permitido. Ahora el destino le había arrebatado el poder de decisión, y Tom se alegraba de ello. Estaba de acuerdo con Daisy; no quería que Savannah se fuera.

Indicó a Daisy que se pusiera a hacer los deberes, y luego dejó a Savannah en su dormitorio y le pidió que se relajara. Ella volvió a darle las gracias por el día tan agradable que habían pasado juntos, pero en sus ojos había preocupación; y en cuanto Tom se hubo marchado, telefoneó a su madre y le explicó lo ocurrido.

—Menuda zorra —soltó Alexa en tono exasperado.

—No sé qué hacer, mamá. Creo que debería irme. Da más miedo ella que el tipo que me escribe las cartas. Hace un minuto parecía que quisiera matarme.

—Es probable que quiera matarte, pero no lo hará. En cambio, el tipo que te escribe las cartas sí que es capaz. No quiero que vuelvas. Detesto hacerte esto, pero tienes que intentar aguantar mecha. Mantente todo lo alejada que puedas de ella. ¿Tu padre le ha dicho algo para ponerla en su sitio?

—Lo ha intentado. Pero ella no le ha hecho caso y le ha echado un rapapolvo.

—Como siempre, y su madre hace lo mismo. Las dos juntas son de armas tomar, no hay quien pueda con ninguna de las dos. No es que no le agradezca lo que está haciendo por ti, acogiéndote en su casa, pero no tiene huevos. Luisa se los arrancó hace diez años.

A Savannah no le hizo gracia oír eso, y Alexa lamentó al instante haberlo dicho. Era el padre de Savannah; pero, por otra parte, sabía que lo que acababa de afirmar era cierto. Ella misma era la prueba evidente.

—Lo siento, no debería haber dicho eso —se disculpó enseguida—. Quédate encerrada en tu habitación, o sal a dar una vuelta, o enchúfate el iPod. No quiero que vuelvas a Nueva York hasta que acabe el juicio.

Savannah se sintió como si acabaran de condenarla a trabajos forzados, o como si la hubieran encerrado en una cárcel, por muy bonitos que fueran los muebles y muy grande que fuera la casa. Detestaba estar allí. Y Luisa la detestaba a ella. Iba a pasar tres meses horribles. Además, su madre tenía razón. Su padre no podía con Luisa. Acababa de ser testigo de ello.

—Lo intentaré —fue todo cuanto Savannah pudo prometer, y se hizo el firme propósito de aguantar hasta que su madre fuera a visitarla. No obstante, si para entonces las cosas no iban mejor, volvería a Nueva York con ella, o se escaparía de casa. No pensaba soportar eso durante tres meses, ni por su madre ni por nadie.

—Lo siento, pequeña. Este fin de semana no podré ir a verte. Pero el siguiente sí, te lo prometo. Ve a lo tuyo y no hagas caso de Luisa.

—Vale, de acuerdo —respondió Savannah, y colgó el teléfono. Ahora también estaba enfadada con su madre por haberla enviado a vivir con semejante bruja. Era peor que la madrastra más malvada de los cuentos de hadas o las películas. Lo de Cenicienta era coser y cantar comparado con lo que le tocaba aguantar a ella. Mientras lo pensaba, Daisy entró en su habitación con aire preocupado.

—¿Estás bien? —preguntó la niña.

—Más o menos —respondió Savannah, desanimada. Y entonces le sonrió—. No estoy acostumbrada a esto. Preferiría estar en casa —dijo sin rodeos, y Daisy asintió.

—Ya lo sé. Mi madre puede ser muy cruel. Con mi padre lo es mucho.

—Debe de resultarte duro —comentó Savannah compadeciéndola, y Daisy se encogió de hombros.

—Mi padre se porta siempre muy bien conmigo, y con mis hermanos. —Sonrió a Savannah y le dio un abrazo—. Ojalá te quedes aquí.

—Ya veremos —contestó Savannah sin comprometerse, pero no se imaginaba lo que sería pasar tres meses allí hasta que se celebrara el juicio, o tal vez cuatro si la cosa se alargaba, lo cual era probable. Tenía la impresión de que sería un proceso complicado.

Mientras las dos chicas charlaban en el dormitorio de Savannah, Tom y Luisa mantenían una discusión en la suya.

—¿Qué demonios tienes en la cabeza? —soltó él hecho una furia—. Mira que decir esas cosas delante de Daisy y de Savannah... ¿Cómo es posible que te moleste tanto tener en casa a una adolescente de diecisiete años?

—¡No la quiero aquí! —gritó Luisa a su vez—. Vino a este mundo por culpa de un desliz tuyo, y no la quiero delante de mis narices, ni tampoco que la metas en mi casa. —Le hablaba con tono de superioridad, y él se la quedó mirando sin dar crédito.

—¿Te has vuelto loca? No puedes inventarte cosas sobre mi vida y pretender que me lo crea, Luisa. Yo lo he vivido. Me abandonaste con los niños, me dejaste tirado, te divorciaste de mí y no quisiste saber nada de ellos, y luego te casaste con otro hombre porque tenía más dinero que yo. Yo me casé con Alexa mientras tú estabas casada con él y te gastabas alegremente su dinero en Dallas; en ese momento yo no te importaba un pimiento, y tus hijos tampoco. No volviste a preocuparte por mí hasta que él murió, y entonces decidiste que querías recuperar tu vida, Dios sabrá por qué. A lo mejor te sentías sola, porque seguro que por dinero no fue. Me liaste para que me acostara contigo, y yo fui un estúpido y caí en la trampa; y ya procuraste tú quedarte embarazada para poder irle a mi madre con el cuento de que no podía permitir que tuvieras un hijo ilegítimo. Y como me diste lástima, dejé a la mujer a la que amaba por ti. Savannah es el resultado de un matrimonio respetable con una mujer increíble que se portó de maravilla con tus hijos, y a la que abandoné porque fui tonto y quise portarme bien contigo. ¡Menuda gilipollez! Y nuestro matrimonio también es una gilipollez. Te he consentido que me obligaras a mantener a Savannah lejos de aquí durante diez años, y todo por hacerte feliz. He apartado de mí a mi propia hija. Me maravilla que todavía me dirija la palabra. Y ahora que su vida corre peligro y la traigo aquí tres meses, la tratas fatal y a mí me dejas por los suelos, y pretendes hacerme ver que es culpa de un desliz que cometí con una puta con la que te engañé. No pienso volver a abandonar a mi hija para tenerte contenta. Ya me porté bastante mal con su madre.

—Si tanto lo sientes, vuelve con ella —soltó Luisa con frialdad.

—No se trata de eso. Puede que contigo me portara bien, pero con ella hice precisamente todo lo contrario. Los dos lo sabemos, y tú también, así que déjalo correr y sé amable con Savannah si no quieres tener serios problemas conmigo.

Sin pronunciar ni media palabra más, y antes de que Luisa pudiera contestar, Tom salió como una flecha del dormitorio y cerró la puerta de golpe.

Las dos chicas lo oyeron desde la habitación de Savannah pero no dijeron nada. Se imaginaban lo que había pasado, y por qué. Era la primera vez en mucho tiempo que Tom le plantaba cara a Luisa de esa manera, si es que había habido alguna ocasión anterior; y ella estaba furiosa pero no insistió más en el tema sino que se limitó a quedarse encerrada en su habitación.

Él regresó a su despacho y llamó a su hijo mayor, Travis, para invitarlo a cenar esa noche junto con su novia, Scarlette. Esa mañana en el banco le había contado que Savannah iba a pasar una temporada allí. Travis se había sorprendido ante la explicación. No le costaba ningún esfuerzo imaginar lo descontenta que estaría su madre. Durante diez años había tenido prohibido mencionar a Alexa o a Savannah, y siempre se había sentido culpable por no mantener el contacto con ellas. Lo intentó por un tiempo pero acabó dejándolo correr, y sabía que a su hermano le había ocurrido lo mismo. Travis tenía quince años cuando Alexa se marchó, o sea que aún era muy joven, aunque la quería y era consciente de que ella se había portado muy bien con él, lo cual contribuía a que se sintiera peor. Luisa le había dejado muy claro que consideraría cualquier intento de ponerse en contacto con Alexa una traición a su verdadera madre, y él había sucumbido a la presión a causa de su corta edad.

Ahora tenía veinticinco años, trabajaba en el banco que su padre dirigía en la ciudad. En junio pensaba casarse con una chica que pertenecía a una familia de Charleston muy bien situada cuyos antepasados estaban aún más vinculados con la Confederación que los suyos. Scarlette tenía a más generales en la familia que robles había en Thousand Oaks. Era una chica estupenda, y Travis estaba profundamente enamorado de ella. Era enfermera y tenía un carácter muy agradable. A él le gustaba el hecho de que trabajara y se comportara con sencillez, por muy ilustre y rica que fuera su familia. Su intención era seguir ejerciendo su profesión hasta que tuvieran hijos, lo cual a Luisa le parecía ridículo. No veía apropiado que la mujer de un Beaumont fuera enfermera. Travis, sin embargo, estaba encantado y apoyaba la decisión de su novia.

A su padre se le oía tenso y exasperado cuando lo llamó para invitarlo a cenar junto con Scarlette.

—En casa las cosas se tambalean —dijo con sinceridad—. Tu madre está molesta por lo de Savannah. Muy molesta. Ya sabes cómo es.

Travis conocía a la perfección sus arranques de genio. Los sufría por cualquier motivo, aunque podía hacerse a la idea de que en esa ocasión debía de ser tremendo. Desde el punto de vista de Luisa, solo podría haber sucedido una cosa peor: que quien hubiera regresado fuera la propia Alexa y no su hija. Pero lo de Savannah ya era bastante grave. Travis ya imaginaba el mal ambiente que debía de respirarse en su casa esos días, y lo sentía mucho por su padre.

—He pensado que si Scarlette y tú venís a cenar se distraerá un poco y el clima será más relajado.

—Claro, papá. Le preguntaré a Scarlette qué planes tiene. Acaba de marcharse a trabajar hace una hora. Te llamaré luego.

Lo hizo, y dijo que llegarían a las siete y media, justo a la hora de sentarse a la mesa. Tom avisó a la cocinera después de dar mil gracias a su hijo. También se lo dijo a Savannah y a Daisy cuando al cabo de un rato pasó por el dormitorio de su hija mayor y vio que estaban las dos juntas, contándose cosas. Daisy estaba impaciente por ver a Travis y a su futura cuñada.

—Te caerá bien —aseguró a Savannah—. Es muy, muy simpática. Y Travis es un encanto.

Savannah apenas lo recordaba después de casi once años. Ella tenía seis la última vez que lo vio.

Las dos chicas bajaron juntas a cenar a las siete y media en punto, justo en el momento en que llegaban Travis y Scarlette. Ella era muy guapa, tenía unos rasgos que recordaban a la figura de los camafeos y el pelo largo, liso y negro. Él era la viva estampa de su padre solo que más joven y más atractivo incluso. La pareja iba vestida con vaqueros y una bonita camiseta, lo cual al parecer no iba contra las normas. Savannah se había puesto una falda, un jersey y zapatos de tacón alto, y tenía un aspecto muy correcto. Su larga melena rubia relucía tras habérsela cepillado. Y Daisy llevaba puesto el uniforme de la escuela y unas zapatillas. Tom se había quitado la chaqueta y se había remangado la camisa, así que las cenas en casa de los Beaumont no eran tan formales como Savannah se temía.

Tom presentó a los dos hermanos, y ambos se quedaron plantados sonriéndose con aire tímido. Travis comentó que Savannah no era más que un bichito la última vez que la vio, y aunque eso no lo dijo, al reencontrarse con ella se dio cuenta de que era clavada a su madre; y lo mismo opinaban todos los demás. Era la viva imagen de Alexa. Scarlette y Savannah charlaron amigablemente mientras esperaban el aviso de que la cena estaba servida. Scarlette le contó lo ocupada que andaba su madre con la boda. Dijo que sería todo un acontecimiento, y que pensaban invitar a ochocientas personas, o sea, prácticamente a Charleston en pleno.

Mientras hablaban, Luisa bajó la escalera y entró en el salón, y se quedó petrificada al ver a su hijo mayor y la novia de este.

—¿A qué viene esto? —preguntó con frialdad, temiéndose que Tom hubiera organizado una especie de cena familiar para celebrar la llegada de Savannah y no la hubiera hecho partícipe.

—Travis ha telefoneado y me ha dicho que le apetecía venir a cenar —se apresuró a explicar Tom, y Luisa no se quedó muy convencida—. He pensado que no te importaría. Ha llamado hace solo media hora, y tú estabas durmiendo.

Los dos sabían que no dormía, pero seguían sin hablarse a menos que estuvieran en público. En privado, todavía estaban furiosos el uno con el otro.

—Claro que me alegro de ver a Travis, y a Scarlette —exclamó Luisa con gran efusión, y fue corriendo hacia ellos.

Su mirada seguía trasluciendo un humor de perros, pero les dirigió una amplia sonrisa a la vez que los abrazaba y luego se dedicó a charlar con ellos y a ignorar por completo a Savannah, lo cual supuso un alivio para la chica. No tenía ninguna gana de hablar con Luisa.

Entraron en el comedor y Luisa se sentó entre su marido y su hijo. Situó a Scarlette al lado de Travis y a Daisy junto a su padre, por si necesitaba que le recordaran quién era su verdadera hija, y a Savannah la situó entre Scarlette y Daisy limitándose a señalar el asiento sin decir nada.

Savannah tenía muy claro que si Luisa hubiera podido colocarla en el garaje o en casa de otra familia, lo habría hecho. Pero pasó una velada muy agradable conversando con Scarlette y con Daisy. Scarlette le cayó muy bien, tal como Daisy había aventurado. Era cariñosa, amable, bien educada, comprensiva y sencilla. Trabajaba de enfermera en oncología y dijo que le encantaba su profesión. Travis estaba muy orgulloso de ella y parecía muy feliz. Estuvieron hablando mucho rato de la boda. Era evidente que Luisa estaba muy emocionada al respecto. Como celebración previa, iban a ofrecer una cena para trescientas personas en el club, y Daisy sería la chica de las flores. Scarlette ya había encargado un vestido de Badgeley Mischka, y Vera Wang sería la encargada de confeccionar los trajes de las damas de honor. La madre de la novia luciría un conjunto de vestido y chaqueta de raso marrón de Óscar de la Renta. Luisa aún no había revelado a nadie lo que pensaba ponerse, pero Daisy lo sabía porque lo había descubierto guardado en el armario y había oído conversaciones sobre el tema. Iría vestida de rojo.

Todo el mundo parecía relajado durante la cena, y la iniciativa de Tom de invitar a Travis a cenar resultó muy acertada. Al final de la velada daba la impresión de que Luisa estaba un poco más tranquila y menos enfadada. No dirigió la palabra a Tom después de que Travis y Scarlette se marcharan, pero por lo menos no hizo ningún comentario desacertado. Regresó a su dormitorio, y esta vez cerró la puerta sin hacer ruido. Tom deseó buenas noches a las chicas y se dirigió al despacho, adonde había trasladado sus cosas. Daisy fue a su habitación para terminar los deberes pero prometió a Savannah en voz baja que esa noche también dormiría con ella para que no tuviera miedo. Y Savannah se retiró al cuarto que tenía asignado y se dejó caer en la cama refunfuñando. Le suponía un gran esfuerzo alojarse allí. Y encima al día siguiente empezaba las clases.

Llamó su madre y le explicó que había conocido a Travis y a Scarlette, y que los dos habían sido muy simpáticos con ella. Savannah y Alexa estuvieron un rato hablando por teléfono. Alexa estaba muy, muy ocupada. Y a las diez, tal como le había prometido, Daisy fue a la habitación de Savannah y se metió en la cama con ella. Su madre ya le había dado las buenas noches, así que no había peligro.

Las dos chicas se cogieron de la mano después de charlar unos minutos. Y se quedaron dormidas al instante, antes incluso que la noche anterior. Para Savannah el primer día en la casa había sido un infierno.

9

Savannah estaba nerviosa cuando al día siguiente su padre la acompañó en coche al instituto Bishop England. Daisy ya había tomado el autobús escolar cuando Tom y Savannah salieron de casa. Luisa seguía enclaustrada en su dormitorio, y, como siempre, Savannah había engullido un bol de cereales y a las ocho en punto estaba lista.

No habló mucho durante el trayecto en dirección al norte por la autopista Mark Clark. Saltaba a la vista que el primer día de clase la inquietaba, aunque su padre trataba de tranquilizarla. Cuando llegaron a Daniel Island y al campus en plena expansión de Seven Farms Drive que abarcaba veinte hectáreas de terreno, aparcó el Jaguar en una plaza libre y acompañó a Savannah a pie hasta el despacho del director, donde la felicitaron por las buenas notas obtenidas en Nueva York y le dieron la bienvenida al centro. El jefe de estudios le entregó un horario que a Savannah le pareció razonable y se ofreció a acompañarla al aula donde tendría lugar la primera clase; a continuación, la chica se apresuró a despedirse de su padre con un beso.

El instituto era mucho más grande que el de Nueva York y se parecía al que había visto en las películas, con taquillas que se extendían kilómetros y kilómetros en todos los pasillos.

Había alumnos apiñados en pequeños grupos con libros bajo el brazo, intercambiando risas antes de correr hacia las aulas. Unos cuantos chicos echaron un vistazo a su figura estilizada y su larga melena rubia. Llevaba vaqueros porque le habían dicho que estaba permitido, unas Converse y una blusa de cuadros escoceses por fuera de los pantalones, y encima una sudadera del equipo de voleibol en el que jugaba en Nueva York. Sabía que no estaba a tiempo de entrar a formar parte del de allí, pero esperaba tener la oportunidad de realizar algún tipo de actividad deportiva dentro del propio centro.

La primera clase era de francés. En Nueva York había asistido a clases de francés del programa para alumnos aventajados y los tribunales le habían asignado puntuaciones altas. La profesora estaba leyendo un párrafo de un libro en el momento en que Savannah ocupaba su asiento. La mujer levantó la mirada con cierto fastidio por la interrupción, saludó con una inclinación de cabeza y prosiguió.

En el aula había treinta alumnos de los cuales la mayoría parecían estarse aburriendo. La clase duró cincuenta y dos minutos, y cuando sonó el timbre, después de que la profesora les hubiera puesto los deberes correspondientes, todo el mundo echó a correr hacia la puerta. La profesora sonrió a Savannah cuando salía del aula, y la chica enfiló el pasillo. Le habían dado un plano del centro, pero todo le parecía confuso y no tenía ni idea de adónde se dirigía. Estaba dando vueltas y más vueltas al plano a la vez que trataba de sostener los libros cuando se le acercó una chica sonriente con el llamativo pelo rojizo recogido en una cola de caballo.

—Parece que te has perdido. ¿Puedo ayudarte?

Tenía un marcado acento surcarolino, igual que todo el mundo a excepción de Savannah.

—Creo que ahora me toca historia. Gracias —dijo, y le tendió el plano a la guapa pelirroja.

—No es en esta planta —aclaró la chica—. El aula está aquí arriba, justo encima de nosotras, y el señor Armstrong es un coñazo. Pone muchos deberes y tiene mal aliento. ¿De dónde eres?

La chica seguía sonriendo, y Savannah agradeció que le ayudara. Era la única que se había ofrecido, a pesar de que varios chicos la miraban desde el otro lado del pasillo. Estaban para comérselos. La última vez que tuvo novio fue a finales del curso anterior, ahora se dedicaba a salir con amigos. Y era consciente de que trasladarse allí le habría resultado más duro si para ello hubiera tenido que separarse de su chico.

—De Charleston. Nací aquí. Pero los últimos diez años he vivido en Nueva York.

—Pues bienvenida a casa. —Su sonrisa se hizo más amplia—. Yo también tengo que ir al piso de arriba, así que te acompaño. Me toca química. Siempre la suspendo. Me muero de ganas de acabar el instituto, luego pienso tomarme un año sabático.

Savannah asintió mientras subían corriendo la escalera. La chica llevaba una sudadera y unos vaqueros, igual que la mayoría de los alumnos. Eso no suponía ninguna diferencia con respecto a Nueva York, aunque por algún motivo Savannah se sentía un poco fuera de lugar, como si llevara puesto un cartel que dijera SOY NUEVA.

—¿Por qué has vuelto? —preguntó la alumna.

—Me quedaré con mi padre hasta que termine el instituto. En Nueva York vivo con mi madre.

No quería contarle que estaba allí porque su vida corría peligro. Era un tema demasiado escabroso para hablar de él con sus compañeros, sobre todo con los que no conocía.

—Si el problema es que te llevas mal con tu madre, tengo muchíííísima experiencia —dijo la chica con una mueca—. La mía y yo nos pasamos el día como el perro y el gato, aunque la quiero mucho; Dios la bendiga. A mi padre puedo engañarlo, pero a ella no; es una bruja —dijo la chica, y Savannah no pudo evitar echarse a reír—. ¿La tuya también?

—No, la mía es bastante potable. De hecho, es encantadora. Solo que nos pareció buena idea que pasara un tiempo con mi padre. —Incluso a ella le sonaba a excusa barata, pero no se le ocurría qué otra cosa decir.

—¿Cómo te llamas, por cierto?

La neoyorquina le inspiraba curiosidad. Incluso vestida con los vaqueros y la sudadera estaba elegante, y tenía la mirada muy viva.

—Savannah Beaumont. ¿Y tú?

—Julianne Pettigrew. Mi bisabuelo era general, o algo así. La verdad es que a mí me parece un auténtico rollo. Estoy hasta las narices de tanta batallita. Mi abuela es miembro de las Hijas Unidas de la Confederación y se pasa la vida de merienda en merienda.

Estaba harta, pero aun así lo explicaba. A Savannah le recordó a su abuela paterna.

Julianne acompañó a Savannah hasta el aula y le prometió que más tarde volverían a verse. Dijo que durante la segunda hora, a partir de las doce y media, estaría en la cafetería, y le propuso que se reuniera allí con ella. Savannah comprobó su horario de clases y vio que también estaba libre a esa hora, así que accedió a ir a buscar a Julianne.

—Gracias por tu ayuda. Nos vemos luego —dijo, y entró en el aula.

En la clase de historia había el doble de alumnos que en la de francés. Ocupó un asiento de la última fila, tras un grupo de alumnos que no hacían más que pasarse notitas ignorando por completo al profesor. Y él hizo exactamente lo que había anunciado Julianne: cargarlos de deberes.

Después de esa tuvo dos clases más: redacción de textos y ciencias sociales, y luego un descanso. A continuación venía la hora de comer, y supo llegar a la cafetería aunque no vio a su nueva amiga. Dos chicos le pidieron que se sentara con ellos, pero a ella se le hacía raro porque no los conocía de nada. Estaba sirviéndose un yogur, una macedonia y un zumo de naranja individual cuando apareció Julianne.

—Tenías razón —dijo Savannah, que se alegraba de verla.

Encontrar a alguien en la cafetería era como buscar un calcetín perdido en el aeropuerto. Había cientos de alumnos dando vueltas y ocupando mesas grandes y pequeñas, y el ruido era tremendo.

—Armstrong siempre nos carga de deberes.

—Ya te lo decía. Me han vuelto a poner un insuficiente en química. Mi madre me matará. Está empeñada en que saque buenas notas, pero ella es la primera que no fue a la universidad. No hace más que salir a comer con sus amigas y a jugar al bridge, y para eso no hacen falta estudios.

Savannah asintió. Si Julianne no le preguntaba, no diría que su madre era abogada, sonaría demasiado pedante.

—Mi padre es médico. Pediatra.

Savannah volvió a asentir.

Encontraron una mesa libre y se sentaron, y entonces se les unió un grupo de chicas y chicos. Al parecer, Julianne era muy popular y conocía a toda la escuela. A media comida le confesó a Savannah que tenía novio. Era nada más y nada menos que el capitán del equipo de fútbol.

Todo el mundo sentado a la mesa estaba haciendo planes para el fin de semana, charlando sobre el partido de baloncesto del viernes por la noche, preguntando por los amigos, intercambiando números de teléfono y contándose chismes. Era un grupo muy animado, y Savannah se sentía un poco fuera de lugar, así que se limitó a escuchar. En Nueva York era muy abierta, pero todo eso la abrumaba; tantas caras y nombres nuevos, un instituto tan grande.

Se sentía un poco mareada cuando su padre la recogió a las tres. Julianne y dos chicas más le habían dado sus números de teléfono, o sea que había empezado con buen pie, pero le daba vergüenza llamarlas.

—¿Qué tal te ha ido? —preguntó su padre cuando Savannah entró en el coche. Por su aspecto, vio que estaba cansada e intranquila.

—Todo junto es un poco agobiante, pero no está mal. He conocido a gente muy simpática. Solo es que hay muchísimos alumnos, y me cuesta acostumbrarme a las clases y a los profesores nuevos. Casi toda la materia que dan me suena, no es muy diferente de lo que he estado haciendo en Nueva York; lo único que no había dado nunca es educación cívica, porque solo hablan de la cultura y la historia del Sur. En Charleston la Confederación sigue estando bien viva, no cabe duda. Supongo que no puedo quejarme para ser el primer día —dijo con sinceridad, y su padre asintió mientras emprendían el camino de regreso a casa.

—¿Te han puesto muchos deberes? —preguntó él con interés. Prestaba mucha atención a Savannah, mucha más de la que ella esperaba, y eso le llegaba al alma.

—Más o menos los mismos de siempre. Estamos todos en la recta final, esperando noticias de las universidades, y hay que hacer algo muy gordo para fastidiarla en el último trimestre. A estas alturas, en general todo es coser y cantar.

Él se echó a reír.

—Seguro que los profesores se alegrarían mucho si te oyeran.

—Ya lo saben. En el último año ni siquiera hay exámenes finales. Basta con que apruebes los parciales.

Savannah no tendría noticias de su ingreso en la universidad hasta finales de marzo, o incluso abril, así que todavía no estaba pendiente de eso.

Llegaron a casa en cuestión de cinco minutos, y su padre la dejó allí y regresó al banco. Dijo que la vería más tarde. Savannah se dirigió a la cocina para tomar un tentempié; no había nadie. Las dos mujeres que solían estar sentadas a la mesa habían dejado una nota diciendo que iban a comprar. Y no se veía rastro de Daisy ni de Luisa. Savannah se disponía a subir a su habitación con una manzana y una lata de Coca-Cola cuando Daisy salió de la suya dando saltos. Sonreía de oreja a oreja. Sabía que su madre no estaba en casa, así que tenía total libertad para abrazar a Savannah.

—¿Qué tal te ha ido en el instituto? —preguntó, y entró en la habitación de Savannah con ella. Savannah dejó los libros y empezó a mordisquear la manzana.

—He pasado un poco de miedo —reconoció. Era más fácil confesárselo a Daisy que a su padre—. Hay mucha gente, y todos son desconocidos.

—¿Los profesores son muy duros? —preguntó Daisy en tono comprensivo mientras se tumbaba en la cama de Savannah sin quitarle los ojos de encima.

—No, diferentes. —Entonces se acordó de una cosa que quería preguntar a Daisy, que se había convertido en su consejera—. ¿Qué significa eso de «Dios lo bendiga»? Lo dice todo el mundo. —Le sonaba un poco raro, y Daisy soltó una carcajada al oír la pregunta de Savannah.

—Significa que odias a esa persona. Primero dices algo muy malo sobre alguien, y luego añades «Dios lo bendiga». Mi madre lo dice continuamente. Y mi abuela también. Aquí lo llamamos irónicamente «despellejar a alguien con la mejor de tus sonrisas».

También Savannah se echó a reír. Julianne había utilizado la expresión hablando de su madre.

—Si le dices a alguien a la cara «Dios te bendiga», quiere decir que lo odias con toda tu alma. Mi madre lo hace a veces.

Con lo que había visto, a Savannah no le extrañaba lo más mínimo.

En ese momento oyeron que la puerta principal se cerraba de un portazo, y Daisy volvió corriendo a su habitación por si era su madre. No querían que las pillaran juntas. Al momento, Savannah oyó cerrarse la puerta del dormitorio de Luisa y se alegró de que Daisy se hubiera marchado. A la mujer le daría un ataque si se enteraba de que eran tan amigas y que incluso dormían juntas en la habitación de Savannah.

Poco después de eso, Alexa llamó a Savannah y le preguntó qué tal le iba el instituto, y la chica se lo contó todo. Le dijo que tenía una nueva amiga, aunque aún era todo muy incipiente para considerarla como tal. Y su madre, por pura rutina, le preguntó cómo se llamaba. Cuando Savannah pronunció el nombre, al otro lado del hilo telefónico se hizo el silencio mientras Alexa asimilaba lo que su hija le acababa de decir.

—Qué curioso —exclamó al fin.

En su despacho de Nueva York, una extraña expresión se dibujó en su rostro. Savannah lo notó en el tono de voz.

—¿Qué es curioso?

—Entre el millar de alumnos que debe de haber en ese instituto has ido a toparte con la hija de la que fue mi mejor amiga durante todos los años que viví en Charleston. Ella hizo lo mismo conmigo; recién trasladada, me ayudó con lo necesario para situarme, se volcó en mí y me puso al tanto de todo. Era como una hermana.

La voz de Alexa se fue apagando mientras Savannah se limitaba a escuchar. Deducía que la historia no acababa ahí. Conocía bien a su madre.

—¿Y? ¿Qué más?

—Cuando tu padre dijo que quería divorciarse de mí, ella me prometió que nosotras seríamos amigas para siempre. Sin embargo, después de marcharme no volví a tener noticias suyas. Dejó de escribirme y no me devolvía las llamadas. Lo último que supe de ella es que se había convertido en la mejor amiga de Luisa. Es algo muy típico de los sureños. Ten cuidado de que no te rompan el corazón. Son solo pura fachada.

—No digas eso, mamá —la reprendió Savannah—. En Nueva York también hay gente así. Aquí son muy amables, por lo menos la mayoría. —Entonces pensó en Luisa, que era de todo menos amable y para nada la había tratado de acuerdo con la hospitalidad sureña—. Hay gente sincera y gente falsa en todas partes, no tiene nada que ver con que sean del Norte o del Sur. —Tenía razón, pero no era eso lo que Alexa quería oír.

—Ni una sola de esas personas se mantuvo a mi lado cuando regresé a Nueva York. No he vuelto a saber nada de ellos después de considerarlos mis mejores amigos durante siete años. No me queda nada de todo aquel tiempo, excepto tú. —Alexa sonrió con tristeza—. Y, en fin, que te echo muchísimo de menos. Llevas dos días fuera de casa y ya casi no puedo soportarlo.

—Ya lo sé. A mí también me pasa. Esto se hace eterno. ¿Cuándo vendrás a verme?

—El próximo fin de semana no podré. Me será imposible antes del siguiente. Este caso acabará conmigo. —Estaba agotada, y Savannah lo notaba—. ¿Qué tal te han ido las clases?

—Son muy aburridas, pero saldré adelante —trató de tranquilizarla.

Su madre parecía muy estresada. Y, por otra parte, sabía que tenía miedo de enfrentarse a lo que había dejado en Charleston, aunque por su hija era capaz de bajar al mismísimo infierno si era necesario. Savannah estaba impaciente por que fuera a verla.

Antes de cenar, Julianne la llamó al móvil. Había averiguado lo mismo que Savannah, que sus madres habían sido muy buenas amigas cuando ellas eran pequeñas.

—Mi madre me ha dicho que le des recuerdos a la tuya, Dios la bendiga —dijo Julianne, y Savannah tuvo que hacer esfuerzos para no echarse a reír.

Tenía ganas de decirle que sabía que eso significaba que le caía fatal. Claro que Alexa habría dicho lo mismo si en el

Norte tuvieran una expresión parecida. Pero en Nueva York eran más directos, la habría llamado traidora a la cara.

Las dos chicas charlaron unos minutos y prometieron encontrarse en el instituto al día siguiente. Luego Savannah se puso a hacer los deberes, y justo le dio tiempo de terminar los de historia para la hora de cenar.

Sin la compañía de Travis y Scarlette para animar la velada, esa noche conversaron muy poco. Luisa lo hizo con su hija, pero ignoró tanto a Savannah como a su marido. Tom habló con todos, Daisy solo con sus padres y Savannah no se atrevió a abrir la boca; creía que era más prudente no hacerlo.

Más tarde su padre subió a verla a su habitación. Savannah tenía los libros abiertos y estaba tecleando frente al ordenador, escribiendo mensajes de correo electrónico a sus amigos de Nueva York para explicarles cosas de Charleston. No le había contado a nadie el motivo de su marcha; su madre le había recomendado que no lo hiciera, así que se limitó a decirles que había ido a visitar a su padre, y que los echaba de menos y pronto estaría de vuelta. No les explicó que estaba yendo a otro instituto. La aliviaba saber que celebraría con ellos la graduación, por lo menos así podría despedirse de todo el mundo antes de que cada cual emprendiera su camino en la universidad. Nunca volvería a asistir a las clases del instituto de Nueva York, pero sus amigos no lo sabían.

—¿Qué tal te va con los deberes? —preguntó Tom mientras entraba sigilosamente en la habitación.

—Casi he terminado.

Esa tarde se le había ocurrido una idea, y quería preguntarle a su padre sobre ello, pero había preferido no sacar el tema durante la cena. No tenía ganas de comentarlo delante de Luisa, Dios la bendijera. Sonrió ante lo que acababa de decir para sus adentros.

—Me preguntaba si podría visitar a la abuela.

—¿Tienes ganas? —Tom parecía sorprendido.

—Creo que estaría bien.

Él asintió. Savannah había llegado a Charleston de forma tan repentina que no había tenido tiempo de pensar en eso, pero le pareció todo un detalle por su parte. La chica era muy bondadosa, y Tom se sintió conmovido.

—Se lo comentaré.

Su madre y Luisa eran uña y carne, y a Tom le preocupaba que el hecho de que Savannah fuera a visitarla desatara otra explosión de furia o tal vez una aún peor.

—Está bastante delicada.

—¿Está enferma? —preguntó Savannah con lástima.

—No, pero es muy mayor. Tiene ochenta y nueve años.

Tenía cuarenta y cuatro cuando Tom nació. El embarazo había representado una gran sorpresa. Durante veintidós años de matrimonio los padres de Tom no habían logrado tener hijos, y de repente lo concibieron a él. Su madre aún explicaba el milagro que había supuesto. De niño lo llamaba «mi milagrito», cosa que Tom detestaba. Y seguía haciéndolo.

—Si le apetece verme, a mí me gustaría —dijo Savannah.

Apenas la recordaba. Se sentía muy unida a su abuela de Nueva York, pero la de Charleston se había apartado por completo de la vida de Savannah por lealtad hacia Luisa. Y como Alexa no procedía del Sur y la consideraban una forastera, cuando Savannah y ella se marcharon la mujer les cerró su puerta y nunca más había vuelto a abrirla. Savannah sabía que su madre estaba resentida también por eso, y no estaba segura de cómo le sentaría que fuera a visitar a la abuela Beaumont, pero era algo que deseaba hacer mientras estuviera allí. Quería disfrutar todas las posibilidades que le ofrecía la vida en Charleston. Aquella también era su familia, no solo la de su padre. La mitad de ella pertenecía allí, aunque decirle eso a su madre la habría hecho parecer una traidora y se sentía un poco culpable por ello.

Al día siguiente Tom fue a ver a su madre. Disponía de un

poco de tiempo libre y regresó a Mount Pleasant para hacerle una visita. Eugenie de Beauregard Beaumont vivía a unos diez minutos de su casa, en una mansión colonial rodeada de robles situada en un terreno algo descuidado de más de doce hectáreas cuya parte trasera aún conservaba en pie las dependencias de los esclavos, ahora desiertas. Dos sirvientas de toda la vida habitaban con ella en la casa, y por las tardes acudía un ayudante para encargarse de las tareas más arduas. Los tres tenían más o menos su misma edad y ninguno disponía de la energía ni de los recursos para mantener limpia una casa semejante. Allí era donde Tom se había criado, y su padre antes que él.

Tom había insistido varias veces a su madre para que la vendiera, pero ella no estaba dispuesta a deshacerse de la propiedad que era su mayor orgullo desde hacía casi setenta años.

Cuando llegó, encontró a Eugenie leyendo en el porche trasero, abrigada con un grueso chal de lana. Tenía al lado una taza de poleo menta y sostenía un libro entre las manos deformadas. Llevaba el pelo blanco recogido en un moño, igual que siempre. Estaba débil y caminaba con la ayuda de un bastón, pero en general gozaba de buena salud. Era la presidenta generala de las Hijas Unidas de la Confederación. Ostentaba el título complementario de «generala» porque su abuelo había sido un general del ejército; y muy glorioso, por cierto. Y otros varios antepasados también lo habían sido.

A Eugenie le gustaba comentar que su familia era el orgullo del Sur, y quedó consternada cuando Tom decidió casarse con una yanqui. Alexa se había mostrado extremadamente amable con ella tras el enlace, pero seguía siendo una oriunda del Norte quien ocupaba el segundo lugar en la vida de Tom después de su madre. Eugenie se alegró sobremanera cuando Luisa regresó, e hizo todo cuanto estuvo en sus manos para convencer a su hijo de que volviera a casarse con ella. La balanza terminó de decantarse cuando Luisa, con mucha vista, se quedó embarazada, ya que ahora Tom sabía que no había sido producto de ningún accidente sino un plan muy bien urdido que su madre había tramado desde el principio, y había funcionado.

—¿Mamá? —la llamó él en tono amable a la vez que entraba en el porche trasero. La mujer tenía el oído en perfectas condiciones, y también veía bastante bien. Solo las rodillas le molestaban de vez en cuando. Tenía la mente igual de lúcida que siempre, y la lengua igual de afilada. Tom no había querido sobresaltarla, pero ella levantó la cabeza y le sonrió mientras dejaba el libro sobre su regazo.

—Madre mía, qué grata sorpresa. ¿Qué estás haciendo aquí a estas horas? ¿Por qué no estás trabajando?

—Tenía un poco de tiempo libre y se me ha ocurrido hacerte una visita. No había vuelto desde la semana pasada.

Tom procuraba ir a ver a su madre dos o tres veces por semana, y Luisa lo acompañaba por lo menos una. En ese sentido era muy responsable, y Tom le estaba muy agradecido. Y cada dos semanas más o menos llevaba consigo a Daisy, pero la niña siempre se aburría porque allí no había nada con lo que pudiera entretenerse.

—¿Qué tal estás? ¿Has recibido visitas? —preguntó, y tomó asiento. La cocinera le ofreció una taza de té, pero declinó el ofrecimiento.

—Ayer fui a la peluquería —explicó ella mientras se mecía—. Y el reverendo Forbush vino a verme el domingo. No fui a misa porque la rodilla me estaba dando guerra y se quedó preocupado.

—¿Estás mejor? —preguntó Tom algo inquieto.

Temía que pudiera caerse y romperse la cadera; a su edad habría sido un desastre. Se tambaleaba bastante al subir la escalera pero insistía en valerse por sus propios medios.

—Un poco. Fue por culpa del tiempo; el domingo hizo mucha humedad y parecía que llovería.

Eugenie sonrió a su único hijo. Era buena persona y estaba muy orgullosa de él, igual que lo estuvo su padre, que había muerto hacía tres años a los noventa y cuatro. Desde entonces su madre se sentía muy sola. Alexa también se había portado muy bien con él. El padre de Tom era un hombre muy animoso con un gran sentido del humor a quien nunca le había caído bien Luisa, pero a diferencia de su esposa, optaba por no entrometerse en la vida de su hijo. Eugenie siempre tenía miles de cosas que decir sobre todo lo que hacía, y ejercía una gran influencia en Tom; y él la veneraba, más incluso que a su padre, con quien la relación era más distante, más contenida.

—Luisa me dijo que habías ido al Norte.

—Sí —confirmó él—. Estuve esquiando en Vermont.

—Eso no me lo dijo. Creía que a lo mejor tenías asuntos que despachar en Nueva York.

—Esta vez no —respondió él.

Entonces decidió afrontar la situación, a ver qué pasaba. Su madre sabía que Alexa y él se veían varias veces al año. Nunca le preguntaba por ella, y Tom no le explicaba nada. Eugenie consideraba zanjado ese episodio de la historia familiar, aunque en realidad no lo estaba tanto como creía.

—Llevé a Savannah a esquiar. —Eugenie no hizo comentarios.

—¿Qué tal está Daisy? —Era su forma de indicarle que no siguiera por ese camino.

—Bien. Lo pasa en grande en el instituto. —Entonces, en un arrebato de coraje inusual, tomó la decisión de dejarse de rodeos e ir al grano—. Mamá, Savannah está aquí.

Su madre estuvo unos instantes callada, y entonces lo miró directamente a los ojos, pero él le devolvió la mirada.

—¿Qué significa «aquí»? ¿En Charleston? —Él asintió, y al instante la mirada de Eugenie se tornó desaprobatoria—. ¡Qué horrible para Luisa! ¿Cómo has podido hacerle una cosa así?

—No tenía elección. Su madre es la fiscal de un juicio por asesinato y el acusado ha amenazado a Savannah. Su madre teme que su vida corra peligro y ha querido sacarla de Nueva York. No tenía ningún otro sitio adonde enviarla.

Hubo un largo silencio mientras Eugenie reflexionaba.

—¿Por qué acepta casos así? No es un trabajo propio de una mujer.

Eugenie sabía que la madre de Alexa también era abogada, pero se ocupaba de casos de divorcio, que era muy distinto, y además ejercía de jueza. No se dedicaba a proceder contra asesinos y a exponer a su familia.

—Se licenció en derecho y ahora trabaja en la oficina del fiscal del distrito. Es un trabajo muy respetable.

—Para una mujer no —espetó su madre en tono cortante, y cerró la boca con fuerza, frunciendo los labios.

Siempre que hacía eso parecía una pasa. De joven era guapa, pero hacía tiempo que había dejado de serlo. Ahora estaba demasiado flaca, y su cara recordaba a la de un buitre, con los párpados caídos y la nariz afilada. Sus labios dibujaban una línea fina, lo que indicaba que no estaba contenta. Tardó un poco más antes de volver a hablar, mientras Tom aguardaba y se preguntaba si sería mejor marcharse. Si su madre no quería ver a Savannah, no pensaba insistir. La mujer solo hacía lo que quería; siempre lo había hecho.

—¿Cuánto tiempo se quedará? —soltó con los ojos entrecerrados.

—Hasta mayo o junio.

La mujer abrió los ojos como platos ante la respuesta.

—Luisa debe de estar muy disgustada. —No lo mencionó, pero hacía varios días que no hablaban.

—Te quedas bastante corta, porque la verdad es que tiene ganas de matarme. Pero Savannah es una chica muy agradable. —Su madre no dijo nada—. Es mi hija —añadió—. No puedo hacer ver que ni me va ni me viene; no es justo. Nunca debí haber permitido que Luisa me convenciera de que la mantuviera lejos de Charleston y me limitara a verla en Nueva York. Ella también es parte de mi vida, o debería serlo, y hace más de diez años que la tengo olvidada.

—A Luisa le resulta demasiado duro tenerla cerca.

Eugenie, igual que Luisa, no quería que Tom conservara ningún lazo con Alexa. Sabía lo mucho que la había amado, y no deseaba que volviera con ella. Luisa era su esposa. Y después del pequeño desliz, tal como ella lo llamaba, había vuelto con él. Quería que las cosas siguieran siendo de esa manera. Luisa era una buena sureña de Charleston. Alexa, en cambio, era una extraña que pertenecía a un mundo completamente distinto. No encajaba allí, y su hija tampoco. Claro que Savannah también era hija de Tom, pero la mujer no quería admitirlo.

—Pues tendrá que aguantarse hasta que termine el juicio —repuso Tom con firmeza—. Se lo debe a Alexa. Ella se hizo cargo de los chicos durante siete años, mientras Luisa estaba en Texas. No se morirá por tener a Savannah aquí tres meses.

El caso es que daba la impresión de que para ella sí que era una cuestión de vida o muerte.

—¿Cómo es? —preguntó su madre—. ¿Cuántos años tiene? —Le daba la impresión de que hacía un siglo que se fueron.

—Diecisiete. Es guapa, amable, educada, buena, dulce e inteligente. Se parece a su madre. —Los labios de Eugenie volvieron a fruncirse en una fina línea, y Tom decidió dejarlo correr—. No tienes por qué verla si no quieres, mamá. Yo no pensaba pedírtelo porque ya sé cuál es tu postura al respecto. Pero Savannah me lo sugirió anoche y pensé que era mejor comentártelo. Le diré que ya no te sientes con ánimo de recibir visitas y asunto zanjado.

La mujer no dijo nada, y al levantarse Tom le acarició el pelo. Era muy cariñoso con ella, siempre la había tratado con devoción y respeto, y obedecía sus órdenes. Entonces se inclinó para darle un beso en la mejilla y ella lo miró con dureza.

—Tráela el domingo a tomar el té —fue todo cuanto dijo antes de coger el libro y retomar la lectura.

Sin pronunciar ni media palabra más, Tom abandonó el porche con discreción y se alejó en su coche. Savannah conseguiría hacer realidad su deseo. Y Luisa volvería a ponerse hecha un basilisco. Pero eso no era nada nuevo para él, y ya no le daba miedo. La visita de Savannah le estaba devolviendo algo que había perdido hacía mucho tiempo. Valor.

10

Cuando Alexa llegó a la oficina a la mañana siguiente, tenía un mensaje de Joe McCarthy, el fiscal del distrito, pidiéndole que pasara por su despacho de inmediato. Parecía importante. Se presentó allí sin demora, y su secretaria le indicó que entrara. Joe estaba sentado ante el escritorio, acompañado por Jack. Daba la impresión de que había ocurrido algo. Los dos parecían preocupados, y no le dio buena espina.

—¿Hay algún problema? —preguntó, tomando asiento. Joe le indicó que se acercara y fue directo al grano.

—El FBI quiere quedarse con el caso. —Se le veía descontento al respecto.

—¿Qué caso? ¿El de Luke Quentin?

Alexa abrió los ojos como platos, aunque no estaba demasiado sorprendida. La cosa tenía pinta de tomar ese derrotero desde que empezaron a aparecer víctimas en otros estados. Cuando se cruzaba la frontera estatal, el FBI siempre acababa implicándose. Todos eran conscientes de ello.

—Quieren las competencias para llevar a cabo la investigación e imponer la condena correspondiente. —Joe McCarthy le explicó lo mismo que acababa de explicarle a Jack.

—No puede ser. Está bien que nos ayuden con la investigación si quieren, tal como ya han empezado a hacer. Pero hay otros departamentos locales que también tienen competencias. Y un equipo operativo que, debo admitir, últimamente ha llevado las riendas. La cuestión es que los primeros cadáveres aparecieron en Nueva York, y aquí es donde ha tenido lugar la instrucción. El caso es nuestro.

Alexa no perseguía la gloria, ni aparecer en los medios; sin embargo, habían trabajado mucho, sobre todo Jack, pero ella también, y no quería dejarlo correr. Además, estaba empeñada en meter a Quentin entre rejas.

—Si se lo agencian ellos, será un desastre, unos estados se echarán encima de los otros y se lo rifarán para juzgarlo. Es necesario vincular a todas las víctimas, las suyas y las nuestras, y es lo que hemos hecho. Todo está muy bien atado. En la lectura de cargos los incluimos todos. No veo por qué el FBI no puede tomar parte y colaborar con nosotros. No les estamos escondiendo nada, y toda la ayuda que obtengamos en la investigación será bienvenida, pero a los contribuyentes les costará una fortuna si empezamos a pasearlo por los otros ocho estados, y seguro que no es eso lo que quiere el FBI. El acusado es nuestro. —Lo dijo sin vacilar, y Joe le sonrió.

—Me encantan las mujeres que saben lo que quieren —dijo, menos preocupado—. ¿No te da miedo el juicio de este caso, Alexa? Ya tienes a un policía de guardia en la puerta de tu casa, y he oído que has enviado a tu hija a vivir a otra ciudad. ¿No preferirías dejarlo correr?

—No, no lo haré —respondió ella con toda tranquilidad—. Me gusta terminar lo que empiezo. Luke Quentin es un sociópata y un asesino con mucha sangre fría, así que quiero que se le juzgue. No le tengo miedo. Además, mi hija está muy bien donde está. La echo de menos, pero de todos modos no podría estar por ella porque tengo demasiado trabajo. Vamos a acabar con esto, señores. No podemos permitir que el FBI nos quite lo que es nuestro. Solo persiguen la gloria, pero nosotros no. Nos estamos dejando la piel. Que nos ayuden con la investigación y nosotros nos encargaremos del juicio. Legalmente estamos en nuestro derecho puesto que encontramos los primeros cuatro cadáveres. —Estrictamente hablando estaba en lo cierto, pero el FBI tenía mucho peso y la balanza podía acabar decantándose hacia el otro lado.

—Veré lo que puedo hacer. ¿Qué tal va la investigación? —Hacía días que no se lo preguntaba; había estado demasiado ocupado disputándose el caso con el director del FBI.

—El ADN de casi todas las víctimas coincide. Hay dos que no, y estamos esperando los resultados de Illinois —informó Jack.

—¿Y sigue sin declararse culpable? —Joe parecía sorprendido.

—Exacto —respondió Alexa.

—¿Qué dice su abogada?

—Que es inocente, que alguien le tendió una trampa para incriminarlo —explicó Alexa con una sonrisa desdeñosa.

—¿A pesar de que el ADN coincide y hay diecisiete víctimas? ¿Qué fuma esa tía?

—Lo que fuma no lo sé, pero desde luego la cosa huele a chamusquina. Es un gran seductor y creo que se la ha metido en el bolsillo. Ella es muy joven, y él sabe muy bien lo que se hace. Es un sociópata eficiente.

—¿Le han hecho algún examen psicológico?

—Sí, dos. Es un caso de manual.

—¿Y la abogada lo sabe?

—Hemos puesto las cartas boca arriba. Sabe todo lo que tenemos. No hay lugar para sorpresas.

—La cosa pinta mal. Seguro que el jurado lo machaca, y el juez lo condenará a una burrada de años.

—Estoy de acuerdo —dijo Alexa con un suspiro.

Se sentía cansada, pero estaba haciendo un buen trabajo, y los dos hombres lo sabían. Siempre lo hacía muy bien. Su meticulosidad era increíble, y al fiscal le encantó todo lo que estaba oyendo. No quería que la apartaran del caso si podía evitarlo, y pensaba hacer todo lo posible. Alexa lo había convencido; era la abogada ideal para llevar el caso. Ningún fiscal federal lo haría mejor.

—Quentin quiere vérselas ante el juez. Creo que está buscando la difusión mediática —opinó Alexa con acierto.

—Es algo que detesto —exclamó el fiscal indignado, pero no había forma de frenarlo.

Luke Quentin era noticia. Y Alexa también, a pesar de haber sido muy discreta porque no quería que ninguna declaración en la prensa fastidiara el caso. Era demasiado lista para caer en la trampa, y eso al fiscal también le gustaba.

El hombre tranquilizó a Alexa y a Jack diciéndoles que se esforzaría por conservar la competencia en el caso, y que para ello movería todos los hilos que tuviera a su alcance. A continuación abandonaron el despacho. Jack y Alexa seguían estando preocupados.

—Mierda. Espero que no nos lo quiten —renegó Alexa cuando se detuvieron ante la máquina del pasillo y sacaron dos cafés solos. Ella se alimentaba de café y barritas energéticas, y con eso aguantaba todos los días hasta medianoche.

—Con suerte el fiscal utilizará sus influencias para que eso no pase —dijo Jack acompañando a Alexa a su despacho.

Ya casi no se veían, él estaba demasiado enfrascado en el trabajo. El día anterior había vuelto de Pittsburgh, adonde había viajado para colaborar en la investigación local e intercambiar información.

—No podemos decir que el muy hijo de puta no nos tenga entretenidos.

—Es nuestro trabajo —dijo Alexa, y sonrió a Jack a la vez que ocupaba su silla tras el escritorio. Tenía la sensación de que últimamente vivía allí las veinticuatro horas.

—¿Alguna vez te has hartado? —preguntó él con aire de estar rendido, y dio un sorbo de café.

—Unas cuantas. Pero esta no. Lo que me harta son los chorizos y los casos insignificantes. Al menos con esto me siento útil. Mi trabajo sirve para proteger a mujeres jóvenes y a la sociedad en general. A las pobres amas de casa las someto a una auténtica tortura por robar un par de medias en Macy's y, en definitiva, ¿qué más da?

Alexa sabía que había casos menores que revestían más importancia, pero la mayoría consistían simplemente en eso.

—¿Cómo está Savannah, por cierto?

Alexa suspiró ante la pregunta.

—Más o menos bien. Está con su padre, en Charleston. No le entusiasma, pero lo lleva con deportividad. La echo de menos.

Se sentía muy sola sin ella, y Jack lo sabía.

—Si el FBI se hace cargo del caso, podrás traértela de vuelta —dijo, pero Alexa negó con la cabeza.

—No quiero que vuelva hasta que el caso termine, da igual quién se ocupe del juicio. Ese tipo es un maníaco, y podría torturarla solo por lo que he hecho hasta ahora; lo creo muy capaz. En cuanto lo condenen y vuelva a la cárcel, lo dejará correr. Entonces todo habrá terminado, y él lo sabe. De momento, es el amo del cotarro.

Jack no opinaba de forma distinta. Quentin se crecía siendo el centro de atención. Lo había visto varias veces últimamente, y cada vez se mostraba más atrevido. La excitación lo embriagaba. Y la ingenua ofuscación y admiración de su abogada defensora aún contribuían más a ello. Pensaba que tenía engañado a todo el mundo, pero no era cierto. Solo era una ilusión suya, porque sufría una megalomanía extrema. Era invulnerable a todo, o eso creía. Hasta que lo condenaran.

—Me parece que es muy inteligente por tu parte mantenerla alejada —opinó Jack honestamente.

—Espero que tengas razón. —Alexa suspiró de nuevo—. Para serte sincera, me preocupa que se enamore de aquella tierra igual que me pasó a mí hace años. El Sur es muy atractivo, sobre todo una ciudad tan agradable como Charleston. La gente es muy amable y simpática. Todo es muy bonito. Aquello es otro mundo, otra vida. La gente tiene razón cuando dice que el Sur es muy refinado. A mí me encantaba vivir allí. Pero luego las cosas se volvieron en mi contra, y toda la amabilidad y la cordialidad resultaron ser pura farsa. Se amparan los unos a los otros, y prefieren tener en su clan a un mal sudista que a un buen yanqui. Todas las personas con quien había trabado amistad me lo hicieron pasar fatal. —Y aún estaba resentida por ello. Tal vez lo estuviera toda la vida.

—No es posible que todos sean iguales —aventuró Jack.

—Quizá, pero ese fue el resultado para mí. Savannah aún está en la luna de miel. Está descubriendo toda la belleza que esconde. La mierda sale después.

—Parece que estás hablando del matrimonio. —Jack la miró riendo entre dientes—. No tengo la impresión de que aquí las cosas sean muy distintas.

—El Sur es especial. Pertenece a otro siglo. Cuando vivía allí, me parecía un lugar estupendo. No quiero que Savannah se quede a vivir allí, ni que se lo plantee. Espero recuperarla antes de que la pesquen. Con suerte, la madrastra malvada se encargará de ponérmelo fácil. Su padre está casado con una auténtica bruja.

—Pues creo que se lo ha ganado a pulso.

Alexa asintió en señal de conformidad, y acto seguido cogió los voluminosos archivadores que contenían el caso de Quentin y Jack y ella volvieron al trabajo. Estuvieron clavados en la silla hasta las tres, y se comieron unos sándwiches en el mismo escritorio. Luego Jack regresó a su despacho y Alexa se quedó en el suyo hasta medianoche una vez más.

Savannah no le explicó a su madre que ese fin de semana iría a ver a su abuela paterna. No quería disgustarla, y era consciente de que tenía la cabeza saturada con el caso. Y Tom tampoco le dijo nada a Luisa. No era asunto suyo.

Tom acompañó allí a Savannah el domingo por la tarde, y le sorprendió encontrar a su madre en la sala de estar en vez de en el porche. Sobre la mesita había una bandeja con té preparado. Savannah entró detrás de Tom y le chocó ver lo descuidada que estaba la sala. El recuerdo que tenía de la casa era muy vago. En su día había sido muy bella pero ahora se respiraba un aire de decrepitud. Igual que su dueña, había vivido tiempos mejores; y ahora estaba en decadencia.

La madre de Tom estaba sentada en una gran butaca, esperando. Llevaba el pelo perfectamente recogido en el moño que solía lucir, y los observó a ambos con sus ojos de lince. Enseguida se dio cuenta de que su hijo se mostraba protector con Savannah, y que le tenía cariño, lo cual no le hizo gracia. Por lo que a ella respectaba, Savannah no lo merecía. La mujer había tratado de borrar a Alexa y a Savannah de la vida de la familia, y tenía la sensación de que los sentimientos que su hijo profesaba a la chica suponían una traición hacia Luisa. Con todo, tampoco ella le había explicado lo de la visita. Los dos estaban en connivencia y se sentían culpables. Y eso también contrariaba a la mujer.

—Hola, abuela —saludó Savannah con amabilidad. Le tendió la mano, pero la anciana no le correspondió.

—Tengo artritis —contestó, lo cual era cierto pero no la imposibilitaba hasta ese punto. Al pastor siempre le estrechaba la mano cuando iba a visitarla. Y habría preferido que Savannah la llamara «señora Beaumont», aunque no dijo nada—. Tengo entendido que te quedarás aquí hasta junio —dijo directamente a Savannah, y en ese momento la vieja criada entró para servirles el té.

—Es posible —respondió Savannah en voz baja a la vez

que se sentaba con cuidado en la estrecha silla situada junto a su abuela. En aquella sala todo parecía frágil y polvoriento, y rezó por que no le entraran ganas de estornudar—. Puede que solo hasta mayo, si el caso que lleva mi madre se agiliza. Pero es un caso muy importante, así que es posible que el juicio dure bastante.

—Cuando yo conocí a tu madre aún no era abogada —dijo la abuela en tono desaprobatorio, y Savannah asintió.

Costaba no sentirse intimidado por aquella anciana de rasgos angulosos. Tenía muchos años, pero era más resistente que el acero.

—Ingresó en la facultad de derecho después... —Iba a decir «del divorcio», pero se interrumpió de forma instintiva—. Después de que regresáramos a Nueva York. Mi otra abuela también es abogada.

—Ya lo sé. —Eugenie Beaumont asintió—. Tuve ocasión de conocerla. Es una mujer muy agradable.

Con ella estaba dispuesta a hacer concesiones, pero con Alexa no; era una cuestión de lealtad hacia Luisa.

—Gracias —respondió Savannah con amabilidad, sosteniendo la taza de té entre las manos.

Llevaba una falda gris y un jersey blanco, y tenía un aspecto limpio, pulcro y recatado. Tom estaba orgulloso de ella por la iniciativa de ir a visitar a su abuela, y por tener el valor de llevarla a cabo. Su madre no era una mujer de trato fácil.

—¿Tú también quieres ser abogada? —La mujer la miró ceñuda.

La observaba para encontrarle algún defecto, Tom era consciente de ello, pero de momento no había dado con ninguno. Era obvio que le faltaba el refinamiento del Sur, pero era correcta y bien educada, y eso complació a Eugenie.

—No. Creo que querré ser periodista, pero aún no estoy segura. Acabo de solicitar el ingreso en la universidad, y no tengo que escoger la especialidad hasta dentro de dos años.

Su abuela le preguntó en qué universidades había solicitado plaza, y la lista la impresionó. Todas eran de las más prestigiosas, incluida la de Duke.

—Debes de ser buena estudiante —admitió—. Si no, no podrías aspirar a centros como esos. En mis tiempos las chicas no iban a la universidad, se casaban y tenían hijos. Ahora las cosas son diferentes. Uno de mis nietos estudió en la Universidad de Virginia, igual que su padre. El otro fue a Duke.

Hablaba de ellos como si Savannah no los conociera.

—La Universidad de Virginia es muy buena —dijo Savannah sin rodeos.

No había solicitado plaza en esa universidad. Su madre se lo había quitado de la cabeza diciéndole que en el Sur la harían sentirse como un bicho raro. Savannah era consciente de que lo que movía a Alexa eran sus propios prejuicios, pero decidió no solicitar plaza allí de todos modos. Sonrió amablemente a su abuela, le recogió la taza vacía de las manos y la dejó en la bandeja, y luego le ofreció el plato de galletas. La criada había regresado a la cocina. Eugenie cogió una galleta y la mordisqueó sin dejar de mirar a su nieta.

—Te pareces muchísimo a tu madre.

Por la forma en que lo dijo, costaba adivinar si se trataba de un cumplido o de un insulto. Tal vez fuera una queja. No quería que nada le recordara a Alexa, o más bien lo mucho que le agradaba al principio. Hasta que Luisa volvió a casa definitivamente y su lealtad se volcó de nuevo en su primera nuera en lugar de en la segunda. Savannah consideró más apropiado no contestar

—¿Sabes lo que son las Hijas Unidas de la Confederación? —preguntó la mujer, y Savannah asintió. Se acordaba de haber oído hablar de ello, aunque le parecía algo un poco tonto—. Soy la presidenta general. Me concedieron ese título porque mi abuelo era un general del ejército confederado.

Lo dijo con tanto orgullo que Savannah le sonrió. A pesar

de su apariencia de dura, había en ella una fragilidad y una vulnerabilidad que la conmovieron. No era más que una mujer muy anciana a quien la vida le había pasado de largo. Vivía sola en una casa cubierta de polvo, y su mayor orgullo era un ejército que había perdido una guerra hacía casi un siglo y medio; le recordaba a los soldados japoneses que pasaron años enteros escondidos en cuevas, ignorantes de que la guerra había terminado.

Entonces Eugenie miró a su hijo y asintió. Él comprendió la señal. Su madre estaba cansada, era hora de que se marcharan. Se puso en pie y le dijo a Savannah que debían irse.

—Gracias por permitirme que viniera a verte, abuela —dijo en tono cortés, y también se puso en pie.

—¿Vas a algún instituto de por aquí?

A Eugenie la chica le despertaba curiosidad. Era brillante y, observándola de cerca, vio que también se parecía a su padre, no solo a Alexa. Después de todo, llevaba genes sureños en la sangre.

—Sí. He empezado esta semana.

—¿Te gusta?

—De momento, sí. Todo el mundo es muy amable. Y Charleston es muy bonito. Papá me enseñó un poco la ciudad el lunes, antes de que empezara las clases.

—Espero que disfrutes de tu estancia —le deseó Eugenie con amabilidad, dándole a entender que no volverían a verse. Aquella visita era de bienvenida y de despedida a la vez.

—Gracias. —Savannah le sonrió con aire caluroso, y luego su padre y ella se marcharon.

Durante el trayecto de vuelta a casa Savannah estuvo muy callada mientras pensaba en su abuela. Era una mujer anciana y consumida, no un ogro, tal como esperaba. No había sido tan difícil tratarla; de hecho, le había resultado muy fácil.

Luisa los estaba esperando cuando llegaron a casa. Como de costumbre, ignoró a Savannah y se dirigió solo a su marido.

—Creo que has ido a ver a tu madre y la has llevado contigo. —Siempre evitaba mencionar a Savannah y se refería a ella solo con pronombres.

—Es cierto. Eso he hecho. Savannah tenía que verla. A fin de cuentas, es su abuela. ¿Te ha llamado ella para decírtelo?

A Tom le sorprendió, pero tal vez su madre hubiera sentido la necesidad de confesarse a Luisa.

—Te han visto entrar en su finca. ¿Por qué no me lo has dicho?

Luisa tenía espías por todas partes y se enteraba de todos los movimientos de Tom.

—No quería disgustarte —respondió él con sinceridad, mientras Savannah se retiraba a su habitación en silencio.

—Es un golpe bajo que la hayas llevado allí, y lo sabes —lo acusó.

—Savannah estaba en su derecho de verla.

—Ella aquí no tiene ningún derecho —le recordó—. Esta es mi casa, donde viven nuestros hijos. Ella no es de la familia y nunca lo será. Ya tengo bastante con que la hayas traído, no hace falta que me humilles más luciéndola por ahí o llevándola a tomar el té con tu madre.

—Siento que te lo tomes así. Savannah no es el enemigo, Luisa; es solo una niña. Mi niña. El hecho de que esté aquí no va a causarte ningún problema ni va a hacer que pierdas tu posición.

Ella no le respondió; se limitó a lanzarle una mirada aplastante y salió de la sala.

Nadie dijo nada más al respecto, hasta que dos días después Tom fue a ver de nuevo a su madre. Decidió no volver a mencionar a Savannah a menos que lo hiciera ella, y al final de la visita su madre sacó el tema. Lo dejó de piedra cuando le explicó que Luisa la había llamado y que estaba muy molesta por la visita de Savannah. Eso último no le sorprendió.

—Ella prefiere que no vuelva a verla —dijo la mujer con

calma—. Pero lo he estado pensando y he decidido que a mí sí que me gustaría volver a verla. Me parece una jovencita muy agradable. Y fue muy amable viniendo a verme. —Tom se quedó de una pieza ante la decisión de su madre y la opinión que tenía de Savannah. Le caía bien—. Le he dicho a tu mujer que no se entrometa en mis asuntos. —Era la primera vez en años que se ponía de parte de alguien que no fuera Luisa—. No hay razón para que no vuelva a verla si ella quiere. Nadie va a decirme lo que tengo que hacer. —Tom sonrió ante el comentario.

—Nadie ha podido hacer eso nunca, mamá. Tengo plena confianza en que eres capaz de plantar cara a cualquiera que lo intente. Y me alegro de que te caiga bien Savannah.

—Es inteligente y amable, y se parece mucho a ti.

Tom no la contradijo, pero lo cierto era que Savannah se parecía mucho más a su madre que a él, y los dos lo sabían. Alexa era mucho más valiente. Él había vendido su alma al diablo años atrás al permitir que su madre y Luisa lo convencieran para que traicionara a alguien a quien amaba, e incluso para que abandonara a su propia hija. No era motivo para sentirse orgulloso, y no lo estaba.

—Hiciste lo que tenías que hacer, actuaste bien —prosiguió la anciana, leyéndole el pensamiento, lo cual ocurría a menudo. Sabía hacerlo mejor que nadie, y a veces lo utilizaba en su contra; sin embargo, ahora no era esa su intención.

—No, no actué bien —repuso él con un hilo de voz.

—En aquel momento parecía lo correcto.

Tom tuvo la impresión de que también su madre lo lamentaba, pero no se lo preguntó.

—Las dos han sufrido mi estupidez y mi debilidad —dijo con sinceridad—. Eso no tiene nada de bueno.

Luisa había resultado ganadora sin merecerlo. Todos los demás implicados habían salido perdiendo, incluido él, que era quien lo había permitido.

—A lo mejor te irá bien que Savannah pase una temporada contigo. —Y con una mueca perversa añadió—: Si Luisa no te hace la vida imposible. No está precisamente contenta de tenerla por aquí. —Tom se echó a reír ante el comentario.

—No, no precisamente. Y a Savannah también le hace la vida imposible.

—Tengo la impresión de que sabrá soportarlo. ¿Qué tal se lleva con Daisy?

Sentía curiosidad por la chica. Verla había despertado las ganas de conocer más cosas de ella.

—La trata muy bien. Daisy la adora.

La mujer asintió.

—Vuelve a traerla. Tiene que saber más cosas de su historia. Su vida es mucho más que esas dos abogadillas de Nueva York. También tiene que conocer cosas de nuestra familia.

Era toda una señal de aceptación que quisiera compartir eso con Savannah, y Tom seguía perplejo cuando, de regreso a casa, le dio vueltas al asunto. Esa noche le anunció a Savannah que su abuela quería volver a verla, y la chica se mostró encantada.

—A mí también me ha caído bien. A lo mejor me cuenta más cosas de las Hijas Unidas de la Confederación, y de los generales de la familia.

—Eso es precisamente lo que quiere hacer —dijo él. Luego le dio un abrazo y salió de la habitación.

Esa noche Tom se trasladó de nuevo al dormitorio que compartía con Luisa. Ella seguía enfadada, pero reconocía que la habitación también era de él, igual que la casa. Tom no tenía la menor intención de dormir en el sofá del estudio de forma permanente por el mero hecho de que su hija estuviera de visita. Esa noche llevó a Daisy y a Savannah al cine, y también invitó a Luisa. Ella no quiso acompañarlos, pero por lo menos él le había ofrecido la posibilidad. Lo pasó muy bien con sus dos hijas.

Cuando regresaron y se metió en la cama, Luisa le dio la espalda pero no se trasladó a ninguna de las habitaciones de invitados, tal como se temía. Su mujer no le hablaba, pero él había reclamado su territorio y una vida propia. Volvía a sentirse todo un hombre por primera vez en diez años. Luisa ya no lo hacía ir de cabeza ni lo tenía dominado. Le entraron ganas de soltar un grito de victoria, pero en vez de eso se dio media vuelta y se puso a dormir.

11

La semana después de que Savannah visitara a su abuela también fue de locos para Alexa. De momento el FBI había desestimado encargarse del caso gracias a la gran presión ejercida por Joe McCarthy, pero seguían al acecho para apropiárselo si algo salía mal. Hasta entonces no había habido problemas, pero a Alexa le daba la sensación de que tenía que andarse siempre con pies de plomo. Además, acababan de comunicarles que Quentin guardaba relación con otro asesinato, esta vez en un estado por el que creían que no había pasado. Al final se confirmó que, efectivamente, no había pasado por allí, y los resultados de los análisis forenses tampoco cuadraban. Alexa quería poner especial cuidado en no entrar en la dinámica de ir achacándole crímenes para ver cuántos podían demostrar. Tenía que estar absolutamente segura de que era el autor de los asesinatos que le imputaban y de que todas las pruebas encajaban para evitar cualquier duda fundada. No quería perder el caso, ni que en el juicio condenaran al acusado por delitos que no había cometido. Necesitaba estar del todo convencida de que seguía la pista correcta en cada circunstancia, y de momento así era. No añadiría más cargos a petición de las autoridades policiales de otros estados a menos que dispusieran de pruebas concluyentes e irrefutables.

Su prudencia y su meticulosidad eran lo que había convencido al director del FBI para que les permitiera seguir encabezando la investigación del caso. En su opinión, nadie podría estar haciéndolo mejor, y Joe le aseguró que así era. Y todo eso aún imponía más presión a Alexa para no cometer un error o un desliz por minúsculo que fuera. Se sentía y se la veía agotada. Faltaban diez semanas para el juicio, y Quentin seguía bailándoles el agua a los ávidos periodistas. Alexa se negó a hacer más declaraciones, lo cual también agradó al FBI; y siempre que tenía ocasión les agradecía su ayuda, reconocía sus méritos cuando era preciso y se mostraba satisfecha de la gran maquinaria investigadora que tenían en marcha y de la cual se beneficiaba para avanzar en las pesquisas.

En Pennsylvania habían encontrado a otra víctima y habían exhumado el cadáver a pesar de la renuencia de la familia, por lo que habían tenido que convencerla. Jack cogió un avión para hacerles una visita y les suplicó que colaboraran; al final, entre lágrimas habían accedido. El resultado de los análisis comparativos con Quentin fue positivo. Eso elevaba el número de víctimas a dieciocho, y algo le decía a Alexa que ya habían dado con todas. No sabía bien por qué, pero habían peinado todos los estados por los que había pasado desde que salió de la cárcel y habían comprobado su implicación en cada asesinato, cada violación y cada caso de desaparición. Ya no quedaba ningún cabo suelto. La estudiante de medicina de veintidós años encontrada en Pennsylvania era la última víctima. Dieciocho bellas jóvenes, todas muertas en sus manos. Resultaba difícil de creer, sobre todo para los padres de las chicas; pero eran cosas que sucedían a diario. Alexa no dejaba de dar gracias por haberse decidido a enviar a Savannah lejos de allí. Desde su partida, no habían recibido más anónimos. En verano, cuando tuviera vacaciones, había pensado marcharse con ella a Europa; y luego Savannah ingresaría en la universidad y aún sería más improbable que dieran con ella. Quentin le había arrebatado los últimos meses en compañía de su hija, pero por lo menos ella estaba a salvo mientras que otras habían corrido peor suerte y habían perdido la vida. A Alexa le partía el alma hablar con los padres de las víctimas.

Con todo, la abogada defensora insistía en que cometían un error, a pesar de las pruebas de que disponían, de las víctimas encontradas, de los resultados de ADN y de los tres informes psicológicos que confirmaban que Quentin era un sociópata. A Alexa la letrada le inspiraba lástima; ese tipo la tenía completamente encandilada y podría muy bien convertirla en otra de sus víctimas si se viera en libertad. Era un sociópata de manual, y cada vez que veía a Alexa, lo cual no sucedía a menudo, aunque a ella le parecía demasiado, la desnudaba con la mirada solo para hacerle sentir que podría ser suya si quisiera, y que, a diferencia de él, ella no tenía ningún poder. Era un hombre con una serenidad que ponía los pelos de punta. Alexa deseaba a toda costa ganar ese caso, más de lo que había deseado ganar ningún otro.

Esa tarde iban a someterlo a otro interrogatorio, sobre la última víctima de Pennsylvania y, como siempre, entró en la sala exhibiéndose. Había estado practicando ejercicio a falta de algo mejor que hacer, y su musculatura definida se marcaba en el mono de su uniforme de preso mientras observaba a todos los presentes en la sala con aquellos ojos glaciales que a Alexa ya le resultaban familiares. Esa vez decidió no esconderse detrás del cristal polarizado, sino que entró en la pequeña sala de ambiente viciado y se sentó a la mesa junto a los policías en el lado opuesto a Quentin. El fuerte olor de sudor masculino saturaba el aire. No resultaba agradable, pero a Alexa le daba igual. Judy Dunning también estaba presente y dirigió a Quentin una mirada compasiva. Luke miró a los demás con una sonrisa ladeada, como para demostrarles lo que era capaz de conseguir. Le había lavado el cerebro y le había cambiado la perspectiva. En la sala también había dos agentes especiales del FBI, Sam Lawrence y uno nuevo al que no conocía, además de los hombres de Jack que habían iniciado la investigación, Charlie McAvoy y Bill Neeley. Allí no cabía más gente cuando dio comienzo el interrogatorio.

Le preguntaron por la víctima, de quien él afirmó no saber nada, y le mostraron una fotografía suya. Al parecer la habían asaltado en un callejón oscuro cerca de su casa cuando volvía tarde de la biblioteca de la facultad de medicina. Igual que a las demás, la habían violado y la habían estrangulado durante el acto sexual. Su cadáver fue hallado en una zanja poco profunda de un parque. Llevaba desaparecida cuatro meses y a esas alturas el cuerpo estaba muy descompuesto. Cuando ocurrió, Luke estaba en la ciudad. Observó la fotografía tomada en vida de la chica, se encogió de hombros y la arrojó sobre la mesa. Cruzó una mirada con Alexa y la prolongó un buen rato. Tal vez se equivocara, pero tuvo la sensación de que le estaba diciendo en silencio: «Ándate con cuidado, eso mismo podría pasarte a ti... o a tu hija». Ella no apartó la vista, ni él tampoco. La cosa se estaba convirtiendo en una batalla personal entre ellos dos. Alexa no pensaba dejarse derrotar, ni engañar.

—¿Por qué seguís enseñándome a esas tías? Si me las hubiera follado a todas, ya se me habría caído la polla a trozos.

El agente que estaba al mando de la investigación no hizo comentarios, y Alexa se percató de que Charlie McAvoy se removía en la silla. Seguía asignado al caso, y estaba haciendo un buen trabajo. Había asumido la responsabilidad de ocuparse del asesinato de su hermana y de varias chicas más, y dedicaba horas enteras fuera de la jornada laboral. Se le veía tan cansado como a todos los demás. Solo al acusado se le veía fresco, con las pilas cargadas y buen ánimo, y en perfecta forma física. Era el centro de atención y se sentía toda una estrella. Dirigió varias miradas a su abogada, y ella le sonrió con aire alentador mientras proseguía el interrogatorio.

Hacía poco que Alexa había solicitado que lo sometieran a un examen médico más exhaustivo para determinar si secretaba esperma o, por el contrario, este quedaba retenido en el interior de su cuerpo, tal como ocurría a veces a los hombres con problemas graves de riñón que llevaban años medicándose. No tenían evidencias de que ese fuera su caso, y Quentin se había negado a someterse a las pruebas, a lo cual tenía perfecto derecho, ofreciéndoles a cambio eyacular delante de sus narices.

Para cuando el interrogatorio tocaba a su fin, todos estaban hartos de él y de sus historias. No sentía remordimientos ni se inquietaba lo más mínimo; insistía en que no tenía nada que ver con ninguna de las víctimas, que no las había violado ni matado; más bien parecía aburrido. Como quien no quiere la cosa, mencionó que todas las mujeres a las que había conocido en Iowa eran cardos, guarras o putas baratas. Alexa observó que Charlie se tensaba ante el comentario y deseó que no respondiera a su provocación. Por algún motivo, tal vez porque sabía que una de las víctimas era la hermana de Charlie y quería picarlo, dijo que las tías de Iowa le habían quitado las ganas de meterles la polla, igual que las de casi todos los otros estados.

Charlie estaba cansado y se había pasado toda la noche en pie después de reunirse con los padres de varias de las víctimas para tratar de obtener más información. Esa semana hacía un año que su hermana había muerto, y sus padres seguían estando deshechos, igual que lo estaba él. Pero Quentin no se daba por vencido. Seguía hablando de cardos, guarras y putas baratas, y de lo que les haría o no les haría si tuviera la oportunidad. Y antes de que ninguno de los presentes pudiera detenerlo, Charlie se levantó de la silla como un rayo, voló literalmente por encima de la mesa y agarró a Quentin por el cuello; y aún estaba en mejor forma física que Luke. Lo estaba asfixiando, y Quentin respondió pagándole con la misma moneda. Se estaban estrangulando el uno al otro cuando todos los policías de la sala, Alexa inclusive, intervinieron para poner fin a aquello.

Alguien hizo saltar la alarma, y la sala se convirtió en un caos en el que todo el mundo gritaba, daba manotazos y patadas. Era casi imposible quitarle a Charlie de encima, pero al final dos de los hombres lo consiguieron. Jack estaba de pie a su lado, sudando a mares, con la camisa desgarrada por culpa de los intentos por separarlos. A Luke no le dirigió la palabra pero la emprendió a gritos con su agente, que luchaba por recuperar el aliento y escupía en el suelo. Luke también resoplaba mientras volvían a esposarlo y se lo llevaban de allí.

—¿En qué coño estabas pensando? ¿Es que te has vuelto loco? ¡Quedas relevado del caso! ¡Desde ahora mismo!

—¡Pienso presentar cargos! —gritó Luke mientras se cerraba la puerta, sin tiempo de lanzar miradas que sedujeran a su abogada ni amedrentaran a Alexa o a los demás.

Había sido una actuación muy estúpida por parte de Charlie, y seguramente le valdría un año de suspensión por agredir a un sospechoso; pero, por otra parte, era obvio que necesitaba un período de descanso, y Jack estaba enfadado consigo mismo por no haberlo retirado antes del caso. En ese momento mantenía una conversación serena con Sam Lawrence y el otro agente especial del FBI, que eran quienes habían separado a Charlie y a Luke. Jack volvió a explicarles lo de la hermana de su compañero; ellos asintieron y al final uno de ellos se echó a reír.

—Tranquilícese, hombre. De buena gana lo habría hecho yo, pero no me he visto capaz. Tengo tres hermanas, y ese tío es un pedazo de cabrón. —Claro que su responsabilidad también consistía en protegerlo, no en matarlo con sus propias manos—. Yo no pienso abrir ningún expediente —dijo

Sam—. Se lo había ganado a pulso. Ustedes hagan lo que crean conveniente.

Jack sabía que sí que tenía que expedientar a Charlie. Media hora más tarde lo citó en su despacho y le anunció que tenía un año de suspensión y que podía irse a su casa. Había hecho un gran trabajo hasta ese momento, pero tanto estrés había acabado por afectarle. Quentin había matado a su hermana gemela. Antes de marcharse, Charlie se deshizo en disculpas ante Jack y le dijo que esa noche cogería un vuelo a Iowa, pero que su familia y él pensaban estar presentes en el juicio.

Jack parecía aún más exhausto cuando se presentó en el despacho de Alexa después de hablar con Charlie.

—Mierda. Solo nos faltaba esto. Gracias a Dios que los tipos del FBI han sido comprensivos. McCarthy me matará cuando se entere. Tendría que haber sacado a Charlie del caso en cuanto supe que su hermana era una de las víctimas. No sé en qué estaría pensando. Tengo menos cerebro que un mosquito.

—Eres humano, como todo el mundo —lo tranquilizó Alexa, aunque lo cierto era que habían pasado un rato muy tenso y que Charlie había cometido un error muy estúpido. Llegó a perder el control por completo—. Este caso acabará con todos. —La vida de todos los implicados se había visto afectada, incluida la suya.

Se sentaron y estuvieron una hora juntos comiendo barritas energéticas PowerBar. Para distraer a Alexa, Jack le preguntó por Savannah, y ella volvió a admitir que estaba preocupada y lo comentó con él.

—Fue a ver a su abuela. Se está acostumbrando a aquella vida, y eso me preocupa mucho. No quiero que Charleston la deslumbre y decida instalarse allí.

Esa era una de las cosas que le daban más miedo, pero la alternativa, traerla de vuelta a Nueva York, aún era peor, y no se lo planteaba hasta que terminara el juicio.

—Yo no tengo hijos, pero mi impresión es que siempre acaban haciendo lo que quieren, y normalmente es justo lo contrario de lo que desean sus padres. No me parece que tengas muchas posibilidades de controlar sus decisiones. Pero por muy bonito que sea Charleston, no es Nueva York. Savannah está acostumbrada a una vida más cosmopolita, y está a punto de empezar la universidad.

Jack tenía razón y sus palabras tranquilizaron a Alexa, y a continuación retomaron la conversación sobre el caso. Ese fin de semana lo pasaría en Charleston. No veía el momento de encontrarse con Savannah, pero temía los malos recuerdos que aflorarían; algunos entre dulces y amargos.

Al final el arrebato de ira de Charlie en la sala de interrogatorios no tuvo mayores consecuencias. Tanto el fiscal del distrito como el FBI se mostraron satisfechos con la propuesta que hizo Jack de suspenderlo del servicio durante un año, y con el hecho de que Charlie se hubiera marchado ese mismo día. Había circunstancias atenuantes, puesto que su hermana gemela era una de las víctimas. Y, ahora que él estaba fuera del caso, no volvería a ocurrir una cosa así; aunque había supuesto un toque de atención. Nadie sabía lo que podría haber ocurrido si los otros hombres no hubieran logrado detener a Charlie. Seguro que el problema que tenían entre manos habría quedado resuelto, pero a él le habría causado otros mucho más graves. Nadie habría lamentado la muerte de Luke Quentin, excepto Judy Dunning, a quien ahora Alexa llamaba «la idiotizada».

A las cinco en punto de la tarde del viernes, cuando debería estar camino del aeropuerto, Alexa iba de un lado a otro de su despacho metiendo carpetas en una bolsa. Quería aprovechar los trayectos de ida y vuelta en avión para documentarse sobre el caso. El resto del tiempo se lo dedicaría a Savannah y a lo que tuviera planeado hacer. Se le hacía tarde para coger el vuelo, y aprovechó el viaje en taxi para llamar a su madre. Tenía un aspecto y un ánimo penosos, y no se sentía nada preparada para enfrentarse a su antiguo mundo. Durante la semana le había explicado a su madre lo ocurrido con Charlie McAvoy. El caso de Quentin estaba poniéndoles los nervios de punta, y Muriel le comentó que un poco de distancia le haría bien, cosa de la que Alexa no estaba tan segura. Lo único que le hacía ilusión era ver a Savannah. El resto la aterraba.

—¿De qué tienes miedo? —preguntó Muriel desde su despacho. Acababa de terminar su jornada. Había tenido un buen día de trabajo. Su vida no estaba tan plagada de dificultades como la de su hija. Ella habría sido incapaz de vivir de esa forma o de trabajar tanto, aunque en su juventud sí que lo había hecho. Para ella esos días habían tocado a su fin. Estaba ocupada pero no vivía a un ritmo vertiginoso, mientras que Alexa sí. Muriel detestaba que tuviera que ocuparse de ese caso, y que le acarreara tantísimo estrés.

—No lo sé, mamá —dijo Alexa honestamente—. Supongo que me asusta que Savannah quiera quedarse allí, que de repente Tom se vuelva muy agradable y que Charleston le resulte demasiado deslumbrante con toda la belleza y el encanto que tiene el Sur. Yo misma me tragué el anzuelo, así que ¿por qué a ella no tiene que pasarle lo mismo? ¿Y si no quiere regresar a casa, ni vivir nunca más en Nueva York?

—Es posible que lo que vea le entusiasme, y que quiera volver a visitarlo de vez en cuando, pero me sorprendería mucho que optase por vivir tan lejos de ti; por lo menos de momento. Tiene las miras puestas en empezar la universidad, no en trasladarse al Sur ni buscar sus raíces. De todas formas, es necesario que las conozca y creo que es bueno que vea aquello. Es lo que he creído siempre, eso le quitará la curiosidad y las fantasías que pueda tener. Savannah está centrada en sus estudios universitarios, y eso es todo lo que le preocupa por ahora. Tú te enamoraste de un hombre mayor y dejaste la universidad. Es algo que Savannah ni siquiera se plantea y que no quiere para sí misma. Al menos por una temporada muy, muy larga. Si se lo preguntas a ella, creo que te dirá lo mismo. Tenía curiosidad, pero la cosa no pasará de ahí. Y el hecho de vivir allí tres meses le servirá para acabar con todos los interrogantes.

—Ojalá estuviera tan segura como tú.

A Alexa las palabras de su madre no la tranquilizaron demasiado, aunque lo que decía tenía sentido.

—¿Seguro que quien te preocupa es Savannah y no tú misma?

¡Bingo! Alexa supo al instante que su madre acababa de dar en el clavo por lo incómoda que se sintió. Como siempre, la mujer había ido a meter el dedo en la llaga.

—Bueno, a lo mejor sí —admitió ella, tratando de pensar qué era lo que le daba más miedo. Costaba dilucidarlo—. Allí fui muy feliz. Quería mucho a Tom, y a sus hijos. Confiaba plenamente en él, y creía que lo nuestro duraría siempre. Y, de repente, todo se vino abajo; se casó con otra y vivieron en la misma casa. Es un pelín duro de soportar. —Y por eso se había pasado años odiando a Tom. Le había robado todos sus sueños y había destruido su confianza. Nunca fue capaz de recuperarla y volver a depositarla en alguien. La había dejado reducida a cenizas—. Habría preferido no tener que regresar nunca.

—A veces debemos enfrentarnos a las cosas que más nos duelen. Puede que sea imprescindible para recuperarte del todo, y tú aún no lo has hecho. —Las dos sabían que era cierto—. No puedes avanzar hasta que entierras el pasado, y para ti la agonía y el dolor siguen vivos. Tal vez esto te haga bien.

Alexa pensó en ello mientras el taxi se detenía frente a la terminal del aeropuerto, y le dijo a su madre que debía dejarla. Pero sabía que tenía razón. El dolor aún estaba vivo. Nada de todo ello, ni el desengaño ni el sentimiento de traición, se había apaciguado a lo largo de los últimos diez años. En todo caso se había acentuado. No compartía su vida con ningún hombre ni deseaba hacerlo, porque no podía perdonar ni olvidar al que más la había herido. Tampoco había perdonado a la madre de Tom, ni a su mujer, que lo habían impulsado a traicionarla de todas las formas posibles. Se habían confabulado en su contra porque no era uno de ellos, por mucho que costara de creer desde la distancia. Parecía descabellado pero era cierto. Luisa había ganado la batalla por los orígenes y la tradición, y Tom había sido débil, igual que Ashley en *Lo que el viento se llevó*. Ni siquiera ahora podía perdonárselo. Y diez años sin perdonar la habían intoxicado como si hubiera ingerido una sustancia radiactiva que aún corría por sus venas y le quemaba las entrañas con un dolor agudísimo. No quería que Savannah se acercara a aquella gente, pero no le había quedado más remedio que claudicar.

Alexa cruzó el control de pasaportes a toda prisa y apenas tuvo tiempo de subirse al avión. No quería perderlo y decepcionar a Savannah. A las seis y media despegaba, y aterrizaría poco después de las ocho. El corazón se le encogió al ver el aeropuerto. Le había dicho a Savannah que la llamaría cuando llegara y que se encontrarían en el hotel. No quería que estuviera esperando sola. Recogió el equipaje, pidió un taxi y le dio el nombre del hotel.

El trayecto hasta la ciudad le resultó breve y familiar. Le dolía el alma ver los puentes y los chapiteles de las iglesias que tanto había amado. En una de ellas habían bautizado a Savannah. La ciudad le despertaba muchos recuerdos, como si fuera una ciruela tan madura que estuviera a punto de reventar. Tenía que esforzarse por apartarlos de su mente. Antes de llegar al hotel telefoneó a Savannah, que estaba en su habitación aguardando la llamada. Eran casi las nueve. Tenía pensado ir a buscarla en coche, pero su padre le dijo que la acompañaría él ya que Alexa había solicitado en el hotel un coche de alquiler. Tom imaginaba que no le haría mucha gracia que la chica circulara sola por la ciudad. Savannah lo avisó al recibir la llamada y bajó corriendo con su pequeña bolsa de mano. Por la tarde se había despedido de Daisy, ya que la niña iba a pasar la noche en casa de una amiga. Luisa había salido a jugar al bridge y Tom había optado por quedarse en casa. Luisa y él mantenían una relación extremadamente tensa pero dormían en la misma habitación. Aunque no se sabía si la cosa duraría mucho tiempo.

—Debes de tener muchas ganas de ver a tu madre.

Tom le dio conversación durante el trayecto hasta Wentworth Mansion. Alexa lo recordaba como el mejor hotel de la ciudad. Lo habían construido como casa particular, y aún era una de las mansiones victorianas más bellas de Charleston, con todas las comodidades y los servicios posibles, habitaciones bien decoradas y con encanto, techos acristalados de estilo Tiffany, bonitas antigüedades y un spa que sabía que entusiasmaría a Savannah y donde ambas podrían relajarse. Estaba en el corazón de la ciudad, rodeado de tiendas y restaurantes y con unas vistas espectaculares del casco antiguo. Alexa esperaba que fuera algo muy especial para las dos, aunque a Savannah le habría dado igual alojarse en un motel. Lo único que quería era ver a su madre. Apenas podía esperar.

—Sí, tengo muchas ganas —respondió Savannah con una amplia sonrisa y un brillo en los ojos—. Es mi mejor amiga —apostilló—. La echo mucho de menos.

—Ya lo sé —dijo Tom, y deseó poder llenar ese vacío de algún modo; pero por mucho que a Savannah le gustara estar con su padre, era demasiado tarde para eso. Ellos eran más bien conocidos que amigos, y Tom sabía que era culpa suya. Confiaba en reforzar el vínculo mientras durara la visita, pero, al contrario de Alexa, temía que tres meses fueran muy poco tiempo. Lo que estaba claro era que no bastaban para compensar diez años.

Tom entró en Wentworth Mansion detrás de Savannah, con su equipaje. La chica no había cogido muchas cosas porque decía que podía ponerse la ropa de su madre. Entró en el vestíbulo brincando como un cachorrillo, y al momento vio a Alexa registrándose en la recepción y estuvo a punto de saltarle a los brazos. Se abrazaron con tanta fuerza y tantas ganas que parecían un solo cuerpo con dos cabezas, mientras Tom aguardaba al lado en silencio, sin que ninguna de las dos le prestara atención. Alexa acarició el pelo, la cara y los brazos de Savannah como si sintiera verdadero anhelo. Tom se dio cuenta de que las dos lo sentían, ya que Savannah se aferraba a su madre como una niña pequeña. Pasaron cinco minutos antes de que se acordaran de él. Y observándolas se entristeció en secreto, consciente de que él mismo había creado el fuerte vínculo que compartían al haberlas abandonado. Tenía la sensación de que sobraba, y sabía que no podía exigir más. Un día lo tuvo todo y las traicionó, y ahora no le quedaba más remedio que contentarse con lo que quedaba de aquello. Alexa y Savannah eran rayos de sol que iluminaban la oscuridad de su vida en una prisión. La prisión que él mismo había construido a base de debilidad y miedo.

—Bueno, parece que estáis muy contentas de veros —dijo sonriendo a ambas. No demostró la tristeza que sentía. Aparentaba alegrarse por ellas cuando en realidad estaba celoso de lo que compartían. Las veía llenas de esplendor.

Alexa se tensó de inmediato al reparar en Tom. Se había olvidado de que estaba allí, igual que Savannah. Trató de ser amable. Se sentía muy agradecida por acoger a su hija, pero seguía siendo Tom, la persona a quien más odiaba en todo el planeta y la que más daño le había hecho. Lo observó mientras abrazaba a Savannah y le daba un beso a ella, deseándoles que pasaran un buen fin de semana. Parecía sincero, pero con él nunca se sabía, pensó Alexa para sí, y le echó la culpa al Sur, tal como solía hacer, convencida de que todos los sureños eran unos hipócritas y unos mentirosos, siempre dispuestos a traicionar a un ser amado o un amigo. Era demasiado tarde para inculcarle otras ideas. Consideraba que tenían una nacionalidad distinta que ella detestaba.

—Tenía muchísimas ganas de que llegara este momento —explicó Tom con amabilidad a Alexa porque no sabía qué otra cosa decir. Su apariencia era de hermetismo absoluto, excepto cuando miraba a su hija y todo su ser se relajaba y se enternecía. Era como la noche y el día.

—Yo también —repuso Alexa con frialdad—. Gracias por permitir que se quede aquí contigo. Seguro que no te resulta fácil. —Sabía lo de sus peleas con Luisa por boca de Savannah, pero no dio más explicaciones.

—Es nuestra hija —se limitó a responder él—, y me alegro de facilitarte un poco las cosas en la medida de mis posibilidades. ¿Qué tal te va con el caso?

Alexa no tenía ganas de hablar con él, pero con sus modales educados y su encanto sureño costaba resistirse. A pesar de todo, era un hombre bien plantado y atractivo.

—Me está dando mucho trabajo —dijo ella con amabilidad—. Pero el sospechoso lo tiene crudo. Me sorprendería mucho que no lo condenasen.

—Seguro que ganarás —opinó él, y entregó el equipaje de Savannah a un botones—. Que pases un buen fin de semana —le deseó—. Vendré a recogerte el domingo. Avísame cuando estés preparada, o si antes necesitas cualquier cosa.

Les sonrió a las dos y cruzó el vestíbulo del hotel en dos pasos gracias a sus larguísimas piernas. No cabía duda; ni siquiera Alexa podía negarlo: era un hombre atractivo y a Savannah no le había perjudicado en nada llevar sus genes.

Alexa había reservado la mejor suite del hotel, y Savannah miró alrededor emocionada y entusiasmada mientras iba del salón al dormitorio y viceversa. Había una cama con dosel igual que la de Thousand Oaks, y la habitación estaba decorada en un amarillo intenso, con muebles oscuros y mucho cristal de estilo Tiffany. Era una típica mansión de antes de la guerra, y Savannah estaba impaciente por ver el spa. Tenían concertados un masaje, una manicura y una pedicura durante la tarde del día siguiente, antes de cenar. Alexa quería que pasaran juntas un fin de semana de auténtico lujo.

Alexa pidió que les subieran un poco de comida a la habitación, puesto que Savannah ya había cenado y a ella le apetecía algo ligero. Después sacó de la maleta cuatro cosas para su hija que se había olvidado la otra vez en Nueva York y un par de blusas y un jersey nuevos que le había comprado. A Savannah le encantaron y dijo que se lo pondría todo para ir al instituto. Hablaron de las clases, de sus nuevos compañeros y de la visita a su abuela paterna, y también hablaron de la madre de Alexa. Trataron todos los temas posibles, se abrazaron y se besaron muchas veces, se gastaron bromas, y Savannah le contó a su madre aquello de «Dios la bendiga», la típica frase con que los sureños acompañaban los comentarios especialmente maliciosos, y Alexa rió a carcajadas y reconoció que era cierto. Disfrutaron del cariño que ambas se profesaban y por fin, a las dos de la madrugada, se acostaron juntas en la cama con dosel. Y se durmieron abrazadas la una a la otra como dos cachorrillos, felices por primera vez desde hacía semanas.

En cuanto abrieron los ojos por la mañana empezaron a comentar todo lo que querían hacer durante el fin de semana. Alexa tenía pensado llevarla a unas cuantas tiendas selectas que recordaba, si es que aún existían, y luego comerían en su restaurante preferido; y Savannah también había preparado una lista de sitios a los que ir. Con eso les bastaba para estar distraídas durante una semana entera, y a las diez y media ya estaban paseando por las calles de Charleston, gozando de un día radiante. A Alexa se le encogió el corazón ante los lugares que le resultaban tan familiares, pero se esforzó por que no le chafara el ánimo. Ese fin de semana era para dedicárselo a Savannah, no a los sinsabores que le había causado ese lugar.

Visitaron una tienda en la que solo vendían jerséis de cachemira, casi todos en tonos pastel. Alexa le compró a Savannah uno de color rosa, y salían de la tienda riéndose cuando la chica vio a su amiga del instituto. Julianne iba acompañada de su madre, cuya cara se iluminó en cuanto vio a Alexa, como si también acabara de encontrarse con su mejor amiga. En otros tiempos sí que lo era, pero la había traicionado igual que Tom. Era la primera vez en diez años que Alexa la veía o tenía noticias suyas.

—¡Oh, Dios mío! Alexa, queriiida, ¿cómo estás? No sabes cuántas veces me he acordado de ti... Te he echado muchísimo de menos, y Savannah está guapísima. Dios la bendiga, cuánto se parece a ti.

Savannah y Alexa intercambiaron una rápida mirada e hicieron esfuerzos por aguantarse la risa. Pero a Alexa la irritaban la hipocresía de aquella mujer y la forma de fingir que su amistad y la preocupación por ella estaban latentes cuando en realidad habían muerto hacía años, y por su culpa.

—¿Cuánto tiempo te quedarás?

—Solo hasta mañana. He venido a pasar el fin de semana.

—Dios mío, la próxima vez que vengas tenemos que vernos. Avísame con tiempo. Podemos salir a comer con las chicas. —Por mí, puedes esperar sentada, pensó Alexa mientras le sonreía—. Estamos contentísimas de que Savannah se quede unos días con su padre. Las chicas se han hecho muy amigas.

Alexa asintió sin decir nada, con la falsa sonrisa fija en la cara. Savannah conocía esa expresión, su madre la reservaba para las personas por quienes sentía un profundo desagrado o a quienes despreciaba por completo. Y sabía que la madre de Julianne era una de esas personas. Se llamaba Michelle, y la llamaban Shelly.

—¿A qué te dedicas en Nueva York? ¿Has vuelto a casarte?

Alexa sintió unas ganas imperiosas de estamparle un bofetón ante esa pregunta. No era asunto suyo. Fuera cual fuese el motivo que la impulsaba a preguntarlo, ya no eran amigas y no volverían a serlo jamás.

—Soy abogada y trabajo en la oficina del fiscal del distrito —dijo Alexa.

No respondió a la pregunta sobre el matrimonio. Sospechaba que Shelly lo sabía de todos modos, a través de las chicas. Siempre había sido una entrometida, le encantaban los chismorreos e iba sacándole a la gente toda la información posible.

—Dios te bendiga, sí que debes de haber trabajado para conseguir un empleo así, sobre todo siendo una mujer. Por aquí no te llegamos ni a la suela del zapato.

Alexa le agradeció el comentario y dijo que tenían que irse. Las chicas prometieron llamarse por teléfono al día siguiente por la noche, y luego Alexa y Savannah salieron a toda prisa hacia la siguiente tienda de la lista. En cuanto estuvieron a una distancia prudencial, Alexa se volvió hacia su hija con cara socarrona.

—He contado dos deseos de bendición divina dirigidos a ti y cuatro a mí. Ándate con cuidado. ¡Esa mujer nos odia! —le advirtió, y las dos estallaron en carcajadas.

—Ya lo he notado, pero he perdido la cuenta después del segundo. Julianne tampoco se lleva bien con su madre. Dice que es una bruja de pies a cabeza.

—Sí, me parece que tiene razón. Es igual de recomendable que un helado envenenado, ¡con gusto de magnolia!

—Bueno, mamá, deja ya de pensar así del Sur. Lo tuyo fue muy mala suerte.

Savannah nunca dejaba de llamarle la atención sobre ello, y por una parte Alexa sabía que tenía razón, pero, por otra, odiaba demasiado el Sur para tenerlo en cuenta.

—Sí, ya; da igual —fue todo cuanto respondió, y se detuvieron en una tienda para comprar cremas y maquillaje.

Pensaban pasar un fin de semana de chicas, como hacían en Nueva York siempre que las dos tenían tiempo, lo cual sucedía muy pocas veces para el gusto de Alexa. Savannah tenía una vida social más intensa que ella, y su madre estaba segura de que en Charleston pronto le ocurriría igual.

Los masajes en el spa de Wentworth Mansion fueron una gloria. Les hicieron la manicura y la pedicura y regresaron a la suite en chanclas de goma con un algodón entre los dedos de los pies. Para cenar, Alexa había reservado una mesa en Circa 1886. El restaurante ocupaba la antigua cochera del hotel y ella nunca había estado allí.

Habían pasado la mayor parte del día recorriendo los lugares que en otros tiempos eran sus favoritos. Y, tal como imaginaba, la experiencia le resultó agridulce. Aquel había sido su hogar cuando era una joven esposa y una madre novel, y luego su vida había cambiado por completo. No había visto ninguna cara conocida, aparte de Julianne y de Shelly, pero se quedó perpleja y conmovida cuando recibió una llamada de Travis. El chico se disculpó por haber perdido el contacto con ella durante tanto tiempo, y dijo que le encantaría verla la próxima vez que estuviera en la ciudad pero que ese fin de semana estaría ocupado con un torneo de tenis en el club. Alexa apreció oírle decir que Savannah era una chica estupenda, y también que estaba muy contento de hablar con ella. Era igual de educado que su padre; ojalá fuera un poco más sincero. Travis le anunció que iba a casarse en junio y que le gustaría invitar a Savannah a la boda.

Savannah le había dicho a su madre que Scarlette le caía muy bien, y Travis se había mostrado muy amable. A Henry aún no lo había visto, pero estaba previsto que pronto fuera a pasar un fin de semana con ellos. Todo cuanto sabía de él era que vivía en Nueva Orleans y que trabajaba para un marchante de arte.

La cena superó todas las expectativas. Las dos optaron por ponerse sendos vestidos que habían comprado por la tarde. Cuando regresaron a la suite del hotel, se sentían felices y agotadas. Lo único malo era saber que Alexa se marchaba al día siguiente. Ninguna tenía ganas de pensar en ello por el momento.

A la mañana siguiente, decidieron ir a la iglesia antes de almorzar en Baker's Café.

Fueron a la iglesia episcopal Saint Stephen's, y al deslizarse en uno de los bancos Alexa explicó a Savannah que allí era donde la habían bautizado. La ceremonia fue austera, tradicional, acompañada por bella música de órgano; y cuando terminó, Alexa y Savannah salieron cogidas de la mano con sensación de bienestar. Acababan de despedirse del pastor en la puerta cuando de repente alguien corrió hacia Savannah y la rodeó por la cintura de tal forma que estuvo a punto de tirarla al suelo. La chica trató de recuperar el equilibrio y la compostura, y al volverse para ver quién era se encontró de narices delante de Daisy, que parecía inmensamente contenta de verla.

—¿Qué estás haciendo aquí? —preguntó Savannah, aún sobresaltada, y entonces le presentó a su madre, que parecía igual de sorprendida pero sonrió a Daisy con gesto afectuoso.

Era una niña muy graciosa, y estaba claro que adoraba a Savannah. Alexa no tuvo tiempo de reflexionar sobre lo que esa niña había supuesto en su vida y cómo la habían utilizado. Solo veía a una niñita con coletas y una enorme sonrisa.

—Mi madre y yo venimos aquí casi todos los domingos —explicó Daisy a Savannah, y se volvió hacia Alexa con interés—. Savannah dice que va a meter en la cárcel a un hombre malísimo.

—Eso intento —respondió Alexa, sonriéndole; y luego añadió—: Por eso Savannah está aquí, para que él no le haga daño.

—Ya lo sé —dijo Daisy dándose importancia—. Ella me lo ha explicado todo, y me ha hablado de usted. —Volvió a sonreír a Alexa de oreja a oreja.

—Pues a mí también me ha hablado de ti —repuso ella en tono cariñoso, sin tener en cuenta en absoluto quién era la niña ni de quién era hija.

Daisy desprendía una dulzura que impedía ver nada más. Era imposible resistirse a ella. Su cara se iluminó ante lo que Alexa acababa de decirle; se la veía inmensamente complacida.

—¿En serio? —preguntó feliz—. La quiero mucho; muchísimo —dijo, y volvió a rodear a su hermana por la cintura a la vez que, por detrás, una voz las atravesaba como una lanza.

—¡Daisy! ¡Quítale las manos de encima a Savannah ahora mismo! —dijo la voz con brusquedad. Savannah supo quién era antes de volverse a mirar, y Alexa lo adivinó—. ¡Esa no es forma de comportarse en la iglesia!

Era Luisa, y clavó en ellas una mirada ponzoñosa que tampoco correspondía al modo de comportarse en la iglesia, pensó Alexa para sí.

—La misa ya ha terminado, mamá. Ahora viene la parte en que se saluda a todo el mundo —dijo Daisy, y con razón.

Al parecer, Luisa no iba a la iglesia para eso, y menos si a quien tenía que saludar era a ellas dos. Miró a su hija mientras la regañaba, ignorando por completo a Savannah y a Alexa. Savannah decidió intervenir y darle un respiro a Daisy.

—Luisa, me gustaría presentarte a mi madre, Alexa Hamilton —dijo con amabilidad, arrastrando un poco las palabras pero sin exagerar.

Luisa la miró escandalizada, como si acabara de desnudarse en plena iglesia o la hubiera aferrado por el pelo, arreglado en exceso.

—Hace muchísimos años que nos conocemos —apostilló con los dientes apretados mientras su hija la miraba con resignación, preguntándose por qué su madre se mostraba siempre tan desagradable. No era una mujer feliz, y casi siempre estaba enfadada. Mientras pronunciaba aquellas palabras, Luisa miró a Alexa con acritud.

—Me alegro de volver a verte, Luisa —dijo Alexa, mintiendo de forma descarada. Le habría gustado añadir «Dios te bendiga, pero no se atrevió. Ni ella ni Savannah habrían conseguido mantener la cara seria, tal vez ni siquiera Daisy—. Gracias por permitir que Savannah se aloje en tu casa. Te lo agradezco de veras, y sé que ella también.

—De eso nada —le espetó Luisa; y, sin más, agarró a Daisy por la nuca con firmeza y la empujó hacia el coche.

Daisy se volvió a mirarlas con una sonrisa llena de aflicción mientras les decía adiós con la mano, y tanto Alexa como Savannah lo sintieron mucho por ella. En muchos aspectos era la víctima de todo aquello, igual que Savannah lo había sido años atrás, y ninguna de las dos lo merecía.

—Menuda arpía —masculló Alexa al observar que Luisa ponía tibia a Daisy tras cerrar de golpe la puerta del coche antes de arrancar—. Dios la bendiga —añadió, y Savannah soltó una carcajada.

—Sí que lo es —convino Savannah—. Pero me alegro de que hayas conocido a Daisy. Es una niña muy simpática.

—Tu padre se ha llevado su merecido con esa —comentó Alexa refiriéndose a Luisa mientras se alejaban de la iglesia.

—Casi siempre está triste —confirmó Savannah—. Tal vez sea porque está negra de tenerme en casa. En el tiempo que llevo allí, apenas se han dirigido la palabra excepto para discutir.

—Qué vida tan agradable. —Alexa había quedado descolocada por el encuentro, y casi se quedó sin habla al observar el veneno en los ojos de Luisa. Era de armas tomar, aún peor de lo que Alexa había imaginado; mucho, muchísimo peor.

Disfrutaron de un buen almuerzo en Baker's Café, uno de los favoritos de Alexa. Explicó a Savannah que solía frecuentarlo cuando estaba embarazada de ella. Era uno de los restaurantes más antiguos de Charleston, tenía un bonito jardín. Como hacía un día muy agradable y soleado, se desplazaron en coche hasta la playa, cruzando varios puentes pintorescos, y por fin, a última hora de la tarde, regresaron al hotel. Ambas detestaban tener que admitirlo, pero el mágico fin de semana estaba tocando a su fin, y eso las entristecía.

—¿Cuándo crees que podrás volver, mamá? —preguntó Savannah, con aire preocupado.

—No lo sé, dentro de una semana... o dos... Lo he pasado muy bien contigo, corazón. Incluso he estado a punto de dejarme fascinar por Charleston otra vez, gracias a tu compañía. Pero tú no lo hagas —le advirtió—. ¡Quiero que vuelvas a casa pronto!

—No te preocupes, mamá. No me quedaré a vivir aquí. Es divertido venir de visita, pero regresaré a Nueva York en cuanto pueda. Si me dejaras, volvería ahora mismo. —Pero ambas sabían que no habría sido buena idea.

—No caigas en las garras de Cruella De Vil —dijo Alexa, y Savannah rió ante la ocurrencia—. Dios la bendiga, por supuesto.

Alexa recogió sus cosas, a excepción de aquellas que había llevado expresamente para Savannah o a las que esta había echado el ojo durante su estancia. Tenía que salir hacia el aeropuerto a las seis y media para coger el avión a las ocho. Savannah se ofreció a acompañarla, pero su madre no quiso. Era mejor para su hija que se despidieran en el hotel y regresara a casa con Tom en lugar de tener que esperar sola en el aeropuerto cuando su madre se marchara.

Savannah llamó a su padre justo antes de abandonar la habitación y bajar a pagar la factura. Se sentía aliviada de que su madre tuviera previsto volver pronto. Sabía que en mayo, cuando hubiera empezado el juicio, no le sería posible, pero al menos durante marzo y abril Alexa intentaría bajar cada dos semanas, o más a menudo si podía. Se lo había prometido, y siempre cumplía su palabra.

Justo cuando Alexa terminaba de pagar la factura, Tom entraba en el vestíbulo. Acababa de salir del club y llevaba unos pantalones cortos de tenis, lo cual obligó a Alexa a apartar la mirada. No quería fijarse en lo guapo que era ni en lo bonitas que tenía las piernas. Eso ya no era asunto suyo, pero sabía que había algo en él que siempre la removería por dentro. Aunque la cosa no pasaba de ahí.

—Seguro que habéis pasado un fin de semana muy agradable —dijo con una amplia sonrisa, y entonces su rostro se ensombreció un poco—. Me he enterado de que os habéis topado con Luisa y Daisy en la iglesia.

Su mujer había estado a punto de cortarle la cabeza por ello, tal como él preveía. Luisa dijo que debería haberle advertido a Savannah que no se acercara para nada a su iglesia. Tom hizo un comentario mordaz sobre su predisposición a mostrarse cordial, como buena cristiana que era, y dijo que imaginaba lo desagradable que habría sido con Alexa. En lugar de estar arrepentida o sentir compasión por ella, Luisa parecía tener la necesidad de castigarla aún más y hacerla morder el polvo. Ahora Tom miraba a Alexa como si quisiera disculparse por la actitud de su esposa.

—No pasa nada —dijo Alexa con brusquedad, y volvió a centrarse en Savannah para decirle adiós.

Las dos tuvieron que contener las lágrimas cuando Alexa entró en el taxi para desplazarse hasta el aeropuerto. Savannah se quedó plantada en la acera agitando la mano hasta que su madre desapareció de la vista, y luego entró en el coche de su padre y regresaron a Mount Pleasant. A veces se le hacía todo un poco raro; de repente, tenía padre, y no estaba acostumbrada a ello. Durante el trayecto le habló del fin de semana y de todas las cosas que habían hecho.

En cuanto llegaron a casa, Savannah deshizo el equipaje, y sacó todas las cosas que su madre le había comprado. Daisy entró dando brincos en la habitación y estuvieron charlando. Julianne y otras dos chicas la llamaron, y Travis y Scarlette fueron a cenar con ellos. Scarlette le había llevado algunas revistas a Savannah, y Travis tenía unas cuantas fotografías muy graciosas de ella a los tres años. Para cuando Alexa bajó del avión en Nueva York, Savannah se había sumergido de nuevo en la rutina; y, extrañamente, en cierto modo se sentía como en casa.

Esa noche Daisy le comentó a Savannah que su madre era muy guapa y que parecía muy simpática, y se disculpó porque la suya era muy desagradable.

—Creo que mi madre le tiene envidia a la tuya —dijo con esa lógica que demuestran tener los niños.

—Es posible —reconoció Savannah, y las dos se echaron a reír cuando dijeron al mismo tiempo—: Dios la bendiga.

12

Al día siguiente de pasar el fin de semana en Charleston, Alexa estuvo ocupadísima atendiendo a policías e investigadores. Todo empezaba a cuajar, y ya había reunido suficiente información para abrumar a Judy Dunning. El laboratorio forense había conseguido muchas pruebas, y había tantos informes listos para revisar que la abogada defensora estaba totalmente desbordada. Al mediodía Alexa hizo una pausa, cosa que últimamente no solía hacer, y fue al Juzgado de Familia para ver a su madre y comer con ella en su despacho. Daba la impresión de estar de buen humor.

—Bueno, ¿qué tal ha ido? —preguntó su madre. Estaban tomando sendas ensaladas de la tienda de comida preparada del otro lado de la calle.

—Mejor de lo que esperaba —reconoció Alexa—. Savannah está muy bien. Al salir de la iglesia nos encontramos con Luisa y se portó como una auténtica bruja; pero, aparte de eso, todo fue estupendamente. Charleston está tan bonita como siempre, y Savannah y yo lo hemos pasado muy bien juntas. También me encontré con una antigua amiga que me dejó plantada después de que Tom se divorciara de mí, y me resultó muy desagradable. Pero en general todo ha ido bastante bien.

—Ya te lo dije. Para la chica es una experiencia interesante, y es bueno que descubra a la otra parte de la familia. Es muy lista, sabrá elegir lo que más le convenga. Nadie podrá darle gato por liebre. Y parece que Tom compró un pasaporte al infierno con Luisa. ¿Por qué sigue con ella?

—Seguramente por el mismo motivo por el que volvió con ella —respondió Alexa en tono lacónico—. Le faltan agallas. Cuando me dejó, hizo lo que su madre y Luisa le dijeron, y ahora ella lo tiene agarrado por el pescuezo. —O aún peor.

—¿Cómo has visto a Tom? —preguntó Muriel con interés, y su hija se echó a reír. Estaba animada. Ver a Savannah le había hecho muchísimo bien.

—Igual de guapo y de cobarde que siempre. Supongo que antes no me daba cuenta. Sigue siendo el hombre más atractivo del planeta, pero ahora lo conozco bien y sé cómo es. Supongo que siempre lo encontraré guapo, pero gracias a Dios ya no estoy enamorada de él. Por algo se empieza.

Se la oía relajada y de mejor humor de lo que Muriel había notado en años. Ya no estaba tan tensa, a pesar de la presión que soportaba con el caso de Quentin. Hacía algún tiempo que trabajaba codo con codo con el FBI, y la verdad era que, desde que ya no amenazaban con arrebatarle el caso cada cinco minutos, lo estaba disfrutando. En el equipo no había ninguna otra mujer, y no le importaba ser la única en aquel universo eminentemente masculino. Más bien le gustaba. Y la colaboración con los federales resultaba interesante.

Mientras su madre volvía a enfrascarse en el trabajo, Savannah estaba ocupada en el instituto de Charleston. Además de seguir con las clases de francés, ahora estudiaba chino, y lo estaba pasando muy bien con el idioma. No lo necesitaba para completar el currículo, así que no le suponía presión alguna.

Y empezaba a tener muchos amigos. Casi todos los días quedaba con Julianne para comer.

Asistía a todos los partidos de voleibol y fútbol, y defendía los colores del instituto. Además, tuvo la oportunidad de entrar a formar parte del equipo de natación porque alguien tuvo que dejarlo debido a una afección grave de oído.

El fin de semana siguiente al que Alexa pasó allí, el capitán del equipo de fútbol le pidió a Savannah si quería salir con él. Julianne estuvo a punto de desmayarse cuando se enteró. Acababa de romper con la chica más guapa de todo el instituto.

—¿Piensas aceptar? —preguntó Julianne casi sin respiración cuando Savannah le hizo la confidencia.

—Es posible. No tengo nada más que hacer. —Lo dijo con mucha indiferencia.

El chico la llevó al cine el viernes por la noche, y después fueron a una cafetería. Se llamaba Turner Ashby y era descendiente del general del mismo nombre, según le contó mientras tomaban una hamburguesa y un batido.

—Parece que en esta ciudad todo el mundo tiene un general en la familia —comentó Savannah.

Llevaba el jersey rosa de su madre y unos vaqueros, y calzaba unos zapatos de tacón alto. Cuando se arreglaba su aspecto era distinto al de las chicas de Charleston. Desprendía el aire sofisticado propio de Nueva York, e iba bien maquillada pero sin excesos. El chico parecía estar colado por ella.

—Aquí esas cosas importan mucho —explicó él.

—Ya lo sé. Mi abuela es la presidenta generala de las Hijas Unidas de la Confederación. Tiene ese título porque también desciende de un general.

Savannah sonrió de oreja a oreja. No pretendía reírse de ellos, pero le parecía gracioso. Turner era un chico atractivo de pelo oscuro y ojos verdes; el mayor de cuatro hermanos.

—¿En qué universidad te gustaría estudiar? —preguntó

Savannah con interés genuino. Había descubierto que la mayoría de las personas a quienes hacía esa pregunta habían elegido universidades del Sur.

—En el Instituto Tecnológico de Georgia; o tal vez en la Universidad Metodista del Sur, en Texas. También he solicitado plaza en Duke y en la Universidad de Virginia, pero creo que mis notas no serán lo bastante altas. ¿Y a ti?

—Me encantaría entrar en Princeton. Está cerca de Nueva York, lo cual me iría de perlas, y el centro me gusta. También me gusta Brown. Creo que Harvard es demasiado dura, y seguramente tampoco entraré. Otra de las que me gustan es Stanford, pero mi madre no quiere que me marche tan lejos. —Las había ordenado de mayor a menor prioridad.

—Tienes una bonita lista de universidades de prestigio —comentó Turner con aire impresionado.

Savannah era inteligente pero no engreída, y era la chica más guapa que había visto jamás.

A las diez y media la acompañó a casa, mostrándose muy respetuoso. Ella había disfrutado de la película y de su compañía, y dijo que ya se verían por el instituto.

Julianne la llamó de buena mañana para preguntarle cómo había ido.

—Fue agradable —confesó Savannah, y soltó una risita que parecía un poco infantil para su edad y más bien propia de Daisy.

—¿Eso es todo? ¿Saliste con el tío más bueno del instituto y solo dices que fue agradable? ¿Te besó?

Julianne quería conocer todos los detalles. Su madre la tenía bien enseñada, los chismorreos eran su especialidad.

—Claro que no. No nos conocemos. Además, sería estúpido liarme ahora con alguien. Tendríamos que separarnos para ir a la universidad, y yo solo estaré aquí unos meses.

Lo afrontaba con espíritu práctico. No estaba buscando ninguna aventura amorosa, solo quería tener amigos, lo cual aún la hacía más atractiva. No se comportaba con la desesperación de algunas chicas que siempre andaban buscando novio.

—No tiene nada de estúpido salir con Turner Ashby. ¿Sabes que su padre tiene plataformas petrolíferas por todo Biloxi? Mi madre dice que es uno de los hombres más ricos del estado. Además —añadió para poner énfasis—, es una monada. Y es el capitán del equipo de fútbol. ¿Qué más quieres? ¿Te ha vuelto a invitar a salir?

Savannah era muy consciente de que no por jugar bien al fútbol llegaría muy lejos en la vida; hacía falta algo más que eso. Y lo de los pozos de petróleo de su padre la traía sin cuidado.

—No. No seas tonta. Solo nos vimos un rato ayer por la noche.

Savannah se lo tomaba con absoluta calma.

—Pues lo hará. A los tíos siempre les gustan las chicas a las que, como a ti, no les importan un pimiento.

—No digas eso. Turner me gusta, pero no estoy loca por él, como tú —la provocó.

—Me apuesto lo que quieras a que el fin de semana que viene te invita a salir otra vez —dijo Julianne, con voz de estar alucinada y esperanzada a la vez.

—Pues ojalá no lo haga. Creo que vendrá mi madre. Me ha dicho que lo intentará, aunque es posible que no pueda venir hasta el fin de semana siguiente.

Julianne soltó un bufido de indignación.

—¿Con quién prefieres salir, con Turner Ashby o con tu madre?

Savannah respondió sin vacilar un instante.

—Con mi madre.

—Estás loca.

Julianne prometió llamarla más tarde para comprobar si Turner se había puesto ya en contacto con ella.

Daisy fue la siguiente en interrogarla.

—¿Quién era el chico que pasó a buscarte anoche? —preguntó como quien no quiere la cosa mientras desayunaban tortitas en la cocina.

—Un compañero del instituto.

—¿Eso es todo? —insistió Daisy con aire decepcionado—. ¿Está enamorado de ti?

—No —dijo Savannah sonriendo—. Casi no me conoce.

—¿Y tú? ¿Estás enamorada de él?

—No, yo tampoco lo conozco —añadió, con los pies bien puestos sobre la tierra.

—¿Y por qué sales con él si no estás enamorada? —preguntó Daisy con aire indignado.

—Porque nos apetecía salir a cenar y a ver una película, y he pensado que estaría bien que fuéramos juntos, ya que me lo había pedido.

Daisy asintió ante la lógica de esa afirmación, pero se le antojó tan poco romántico que le daba pena. Mientras charlaban, su padre entró vestido con ropa de tenis.

—¿Ese chico con el que te vi salir de casa anoche era un Ashby? —preguntó con igual interés. Era obvio que la cita de Savannah era el tema más candente de toda la ciudad.

—Sí.

—¿Es simpático?

—Creo que sí. Al menos lo parece —admitió Savannah.

—Su padre juega al tenis conmigo. Están pasando por un momento delicado. Su mujer murió el año pasado; chocó con un conductor borracho en la autopista 526, a ocho kilómetros de su casa. Debió de ser muy duro para los chicos.

—No me ha contado nada. Solo hemos hablado del instituto.

Tom asintió y le dijo que por la tarde llegaría Henry de Nueva Orleans.

—Está impaciente por verte. Llegará a la hora de cenar.

Travis y Scarlette también vendrán. Estará toda la familia reunida —dijo con satisfacción.

En ese momento Luisa entró en la cocina y lo ignoró. Dijo que iba al club de campo a pasar el día en un spa solo para mujeres. Tom explicó que iría a recoger a Henry al aeropuerto, y Luisa dijo que estaría de vuelta a última hora de la tarde. Al cabo de cinco minutos Luisa salía de casa, y cuando volvieron a quedarse solos Savannah se ofreció a llevar a Daisy al acuario, lo cual a ambas les pareció divertido. El Acuario de Carolina del Sur tenía fama de ser muy bonito.

Daisy y ella salieron de casa a las once. Fueron caminando hasta el acuario y comieron allí, y regresaron a las tres de la tarde. Tallulah les dijo que su padre había salido a buscar a Henry, así que se distrajeron jugando a las cartas, y poco después de las cinco Tom llegó con Henry. Daisy bajó volando la escalera para saludar a su hermano. Era un año menor que Travis, y se trataba de un joven muy atractivo y de complexión atlética. Había jugado en el equipo de fútbol de la universidad, pero en vez de estudiar en Virginia, él había ido a Duke. Savannah sabía que se había licenciado en historia del arte y que le gustaría ejercer de profesor. No le interesaba tanto el mundo de la empresa como a su padre y a su hermano mayor, y de momento trabajaba en una importante galería de arte de Nueva Orleans y hacía prácticas en un museo. También le interesaba la restauración.

Después de abrazar con ganas a su hermana menor, miró a lo alto de la escalera y vio a Savannah, que le sonreía. Estaba igual que de niña solo que más alta, tal como Travis ya le había contado.

—Me alegro muchííísimo de verte —dijo Henry con delicadeza mientras subía la escalera hasta donde ella aguardaba para darle un fuerte abrazo—. Estoy muy contento de que estés aquí. Travis y Daisy me han hablado de ti. Si he venido este fin de semana es solo para verte.

Por la forma en que lo dijo, Savannah le creyó. Bajaron juntos la escalera y entraron en la sala de estar. Por suerte, Luisa aún no había vuelto a casa, si no, habría mostrado su disconformidad con semejante recibimiento a Savannah. Claro que a Henry le daba exactamente igual. Nunca había bailado al son que le tocaba su madre.

Se sentaron y charlaron un rato, y él le hizo preguntas que demostraban interés como, por ejemplo, qué le gustaba, a qué se dedicaba, qué tipo de música escuchaba, cuáles eran sus novelas y películas favoritas, cómo se llamaban sus amigos... Quería saberlo todo sobre ella. Y sus ojos se entristecieron cuando le preguntó por su madre.

—De niño no me gustaba escribir cartas, así que perdí el contacto con ella. Pero no la olvidé, ni a ti tampoco. Tu madre hizo una cosa muy especial por mí cuando estaba casada con nuestro padre —dijo en tono solemne, como si fuera a desvelar un secreto importante—. Soy disléxico, y tu madre me ayudó a estudiar durante todos los años que pasamos juntos. No me gustaba nada el profesor que tenía, así que me enseñaba ella. Creo que fue a clases expresamente para aprender. La cuestión es que gracias a ella pude sacar adelante los estudios. No lo he olvidado. Es la mujer más buena y más paciente que he conocido en mi vida, la compasión y el amor en estado puro. —Tom estaba en la puerta y oyó el comentario de Henry, y se alejó con expresión afligida. Ni Henry ni Savannah lo habían visto, así que desapareció.

—Nunca me lo ha explicado —dijo Savannah con sinceridad—. Las cosas tuvieron que irte muy bien para conseguir entrar en Duke.

—Es una buena universidad —convino él.

Siguieron hablando, y por fin Luisa regresó de pasar el día en el spa. Entró a darle un beso a su hijo y enseguida subió a cambiarse de ropa. No se alegró de verlo charlando con Savannah, pero tampoco dijo nada; y entonces encontró a su marido en el dormitorio, con aire abatido. Tom había olvidado que Alexa estuvo ayudando a Henry con los estudios durante todos aquellos años, y el cariño con que lo hacía. Al recordarlo se sintió fatal.

—¿Qué te pasa? —preguntó Luisa al reparar en lo infeliz que parecía.

—Nada. Estaba pensando. ¿Qué tal te ha ido en el spa?

—Muy bien, gracias —respondió con frialdad.

No tenía la más mínima intención de suavizar el tono hasta que Savannah regresara a Nueva York. Pensaba mortificarlo todo el tiempo que durara su visita, para que aprendiera bien la lección. Quería que el mensaje le quedara bien clarito para que no volviera a llevarla allí. La hija de Alexa no vovería a alojarse en su casa. Pero de momento no podía imponer su voluntad.

El ambiente durante la cena fue distendido y alegre, gracias a Henry. Explicó chistes muy divertidos, hizo imitaciones tronchantes y gastó bromas a todo el mundo, incluida su madre. Travis se veía bastante más reservado, aunque también era muy agradable. Scarlette adoraba al que pronto sería su cuñado, y Henry la provocaba sin piedad también a ella, bromeando sobre lo pomposa que sería la boda. Scarlette explicó que sus hermanos pequeños hacían lo mismo. Henry tenía veinticuatro años y se le veía muy joven, pero también desprendía cierta sofisticación. Savannah se preguntó si el hecho de vivir en otra ciudad le habría dado más experiencia. Travis seguía viviendo en Charleston, en el seno de la familia. E incluso su padre había vivido siempre allí. Henry era realmente el único que había volado del nido, aunque había optado por trasladarse a otra ciudad del Sur. Aun así, Nueva Orleans era más grande y más cosmopolita que Charleston; y al parecer también pasaba mucho tiempo en Londres y en Nueva York. Conocía todos los lugares de esa ciudad por los que Savannah solía moverse.

Con Henry llevando la voz cantante casi toda la noche, todos estaban de buen humor, incluida su madre. Al final de la cena le preguntó cómo estaba la muchacha con la que había estado saliendo el verano anterior, y él la miró con cara rara.

—Está bien, mamá. Acaba de prometerse.

—Oh, lo siento —dijo ella, exagerando la actitud compasiva, y él se echó a reír.

—Pues yo no.

Henry hablaba mucho de un tal Jeff que era su compañero de piso. Al parecer, procedía de Carolina del Norte y habían hecho varios viajes juntos. Luisa no le preguntó por él.

Cuando terminaron de cenar a todos les dolían los costados de tanto reír, y después de que regresaran a la sala de estar, Henry se puso a jugar a las cartas con las chicas. Aún estaban jugando cuando sus padres les dieron las buenas noches y subieron a acostarse. Travis y Scarlette se habían marchado, ya que a la mañana siguiente ella tenía un desayuno de despedida de soltera. Dijo a Savannah que la habría invitado, pero que se habría muerto de aburrimiento. Además, Travis le había aconsejado que no lo hiciera si no quería que su madre se pusiera hecha una furia, así que lo obvió. Aunque se sentía fatal por ello, había optado por hacer lo que decía Travis.

A Luisa también le habría gustado mantener a Henry apartado de Savannah, pero no encontró ningún motivo de peso para excluirla de la velada, y sabía que él se habría opuesto y la habría acusado de ser una grosera. Nunca vacilaba a la hora de plantar cara a su madre y hacerle ver lo que no le gustaba de su comportamiento. No le tenía miedo. Y Daisy ya le había explicado por teléfono lo mal que se había portado Luisa con Savannah, así que durante la cena el chico se deshizo en atenciones con ella. No le había mentido cuando le dijo que había ido allí solo para verla.

Daisy se quedó dormida mientras jugaban a las cartas, y Henry muy amablemente la subió en brazos al dormitorio y Savannah se dirigió al suyo. Luego Henry llamó a la puerta y preguntó si podía pasar. Savannah llevaba puesto el camisón y se estaba lavando los dientes cuando él entró. El chico fue directo al cuarto de baño para ponerse a charlar con ella, como un verdadero hermano.

—Me gusta tener otra hermana; una con la que puedo hablar —dijo, sonriéndole en el espejo—. Has estado ausente demasiado tiempo.

Luego se pusieron cómodos en el dormitorio y estuvieron charlando un rato más. Henry le explicó que en unos años tenía previsto trasladarse a Nueva York o a Londres, cuando supiera si quería trabajar en una galería, en un museo o en un colegio. Trabajar en el campo del arte era su sueño.

—¿No quieres volver a Charleston?

Savannah estaba extrañada. Por lo que había observado hasta el momento, en el Sur todo el mundo parecía querer vivir cerca de su familia, aferrarse a sus raíces.

—Es demasiado pequeño para mí —se limitó a contestar—. Es una ciudad muy provinciana. Y siendo gay me resulta demasiado complicado vivir aquí.

Savannah lo miró sorprendida.

—¿Eres gay? —No lo había notado, y su madre le había preguntado por una chica con la que había estado saliendo el año anterior.

—Sí. Jeff es mi pareja. A los dieciocho años se lo dije a mis padres. Mi padre lo aceptó, aunque no se puso a dar saltos de alegría. Pero mi madre se comporta como si se le hubiera olvidado o no lo supiera, por mucho que me esfuerzo en recordárselo. Igual que lo de esa chica por la que me ha preguntado. Ya sabe que yo no salgo con mujeres. Empecé a pensar que era gay un año después de que tu madre se marchara, a los quince. A los dieciséis estaba seguro. No tendría por qué representar un gran problema, pero para algunas personas lo es; mi madre, por ejemplo. Seguro que aunque cumpla cien años seguirá preguntándome por la chica con la que estoy saliendo. Supongo que espera que me cure, por así decir. No entraba en sus planes que yo fuera gay. Y creo que se alegra de que no viva en Charleston; sería demasiado violento para ella y demasiado duro para mí. Sigue mintiéndoles a sus amigas.

—Qué raro —dijo Savannah con cara intrigada—. ¿A ella qué más le da?

—No lo encuentra normal, como ella dice; o sano. Pero para mí sí que lo es.

—Tú eres así y punto —dijo Savannah, sonriéndole—. No tendría que suponer mayor problema. ¿Daisy lo sabe? —preguntó con curiosidad.

—Si se lo digo, me matan. Pero algún día lo descubrirá. Tampoco creo que a Travis le guste mucho. Su forma de ser es más parecida a la de mis padres que la mía. Es un chico provinciano que quiere hacer todo lo posible por tenerlos contentos y responder a sus expectativas. Si yo tuviera que casarme con Scarlette, me suicidaría; pero a él ya le está bien. Es una buena sureña.

—Hablas como un yanqui —lo provocó Savannah.

—A lo mejor en el fondo lo soy. Aquí hay mucha hipocresía que no me gusta; o puede que sea cosa de las ciudades pequeñas. Odio que la gente disfrace lo que piensa o lo que siente, solo por ser amable o para encajar en los tópicos. Aquí se hace mucho. Está muy bien que tengas un par de generales confederados en la familia, pero no un hijo gay; por lo menos en la nuestra. Lo toleran pero no les gusta. Joder, si resulta que a lo mejor todos esos generales también eran gays. —Los dos se echaron a reír, y luego Henry volvió a ponerse serio—. A tu madre no le importaría. Es la mujer más cariñosa que he conocido. Cuando ella estaba aquí yo aún no sabía que era gay, pero después he pensado que tal vez ella lo supiera antes que yo. Es muy observadora.

Savannah asintió, orgullosa de su madre.

—¿Le van bien las cosas? —quiso saber Henry, y Savannah hizo un gesto afirmativo—. Mis padres le hicieron una mala jugada. Por lo que Travis me dijo, me pareció entender que no se ha vuelto a casar. Le pregunté por ella el otro día.

—No, no se ha vuelto a casar —respondió Savannah—. Claro que solo tiene treinta y nueve años. Pero sigue estando loca por tu padre —dijo con sinceridad—. Y supongo que también dolida por lo que le hizo.

—Tiene todo el derecho de estarlo —repuso él con igual sinceridad—. Mi madre le hizo una buena putada, y mi padre se lo permitió. Creo que desde entonces su relación ha ido de mal en peor, pero él sigue aguantándola, y mi madre le tiene puesto el pie en el cuello. Cuando dejó a mi padre, nos abandonó a todos. Pero la gente se olvida de ello cuando le conviene. Así es como funcionan las cosas. —Lo dijo en tono reprobatorio.

—Ya me he dado cuenta —convino Savannah—. Está que trina conmigo.

—Es una pena. Mi padre tendría que haberte traído aquí hace años. Me siento fatal por no haberme puesto nunca en contacto contigo ni con tu madre. Yo también he permitido que todo esto pase. Entonces tenía catorce años y lo que hicieron me pareció muy mal. Pero luego... No sé; el instituto, la universidad, la vida... Nunca hice nada para remediarlo —reconoció—. La cuestión es que me alegro mucho de que estés aquí. Espero poder ver a tu madre un día de estos. Tengo muchas cosas que contarle.

—Intentará venir a verme cada quince días. El último fin de semana lo pasamos genial. No le apetecía nada volver a Charleston, pero lo ha hecho.

—Debe de haberle resultado muy duro —admitió él, y Savannah asintió.

Los dos se quedaron pensando en Alexa, y por fin Henry

se levantó, le dio un abrazo y se marchó a su dormitorio. Esa noche Daisy durmió en su cama. Y Savannah se cubrió con las sábanas y estuvo pensando en todo lo que Henry le había dicho. No veía qué diferencia había en que fuera gay. Claro que ella vivía en Nueva York, no en Charleston. Allí las cosas eran distintas.

13

Tal como Julianne había previsto, Turner Ashby volvió a pedirle a Savannah si quería salir con él. Esta vez cenaron en la marisquería RB y estuvieron hablando de temas más personales. Él le explicó que el año anterior había perdido a su madre. Dijo que lo llevaban relativamente bien, aunque para su padre y sus hermanos pequeños era muy duro. Tenía lágrimas en los ojos, lo cual ponía en evidencia que también lo era para él, pero no lo dijo; no quería parecer débil ante Savannah. Turner comentó que se alegraba de estar a punto de marcharse a la universidad porque la casa estaba demasiado triste sin su madre. Y Savannah le habló de que había crecido sin padre prácticamente durante toda su vida. Los dos estuvieron de acuerdo en que era bueno que ahora tuviera la oportunidad de conocerlo, por muy difícil que fuera el trato con semejante madrastra. Savannah le contó cosas al respecto y Turner se quedó de piedra, aunque, de hecho, nunca le había caído demasiado bien la mujer; la consideraba una esnob. Ahora sabía que además era cruel y maleducada.

Turner era muy cortés, atento y respetuoso, y trató a Savannah con toda la gentileza y los buenos modales por los que el Sur tenía fama. Dijo que había disfrutado mucho de su compañía, y que le gustaría verla más a menudo. Pero Savannah explicó que su madre tenía pensado ir a visitarla el fin de semana siguiente. Él le preguntó si le importaría que de vez en cuando pasara a buscarla por su casa, y ella le dijo que le parecía una buena idea. El trato entre ambos era más propio de la forma de cortejar de antaño que de dos jóvenes modernos; pero al final de su segunda cita Turner besó a Savannah, y a ella le gustó mucho. Lo pasaban muy bien juntos, y Savannah le prometió presentarle a su madre cuando estuviera en la ciudad.

Se lo contó todo a Alexa, que empezó a preocuparse otra vez. ¿Y si Savannah se enamoraba? ¿Y si se casaba y se instalaba definitivamente en Charleston? Hizo partícipe de sus cábalas a su madre y la mujer se lo tomó a risa.

—Tiene diecisiete años, no va a casarse con nadie. Solo lo pasan bien juntos.

Alexa se dio cuenta de que era cierto y se tranquilizó.

Esos días estaba con los nervios de punta. Faltaban siete semanas para el juicio, y tenía mil detalles en la cabeza. No habían aparecido nuevas víctimas, y estaba preparándose el caso con una precisión y un cuidado absolutos.

El día después de la cita con Turner Ashby, Savannah cogió el coche para hacer una visita a su abuela por su cuenta y riesgo. Tenía la tarde libre y le pareció una idea excelente, aunque por el camino se preguntó si no habría sido mejor avisarla antes. La encontró sentada en el porche, dormitando en la mecedora con un libro en la mano. Eugenie abrió los ojos de golpe en cuanto oyó las pisadas, y se sorprendió al ver a Savannah frente a ella, vestida con una sudadera amarilla y unos vaqueros.

—¿Qué estás haciendo aquí? —preguntó la mujer con sequedad, atónita ante la visita de la chica.

—He pensado que te gustaría tener compañía un rato, así que he venido a verte —aventuró a la vez que su abuela fruncía el entrecejo.

—Antes tendrías que haberme avisado. Aquí no nos gustan los modales del Norte —la amonestó—. En el Sur somos educados.

—Lo siento. —La expresión de Savannah se tornó contrita y un poco avergonzada—. Ya volveré otro día, cuando te haya avisado. —Se dispuso a marcharse, pero Eugenie señaló una silla con gesto inflexible.

—No, ahora ya estás aquí. Siéntate. ¿Para qué has venido?

La chica le despertaba curiosidad, y Savannah pareció asustarse. A pesar de sus años, su abuela era una mujer que infundía temor.

—He pensado que estaría bien hacerte una visita, eso es todo. Me gusta que me cuentes cosas de la guerra, de los generales, de las batallas. En Nueva York no nos hablan mucho de todo eso.

Era cierto, pero sobre todo había acudido allí por deferencia hacia una anciana; claro que eso no podía decírselo.

—¿Qué te gustaría saber? —La mujer sonrió, intrigada ante la petición. A fin de cuentas, la chica tenía sangre sureña.

—Cuéntame cosas de tu familia. También es en parte la mía.

—Sí que lo es —admitió Eugenie, y le gustó la idea de compartir todo eso con aquella jovencita. Era la mejor forma de mantener viva la memoria de los antepasados y de que la historia de la familia se transmitiera de generación en generación.

Empezó hablándole de su bisabuelo, que procedía de Francia, y fue descendiendo en el árbol genealógico por matrimonios, generales, el momento en que se instalaron en Charleston, las tierras que poseían y los esclavos. No se disculpó por haberlos tenido; dijo que eran imprescindibles para cultivar la tierra, y en aquellos tiempos la posición económica de una familia dependía, en parte, de la cantidad de esclavos que poseía. Savannah se estremeció al oírlo. La idea de la esclavitud la cogía de nuevas, y no le parecía más tolerable ese caso que el de cualquier otra cultura que la practicara.

Por fin llegaron a la guerra de Secesión, y a Eugenie se le iluminó la mirada. Se sabía las fechas y los detalles de todas las batallas importantes del Sur, todas las que se habían librado en Charleston y los alrededores, quién había vencido y quién había perdido. Añadió información de carácter personal sobre quién estaba casado con quién, quién se quedó viudo y si volvió a casarse. Era una enciclopedia viviente sobre la guerra de Secesión y la historia de Charleston, y Savannah la escuchó fascinada. Su abuela tenía mucha memoria para las fechas y los detalles, y habló durante horas. Nadie la había escuchado nunca con tantísima atención y tanto rato. Cuando paró era la hora de cenar. Había cobrado vida recordando todos los pormenores y compartiéndolos con Savannah. Y también le prometió prestarle algunos libros. Savannah estaba entusiasmada, y se sentía intrigada al pensar que descendía de algunas de aquellas gentes. Era una faceta de su vida y su pasado de la que no sabía nada, y nunca lo habría sabido de no ser por los recuerdos de su abuela.

Le dio las gracias con insistencia antes de marcharse, la ayudó a entrar en el pequeño salón donde solía descansar un rato todas las noches y le dio un beso en la mejilla, dejándola en compañía de una de las dos viejas criadas.

—Llevas sangre de Carolina del Sur en las venas —le recordó la mujer—. ¡No lo olvides! ¡No solo llevas sangre yanqui!

—Claro, abuela —dijo Savannah sonriendo. Había pasado una tarde maravillosa, y siguió pensando en ello durante el trayecto de vuelta a Thousand Oaks.

Daisy se quejó porque llegaba muy tarde y le preguntó de dónde venía, y Savannah le confesó en voz baja que había ido a ver a su abuela.

—¿Tú sola? —Daisy miró sorprendida a Savannah mientras esta asentía—. ¡Es muy aburrido! —La niña lo detestaba; allí no sabía qué hacer y la mujer era muy mayor. Odiaba todas las historias de generales que le contaba.

—No, no es aburrido —replicó Savannah—. La abuela lo sabe todo sobre el Sur y sus habitantes. He aprendido muchas cosas.

Daisy respondió con una mueca. No se le ocurría una forma peor de pasar la tarde. Cada vez que su abuela pretendía hablarle de sus raíces se negaba a escucharla. Prefería quedarse en casa a ver la tele. En cambio Savannah, que era siete años mayor, lo había absorbido todo como una esponja.

Esa noche los padres de Daisy salieron a cenar fuera. Por una vez iban juntos; así que Savannah no tuvo oportunidad de hablarle a su padre de la visita. Sin embargo, él lo supo por boca de su madre cuando al día siguiente fue a verla después de comer.

—Es muy buena chica —alabó Eugenie, mirando a Tom de frente.

Él aún no sabía a quién se refería, y creía que hablaba de la criada, a la que solía referirse de ese modo. También llamaba «chicos» a los sirvientes masculinos, lo cual a Tom se le antojaba una insolencia. Pero era lo normal en sus tiempos.

—¿Quién? —preguntó con cara de póquer.

—Tu hija —dijo ella con un brillo en la mirada que hacía mucho tiempo que Tom no observaba.

—¿Daisy?

—¡Savannah! Ha venido a que le diera una lección de historia, quería saber cosas sobre el Sur. Presta mucha atención y lo retiene todo. Hay sangre del Sur debajo de esa piel bonita y joven. Quería saberlo todo sobre la familia, y más cosas. Es una chica muy especial.

—Ya lo sé —dijo él con cara de haberse quedado estupefacto—. ¿Ha venido sola?

—Pues claro —le espetó su madre—. ¿No creerás que la

ha traído tu mujer? Luisa me volverá loca si no deja de quejarse de esa chiquilla. —Daba la impresión de estar negra con el tema, lo cual también sorprendió a Tom.

—¿Te ha vuelto a llamar por eso? —preguntó con aire disgustado. Sabía que Luisa la había telefoneado para quejarse de Savannah, pero solo una vez.

—Me llama casi todas las noches. Quiere que me valga de mi influencia para convencerte de que la mandes de vuelta, pero no es justo si su vida corre peligro. Eso es lo que tú me dijiste, y seguramente es verdad. ¿Por qué ibas a mentirme?

—No te he mentido. Han escrito unas cartas terribles dirigidas a ella, y es muy posible que sean de un hombre que ha asesinado a dieciocho mujeres. Ahora está detenido, pero tiene amigos en la calle que deben de ser quienes han llevado las cartas a su casa. Eso suponiendo que se trate de él. Si no, es alguien igual de peligroso. Creo que es normal que Alexa quiera mantenerla alejada de Nueva York.

—Lo mismo opino. No hay motivo para poner en peligro a esa chiquilla. Y no hay ninguna necesidad de que pase miedo. Dieciocho mujeres... Madre mía, qué horror... ¿En qué piensa Alexa para aceptar casos así? —Lo dijo con aire reprobatorio.

—Es la ayudante del fiscal del distrito —repuso Tom con un hilo de voz—. No tiene elección. Tiene que aceptar los casos que le asignen, es su trabajo.

—Me parece muy loable, pero es demasiado peligroso para una mujer —dijo su madre en un tono un poco más condescendiente.

A Tom casi le hacía gracia que ahora la mujer adoptara una actitud protectora con ella y con Savannah, después de que en su día le ordenara que las desterrara de su vida. Era increíble lo rápido que se olvidaban las propias faltas y deslealtades.

—Sea como sea, la cuestión es que Luisa quiere echar a Savannah de la ciudad, y espera que sea yo quien lo haga diciéndote que la envíes de vuelta a su casa. Pero ya tiene todo lo que quería hace diez años. Te tiene a ti. Tiene a Daisy. Sus hijos han regresado. No necesita hacerle daño a Savannah para crecerse; ni a su madre tampoco. Ya las fastidiamos bastante en su día. Le he dicho que no me dé más la murga con ese tema, y no le ha hecho ninguna gracia.

Tom se lo imaginaba. La suegra de Luisa había sido su principal aliada y cómplice en el desaguisado cometido diez años atrás, y después lo había seguido siendo.

—¿Te arrepientes, mamá? —dijo abiertamente.

Nunca antes se había atrevido a preguntárselo. La mujer vaciló. Sentada en la mecedora con el chal extendido sobre el regazo se la veía muy avejentada y muy frágil. Pero Tom sabía que no era tan débil como aparentaba, y que tenía una voluntad de hierro y unas ideas muy rígidas.

—A veces. Depende de cómo le haya resultado la vida a Alexa. Si es feliz, supongo que hicimos lo correcto. No lo sé —dijo con aire afligido—. No quería que Daisy fuera ilegítima, y Luisa también me presionaba mucho; claro que entonces yo era más joven.

Tom había caído en la trampa que Luisa y su madre le habían preparado. Luisa lo había camelado y se había quedado embarazada en una sola noche, aunque él llevaba varias semanas cortejándola en secreto y habría mordido el anzuelo por sí mismo. Nunca había superado el hecho de que ella lo dejara por otro, era algo que lo había atormentado durante todos aquellos años. Amaba a Alexa, pero Luisa tenía más carácter y era más seductora, y además procedía del Sur. Alexa era afable, abierta, ingenua y cariñosa, y confiaba en él por completo. Tom aún se ponía enfermo cuando lo pensaba.

—¿Es feliz? —le preguntó entonces su madre, y él suspiró.

—No lo creo. Nunca había visto unos ojos tan tristes. Está sola con Savannah, y no comparte la vida con nadie. Es una madre maravillosa.

—Bueno, ahora no puedes volver con ella solo porque está sola, y dejar a Luisa.

La madre puso cara de pánico ante la idea.

—No creo que me aceptara, y con razón —admitió él con tristeza. Aunque se le había pasado por la cabeza intentarlo.

—Seguramente sí que la tiene —convino su madre, lo cual descolocó a Tom—. Si la amas, no deberías haberla dejado por Luisa, aunque yo te lo pidiera. Volviste con ella como un corderito y desterraste a Alexa a Nueva York. —Él asintió. Era cierto. Quería recuperar a Luisa para afianzarse en su postura, pero amaba a Alexa. Lo que no quería era la vida que llevaba ahora, con una mujer a la que odiaba, y que aún lo odiaba más a él. Tenía ni más ni menos lo que se merecía, y era consciente de ello—. Lo único que quiero es que Luisa deje de molestarme con lo de Savannah. Tiene que ser educada con ella; se lo debe a Alexa. Ella se hizo cargo de los chicos.

—Eso ya se lo he dicho yo, pero no quiere oírlo.

—Me dijo que Savannah era una niña mimada, y no es cierto. Es una chica adorable. Ayer vino a verme por iniciativa propia. Dijo que volvería otro día, y espero que lo haga.

—Estoy seguro —dijo él con amabilidad.

Savannah era de ese tipo de personas dadas a visitar a ancianas para hacerles compañía. Tenía buen corazón. Y tanto su padre como su abuela lo sabían. Daisy y sus hermanos también eran buenos chicos. La única que se comportaba con total indiferencia era Luisa. No tenía corazón. Había manipulado a Tom para que volviera a su lado, y luego se había dedicado en cuerpo y alma a hacerle la vida imposible.

—Me alegro de que alguien quiera conocer la historia familiar. A Luisa le da igual, ella ya tiene su propia familia; una familia que incluye tantos generales como la nuestra —dijo Eugenie con aire molesto.

Tom tuvo que hacer esfuerzos para no echarse a reír. Su

madre se tomaba esas cosas muy en serio, siempre había sido igual. Y a veces eso a él le había ocasionado algún que otro problema. Había demasiados generales de los que hablar, y siempre lo habían aburrido las batallitas, las hazañas y las victorias de los confederados. No era aficionado a la historia. En cambio, su madre sí.

Después de eso Tom se marchó de casa de su madre, y por la noche dio las gracias a Savannah por la visita y le dijo que a su abuela le había encantado y que esperaba volver a verla pronto. Luisa los oyó por casualidad y los amonestó diciéndoles que Savannah no debería molestar a Eugenie, que era demasiado mayor y estaba delicada de salud. Tom le plantó cara de inmediato y repuso que él sí que quería que Savannah fuera a visitar a su madre, y Luisa arrugó la nariz pero no dijo nada más. Por la tarde había llamado a la anciana y ella le había dicho exactamente lo mismo. Las aguas habían vuelto a su cauce, y a Luisa no le gustaba ni un pelo.

Savannah le habló a su madre de la visita, de la lección de historia y de lo de Henry y su compañero, Jeff. Alexa estaba al corriente de todo gracias a las conferencias diarias.

Confesó a Savannah que no le sorprendía lo de Henry. Ni siquiera al alcanzar la pubertad había mostrado interés alguno por las chicas, aunque entonces era muy joven; solo tenía catorce años. A Alexa se le había pasado por la cabeza un par de veces que pudiera ser gay, pero no se había atrevido a mencionárselo a Tom porque tenía una actitud muy conservadora con respecto a ese tema. Savannah dijo que la seguía teniendo; todos allí eran muy cerrados. Explicó que Luisa, su propia madre, fingía que Henry no era gay. Alexa dijo que deseaba que fuera feliz, y que le encantaría verlo en una ocasión próxima. El fin de semana siguiente tenía previsto ir otra vez a Charleston, y habían pensado alojarse otra vez en Wentworth Mansion. Alexa había reservado la misma suite.

—Entonces, ¿me presentarás a ese chico? —preguntó, refiriéndose a Turner, y Savannah sonrió de oreja a oreja.

—Puede ser. Ya veremos. Si no está ocupado... Este fin de semana tiene partido.

—Pues podríamos ir a verlo. Si no te da vergüenza ir conmigo.

—Ya sabes que no. Estoy muy orgullosa de ti, mamá; muchísimo. Y tú lo sabes.

—Yo también estoy orgullosa de ti, corazón —le correspondió su madre.

Después de colgar, volvió al trabajo junto a Sam y Jack Jones, y Savannah se encontró con Turner para dar un paseo antes de cenar; y besarse mucho.

Daisy la vio regresar. Entró en casa discretamente poco antes de la cena, y justo en ese momento la niña salía de la cocina con un tentempié.

—¿Qué tal?

—¿El qué? —preguntó Savannah con aire inocente.

—No me vengas con esas. Te he visto salir con Turner. ¿Es guay? ¿Te ha besado?

Savannah decidió ser sincera con su hermana menor. Le encantaba tener una hermana. Y a Daisy también.

—Sí que es guay. Y sí que me ha besado.

—¡Puag! —exclamó Daisy, y subió la escalera corriendo—. Qué asco. —Entonces se asomó por encima de la barandilla y formuló otra pregunta—: ¿Es tu novio?

—Nooo. —Savannah sacudió la cabeza con una sonrisa—. Solo es un chico que me gusta.

—Qué pena —soltó Daisy, y salió disparada hacia su dormitorio sin parar de reír.

14

El siguiente fin de semana que Alexa fue a Charleston para visitar a Savannah todo le resultó más cómodo y familiar. No tuvo que sufrir el impacto de reincorporarse a un mundo que una vez fue el suyo, que había amado y perdido. La segunda vez, Wentworth Mansion las acogió a ambas como si fuera su propia casa, y Alexa consiguió incluso ser amable con Tom cuando acompañó a Savannah y se vieron. Estaba más relajada, y él lo notó. Eso le dio fuerzas para preguntarle si le apetecía quedar para comer. Ella no tenía ganas, y no quería perderse un solo minuto de la compañía de Savannah, pero tampoco quería ser brusca con él. Tom le había echado una mano con la chica en una situación muy peliaguda, arriesgándose incluso a provocar la ira de Luisa. Alexa vaciló antes de responder, pero entonces reparó en los ojos suplicantes de Savannah y por fin asintió y accedió a que comieran juntos.

—Pero no me entretendré mucho —le advirtió—. Quiero dedicarle tiempo a Savannah. He venido para estar con ella.

—Desde luego.

Alexa tuvo la sensación de que esta vez Tom quería enterrar el hacha de guerra en lugar de utilizarla para clavársela en la espalda o partirle el corazón. A pesar de que aún no se sentía preparada para ello, no descartaba que algún día pudieran ser amigos; no tendrían un trato íntimo pero sí civilizado; por ejemplo, en la boda de Savannah, o en su graduación universitaria. Imaginaba que él tenía el mismo objetivo en mente. La guerra fría que se tenían declarada ya había durado bastante. Por fin lo estaba superando poco a poco.

Él propuso que comieran en el restaurante Magnolias al día siguiente, y Savannah dijo que mientras tanto ella iría a ver a Turner jugar al fútbol. Así quedaba todo arreglado, aunque Alexa habría preferido comer con su hija; pero a Savannah le había parecido bien el plan, y dio las gracias a su madre cuando subieron a la suite. Volvía a estar decorada con muy buen gusto, y las flores eran más vistosas incluso que la otra vez. Se tomaron una copa de champán cada una para celebrar que pasaban el fin de semana juntas. Había fresas recubiertas de chocolate y con el champán estaban deliciosas. Solo tomaron una copa. A Alexa no le gustaba que Savannah bebiera alcohol, pero no pasaba nada porque lo hiciera de cuando en cuando, en ocasiones especiales. Ella tampoco bebía mucho. Estaba nerviosa por lo de la comida con Tom. No eran amigos; por lo menos aún no.

—Bueno, cuéntame lo de ese chico que te trae tan de cabeza. ¿Cuándo vas a presentármelo? ¿Qué tal en el partido de fútbol? Podríamos ir a tomar un café o algo así.

Savannah vaciló y acabó por asentir con aire incómodo.

—Es muy simpático, mamá, aunque lo nuestro no es nada serio. Es el capitán del equipo de fútbol y tiene pensado estudiar en el Instituto Tecnológico de Georgia o en la Universidad Metodista del Sur.

—O sea que es un buen sureño —comentó su madre con una mueca, pero no hablaba con sarcasmo, solo le parecía gracioso. Los sureños casi nunca estudiaban en universidades del Norte. Ya había reparado en ello cuando vivía allí.

—Tiene tres hermanos menores, y su madre murió el año pasado.

—Lo siento —dijo Alexa en voz baja—. ¿Te trata bien? Eso es lo único que me importa. La única condición que impongo es esa. ¿Cuántas veces a la semana os veis? —Había perdido la noción del tiempo, tal era el caos en que estaba sumida preparándose para el juicio.

—Sí que me trata bien —la tranquilizó Savannah—. Nos vemos todos los días en el instituto. A veces comemos juntos en la cafetería, y varias veces a la semana vamos a cenar y al cine.

—¿Te has acostado con él? —preguntó su madre sin rodeos, y Savannah sacudió la cabeza. Era demasiado pronto—. ¿Sigues tomando la píldora? —quiso saber Alexa, y Savannah le sonrió. Había perdido la virginidad a los dieciséis años, y su madre ya se había hecho a la idea. Alexa era realista; de momento Savannah solo se había acostado con un chico, pero quería asegurarse de que estaba preparada si ocurría algo con Turner—. Ah, ¡y haz el favor de utilizar condón! —le recordó. Savannah soltó un gruñido y puso los ojos en blanco.

—Ya lo sé, ya lo sé. No soy tonta. De todas formas, todavía es pronto. Apenas lo conozco.

Aun así, le gustaba mucho. Y cada vez se besaban más. Las cosas se estaban poniendo serias, y la pasión iba en aumento.

—Bueno, tú ve preparada por si acaso. A veces uno se deja llevar. Claro que no me acuerdo muy bien de qué iba la cosa.

Alexa rió con pesar. No tenía tiempo para eso. Apenas podía ir al baño o dormir en condiciones de tanto como trabajaba para preparar el juicio.

Esa noche salieron a cenar a un pequeño restaurante con encanto y pidieron cangrejo fresco. Terminaron tarde, y volvieron al hotel caminando, cogidas del brazo y sintiéndose más unidas que nunca. Pidieron que les subieran una película a la habitación, una de las favoritas de ambas, y cuando terminó se acostaron en la cómoda cama, hasta que por la mañana se levantaron con la sensación de haber descansado y estar relajadas.

Después de desayunar salieron de compras, igual que el fin de semana anterior, y luego Savannah acudió al partido de fútbol y Alexa fue al restaurante Magnolias para comer con Tom. Cuando llegó, él ya la esperaba y parecía nervioso. Ella también lo estaba.

Ocuparon una lugar tranquilo en el fondo del local, y habían empezado a echar un vistazo a los platos cuando Alexa dejó la carta sobre la mesa y miró a Tom.

—Siento decirlo, pero esto es muy raro. Tenía que decirlo en voz alta. Puede que tú también lo pienses.

—Sí, sí que lo pienso.

A él no le quedó más remedio que echarse a reír, Alexa siempre encontraba la forma de ser sincera. Ponía las cartas boca arriba y se negaba a esconder o disfrazar las cosas. No había nada más lejano a la forma de actuar de los sureños, pero era algo que a Tom le encantaba. Nada de subterfugios. Nada de juegos. No había cambiado ni un ápice; en todo caso, le pareció que estaba aún más guapa. Habían pasado once años y tenía mejor aspecto que nunca.

—¿Por qué se nos hace tan raro? —preguntó Tom, mirándola. Luisa no tenía ni idea de que estaba con ella.

—Lo dices de broma, ¿no? —Alexa se quedó mirándolo—. Me dejaste por otra. Llevo diez años odiándote. ¿Qué estoy haciendo aquí contigo? Y encima nuestra hija se ha ido a vivir a tu casa. Todo junto es una locura.

—Puede que no. Tienes todo el derecho a odiarme. Y eres muy amable habiendo accedido a que nos viéramos; claro que siempre has sido indulgente y compasiva.

—No cantes victoria todavía —dijo ella con sinceridad, y él volvió a echarse a reír—. ¿Y a ti? ¿Por qué se te hace raro? ¿También me odias?

—No tengo motivos para odiarte —dijo con tristeza—. Lo que tengo son remordimientos por lo que pasó.

—No pasó, lo provocaste tú. Con la ayuda de Luisa, y la

de tu madre. Ellas tomaron la decisión en tu lugar, decidieron que te deshicieras de mí y volvieras con ella, y tú hiciste lo que querían. Supongo que porque tú también lo querías. —Hablaba con nostalgia.

Tom también sentía lo mismo, y respondió sacudiendo la cabeza.

—La cosa no fue tan sencilla. Entonces no sabía lo que quería. Sabía que quería recuperar mi amor propio porque Luisa me había dejado, pero estaba enamorado de ti.

—Entonces hiciste una cosa muy estúpida, Tom.

El hecho de decirlo en voz alta ayudaba, y Alexa se sintió mejor después de haberlo hecho.

—Sí, tienes razón. Toda la razón. Y si te sirve de consuelo, lo he lamentado siempre.

Ella no quería que siguiera por ese camino. Prefería no saberlo. Pidieron la comida y los dos eligieron delicias de cangrejo y crema de langosta. Siempre habían sido sus platos favoritos. Algunas cosas no habían cambiado, pero Alexa se dijo que la comida era lo único que seguían teniendo en común.

Siguieron charlando de otras cosas. De Savannah. Del juicio. Del banco. De Travis y Henry. Alexa comentó de pasada que Savannah le había explicado que Henry era gay y dijo que le caía muy bien. No creía que su condición tuviera nada de vergonzoso y esperaba que Tom se mostrara flexible al respecto, pero al instante vio que se sentía dolido.

—Lo siento. ¿Te molesta?

Costaba de creer, a su edad y con los tiempos que corrían, pero también era consciente de que Tom era muy conservador y un poco antiguo.

—A veces. Supongo que no se puede hacer nada pero preferiría que no le hubiera tocado a uno de mis hijos. De todos modos, lo que cuenta es que sea feliz. Su madre no quiere aceptarlo, y eso aún le pone las cosas más difíciles a Henry.

—Es una estupidez por su parte —soltó Alexa sin rodeos,

y Tom se estremeció—. Lo siento, solo es que lamento que Henry no pueda mostrarse tal como es tanto con su padre como con su madre. ¿A Travis le parece bien? Es igual de conservador que tú.

Los conocía muy bien a pesar de que hacía muchos años que no los veía. Cuando ella se marchó los chicos estaban al principio de la adolescencia. Era surrealista que estuviera sentada a la mesa con Tom, charlando como si fuera una amiga de toda la vida en lugar de la mujer que lo había amado, que se había convertido en su esposa y a quien él había dejado por otra. La vida tenía cosas muy curiosas.

—Creo que Travis intenta entenderlo; pero tienes razón, es bastante moralista. Los chicos ya no están tan unidos ahora que se han hecho mayores. Son muy diferentes entre sí.

—Siempre lo han sido —opinó Alexa con serenidad—. Pero es una pena que no estén unidos —dijo con tristeza—. Antes sí que lo estaban.

Tom se sentía culpable por no haber mostrado más apoyo a su hijo. Era una más de las acciones que engrosaban la lista de cosas mal hechas por su parte, una entre tantas. Tenía mucho de lo que arrepentirse, y Alexa ocupaba el primer puesto.

—Antes hablaba en serio —dijo Tom mientras tomaban el café acompañado de pastel caliente de melocotón.

Él lo pidió con helado de vainilla y ella solo. De nuevo asomaban las viejas costumbres. Por un instante Alexa se trasladó claramente a la época en que era su mujer, revivió las sensaciones, lo mucho que disfrutaba, sobre todo cuando Savannah era pequeña. Entonces estaban muy enamorados, y ella había seguido estándolo hasta el final.

—¿Sobre qué? —preguntó ella mientras paladeaba el postre que se deshacía en su boca.

Se le había olvidado a qué se refería. Habían hablado de muchos temas distintos, incluida su hija, de quien Tom reconoció que era una chica estupenda y digna de orgullo, y la verdad es que la chica se lo merecía.

—Hablaba en serio cuando te he dicho que siempre me he arrepentido de haberte dejado. —Se le veía arrepentido y triste, y la mirada de Alexa se endureció.

—Lo lamento, Tom. Es duro vivir con ese peso.

—Sí que lo es. —Sentía lástima de sí mismo, y Alexa lo miró con frialdad.

—También es duro que el marido a quien amas y en quien confías te deje por una mujer que antes lo había abandonado y que vuelve a buscarlo por pura conveniencia. Habría sido todo un detalle que te dieras cuenta. —Él asintió, ahora notaba lo dolida que estaba Alexa y su actitud implacable. Había puesto todas las barreras en cuanto él había sacado el tema.

—No te estoy pidiendo que vuelvas conmigo —explicó.

—Mejor, porque no lo haré. Ni dentro de cien años.

Quería dejárselo bien claro, sobre todo si intentaban ser amigos. Quería que las fronteras estuvieran muy claras y que no hubiera confusiones por parte de él ni de ella. Seguía siendo muy atractivo, y ya había estado enamorada de él. No quería que la situación la pusiera en riesgo. Y lo estaría si volvía a enamorarse. Tom ya le había demostrado una vez sin dejar lugar a dudas que no era un hombre de palabra. Nunca volvería a confiar en él, por mucho que lo hubiera amado o por muy guapo y agradable que fuera.

—Solo quería que supieras lo mucho que lo siento.

—Yo también. No he vuelto a confiar en ningún hombre, y seguramente nunca lo haré.

Lo consideraba el único responsable de ello.

—Es horrible —dijo él con tristeza; volvía a sentirse culpable y tenía la expresión acongojada.

—Puede que sí, pero es lo que hay. Como mínimo por mi parte. Nunca confiaré en que un hombre no vuelva a hacerme lo mismo. Creía que nuestro matrimonio era para toda la vida.

—Yo también. Pero entonces volvió Luisa y nos fastidió la vida, a ti y a mí.

Alexa asintió. No quería pasarse la comida recordando su matrimonio.

—Solo quiero que no olvides que lo lamento mucho, y que desde entonces no he vuelto a ser feliz ni un solo día. Es una persona despreciable.

—Entonces ¿por qué no te divorcias? No porque me lo debas a mí, sino por ti mismo.

—No quiero volver a pasar por eso. Nuestro divorcio estuvo a punto de acabar conmigo.

—Qué gracioso, conmigo también —dijo Alexa con amargura, y se rió de sí misma—. Lo siento. Me parece que aún estoy bastante cabreada. Mi madre dice que tengo que superarlo, pero me cuesta mucho. Estuve cinco años yendo al psiquiatra, y al final lo dejé porque estaba igual de cabreada que al principio, me sentía igual de dolida y de amargada. Imagino que hace falta más tiempo. Por lo menos a mí sí. Soy lenta recuperándome. Una vez me rompí el brazo y en vez de soldarse en seis semanas tardó seis meses.

—Ya lo sé —dijo él al borde de las lágrimas—. Estábamos juntos.

—Oh. —Ella bajó la mirada al plato durante un minuto y luego volvió a fijarla en él—. Oye, para serte sincera, estoy segura de que en el fondo aún te quiero. Si no, no te odiaría tanto, o más bien no te habría odiado tanto, porque creo que ahora mismo ya no te odio. Ni siquiera estoy cabreada contigo. La comida ha sido muy agradable y lo he pasado bien. Tenemos una hija preciosa y en otro tiempo te amé con toda el alma. A lo mejor ese sentimiento sigue vivo en algún lugar recóndito de mi corazón. Tal vez el «hasta que la muerte nos separe» sea cierto. Espero que no, pero podría ser. Detesto que me dejaras por Luisa y que nos abandonaras. Pero eso es lo que hiciste.

»Ahora estás haciendo algo muy importante por Savannah y te lo agradezco de verdad. No tengo que preocuparme porque sé que está contigo, y eso significa mucho para mí. Me quitas un gran peso de encima. Además, sigues siendo el hombre más atractivo que conozco, y el más encantador. Me gustaba mucho vivir aquí contigo, en el Sur, hasta que empecé a odiarlo por tu culpa. A lo mejor podemos ser amigos, pero no quiero que ninguno de los dos se engañe pensando que podemos intentarlo otra vez. No quiero hacerle a Luisa lo mismo que ella me hizo a mí, o lo que me hiciste tú. No pienso verte a escondidas, y no quiero volver a enamorarme de ti. Creo que para mí sería fatal, sobre todo si volvieras a hacerme daño. Ni siquiera me planteo la posibilidad de intentarlo, por muy arrepentido que estés. No puedo. No me sale hacerlo. Me ha costado diez años llegar hasta este punto y superar lo tuyo, y quiero seguir por ese camino. A lo mejor ha llegado el momento de que podamos ser amigos, pero la cosa no pasará de ahí; no quiero nada más contigo, eso seguro. Si con Luisa no eres feliz, divórciate; de todos modos, yo seguiré ofreciéndote solo mi amistad. Somos los padres de Savannah, así que estaría bien que nos tratáramos como personas civilizadas, pero no quiero que tengas esperanzas de que la cosa puede ir a más.

Estaba siendo totalmente transparente y sincera con él. Siempre lo había sido, y esa era una de las tantísimas cosas que le gustaban de ella y que había olvidado; o más bien intentaba olvidar.

—Ya lo he entendido, Alexa. Siento haber sacado el tema. Solo quería que supieras que aún te amo y que lo siento.

Oír eso volvió a sacarla de sus casillas. No era justo que le dijera que aún la amaba, y menos al cabo de diez años, después de que ella lo hubiera pasado tan mal, de todo el dolor, de la agonía y las lágrimas que había derramado por él. Lo miró con furia.

—No vuelvas a decirme eso jamás. Solo actúas en tu propio beneficio. Ahora lo sientes mucho, pero ¿dónde has estado durante estos diez años? Con Luisa. Si no vuelves a decirlo, a lo mejor podemos ser amigos. ¿Trato hecho?

Él asintió con aire sombrío. Sabía que era afortunado por poder contar con ella incluso en ese sentido.

—Trato hecho. Lo siento.

—Bien. Ahora ve a casa con tu mujer, o a donde quieras ir. Yo recogeré a Savannah tras el partido de fútbol.

Él asintió, un poco afectado por lo que Alexa había dicho; muy afectado, de hecho. Por algún motivo había concebido la descabellada esperanza de que podía recuperarla. Se le había ocurrido cuando la vio en Nueva York, pero no sabía cómo arreglárselas. Pensaba que tal vez ella sintiera lo mismo; sin embargo, no era así. Le había hecho demasiado daño para que quisiera volver con él algún día. Tal vez llegara a perdonarlo pero nunca más lo aceptaría como pareja. A Tom ya no le cabía duda. Y a Alexa tampoco.

Después de pagar, salieron del restaurante. Alexa le sonrió.

—Gracias. Ahora me siento mejor.

Había tenido que esperar diez años para decirle todo eso, y por fin se había presentado la oportunidad. Sabía que para ella era providencial. A él no lo había aliviado, saltaba a la vista. Pero ya no era problema suyo.

Lo dejó en la puerta del restaurante y cogió el coche para ir al campo de fútbol. Llegó justo en el momento en que Savannah abandonaba las gradas. En el terreno de juego la esperaba un chico alto y guapo, acompañado por otros jóvenes que también salían del partido. Savannah le sonreía con los ojos rebosantes de vida y a Alexa le provocó una punzada observarlo. Se dijo que si ese chico le hacía daño, lo mataría. No se lo planteaba en sentido literal, claro; se refería al sentimiento que le inspiraba. Aún estaba afectada por lo que Tom le había confesado durante la comida. Si se lo hubiera permitido, habría plantado a Luisa y habría vuelto con ella. Era una posibilidad. O se habrían liado y habría vuelto a romperle el corazón. Eso suponiendo que su madre se lo hubiera permitido, o que tuviera suficientes agallas. Él no las tenía, pero Luisa y su madre sí. No era justo que Tom le hubiera dicho que todavía la amaba; claro que por lo menos había reconocido que lo sentía, y parecía que hablaba en serio. Tal vez con eso bastara. Alexa se sentía aliviada por primera vez en años.

Savannah le presentó a Turner después de que cruzara el campo para reunirse con ellos.

—Turner, esta es mi madre.

—Hola —saludó Alexa con una amplia sonrisa. El chico parecía un encanto, y era muy joven. Mientras lo observaba recordó que había perdido a su madre hacía poco y se apenó por él.

—Me alegro mucho de conocerla, señora. Savannah me ha hablado muy bien de usted. —Era una frase muy cortés y muy típica del Sur, pero el chico parecía sincero.

—A mí también me han hablado muy bien de ti. ¿Qué tal ha ido el partido?

—Hemos ganado —respondió Turner con expresión sonriente y complacida, y Savannah también le sonrió a él y luego a su madre.

—Turner ha marcado los goles de la victoria. Dos —apostilló orgullosa, mientras su madre los miraba y sentía que había envejecido un milenio de golpe, aunque se alegraba mucho por ellos.

Los llevó a su local favorito a tomar una hamburguesa y un batido. Estuvieron charlando de forma relajada durante una hora y luego Savannah y su madre regresaron al hotel para hacerse la manicura. Era un capricho con el que las dos disfrutaban. Alexa le dijo a Savannah que Turner le caía muy bien y la chica se mostró encantada.

Después de la manicura subieron a la habitación y Alexa

le explicó a Savannah lo ocurrido durante la comida. Eran muy buenas amigas, aunque Alexa siempre actuaba con gran claridad a la hora de desempeñar su papel de madre.

—Tu padre me ha tanteado para saber si estaría dispuesta a volver con él. Dice que aún me quiere y que se arrepiente de lo que hizo.

—¿Y tú qué le has contestado? —preguntó Savannah con interés mirando a su madre a los ojos. Se la veía feliz, más de lo que lo había sido en mucho tiempo.

—Le he pedido que no vuelva a decirme esas cosas. Basta con que seamos amigos. De hecho, eso en sí ya es todo un milagro después de lo que ocurrió. No podría volver a confiar en él; no lo haría jamás. Es un terreno que no quiero volver a pisar.

—¿Y qué le ha parecido?

—Creo que se ha sorprendido —dijo Alexa con sinceridad.

—¿Está cabreado?

—No lo creo. Triste puede que sí. No es justo que me lo haya preguntado, ni siquiera que me lo insinúe. Ha pasado demasiado tiempo, y me hizo mucho daño.

Savannah asintió. Estaba de acuerdo. Sabía lo mal que lo había pasado su madre, o por lo menos se lo imaginaba.

—Lo comprendo, mamá. Creo que has hecho lo correcto.

Incluso Savannah recordaba cómo su madre se pasaba horas y horas llorando a diario, y eso durante años. Había pasado una temporada horrible. No era justo que ahora su padre se retractara solo porque estaba aburrido y no le gustaba la opción que había escogido. ¿Qué pasaba con Alexa y todo lo que la había hecho sufrir?

—No creo que llegue a dejar a Luisa, de todas formas —observó Savannah con gran perspicacia—. Las riendas las lleva ella. Y él se lo permite.

—Siempre lo ha hecho —dijo Alexa con serenidad—. Incluso al final de nuestro matrimonio. Son tal para cual.

Savannah asintió, aunque al mismo tiempo estaba apenada por su padre. Luisa era una mala persona. Pero él la había elegido. Dos veces.

Pasaron una velada muy agradable y estuvieron charlando hasta bien entrada la noche. Turner llamó a Savannah por teléfono y Alexa lo invitó a almorzar con ellas al día siguiente. Por la mañana llamó Travis. Quería ver a Alexa, y Scarlette y él pasaron por el hotel un momento después de salir de misa. A Savannah y Alexa les dio demasiada pereza ir, y tampoco tenían ganas de volver a toparse con Luisa. Se alegraron mucho de no haber ido cuando Travis dijo que su madre los había acompañado a la iglesia.

Se sentó en la sala de estar con Alexa y estuvieron hablando de los viejos tiempos y de su vida actual. Se disculpó por no haberle escrito y ella dijo que lo entendía. Era muy joven, y su madre se lo había prohibido. Alexa lo sabía, aunque él no se lo mencionó por lealtad hacia su madre. Seguía siendo igual de atento y agradable que cuando era niño, y se mostró muy orgulloso cuando le presentó a Scarlette. Parecía una chica muy simpática, y Alexa deseó que fueran felices juntos. Hablaron un rato de la boda y de lo estresante que resultaba organizarlo todo. Luego se marcharon. Iban a comer con los padres de Scarlette para decidir la lista de invitados.

El resto del día pasó volando, y otra vez llegó la hora de que Alexa se marchara. Tom se encontró con ellas en el vestíbulo del hotel, igual que la otra vez, para recoger a Savannah. Alexa volvió a darle las gracias por la comida del día anterior. Él se había tomado muy a pecho todo lo que ella le había dicho y la miró a los ojos con tristeza.

—Gracias por haber accedido a comer conmigo.

Ahora se daba cuenta de la deferencia que había tenido con él, y de lo valiente que había sido aceptando su invitación. Ahora entendía mejor que nunca lo mucho que la había herido. Durante casi once años se había encerrado en su propio sufrimiento y en cuánto la echaba de menos, sin llegar a reparar en el gran daño que le había hecho a ella. Ahora lo comprendía. La había perdido para siempre; justo ahora que quería recuperarla se daba cuenta. Según ella, era un poquito tarde. Por mucho que lo hubiera amado, nunca más podría volver a confiar en él. A Tom aquello le había sentado como una patada. Todas sus esperanzas se habían desvanecido el día anterior. Las de Alexa, diez años antes.

Savannah volvió a despedirse de su madre con otro beso y se marchó a casa con su padre. Alexa le había prometido que al cabo de dos semanas iría a verla de nuevo. El tiempo pasaba muy deprisa y Savannah ya se había acostumbrado a la vida allí. En algunos aspectos tenía la impresión de que pertenecía a ese lugar y en otros se sentía una extraña. Era lo mismo que Alexa le había explicado que sentía cuando vivía en el Sur; por mucho que te guste, si no has nacido allí nunca conseguirás integrarte del todo. Ahora Savannah empezaba a entenderlo. Ellos seguían hablando de las diferencias entre sureños y yanquis, y sus corazones tenían grabada a fuego la bandera de la Confederación que ondeaba en tantas ventanas.

De camino a casa vio que su padre parecía abatido.

—¿Estás bien, papá? —Él asintió y le sonrió, pero sus ojos denotaban tristeza. Savannah sospechó que estaba muy afectado por lo que su madre le había dicho el día anterior. Sin embargo, no la culpaba en lo más mínimo.

Cuando llegaron a casa, Luisa estaba esperando a Tom. Llevaba un traje negro de Chanel y muchas joyas y maquillaje. Lo abroncó por llegar tarde; iban a salir a cenar con unos amigos. Esa era la forma en que ahora Tom pasaba sus días, para bien o para mal. Ese era el tipo de vida y de mujer que él había elegido. La mujer que realmente amaba, y que tanto lo había amado, se había esfumado.

15

Había empezado abril y solo faltaba un mes para el juicio. En Nueva York seguía haciendo frío y no había parado de nevar en toda la semana después de que Alexa volviera de visitar a Savannah. En Charleston, en cambio, hacía un tiempo primaveral y por todas partes se veían plantas en plena floración. Había azaleas y emparrados de glicinia, y cerezos en flor. El jardín de Thousand Oaks estaba resplandeciente, con un equipo de jardineros que lo cuidaba todos los días.

Las dos ciudades y sus estilos de vida contrastaban al máximo. En Nueva York hacía una temperatura gélida, nevaba, el cielo era gris y la tierra estaba desprovista de vegetación; y Alexa estaba preparando el juicio de un hombre que había matado a dieciocho mujeres jóvenes. El ambiente era tan frío y oscuro como sus actos.

En Charleston todo florecía, la temperatura era cálida, y Turner y Savannah estaban cada vez más enamorados. Daisy no paraba de gastar bromas a Savannah con respecto a ese tema, y todas las chicas del instituto le tenían celos. Turner le había pedido a Savannah que fuera su pareja en el baile de fin de curso. Y ella lo invitó a cenar en su casa con permiso de su padre. Luisa no se mostró muy cordial, pero por lo menos tampoco fue grosera con él ya que los Beaumont y el padre del chico eran amigos.

Para Savannah lo mejor de estar en Charleston, además de haber conocido a Daisy, estar saliendo con Turner Ashby y poder relacionarse con su abuela, era que le ofrecía la oportunidad de compartir con su padre cosas que de otro modo no habría compartido nunca.

Tom daba largos paseos con Savannah; le mostró los lugares donde jugaba de niño y la llevó a ver las famosas plantaciones situadas en las afueras de la ciudad: Drayton Hall, Magnolia, Middleton Place y Boone Hall. Las visitaron juntos, y también fueron a pasear por las playas cercanas a Mount Pleasant. Pasaron horas hablando y conociéndose. Por fin tenía un padre de verdad, no una simple figura postiza que se dejaba caer por Nueva York un par de veces al año y no le permitía formar parte de su verdadera vida. Ahora Tom estaba seguro, igual que Savannah, de que nunca más volvería a dejarla de lado. Quería tenerla cerca.

De vez en cuando llevaba a las dos chicas al acuario. Jugaba al tenis con ellas. Pidió a Savannah que lo acompañara al club de campo y le presentó a todo el mundo. Y cuantas más cosas hacía con ella, más traicionada se sentía Luisa, pero eso a Tom ya no le importaba. La estancia de Savannah en Charleston y la reacción que había provocado en Luisa había ensanchado la brecha que ya existía entre ellos antes de la llegada de la chica. Tom y Luisa apenas se hablaban. Ella procuraba pasar el día fuera de casa, y cuando no, siempre estaba hecha una furia o bien en la cama con un paño húmedo en la cabeza. Simplemente, no era capaz de pasar página y ni siquiera lo intentaba. No había dirigido a Savannah una sola palabra amable desde su llegada ni había tenido el mínimo gesto de hospitalidad con ella. Tom pidió disculpas a su hija por ello pero no podía hacer nada para que su mujer se comportara con corrección. Aquello era una guerra civil declarada.

La abuela de Savannah cogió la gripe y la chica iba a menudo a hacerle compañía y a cuidarla. Había leído todos los libros que la mujer le había prestado y ya sabía muchas cosas sobre la guerra de Secesión.

Una tarde estaba sentada con ella en el porche cuando Luisa apareció sin previo aviso. En cuanto la vio allí, se puso hecha una furia y le ordenó que volviera a casa. Savannah se dispuso a levantarse porque no quería causar problemas.

—Siéntate —le ordenó su abuela con aspereza, y se quedó mirando a su nuera—. La chica no irá a ninguna parte, Luisa. ¿Por qué no intentas relajarte? No va a hacerte daño, es solo una chiquilla. No pretende quitarte nada; y su madre tampoco quiere quitarte a tu marido.

Tom había hablado con Eugenie de lo que Alexa le dijo el día que salieron a comer juntos. La mujer no se sorprendió, y admiraba la postura de Alexa. Le dijo a Tom que su forma de actuar era lógica, que por lo menos demostraba tener orgullo y amor propio. Estaba segura de que probablemente Alexa seguía amándolo pero no quería volver a vérselas con un hombre que le había hecho tanto daño y que había esperado diez años para proponerle volver con ella, solo porque era cuando a él le convenía. A Tom le había chocado la respuesta de su madre.

—No sé de qué me estás hablando —repuso Luisa con muchos humos mientras Eugenie la observaba con los ojos entornados.

—Sí, sí que lo sabes. Temes que Tom te haga lo mismo que le hizo a Alexa, pero puedes estar tranquila, a ti no te dejará. Ella no se lo permitirá. Es tuyo y bien tuyo. Y Savannah no tiene nada que ver con todo eso. Ahora vive aquí, y no hay motivos para que la mortifiques.

—¡Yo no la mortifico! —Luisa estaba escandalizada—. ¿Te lo ha dicho ella? —Lanzó a Savannah una mirada asesina, pero la anciana sacudió la cabeza.

—No. Ha sido Tom. Dice que desde que llegó la has tratado fatal y has sido muy grosera.

Eugenie no se andaba por las ramas, por muy sureña que fuera. Y tenía la sartén por el mango. Savannah se sintió abochornada escuchando la conversación. No tenía ganas de salir en defensa de su madrastra, pero tampoco quería hacerle frente ni censurarla. Era una contrincante demasiado fuerte, y ya había recibido lo suyo sin haberse metido con ella.

—Me parece que lo que tienes que hacer es relajarte y disfrutar por una vez en la vida. Dedícate a pasarlo bien. Tom está contigo. No te dejará.

—¿Cómo lo sabes?

—Porque no es su estilo. —Conocía a su hijo, sabía que no tenía agallas para hacer una cosa así—. Tú lo arrastraste de ese matrimonio, y yo le di el último empujón. Sin nosotras no hará nada. Y una jovencita de diecisiete años no representa ninguna amenaza para ti. Lo único que quiere es que acabe ese juicio para poder volver a casa con su madre.

—¿Por qué pasa tanto tiempo contigo? —Luisa hablaba con recelo; sospechaba que se estaban confabulando para algo. Lo creía porque así solía actuar ella; pero Savannah era de buena pasta. Eso era lo último que se le pasaba por la cabeza hacer.

—Porque es buena chica —dijo la abuela con amabilidad. Se había encariñado con ella enseguida, y le agradecía el tiempo que le había dedicado—. Además, seguramente se siente sola aquí, sin su madre. No has puesto nada de tu parte para que esté cómoda.

—Yo... Yo... —empezó a balbucir Luisa; pero no se le ocurrió nada que responder.

—¿Por qué no vienes a verme otro día, cuando esté sola?

Eugenie estaba echando a Luisa de su casa, y Savannah se puso en pie, avergonzada de presenciar una conversación en la que hablaban de ella como si no estuviera presente. Luisa actuaba como si no existiera.

—Tengo que marcharme a hacer los deberes —se excusó, y se inclinó para besar a su abuela. Le prometió que volvería pronto y al cabo de unos minutos se alejaba en su coche.

Luisa se quedó a solas con su suegra, que conocía muy bien sus tejemanejes y había sido cómplice de ellos, pero ahora los utilizaba en su contra.

—Creía que le harías bien —dijo, mientras Luisa ocupaba el asiento de enfrente, molesta porque había salido en defensa de Savannah en lugar de defenderla a ella—. Pero no. Te has portado muy mal con mi hijo. En su día te lo ganaste, cual muñeco de feria. Es tuyo, desde hace diez años. No hace falta que lo vapulees. Sería más agradable contigo si lo trataras bien. —Ahora estaba defendiendo a su hijo, y tenía buenos motivos. Luisa llevaba muchos años tratándolo fatal.

—No sé de qué me estás hablando, mamá Beaumont.

Luisa habría querido poder decir que el sermón era producto de los desvaríos de una vieja, pero las dos sabían que Eugenie tenía la mente muy lúcida y lo que decía era verdad. Luisa pretendía hacerse la ofendida pero en realidad estaba furibunda.

—Me parece que será mejor que vuelvas a casa y lo pienses —le aconsejó Eugenie. Caía la tarde y estaba cansada. La visita de Savannah había sido larga, y su abuela lo había pasado bien pero ahora estaba agotada. Demasiado para enfrentarse a Luisa—. Si sigues tratándolo mal, al final lo perderás. Alexa no volverá con él, pero encontrará a otra mujer. Es muy atractivo.

—Ya lo he perdido —repuso Luisa con la voz quebrada y la expresión alicaída, y por una vez hablaba con sinceridad—. Nunca me ha amado, por lo menos desde que volvió conmigo. Ha seguido enamorado de ella durante todo este tiempo.

Las dos sabían que era cierto, y Eugenie lo había lamentado desde el principio. Su hijo llevaba diez años sintiéndose desgraciado, y en gran parte era por culpa suya. Ahora se consideraba responsable de ello, y quería compensar su error con Savannah; también se sentía culpable por cómo la había tratado a ella. Luisa solo pensaba en sí misma y en que su marido no la amaba porque nunca había dejado de amar a Alexa.

Su suegra sabía que tenía razón cuando decía que había perdido a Tom.

—Nos equivocamos, Luisa. Tanto tú como yo. No teníamos derecho a actuar de aquella forma. Les hemos hecho daño a los dos, y a su hija. Yo en tu lugar procuraría por todos los medios reconciliarme con él, y también con Savannah mientras viva en vuestra casa. Seguro que Tom lo apreciaría mucho.

Por una vez, Luisa se quedó sin saber qué decir. Hizo un gesto de asentimiento a su suegra y regresó al coche. Esa noche no modificó su comportamiento con Savannah y con Tom, pero estuvo muy, muy callada. Tom notó que algo rondaba por su cabeza, aunque optó por mantenerse alejado de ella porque le resultaba más fácil. En lugar de cenar con la familia, Luisa subió a su dormitorio. Se excusó diciendo que tenía uno de sus ataques de migraña y se fue a la cama.

La primavera estaba en todo su esplendor la siguiente vez que Alexa visitó Charleston. Savannah sabía que con ella viajaban dos cosas importantes: las resoluciones de las solicitudes de ingreso de las universidades y la abuela de Nueva York. Estaba muy ilusionada por ambos motivos, y en cuanto vio a Muriel se arrojó en sus brazos.

—Tienes un aspecto magnífico, Savannah —alabó Muriel con aire complacido.

Temía que a su nieta le pesara el hecho de pasar tanto tiempo lejos de casa. En cambio, se la veía feliz, estaba lozana y parecía haber ganado estatura y desparpajo. Ahora comprendía la preocupación de Alexa. Savannah se sentía tan cómoda en Charleston que más bien daba la impresión de que no querría irse. Pero Muriel estaba segura de que al final tendría ganas de volver a casa. Su sitio estaba en Nueva York, con su madre.

—Bueno, ¿abrimos las cartas? —preguntó Alexa con entusiasmo después de que Savannah hubiera dado la bienvenida a su abuela en la suite.

La chica no había autorizado a su madre para que abriera las cartas y las leyera. No quería enterarse de la noticia por teléfono. Por fin durante los últimos días había recibido todas las respuestas; unas se habían retrasado varias semanas, otras habían llegado en la fecha prevista. Algunos de los sobres eran más gruesos, lo que solía significar que la solicitud había sido aceptada. Todas las universidades en las que había pedido plaza habían respondido, y se la veía nerviosa con los sobres en las manos. Estaba a punto de decidirse su futuro y el lugar en el que pasaría los siguientes cuatro años. Lo más probable era que dispusiera de varias opciones. Esperaba que entre ellas estuvieran sus preferidas, no solo las que había incluido para asegurarse.

Había seis sobres. Algunos de sus amigos habían presentado una docena de solicitudes, pero Savannah solo seis. Alexa y Muriel aguardaban sentadas en el sofá, conteniendo la respiración, mientras la chica empezaba a abrir las cartas.

La primera que leyó fue la de Stanford; la habían rechazado. Por un momento su ánimo decayó, pero su madre se apresuró a puntualizar que no la habría dejado ir allí de todos modos, o sea que tenía el ingreso vetado de antemano, y eso amortiguó el golpe. Savannah sabía que su madre hablaba en serio porque se lo había advertido desde el principio; no la dejaría ir a Stanford a menos que fuera la única opción.

En Harvard también habían desestimado su solicitud. Aun así, a Savannah no le entusiasmaba la idea de estudiar allí. Le parecía una institución demasiado grande y temible.

En Brown figuraba en la lista de espera, y la felicitaban

por sus buenos resultados. Se sintió un poco decepcionada al respecto. Era la opción que prefería en segundo lugar.

Le quedaban Princeton, George Washington y Duke. El siguiente sobre que abrió fue el de Duke. La habían aceptado. Las tres mujeres reunidas en la sala de estar de la suite profirieron sendos gritos de alegría y se abrazaron. Savannah estaba sonriente. Volvieron a sentarse. Ya tenía un centro donde estudiar; un buen centro.

—¿Por qué me siento como si estuviera en la ceremonia de los Oscar? Y el premio a la mejor película es para... —bromeó Muriel, y Savannah soltó una risita, aún más nerviosa que antes.

El siguiente sobre que abrió fue el de George Washington. También estaba aceptada. Ya tenía dos centros para elegir. Y el último que quedaba era el que prefería de entre todos: Princeton. El sobre era delgado, o sea que probablemente habían desestimado su solicitud. Estuvo un rato sentada con él en las manos.

—Bueno, ¿piensas abrirlo o qué? —la pinchó Muriel—. No soporto la incertidumbre.

—Yo tampoco —convino Alexa.

Pero era el momento de Savannah. Había trabajado mucho para eso, y había tenido que esperar mucho tiempo para saber el resultado. Las solicitudes estaban enviadas desde hacía tres meses. Abrió el último sobre con una lentitud exasperante y desdobló la carta con cuidado. Cerró los ojos un instante y luego la leyó. Y entonces se puso en pie de un salto y dejó escapar un grito.

—¡Me han aceptado! ¡Dios mío! ¡Me han aceptado! —gritó mientras bailaba por la habitación, y tanto su madre como su abuela se pusieron a llorar. Al cabo de un minuto estaban las tres de pie, abrazándose—. Voy a estudiar en Princeton —afirmó con una carcajada, y al instante reparó en que Turner se disgustaría si no iba a Duke. Él también había sido aceptado y estudiaría en ese centro. Pero siempre podían hacerse visitas. El sueño de Savannah era ir a Princeton, y no pensaba renunciar a él por un chico, aunque fuera tan simpático y agradable como Turner.

En la habitación se respiraba un ambiente de lo más emotivo. Alexa descorchó el champán mientras Savannah se disponía a telefonear a su padre. Él sabía que Alexa llevaba las cartas, y también estaba ansioso por saber el resultado.

Contestó al móvil desde casa.

—He entrado en Stanford, en Harvard no, en Brown me han puesto en lista de espera, en George Washington sí, y... ¡en Princeton! —gritó al teléfono, y en el rostro de Tom se dibujó una amplia sonrisa—. ¡Iré a Princeton, papá!

Como Turner, él habría preferido que eligiera Duke, pero solo porque tenía preferencia por las universidades del Sur. Y Princeton era un centro excelente. Todos los que Savannah había elegido lo eran. Había apuntado alto, y se había esforzado mucho. Tom estaba muy orgulloso de ella.

—¡Felicidades! Mañana por la noche saldremos a celebrarlo. Invitaré a cenar a toda la familia. Enhorabuena, corazón. ¡Estoy muy orgulloso de ti!

Ella le dio las gracias y regresó junto a su madre y su abuela. Estuvieron mucho rato sentadas comentándolo, y luego fueron a cenar al restaurante favorito de Savannah. Había un ambiente animado y cordial, y estaba lleno de universitarios. La mayoría de sus compañeros habían recibido la respuesta de las universidades durante esa semana. Tal como había prometido, Julianne no había solicitado plaza en ningún sitio y pensaba tomarse un año sabático; sin embargo, ahora parecía lamentarlo. Se sentía un poco desplazada, así que Savannah obvió llamarla para restregarle su éxito por las narices. Pero sí que llamó a Turner antes de dejar el hotel, y él se alegró muchísimo aunque le daba pena que no optara por Duke y así estar juntos. De todos modos, sabía cuánto significaba Princeton para ella, así que prometió que iría a verla lo más a menudo posible, y ella hizo lo mismo.

Fue una noche maravillosa, y cuando volvieron al hotel Savannah seguía estando eufórica. Su abuela disfrutó de la visita a la ciudad. Siempre le gustaba ir cuando Alexa y Tom estaban casados. Consideraba que rebosaba encanto. Estuvieron charlando una hora entera antes de irse a la cama, todavía emocionadas por la gran noticia de Savannah. A la mañana siguiente, Travis la llamó para darle la enhorabuena, igual que Daisy. La niña quería saber si podría ir a visitarla a Princeton, y Savannah le respondió con un sí rotundo. Más tarde la llamó Henry, que estaba contentísimo, aunque le dolía un poco que no hubiera elegido su alma máter; y después de que hubieran hablado le pidió que su madre se pusiera al teléfono. Habló con Alexa unos minutos, y ella estaba sonriente cuando le devolvió el teléfono a Savannah. La estaba telefoneando todo el mundo. La siguiente fue la abuela Beaumont, que le dijo que debería haber elegido una universidad del Sur, pero que para ser un centro yanqui, Princeton estaba muy bien.

—¿No es solo de chicos? —preguntó Eugenie, un poco confusa.

—Antes lo era —respondió Savannah—, pero ya no.

—Hay qué ver, cómo cambian las cosas —comentó Eugenie sonriendo desde el otro extremo de la línea, y entonces dijo que le gustaría que por la tarde tomaran el té juntas en el hotel para ver a su madre y a su abuela. Savannah se quedó de piedra. Contestó que estaba segura de que les encantaría y le agradeció a la anciana el esfuerzo que hacía—. Le pediré a tu padre que me acompañe. —Propuso encontrarse a las cuatro. Savannah colgó con la esperanza de que su madre no pusiera pegas.

—Me parece muy amable por su parte —respondió Alexa de buenos modos aunque con cierta reserva.

Esa mujer era quien había orquestado su defenestración

diez años atrás y le había destrozado la vida; pero, por otra parte, era la abuela de Savannah, y por eso estaba dispuesta a mostrarse cortés. Alexa estaba decidida a hacer el esfuerzo por el bien de su hija, y estaba orgullosa de la chica. Dijo que si había visto a Tom imaginaba que también soportaría ver a su madre, aunque no le inspiraba sentimientos positivos.

—Gracias mamá —respondió Savannah agradecida.

Sabía que ese gesto por parte de la abuela Beaumont significaba muchísimo. Últimamente rara vez salía de casa. Tenía tantos años que podría ser la madre de su otra abuela.

Se pasaron todo el día de celebración, y disfrutaron juntas del spa. A Muriel le encantaba, y después de un masaje fueron a que las peinaran y les hicieran la manicura. A las tres y media estaban de vuelta en la suite, de modo que tuvieron tiempo suficiente para arreglarse y bajar a tomar el té con la señora Beaumont a las cuatro.

La mujer llegó muy puntual, acompañada por Tom. Savannah se mostró encantada de verla y Muriel la saludó con cordialidad, mientras que Alexa estaba tensa. La abuela Beaumont fue directa hacia ella en primer lugar.

—Te debo una disculpa, Alexa. —Estaba de pie, apoyada en el bastón, y la miró fijamente a los ojos con expresión seria—. Destrocé tu vida, y la de mi hijo. No hay disculpa capaz de compensar una cosa así, pero quiero que sepas que soy consciente de ello y que un día tendré que responder ante el Señor. Tienes una hija maravillosa, y la quiero mucho.

Alexa le dio las gracias en voz baja y la abrazó como muestra de cortesía. Era cierto; una disculpa no le devolvería su matrimonio. Pero por lo menos la mujer tenía la decencia y la valentía de reconocer sus errores. Tom aguardaba tras ella, avergonzado, y no miró a Alexa a los ojos.

Después de eso todo fue pura celebración. Alexa mostró a la abuela Beaumont un folleto de Princeton. Era un centro muy bonito, con un bello campus, y Savannah apenas veía la hora de que empezara el curso. Por la mañana había telefoneado a varios de sus amigos de Nueva York, y a otros les envió mensajes de correo electrónico. Dos amigas también habían entrado en Princeton. Pensaba compartir habitación con una de ellas. Lo tenían todo planeado.

La madre de Tom estuvo allí una hora, y luego su hijo la acompañó a casa. Para ella la visita había supuesto toda una excursión, sobre todo porque hacía poco que había tenido la gripe y se había quedado muy débil. Al marcharse, abrazó a Alexa y volvió a felicitarla por el éxito de Savannah.

Cuando se marchaban, Tom les recordó a todos que tenía reservada una mesa en el restaurante para las ocho, y que Daisy, Travis y Scarlette también irían. Incluso Turner estaba invitado. Serían ocho para celebrar que Savannah había entrado en Princeton. Luego dejó a su madre en casa y regresó a la suya. Cuando llegó fue a ver a Luisa y la invitó de nuevo a que se uniera a ellos. Ella tenía el rostro surcado por una dura expresión que a Tom le resultaba familiar.

—No seas ridículo, Tom. No pienso salir a cenar con esa. —Se refería a Alexa, y él lo sabía—. Y me da igual en qué centro acepten a Savannah. No es hija mía. Es más, estoy segura de que Alexa tampoco quiere verme; yo en su lugar no querría.

—Puede que tengas razón —admitió él—. Pero por lo menos podrías participar de algún modo. Desde que Savannah llegó, has hecho todo lo posible por evitarla y por hacerle sentir que no es bienvenida aquí. Es mi hija.

—Mía no —repitió Luisa. Se la veía apagada y triste—. No la quiero aquí y tú lo sabes, pero la trajiste de todos modos.

—No tenía elección. No tienes por qué ponerle las cosas lo más difíciles posible a todo el mundo, Luisa. La chica no te hará ningún daño, y su madre tampoco. No quieren nada de ti; ni de mí.

—A ti ya te tienen —le espetó Luisa con tristeza—. Los últimos once años has sido de Alexa. Nunca la has dejado, Tom.

Él estaba atónito ante lo que Luisa decía.

—¿De qué me estás hablando? Hace once años la dejé por ti, y por Daisy. La abandoné para que tú y yo pudiéramos volver a casarnos, y no había vuelto a verla, ni siquiera a hablar con ella, hasta febrero de este año.

Luisa asintió. Lo creía, entre otras cosas porque a menudo controlaba sus movimientos. En su opinión, la confianza no estaba reñida con la vigilancia.

—Y tampoco has dejado de amarla. Lo sabía cada vez que te miraba, y por la forma en que tú me mirabas. Creía que podía hacer que la dejaras y te olvidaras de ella. Pero no la has olvidado. A mí nunca me has amado, Tom. Querías que volviera contigo para estar en paz con Thornton, porque antes te había dejado por él. Te dolía el amor propio, no el corazón. Ese siempre ha pertenecido a Alexa. —Tom no pronunció palabra ante eso. No podía negarlo, era cierto. Los dos lo sabían, y Alexa también, aunque ya no lo quisiera—. Nunca has dejado de amarla, y ahora también quieres a su hija, que es igual que ella.

—Savannah tiene su propia personalidad —la defendió él.

—La última vez que Alexa vino a Charleston saliste a comer con ella.

—Sí, es verdad. —Luisa siempre sabía todo lo que él hacía—. Tenemos una hija en común.

—¿Y qué más?

—Nada. Ella no quiere estar conmigo —confesó con desánimo. No le apetecía hablar de eso con su mujer.

—¿Se lo has preguntado?

—No. Pero no soy feliz, y lo sabes. Llevas años tratándome fatal. Me recuperaste, y luego, por motivos que no comprendo, no has parado de hacerme la vida imposible.

—Porque sé que aún la quieres a ella. A mí nunca me has querido.

—Pero volví contigo. Eso debería significar algo. Por lo menos te he demostrado mi lealtad.

Sin embargo, los dos sabían que Tom no era una persona leal. A Alexa se lo había dejado muy claro. Era débil. Claro que una cosa no tenía nada que ver con la otra, y Luisa era consciente de ello, igual que él.

—No sé por qué sigues conmigo —soltó Luisa. Y por primera vez en años era sincera. Tal vez por primera vez en toda su vida—. A lo mejor es por Daisy. O por pereza. O porque te lo ha dicho tu madre. Si incluso ella se ha vuelto en mi contra. —Luisa sabía que la mujer había ido a ver a Alexa y a su madre por la tarde. Se lo había explicado Tom—. Me disteis la espalda cuando decidiste traer aquí a Savannah. No me tenéis ningún respeto.

—Es difícil mostrar respeto por una persona que está siempre enfadada, y que muchas veces trata mal a los demás, Luisa. Piénsalo. Ni siquiera eres agradable con Daisy, tu propia hija. Y a los chicos también los dejaste de lado. Igual que a mí. Resulta muy difícil olvidar cosas así. Bueno, ¿y qué quieres que hagamos ahora? ¿Que sigamos odiándonos durante cuarenta años más? ¿Que lo dejemos correr? ¿O que nos dediquemos a ir tirando? No estaría mal que al menos pudiéramos ser amigos. No tienes por qué venir esta noche si no quieres; y puede que tengas razón y sea mejor que no lo hagas. Sería raro para las dos, y también para Savannah. Cuida mucho a su madre.

—Tú también.

—No. Yo me siento culpable, que es distinto. No la cuidé cuando debería haberlo hecho. Tendría que haberla protegido de ti, pero la engañé y me acosté contigo. Entonces tú te quedaste embarazada y, por lo que sé, lo hiciste expresamente. —Ella no lo confirmó ni lo desmintió, lo cual dejó claro a

Tom lo que ya sabía—. Permití que mi madre y tú me manipularais, pero ni por un segundo pensé en ella, y eso que era mi mujer; tú no. La engañé, y ahora mi mujer eres tú. No estaría mal que te comportaras como tal de vez en cuando en lugar de hacerme ver que me odias. Ambos somos responsables de este desastre. Conseguiste lo que querías. ¿Por qué no sacamos el mejor partido a la situación, o por lo menos lo intentamos? Si no, los dos tendremos una vida muy triste, y muy solitaria.

Todo cuanto decía era verdad.

—Estaré más tranquila cuando Savannah se vaya —respondió ella en voz baja—. Entonces podremos empezar de cero.

—Como quieras —dijo él obviamente decepcionado, y al cabo de unos minutos se marchó sin que volvieran a verse.

Luisa decidió quedarse en su habitación. La conversación les había afectado a ambos. Ella nunca le tendía la mano, ni siquiera intentaba mostrarse amable con él. Era su forma de ser. Y, como resultado, su matrimonio era un desastre. Los dos lo sufrían, y seguramente siempre sería así. Ahora Tom se daba cuenta de ello. Luisa no cambiaría en nada cuando Savannah se marchara. Era el justo castigo a la falta que había cometido en su día.

La cena en el restaurante FIG en honor a Savannah fue muy animada y divertida. Travis bebió un poco más de la cuenta y se comportó de un modo muy gracioso. Estuvo contando historias de la Universidad de Virginia, un centro cuyos alumnos tenían fama de pasarse la vida de fiesta en fiesta. Scarlette fue muy agradable con Savannah, y estuvieron hablando de la boda. Daisy estaba muy emocionada. La madre y la abuela de Savannah le cayeron estupendamente, y Muriel le pareció mucho más joven y divertida que la abuela Beaumont. Turner estaba sentado al lado de Savannah, le cogía la mano por debajo de la mesa y se pasó toda la cena mirándola encandilado.

Y, en un momento dado, Tom y Alexa cruzaron una mirada de un extremo a otro de la mesa y los últimos años parecieron desvanecerse. Por muchas cosas que hubieran ocurrido entre ellos, los dos se sentían más que orgullosos de su hija, y ese día era muy especial. Todos pasaron una velada encantadora. Fueron los últimos en salir del restaurante. Para Savannah había sido una celebración perfecta. Sus sueños se habían hecho realidad; estaba rodeada por personas que la querían, y eso era solo el principio. Y en toda la noche nadie pensó en Luisa, ni siquiera Tom. Se había quedado en casa, sola, llena de odio hacia todos ellos.

16

En el vuelo de regreso, Alexa ocupó un asiento al lado de su madre. Todo el fin de semana había sido muy alegre y festivo, y Muriel estuvo muy contenta de haberla acompañado, sobre todo porque había podido estar presente en el momento en que Savannah abrió las cartas de las universidades y descubrió que la habían aceptado en Princeton. Fue un momento inolvidable para las tres.

Sin embargo, Muriel también notó algo distinto en Alexa. No estaba enfadada, ni amargada, y parecía más en paz consigo misma. Imaginó que el hecho de haber regresado a Charleston le había sentado bien. Se había enfrentado a todos los fantasmas del pasado. Tom, su madre, Luisa. Parecían haberse achicado con el tiempo. La madre de Alexa sabía que el fin de su matrimonio seguía suponiéndole una gran pérdida. Pero al descubrir quién era Tom en realidad, su personalidad débil y servicial, tal vez la pérdida le pareciera menos importante. Esperaba que Alexa lo supiera y ahora lo viera aún más claro. Tom era un hombre muy egoísta, y el único motivo por el que quería volver a tener a Alexa a su lado era porque las cosas con Luisa no habían salido bien. Si no, seguramente no tendría el más mínimo remordimiento. Muriel pensó que había obtenido lo que se merecía, una mujer que lo respetaba tan poco como él se respetaba a sí mismo. Tal como le había sucedido a Alexa hacía poco, Muriel se acordó del personaje de Ahsley en *Lo que el viento se llevó*. Lo que su hija necesitaba ahora mismo era a un Rhett Butler. Esperaba que lo encontrara algún día. Tenía derecho a ser feliz después de todos aquellos años tan duros y solitarios. Y había hecho un gran trabajo con su hija, aunque ahora esa etapa tocaba a su fin. Savannah era una persona responsable que sabía cuidarse. Su vida adulta había empezado.

Y eso era precisamente lo mejor de todo, la resplandeciente Savannah con todo el futuro que tenía por delante. Muriel pensó que su novio de Charleston era un chico muy agradable, y se preguntó si su relación duraría una vez que Savannah estuviera en Princeton y él en Duke. Ese tipo de cosas siempre eran difíciles de prever. Algunas relaciones tempranas perduraban; otras no. El tiempo lo diría.

Muriel miró a su hija mientras volaban a Nueva York; dormía profundamente. El fin de semana había resultado muy intenso para todos.

A Savannah le esperaban dos grandes acontecimientos en los meses venideros. Celebraría su graduación con los compañeros de Charleston, y luego tendría que volver a Nueva York para celebrar la de su instituto. Volvería a ver a sus amigos, justo a tiempo para despedirse. Y Turner le había prometido que la acompañaría. Eso también era un aliciente para ella. Su padre no tenía previsto asistir, ya que estaría presente en la graduación de Charleston; y además tenía la impresión de que Nueva York era terreno de su madre y no quería pisárselo. A Savannah le parecía bien. Pero antes de eso Alexa debía enfrentarse al juicio. Luego ella podría volver a casa. Estaba preparada. Charleston había supuesto una experiencia muy grata; allí tenía a su padre, una hermana y dos hermanos, y se había enamorado. Sin embargo, su verdadero hogar seguía estando en Nueva York junto a su madre.

Alexa no creía que pudiera volver a Charleston hasta que terminara el juicio. Tenía demasiadas cosas entre manos, y Savannah lo comprendía. Se estaba acercando la hora de la verdad.

La mañana siguiente al fin de semana en Charleston, Alexa llegó al despacho a las siete. Se había levantado a las cinco para leer cierta información que necesitaba para preparar el juicio y las peticiones que la abogada defensora había presentado al juez.

Una de las peticiones de la defensa consistía en sobreseer la causa, lo cual era tan ridículo que daba risa. Ningún juez haría eso, pero la abogada de oficio lo solicitó de todos modos, por puro formalismo. Se lo debía a su cliente. Y también había presentado una petición in limine para evitar que Alexa pudiera efectuar repreguntas sobre las condenas previas de Quentin. Eso sí que tenía posibilidades de que se lo concedieran, pero a Alexa no le importaba demasiado. Las pruebas que iban a presentar contra él en el caso presente eran tan irrefutables, y sus crímenes tan atroces, que las condenas anteriores por fraude y robo resultaban prácticamente irrelevantes y en cualquier caso no afectaban al proceso actual, aunque el hecho de que lo hubieran condenado previamente sin duda serviría para demostrarle al jurado qué clase de persona era.

Las dos peticiones debían someterse a decisión en el despacho del juez esa mañana. Alexa se opuso, y el juez desestimó las dos. La abogada defensora regresó a la sala del tribunal cabizbaja.

—Bueno, se acabó —masculló Jack a media voz mientras Sam y él salían de la sala del tribunal detrás de Alexa junto con un miembro de la unidad especial de investigación criminal del FBI, que había colaborado en las pesquisas y la preparación del caso. Las peticiones habían sido pura rutina, y al juez parecía haberle molestado que la abogada defensora las formulara. En el tribunal nadie sentía simpatía por Luke Quentin, y menos aún por parte del jurado. Alexa tenía todas las pruebas y a los testigos preparados. El proceso no tenía ningún cabo suelto.

Esa tarde Alexa fue a ver a Judy Dunning.

—Siento lo de las peticiones —dijo en tono agradable, tratando de transmitirle compasión a pesar de que no la sentía.

—Creo que el juez no ha actuado correctamente con respecto a la petición in limine —se lamentó Judy—. El jurado no tiene por qué saber que fue condenado por fraude y robo para resolver este caso.

Alexa no hizo comentarios sino que se limitó asentir. Había acudido allí para intentar convencerla otra vez de que su cliente se declarara culpable y así evitar el juicio.

—No puedo ofrecerte un acuerdo en un caso así —dijo Alexa con franqueza—, pero es posible que consiga una condena mejor si ahora se muestra razonable. El juicio será un mero espectáculo y el jurado lo declarará culpable. Es algo que debes saber. Hay demasiadas pruebas contra él, debo de tener veinte cajas llenas en mi despacho. Habla con él, Judy. Nadie va a salir beneficiado con todo eso.

La abogada de oficio incluso había intentado recusar la orden de registro que había permitido a Jack y a Charlie entrar en la habitación del hotel por primera vez, pero también eso había sido desestimado, de modo que las pruebas incriminatorias que habían obtenido serían aceptadas en el sumario.

—Tiene derecho a un juicio justo —dijo la letrada con los labios fruncidos.

Era como hablar con una pared, y Alexa regresó a su despacho más molesta que otra cosa. El juicio solo sería un espectáculo para los medios, y a Quentin le caerían cien años. Bueno, pues que así fuera. Ella tenía otras cosas en qué pensar. Había previstas reuniones con el FBI durante toda la semana, debía preparar a los testigos de nueve estados, organizar las declaraciones y terminar su alegato inicial. Tenía muchos temas pendientes y pocas semanas por delante. Ahora había tantos investigadores implicados en el caso que no los conocía a todos por el nombre, y el FBI estaba presente en todas las reuniones para asegurarse de que se seguían los pasos correctos. Nadie quería que se cometieran errores y tuvieran que empezar de nuevo. Se había apuntado la posibilidad de que hubiera un cambio de circunscripción pero se había desestimado porque Quentin ya era conocido en todos los estados. El caso formaba parte de la actualidad nacional. Y el juez designado tenía fama de ser muy estricto con la prensa, lo cual era una buena noticia. Durante las semanas que quedaban antes de que empezara y el tiempo que durara, Alexa solo viviría para el juicio e incluso soñaría con él.

Todos los días llamaba a Savannah desde el despacho, pero nunca tenía tiempo de hablar mucho con ella, y cuando llegaba a casa por la noche era demasiado tarde para telefonear. Savannah lo comprendía, y además llevaba una vida muy ocupada en Charleston con el instituto, los amigos y su novio.

Faltaban dos semanas para el juicio, y una noche Tom estaba viendo las noticias en su despacho cuando anunciaron una rueda de prensa y se percató de que quien salía era Alexa. Avisó a Savannah para que lo viera, y Daisy también se apuntó. Se plantaron frente al televisor y contemplaron a Alexa hablar con elocuencia del juicio por el asesinato de dieciocho mujeres que se celebraría muy pronto. La acompañaban un montón de agentes y miembros del FBI, pero todos los micrófonos se situaban frente a Alexa mientras respondía con cautela, coherencia y brillantez a las preguntas que se le planteaban. Parecía muy tranquila, serena y competente. Luisa, que no sabía a qué venía tanto alboroto, entró en la habitación y se quedó petrificada un instante, observándola; luego se dio media vuelta y se marchó con los labios apretados en una fina línea.

Cuando hubo terminado la rueda de prensa, Tom miró a su hija mayor y alabó a su madre.

—Lo ha hecho muy bien. Le espera una buena con ese juicio, y los medios de comunicación ya andan medio locos. Me ha parecido muy convincente, ¿a ti no? —Savannah se mostró de acuerdo con él; se sentía muy orgullosa de su madre, y Daisy también estaba emocionada. Nunca había visto a nadie que conocía salir por la tele. Sonrió a su hermana.

—Parece una estrella de cine —dijo, y Savannah también sonrió.

Entonces entró Luisa y anunció que era hora de cenar. No hizo ningún comentario sobre lo ocurrido, pero era obvio que le había molestado. Parecía absolutamente incapaz de hacer concesiones con respecto a Alexa. No quería oír hablar de ella, verla ni tener relación con su hija, y no se le olvidaba ni un instante que Tom la había obligado a alojar a Savannah en su casa. Lo único que quería era que se marchara.

El remate fue que tres días antes del juicio encontraron en el buzón las invitaciones de la boda de Travis y Scarlette y una iba dirigida a Savannah. La estaba abriendo cuando Luisa llegó de la peluquería. Enseguida reconoció lo que era.

—¿De dónde has sacado eso? —le espetó a Savannah con brusquedad. Actuaba como si la chica la hubiera robado o estuviera abriendo el correo de otra persona.

—Es mío —respondió ella, y al instante se puso a la defensiva—. Ha llegado por correo, y lleva mi nombre —dijo a la madrastra malvada que todos los días hacía lo posible por convertir su vida en un infierno y a veces lo lograba.

Si su padre no hubiera estado allí para defenderla constantemente, lo habría pasado muy mal. Él paraba los golpes, pero de vez en cuando Luisa conseguía meterle el dedo en el ojo.

—¿Te han mandado una invitación para la boda? —Parecía horrorizada, y le arrancó la tarjeta de las manos a Savannah. Al cabo de cinco minutos se dirigió con paso firme al estudio de Tom y la agitó frente a él, furiosa—. ¡No consentiré que esté presente en la boda de nuestro hijo! —exclamó, temblando de rabia y plantando cara a Tom—. Ella no es de esta familia. No es su hermana. Y no consentiré que me humillen en la boda de mi propio hijo.

Tom comprendió enseguida lo ocurrido cuando vio que sostenía en la mano la invitación, pero sacudió la cabeza.

—Si cuando se casen Savannah está aquí, no podrás evitar que esté presente. No va a quedarse encerrada en casa como Cenicienta mientras todos los demás vamos a la boda.

—¿Y si resulta que no está aquí?

Ese era su anhelo. Quería desterrarla, para siempre. Y de ningún modo esperaba que se presentara en una celebración familiar tan importante como aquella. Asistiría toda la flor y nata de Carolina del Sur y de los estados colindantes.

—Eso ya es cosa de Scarlette y Travis; ellos decidirán si quieren invitarla. ¿Hace falta que te recuerde que la boda no la organizamos nosotros? Son los padres de Scarlette quienes se encargan, así que el invitar o no a Savannah es cosa suya.

Tom intentaba eludir la cuestión, pero Luisa no iba a permitírselo.

—¿Quién la ha incluido en la lista?

—No tengo ni idea —respondió él.

Al cabo de cinco minutos Luisa llamó a Scarlette y le dijo a su nuera con todas las letras que no quería que Savannah estuviera presente en la boda.

—Mamá Beaumont —dijo Scarlette con amabilidad—, no me parece correcto. Es la hermana de Travis y a mí me cae muy bien. Habrá ochocientos invitados, aunque solo trescientos irán a la iglesia. No creo que a nadie le siente mal que Savannah asista.

Scarlette insistió y dejó bien claro que no pensaba ser descortés con Savannah.

—¡A mí sí que me sentará mal! —gritó su futura suegra al auricular—. Y no vas a permitirlo, ¿verdad? —Era una advertencia muy clara.

—Claro que no. La pondré en una mesa del otro extremo de la carpa —le aseguró Scarlette, y Luisa le colgó con brusquedad y se pasó dos horas hecha un basilisco.

—A lo mejor ya no estoy aquí —dijo Savannah a su padre un poco más tarde—. Pude que para entonces ya haya terminado el juicio.

—Lo pasarás bien si vienes a la boda. La mitad de Charleston estará allí. Seremos ochocientos invitados, no te encontrarías con algún conocido aunque quisieras. Y Luisa se calmará —la tranquilizó, e intentó disimular la incomodidad que él mismo sentía.

Luisa parecía un perro royendo un hueso, y no pensaba soltarlo. Quería que Savannah desapareciera de sus vidas. Era una situación muy difícil para una chica de diecisiete años, y a él aún le resultaba más dura al tener que estar siempre entre dos aguas. Para Savannah era doloroso y para él, agotador. Daisy trataba de nadar y guardar la ropa.

Esa noche Savannah habló con su madre y mencionó lo de la invitación, y Alexa la sorprendió al confesarle que ella había recibido otra.

—¿Piensas ir, mamá? —No lograba imaginársela allí, y menos estando Luisa.

—No, corazón. No iré. Pero han sido muy amables invitándome. Tú puedes aceptar si quieres, pero creo que yo no debo ir. A Luisa le daría un síncope; o igual me echaría veneno en la sopa. —Savannah se echó a reír ante la ocurrencia.

—Habrá ochocientos invitados. Papá dice que aunque vayamos, Luisa no nos verá.

—No quiero incomodarla, Savannah.

—Ya lo sé, mamá. Pero me gustaría mucho ir, y prefiero estar contigo.

—Ya veremos. Volveremos a hablarlo después del juicio, ahora soy incapaz de planteármelo. En lo último que estoy pensando es en una boda. —Alexa estaba atacando mil frentes a la vez.

Ese día tenía otra rueda de prensa, y la abogada defensora también dio una. Insistía en recalcar que todo era un terrible malentendido, que su cliente era un simple cabeza de turco y que en el juicio se aclararía todo. Dijo que tenía plena confianza en que Luke Quentin quedaría libre de todo cargo, como hombre inocente que era.

Cuando Savannah vio sus declaraciones por televisión, la mujer aún parecía más fuera de lugar. Daisy estaba con ella y parecía desconcertada. Ahora Savannah se pasaba horas viendo las noticias en su habitación. Su madre salía todos los días.

—¿Ha sido él o no? —preguntó Daisy.

—Eso tiene que decidirlo el jurado. Pero sí que ha sido él, créeme. Lo condenarán y lo mandarán a la cárcel.

—¿Y por qué esa otra señora dice que no ha sido él?

—Es su trabajo. Tiene que defenderlo. Y el de mi madre es demostrar que sí que ha sido él.

Daisy asintió. Recibía lecciones diarias de derecho penal por parte de Savannah. El juez había prohibido que se instalaran cámaras en la sala del tribunal, pero cuando empezara el juicio habría un movimiento tremendo en los pasillos y en la escalinata del juzgado.

El primer día del juicio, Savannah vio las noticias antes de ir a clase; también a la hora de comer en la cafetería, y al saber que la fiscal era su madre los estudiantes se arremolinaron a su alrededor. Un enjambre de periodistas asaltó a Alexa antes de que entrara en el juzgado, pero ella no se detuvo. La selección de los miembros del jurado duraría varios días.

Arthur Lieberman, el juez designado, era un hombre de unos cincuenta años y aspecto terco. Tenía el pelo corto y blanco, y unos ojos que captaban todo lo que ocurría en la sala. Había sido marine y no toleraba las tonterías. Detestaba a los periodistas y no le gustaban los abogados que perdían el tiempo con peticiones absurdas y protestas nimias, tanto daba que se encargaran de la acusación como de la defensa. Al principio del proceso llamó a su despacho a Alexa y a Judy Dunning para soltarles un buen sermón y hacerles una serie de advertencias muy claras sobre lo que esperaba de ellas.

—No quiero estupideces en la sala, abogadas; nada de bromitas ni de calentarle la cabeza al jurado en ningún sentido, y nada de jugadas sucias. Nunca me he visto en el caso de que un proceso sea declarado nulo ni haya una falta de acuerdo por parte del jurado, y no tengo intenciones de que esta vez sea la primera. ¿Queda claro?

Las dos mujeres asintieron y respondieron: «Sí, señoría», como si fueran niñas bien educadas.

—Tiene un cliente al que defender —añadió, mirando a Judy—. Y usted tiene la responsabilidad de demostrar que el acusado es culpable del asesinato de dieciocho mujeres. La cuestión no podría ser más seria. No quiero chanchullos en mi tribunal, ni payasadas, ni dramas innecesarios. ¡Y cuidadito con las declaraciones a la prensa! —las reprendió, y luego las despachó con diligencia.

La selección de los miembros del jurado empezó al cabo de media hora y se hizo eterna. Alexa ocupó un asiento en la mesa de la fiscalía, con Jack Jones a un lado y Sam Lawrence al otro.

Alexa había aprendido a mirar a Sam con buenos ojos durante la preparación del juicio. Era un tiquismiquis y siempre le encontraba pegas a todo, pero pronto descubrió que tenía sus motivos, y eso hizo que ella fuera más meticulosa aún que de costumbre. Durante los últimos meses habían comido varias veces juntos en su despacho. El hombre tenía unos cincuenta años y Alexa sabía que había enviudado hacía tiempo y que había dedicado su vida entera al FBI. También sabía que cuando ganaran el juicio sería en gran parte gracias a su ayuda. Sam odiaba a Quentin, y aquel caso, y estaba igual de decidido a meterlo entre rejas que Jack, Alexa y el fiscal del distrito. Ese era su único objetivo, según había descubierto Alexa, y no fastidiarla a ella ni apartarla del caso, por mucho que el director del centro regional del FBI sí que lo pretendiera. El jefe de agentes especiales del FBI Sam Lawrence quería a la persona más capacitada para llevar a cabo el trabajo y proceder contra el acusado, y Alexa le merecía total confianza. Sonrió cuando ella se sentó a su lado, y la selección del jurado empezó.

Fue un proceso largo y agotador. Habían preseleccionado a cien miembros potenciales, después de desestimar a las embarazadas, los enfermos, los que no podían faltar al trabajo, los que no hablaban inglés, los que tenían a su cuidado a algún pariente moribundo y todos los que habían alegado algún motivo de peso que los excusara. Y Alexa sabía que entre los cien presentes habría algunos con justificaciones parecidas que estarían rezando para que los dejaran marcharse. El juez les explicó a todos que el proceso sería largo, que se habían cometido varios asesinatos y que las declaraciones y los alegatos durarían varias semanas, tal vez más de un mes. Todos aquellos para quienes eso supusiera una carga excesiva o cuyo servicio a la causa resultara contraproducente por sus condiciones de salud debían presentarse ante el secretario judicial. Señaló al funcionario, y en cuestión de minutos se había formado una cola de veinte personas frente a él. Las ochenta restantes esperaban expectantes las preguntas de ambas abogadas que los convertirían en aptos o en no aptos. Entre los presentes había personas de ambos sexos, de todas las razas y edades. Tenían aspecto de ciudadanos corrientes, desde médicos hasta amas de casa, pasando por profesores, carteros y estudiantes; y todos aguardaban el veredicto de Judy y Alexa.

Luke Quentin había entrado en la sala con discreción mientras empezaba el proceso. Iba ataviado con un traje y no llevaba esposas ni grilletes. Durante los meses que había estado en prisión aguardando el juicio no había dado muestras de conductas violentas y, por tanto, le permitieron presentarse en la sala del tribunal como una persona respetable en lugar de llevarlo encadenado, para no influenciar negativamente al jurado ni hacerlo parecer más peligroso de la cuenta; aunque todos sabían por qué estaba allí. Alexa lo miró de soslayo y le llamó la atención comprobar que llevaba una camisa blanca recién estrenada. No lo miró a los ojos pero vio que Judy le dirigía una mirada tranquilizadora cuando entró en la sala, y que le daba una palmadita en el brazo cuando se sentó. Se le veía sereno y muy lejos de estar asustado cuando paseó la mirada por los miembros potenciales del jurado como si estuviera dispuesto a elegirlos él mismo. En teoría él también tenía derecho a formularles preguntas, pero Alexa dudaba que lo hiciera.

La primera persona era asiática y en cuatro ocasiones no entendió lo que Alexa le preguntaba, y a Judy le ocurrió dos veces, o sea que le dieron las gracias y lo descartaron. La segunda era una mujer que acababa de llegar de Puerto Rico; se la veía joven y aterrada, y dijo que tenía cuatro hijos y dos trabajos que atender y que no podía dedicar tiempo a aquello, así que también se marchó. Alexa sabía bien qué tipo de jurado quería; ciudadanos comprometidos, preferentemente de una franja de edad que les permitiera haber podido ser los padres de las víctimas, y, por supuesto, que tuvieran hijas. La abogada defensora haría todo lo posible por excluir a esas mismas personas del jurado. Era un juego en el que cada abogada intentaba colocar las piezas en el tablero de modo que obtuviera la máxima ventaja. La acusación y la defensa tenían derecho a pedir el cambio de veinte miembros del jurado sin dar razones concretas para ello, tan solo porque no les gustaba el modo en que habían respondido a sus preguntas. Los parientes de miembros de las fuerzas del orden o aquellos que estaban directamente relacionados con el sistema legal o el derecho criminal rara vez acababan formando parte de un jurado. Se descartaba a los policías, y también a quienes se dedicaban a ciertas profesiones como los abogados de renombre, y a aquellos que tenían prejuicios de algún tipo o algún pariente que había sido asesinado o víctima de una agresión violenta. Se intentaba evitar toda posibilidad de sesgo y los excesos de empatía por una u otra parte. El procedimiento era lento y laborioso, y les llevó una semana entera completarlo, tal como Alexa temía. De hecho, creía que duraría más incluso.

Y durante todo ese tiempo Quentin permaneció quieto, mirando a los ojos a cada uno de los miembros del jurado, y unas veces les sonreía y otras los atravesaba con la mirada. Parecía ir alternando la pose intimidatoria con otra inocente y amable, o indiferente. Casi siempre hacía caso omiso de su abogada defensora, aunque ella a menudo se le acercaba para darle explicaciones en voz baja o formularle preguntas que tenía anotadas. Él asentía o negaba con la cabeza. En la mesa de la fiscalía Alexa pidió consejo varias veces a Sam y a Jack, pero en general optó por tomar sus propias decisiones en cuanto a los miembros del jurado que seleccionaba y descartaba.

Dos de los aspirantes fueron desestimados porque dijeron que conocían al juez, y él lo confirmó. Varios alegaron tener problemas de salud. Otros querían colaborar pero no eran el tipo de persona que Alexa estaba buscando; o al revés, Judy los descartaba porque creía que acabarían declarando culpable al acusado. Las dos tenían que hacer su apuesta, y solo contaban con lo que tenían delante, no podían sacarse de la manga a un jurado ideal. Tenían que evaluar cuidadosamente cómo reaccionaría cada una de esas personas ante las pruebas, los crímenes y el acusado. Era un juego que requería pericia y que al mismo tiempo dependía del azar, donde cada una de las partes debía analizar la naturaleza de la persona que tenía enfrente y conjeturar cómo respondería ante lo que allí se diría, y si comprendería en detalle las normas que regulaban su actuación y que el juez explicaría en cuanto empezara la sesión. Solo debían declarar culpable al acusado en caso de que no les cupiera duda; en caso contrario debían declararlo inocente. La decisión final debía ser unánime. Los doce tenían que ponerse de acuerdo porque de otro modo el caso quedaría sin veredicto. Y lo último que deseaban tanto Alexa como Judy era que ocurriera eso o que el juicio fuera declarado nulo y tuvieran que iniciar todo el proceso con un jurado distinto. Claro que a Quentin sí que le habría gustado que se declarara nulo el juicio para evitar que lo declararan culpable y lo condenaran a cadena perpetua.

Quien dictaba la sentencia era el juez, no el jurado, y lo haría un mes después del veredicto. Por lo único que no debían preocuparse era por la pena de muerte. El Tribunal de Apelaciones de Nueva York había anulado la pena de muerte en 2004, y desde entonces había estado combatiendo las mociones que pretendían reinstaurarla. De momento, en el estado de Nueva York no se aplicaba la pena capital. Si lo condenaban, Luke tendría que cumplir cadena perpetua sin posibilidad de libertad condicional, pero no sería condenado a muerte. Así, el jurado no arrastraba la pesada carga de saber que su decisión podía costarle la vida, lo cual le facilitaba la labor. Todos los otros casos se habían vinculado con el de Nueva York, o sea que allí lo juzgarían por la violación y el asesinato de dieciocho mujeres. Le habían imputado dieciocho cargos por violación y dieciocho más por asesinato en primer grado con premeditación.

Era viernes a última hora cuando hubieron seleccionado a los doce miembros del jurado y cuatro suplentes por si alguno de los titulares no podía cumplir con su deber y debía ser reemplazado. De los doce miembros titulares, ocho eran hombres y cuatro, mujeres. A Alexa le parecía bien, creía que los hombres podían mostrarse muy protectores con las mujeres jóvenes y, por tanto, más compasivos con las víctimas, más indignados por los crímenes y más furiosos con Luke Quentin. Había cuatro lo bastante mayores para poder tener hijas de esa edad, dos eran un poco más jóvenes de lo que a Alexa le habría gustado y no sabía muy bien cómo resultarían, pero cuando fueron seleccionados ella ya había agotado todas sus posibilidades de recusación sin causa. Todos trabajaban y parecían respetables e inteligentes. Las cuatro mujeres eran todas mayores. Judy había excluido del jurado a las jóvenes. Pero los cuatro suplentes eran en su mayoría mujeres que rondaban los treinta años. Estaban representadas todas las razas: blancos, hispanos, asiáticos y afroamericanos. Mirándolos, Alexa quedó convencida de que formaban un buen jurado; se había esforzado mucho durante la selección y había conseguido imponerse a Judy cuando ella trató de descartar a varios miembros potenciales. Judy quería un jurado formado por hombres, porque creía que simpatizarían más con Luke. Alexa no estaba de acuerdo, pero al final a las dos les gustaba la composición. Siempre había algún elemento peligroso y lugar para sorpresas desagradables, pero en apariencia, por lo que sabía, Alexa lo consideraba un buen jurado. Después del juicio lo sabrían seguro.

Una vez que permitieron marchar al jurado hasta el día siguiente, a Quentin le pusieron las esposas y los grilletes y cuatro guardias se lo llevaron. Se le veía tranquilo y confiado, y cuando salía de la sala se detuvo a mirar a Alexa. Ella tenía el semblante hierático y él, un poco burlón. Luego siguió su camino.

Esa semana habían hecho un buen trabajo, y Sam y Jack también estaban contentos. Se tomaron un minuto para hablar antes de abandonar la sala del tribunal. Sam siempre quedaba impresionado por la precisión y el buen juicio de Alexa, y así lo había transmitido a sus superiores. La prueba de fuego vendría el día del juicio, claro, pero de momento estaba contentísimo de cómo se ocupaba de todos los detalles. Igual que Joe McCarthy, que durante la semana se había colado varias veces en la sala del tribunal para observar el proceso de selección del jurado. Se había mostrado de acuerdo con las opciones de Alexa, y creía que había actuado con gran inteligencia para descartar a algunos miembros no convenientes.

—Bueno, ya tenemos a los doce ciudadanos de a pie que juzgarán al señor Quentin —dijo Alexa a Jack y a Sam mientras guardaba los documentos y cuadernos de notas en el maletín. Pesaba tanto que tenía que transportarlo con un carrito.

—¿Lista para aguantar el primer plano, señora Hamilton? —bromeó Sam cuando abandonaban la sala. No les supuso sorpresa alguna encontrarse con un muro de periodistas que querían saber su opinión sobre el jurado. Alexa tuvo la impresión de que un millón de flashes le iluminaban la cara.

—Estamos satisfechos con el jurado elegido —fue todo cuanto dijo mientras se abría paso a empujones entre los periodistas; ni sus palabras ni su expresión delataron nada más.

Jack trataba de abrir camino y Sam se mantenía cerca de ella junto con varios policías, pero toda la atención estaba concentrada en ella, y lo llevaba bien. Había una furgoneta esperándolos para que pudieran huir. Ahora Alexa tenía a un policía que la escoltaba de forma permanente. Tenía que regresar a su despacho antes de marcharse a casa hasta el lunes. Jack se ofreció a acompañarla, así que dejaron a Sam en la oficina del FBI y le desearon un buen fin de semana. Él dijo que estaría disponible en el móvil a cualquier hora; como todos. Alexa pensó un momento en la posibilidad de escaparse a Charleston para ver a Savannah, pero sabía que no podía hacerlo. Tenía demasiado material que revisar y aún tenía que acabar de pulir el alegato inicial.

Estaba entrando en su despacho cuando le sonó el móvil. Era Savannah.

—Acabo de verte en la tele —dijo orgullosa—. Salías del juzgado. Has estado fantástica.

Alexa se echó a reír.

—Eso es amor de hija. Lo único que he dicho es «estamos satisfechos con el jurado elegido» y «no haré más comentarios». No veo qué tiene eso de fantástico, pero gracias.

Le gustó saber que Savannah estaba pendiente del caso.

—Daisy y papá opinan lo mismo —afirmó. Era un consenso. Luisa no estaba en casa; había salido a jugar al bridge—. Se te veía tranquila y serena, y no les has permitido que te acorralaran a preguntas. Has dicho lo que querías y has seguido tu camino sin dejar que te pusieran nerviosa. Por lo menos, es lo que parecía. Y llevas el pelo muy bonito.

Esa semana, en lugar de hacerse un moño, se lo había recogido en una coleta con una cinta de raso. Le daba una apariencia menos rígida.

—Gracias, corazón. Bueno, a ver qué pasa la semana que viene. Creo que es un jurado bastante bueno, y espero no equivocarme. Pensaba que a lo mejor podía apañármelas para ir a verte este fin de semana, pero me es imposible —dijo con voz desilusionada, pero Savannah no se sorprendió.

—No esperaba que vinieras, mamá. Debes de estar de trabajo hasta el cuello ahora mismo.

—Más o menos —confirmó ella—. ¿Qué tienes pensado hacer?

—Mañana iré a ver un partido de Turner, y esta noche

vendrá él a casa. —En el sótano había una vieja sala donde sus hermanos jugaban cuando eran pequeños. Disponía de una mesa de ping-pong y otra de billar, y Tom le había sugerido que se vieran allí. Luisa nunca bajaba al sótano, y le parecía más decente que hacerlo subir a su habitación.

—Salúdalo de mi parte —dijo Alexa, y luego se dispuso a seguir con el trabajo. Un poco más tarde la llamó Sam Lawrence.

—¿Te molesto? —preguntó con cortesía. Ya era viernes por la noche.

—Para nada. Aún estoy en el despacho —dijo ella en tono complacido. Sam era un hombre muy agradable, y de momento habían trabajado bien juntos. Se respetaban mucho el uno al otro, y Jack y él se habían hecho amigos en el transcurso de los últimos meses.

—Mira por dónde tenemos horarios parecidos. Yo pronto me instalaré una cama aquí —dijo medio en broma. Durante el juicio todos tendrían que trabajar día y noche.

Judy Dunning también; en su caso, tendría que trabajar incluso más ya que disponía de menos apoyo y no contaba con la ayuda del FBI.

—Solo quería decirte que estoy muy contento con la elección del jurado, creo que lo has hecho muy bien. Eres una profesional de pies a cabeza —la alabó, y viniendo de él era un gran cumplido. Los agentes del FBI rara vez alababan a nadie que no formara parte de la propia agencia.

—Espero estar a la altura de un caso así —dijo ella sonriendo.

—Si necesitas que te ayude con algo durante el fin de semana, házmelo saber.

—Gracias, me las arreglaré —lo tranquilizó.

Como Savannah no estaba, no tenía distracciones ni obligaciones que atender, aparte del trabajo.

Pasó el resto del fin de semana trabajando en casa, revisando cajas enteras de informes y pruebas del laboratorio forense, redactando el alegato inicial y organizando hasta el último detalle del proceso penal. El lunes por la mañana se sentía muy preparada.

Pasó a buscar a Sam por su despacho y fueron juntos al juzgado. Había un enjambre de periodistas aguardándolos, y para atravesarlo tuvieron que valerse de empujones, codazos y palabras malsonantes. Cuando Alexa consiguió cruzar la puerta del juzgado gracias a la ayuda de cinco policías, Jack y Sam, se la veía tranquila. No tenía ni un cabello fuera de su sitio cuando entró en la sala del tribunal y ocupó su asiento en la mesa de la fiscalía con aire sereno. Se la veía muy profesional y competente, y aparentaba un autocontrol absoluto.

Judy Dunning ya estaba sentada tras la mesa de la defensa. Luke Quentin entró acompañado por cuatro guardias y se sentó a su lado. Cinco minutos más tarde, el juez se dirigía al estrado y ocupaba su asiento. El tribunal estaba preparado. Sin dilación, el juez instruyó al jurado sobre lo que se esperaba de ellos. Explicó el proceso en términos claros y sencillos y les agradeció que cedieran parte de su tiempo a la causa. Les dijo que su tarea era muy importante, tal vez la más importante de toda la sala; más que la suya como juez, y más que la de las abogadas. Y ellos asintieron y lo miraron muy serios mientras prestaban atención.

Entonces Alexa se puso en pie para pronunciar su alegato inicial. Había dedicado un mes a prepararlo. Iba ataviada con un traje de chaqueta negro muy sobrio y zapatos de tacón. Se presentó al jurado y les explicó cuál era su papel como fiscal. Les dijo que el hombre sentado a su lado en la mesa de la acusación se llamaba Jack Jones y que era el responsable del grupo de investigación al cargo del caso, y estuvo un minuto hablando de él. Luego mencionó a Sam Lawrence y explicó que era un representante del FBI y el jefe de los agentes que habían participado en la investigación. Ese era su equipo.

—Y ¿qué hace aquí el FBI?, se preguntarán —dijo a media voz, paseándose frente al jurado, mirando a los ojos a cada uno de los miembros—. Pues el motivo es que los crímenes se han cometido en varios estados. En nueve, concretamente. Han asesinado a dieciocho mujeres jóvenes en nueve estados distintos.

No recalcó las palabras de forma exagerada, pero las pronunció con claridad, como si quisiera grabar las cifras en la mente de los miembros del jurado.

—Y siempre que se traspasan las fronteras estatales, cuando un acusado comete crímenes en varios estados, el FBI se implica en la investigación para coordinar la información y evitar que haya errores ni confusiones entre las fuerzas del orden locales. Toda la información se reúne en un solo archivo de modo que lo que les presentamos, damas y caballeros, es lo correcto. El hecho de tener aquí al FBI significa que el caso es importante. Y lo es de verdad. No solo por la presencia del FBI, sino porque dieciocho mujeres han muerto. Las agredieron cruelmente y las mataron. Las violaron con brutalidad, las asfixiaron durante el acto sexual y las asesinaron. Nada más y nada menos que a dieciocho. La más joven tenía dieciocho años y la mayor, veinticinco; era estudiante de medicina. La de dieciocho estudiaba teología.

Quería poner de relieve ante el jurado que las chicas eran personas respetables, y consiguió su objetivo. Los ojos de todos los allí presentes estaban clavados en ella mientras pronunciaba su discurso con claridad y con una dignidad y una entereza asombrosas. Era muy buena en su profesión, tal como pudieron observar Jack, Sam y todos en la sala.

—El asesino no las encontró por casualidad, no se topó con ellas y las violó y las mató por accidente, lo cual también habría sido horrible. Lo planeó. Las eligió. Creemos que las estuvo buscando y observando, y luego fue a por ellas e hizo exactamente lo que tenía planeado, con intención maliciosa.

Planeó violarlas y asesinarlas porque eso es lo que le excitaba. Las mató porque era su máximo placer. Al acusado le gustan las películas *snuff*, en las que las mujeres son asesinadas durante el acto sexual. Quería poner en práctica su fantasía y para hacerlo se desvió del camino de la ley. Mató a dieciocho jóvenes por puro placer. Un asesinato en primer grado es el que se comete cuando se planea matar a alguien, cuando se tiene intención de hacerlo y se hace. No es ningún accidente, está planeado, se hace con premeditación. Ya saben lo que significa eso. Esas jóvenes fueron violadas y asesinadas cruelmente porque así lo dictaba el plan. Y el plan se llevó a cabo. Ahora ellas están muertas.

»Sé que algunos de ustedes tienen hijos. Les formulé esa pregunta antes de que fueran seleccionados como miembros del jurado. Pero aunque no los tuvieran, sé que estarían horrorizados ante esos crímenes. Todos lo estamos.

»Yo también tengo una hija, de diecisiete años. La encuentro muy guapa y para mí lo es todo. Todo. Está en el último curso de secundaria y en otoño empezará la universidad. —No dijo que iría a Princeton para no parecer elitista—. Juega al voleibol y forma parte del equipo de natación del instituto, y para mí es la mejor chica del mundo. Estoy divorciada y ella es mi única hija, así que es todo lo que tengo.

Hizo una pausa y los miró uno a uno con detenimiento. Acababa de adquirir humanidad ante sus ojos. Era una madre divorciada con una hija, y podían confiar en ella. Quería que lo supieran. Algunos asintieron en señal de comprensión mientras Alexa hablaba. Los tenía en el bolsillo.

—Seis de esas dieciocho chicas eran hijas únicas. Siete vivían solo con su madre. Nueve eran estudiantes y trabajaban a horas para pagarse los estudios y ayudar a su familia. Dos eran las hijas mayores de madres fallecidas y se ocupaban de cuidar de sus hermanos. Cuatro eran alumnas brillantes. Ocho disfrutaban o habían disfrutado de una beca. Once eran creyentes y ayudaban a sus respectivas parroquias de forma activa. Cinco estaba prometidas. Practicaban deporte, tenían hermanos, padre y madre, perro, y profesores que las conocían y las querían, y amigos o novio. Todas eran respetadas y amadas en su entorno, y ahora se las echa mucho de menos. Y todas murieron a manos del acusado sentado frente a ustedes. Todas. Dieciocho chicas. Creemos que es la verdad. El estado lo cree, y ocho estados más también. Igual que el FBI. Y seguro que ustedes también lo creerán cuando conozcan las pruebas de que disponemos.

»Solo determinadas personas son capaces de cometer crímenes así; se tiene que carecer por completo de conciencia y de sentimientos para matar a dieciocho jóvenes mientras se las viola solo porque así es como se obtiene placer, después de haberlo planeado. Es una forma horrible de morir; y el móvil también es horrible.

»El estado cree sin duda alguna, y así lo demostrará, que Luke Quentin, el hombre sentado tras la mesa de la defensa, violó y mató a esas dieciocho jóvenes, con premeditación.

»No podemos permitir que quienes cometen esos actos vivan entre nosotros, hagan daño a nuestros hijos y maten a personas que amamos. Quienes cometen crímenes así deben ingresar en prisión y pagar por ellos. Si no, ninguno de nuestros hijos ni de nuestros seres queridos está a salvo, ni siquiera nosotros lo estamos.

»Estamos seguros de que Luke Quentin mató a esas dieciocho mujeres. Podemos demostrarlo y lo demostraremos ante ustedes durante este juicio, sin que quede la menor duda. Si están de acuerdo con las pruebas y con el estado, les pedimos que declaren al acusado culpable del asesinato y la violación de dieciocho mujeres. Es todo cuanto podemos hacer ya por ellas. —Se los quedó mirando unos instantes y luego prosiguió en voz baja—: Gracias. —Y regresó a la mesa de la fiscalía.

El jurado parecía conmovido y varios miembros se removían en sus asientos. Sam Lawrence asintió en señal de aprobación cuando Alexa tomó asiento. Había sido un alegato inicial muy potente, y de nuevo le demostró que ella era la persona adecuada para llevar a cabo ese trabajo.

Mientras tanto, Luke susurraba algo al oído a su abogada y esta asintió. La defensa no estaba obligada a pronunciar un alegato inicial, pero Judy Dunning había decidido hacerlo de todos modos. Sabía que lo que Alexa tenía que decir era demasiado potente para no intentar como mínimo mitigar su efecto antes de que empezara el juicio. La abogada defensora había expresado con anterioridad al juez su deseo de pronunciar también un alegato inicial.

Se levantó y se dirigió al lugar que ocupaba el jurado. Tenía un aspecto triste y serio al presentarse ante ellos. Les dijo quién era, y que iba a defender a Luke Quentin en el juicio.

—Quiero que sepan, damas y caballeros, que yo también lo siento mucho por esas dieciocho chicas. Todos lo sentimos. Luke Quentin también. ¿Quién no lo sentiría? Dieciocho bellas jóvenes con la vida por delante han desaparecido para siempre. Es algo horrible. Horrible.

»En este caso se presentarán muchas pruebas. Algunas explicarán con gran precisión técnica qué ocurrió, cómo ocurrió, cuándo ocurrió y quién pudo haberlo hecho. El estado cree que fue Luke Quentin. La señora Hamilton así lo acaba de expresar ante ustedes. Sin embargo, nosotros no lo creemos. Ni por un segundo lo hemos creído. Luke Quentin no mató a esas chicas, y vamos a hacer todo cuanto esté en nuestra mano para demostrárselo.

»A veces tienen lugar unas coincidencias terribles, como estar en el lugar equivocado en el momento equivocado; y hay gente que presenta las cosas de modo que parezca que alguien ha cometido un delito que en realidad no es obra suya. Parece que esa persona haya hecho algo horrible, pero no es así. Los astros, las circunstancias y el azar se alinean de modo desfavorable y la culpan por una falta que no ha cometido.

Los miró uno a uno con detenimiento, situándose enfrente de cada uno de aquellos rostros.

—Luke Quentin no cometió esos asesinatos. Él no violó ni mató a esas mujeres. Y se lo demostraremos, sin dejar lugar a dudas. Si nos creen, o si tienen alguna duda de que Luke Quentin sea el responsable de esos crímenes, entonces les pedimos que lo absuelvan. No castiguen a un hombre que es inocente, por muy horribles que sean esos crímenes.

Y, dicho esto, regresó a su asiento. Inmediatamente después, el juez ordenó un receso de veinte minutos.

Tanto Jack como Sam felicitaron a Alexa por su alegato inicial y el impacto que había causado en el jurado.

—El de Judy tampoco ha estado mal —admitió ella con imparcialidad.

No tenía gran cosa a la que acogerse, y sus posibilidades irían a menos a medida que pasaran los días, pero por lo menos había sembrado la duda en la mente del jurado. Alexa sabía que lo había hecho lo mejor que podía.

Fueron a sacar un café de la máquina para tomárselo rápido y estar de vuelta cuando el juez Lieberman golpeó la mesa con el mazo y reanudó el proceso. Pidió a Alexa que hiciera subir al estrado a su primer testigo.

Ella llamó a declarar a Jason Yu, del laboratorio forense, porque era afable y haría comprensibles al jurado las pruebas de ADN. A los peritos los haría subir después porque proporcionarían información más difícil de asimilar. Ante las preguntas de Alexa, Jason Yu explicó en qué consistían las pruebas de ADN que habían servido para vincular a Quentin con los cadáveres hallados en Nueva York. Lo tuvo en el estrado casi una hora, y luego el juez ordenó un descanso para comer. El técnico lo había hecho muy bien, y Alexa le dio las gracias. Judy iba a formular repreguntas después de la comida.

Sam, Jack y Alexa fueron juntos a comer, pero Alexa estaba demasiado nerviosa para probar bocado. Tenía la adrenalina a tope y pasó casi todo el tiempo tomando notas y apuntando preguntas adicionales. Los dos hombres charlaron de deportes mientras ella trabajaba, y luego regresaron al juzgado.

Las repreguntas que la abogada defensora formuló a Jason Yu no fueron convincentes. Intentó liarlo sin éxito; quería que la información y las pruebas parecieran poco concluyentes y nada fiables, pero las explicaciones del analista eran cada vez más precisas y más claras. Empezaba a parecer que Judy daba palos de ciego y decidió dejarlo correr diciendo que no tenía más preguntas. Alexa tampoco las tenía.

Luego Alexa llamó a declarar a uno de los peritos. Su exposición fue larga y detallada, y podía inducir a confusión. Sin embargo, Alexa no tenía forma de remediarlo. Las pruebas que presentaba eran muy importantes para el caso. Sabía que habría varios testigos como ese en los diversos estados. Y temía aburrir al jurado, pero todos tenían aportaciones vitales.

En conjunto, el primer día fue bien, y la tónica se mantuvo durante toda la semana. A pesar de la atrocidad que implicaban los crímenes, las declaraciones habían resultado poco emotivas. Todas eran muy técnicas. No había testigos oculares, y los padres no tenían nada que decir.

El mayor factor emocional en la sala era la gran cantidad de asientos reservados a los familiares de las víctimas. Los ocupaban ciento nueve personas que prestaban gran atención al proceso y algunas lloraban. Instintivamente, el jurado sabía quiénes eran y les dirigían miradas a menudo. Alexa se refirió a ellos una vez, para dejarlo claro, y Judy protestó. Pero el jurado ya lo sabía, así que la protesta no sirvió de nada. Charlie ocupaba un lugar entre ellos junto con su familia; habían asistido para ver cómo se hacía justicia.

La mayor parte del proceso consistió en la presentación de datos técnicos por parte del laboratorio forense, que sistemáticamente vinculaban a Luke Quentin con cada una de las víctimas y su muerte. El interrogatorio de la defensa consistía en un intento de refutar las pruebas, pero la abogada de oficio no tenía la pericia ni el material para hacerlo. Era un caso muy difícil de ganar por parte de la defensa. El viernes por la tarde Alexa y Sam se reunieron con Judy después de que se levantara la sesión hasta el lunes.

—Quiero proponértelo una vez más —dijo Alexa con calma—. Dile a tu cliente que se declare culpable. Todos estamos perdiendo el tiempo con esto.

—No lo creo —repuso con tozudez Judy Dunning—. A veces se cometen errores con las pruebas de ADN. En ocasiones solo sirven para excluir a un tipo de población pero no delatan a nadie de forma precisa. Creo que la policía de los diferentes estados ha aprovechado la oportunidad para cargarle a Luke todos los crímenes sin resolver. Si se ha cometido un error, solo uno, si alguno de los cargos no se corresponde con la realidad o se trata con desacierto, sembrará una duda que podría invalidar todos los demás.

Era una posibilidad muy remota, pero no contaba con nada más. Los grupos de investigación de los nueve estados y el FBI se habían asegurado de no cometer errores. Alexa pensó que la mujer se estaba comportando como una idiota y que estaba cometiendo un suicidio profesional en audiencia pública solo para complacer a su cliente.

—No tiene nada que perder, y está en su derecho de que se le juzgue —dijo Judy en tono siniestro, como si estuviera presenciando la crucifixión de un inocente en lugar de un acto de justicia contra un asesino. Seguía creyendo en la inocencia de su cliente, eso estaba claro. No se trataba solo de hacer su trabajo, estaba dirigiendo una cruzada por una causa perdida. Alexa pensó que Judy era tan ingenua que daba pena.

—Sí que tiene algo que perder —señaló Alexa—. El juez será mucho más duro con él si hace perder el tiempo a todo el mundo. Nadie le tendrá compasión, no harán concesiones. Sería mejor que optara por llegar a un acuerdo ahora, antes de que perdamos semanas enteras con el juicio. El juez se va a cabrear mucho —le advirtió, y Jack se mostró completamente de acuerdo con ella. Él también tenía la impresión de que un buen abogado defensor habría insistido para que Luke se declarara culpable. Judy era demasiado débil para hacerlo, y se había dejado engatusar por su cliente—. Si yo fuera su abogada —empezó Alexa con calma—, lo haría declararse culpable. —Cabía la posibilidad de que el juez dictara sentencias concurrentes porque si Luke tenía que cumplirlas de forma consecutiva durarían mucho más que los años de vida que le quedaban.

—Entonces tiene suerte de no ser tu cliente —repuso Judy con firmeza, y se puso en pie con aire enfurruñado—. La defensa la llevo yo, abogada, y el acusado no va a declararse culpable.

Alexa asintió, le dio las gracias, y abandonó la sala junto a Jack sin hacer más comentarios.

—Hasta el lunes —dijo al despedirse de él en el vestíbulo.

Cuatro policías salieron con ella del juzgado y la escoltaron hasta un coche patrulla, y dos estuvieron haciendo guardia en la puerta de su casa durante todo el fin de semana. El lunes se reanudó el juicio.

Los testimonios de los peritos duraron tres semanas y resultaron tremendamente convincentes; no habían dejado lugar a dudas, pensó Alexa. De nuevo había habido menos emotividad de la que le habría gustado. Y las fotografías de las víctimas eran absolutamente horrendas, porque la mayoría de los cadáveres presentaban un avanzado estado de descomposición cuando los encontraron. Habían advertido al jurado que debería enfrentarse a imágenes así. Se les revolvían las tripas al verlas, pero las fotografías formaban parte de las pruebas en el juicio y el estado las había incluido en el sumario.

Después de tres semanas de testimonios, la fiscalía se tomó un respiro y dejó el caso en manos de la defensa. Alexa había llamado a declarar a numerosos peritos y había presentado resultados de pruebas de ADN irrefutables. Todo cuanto Judy podía hacer era tratar de liar al jurado, y lo intentó, aunque sin mucho éxito. Y la más condenatoria de todas las pruebas era que Luke no iba a subir al estrado a declarar en su propia defensa a causa de sus condenas previas y su historial delictivo. Podría haberlo hecho, pero habría sido una completa idiotez. Ni siquiera Judy iba a arriesgarse a dar un paso semejante, así que no dijo nada en defensa propia, lo cual resultaba muy, muy significativo. En vez de eso, durante las tres semanas permaneció sentado en la sala del tribunal con aire arrogante y sin mostrar arrepentimiento alguno mientras las familias de las víctimas lloraban.

El turno de presentación de pruebas de la defensa duró menos de una semana. Alexa llamó al estrado solo a dos de los testigos para refutar su declaración y los hizo quedar fatal. Las pruebas eran deficientes, y quedó muy claro. Y luego Judy hizo un alegato final muy emotivo en el que suplicó al jurado que no condenara a un hombre inocente y dijo que esperaba haberles demostrado que lo era. El jurado la observaba con expresión hierática.

El alegato final de Alexa sirvió de resumen de todas las pruebas presentadas, les recordó todos los cargos y los detalles que vinculaban de modo concluyente a Luke Quentin con cada una de las víctimas y demostraban que era su asesino. Hizo un repaso de todos los exámenes practicados, tanto de los sencillos como de los complicados, que debían convencerlos de que el acusado era culpable de todos aquellos crímenes. Luego pronunció un breve discurso muy emotivo en el que les recordaba que su responsabilidad como miembros del jurado consistía en entregar a la justicia a los hombres como Luke Quentin declarándolos culpables; no era ningún inocente, sino un hombre que, según demostraban las pruebas, había violado y matado a dieciocho mujeres. Para acabar, les agradeció la atención prestada durante un juicio tan largo.

El juez instruyó al jurado sobre las deliberaciones. El presidente ya había solicitado la información y las pruebas presentadas durante el juicio. El juez les había advertido que durante el proceso no debían prestar atención a los medios de comunicación, pero no los había aislado.

Con todo, esa noche iban a llevarlos a un hotel si aún no habían llegado a un veredicto, y permanecerían allí durante los días que tardaran en alcanzarlo. El jurado abandonó la sala del tribunal, y Alexa exhaló un largo suspiro. Había cumplido con su deber. Sam y Jack la observaron admirados.

—Menudo trabajo has hecho —comentó Sam, con cierto respeto reverencial por la fortaleza y la precisión que había demostrado.

Ver a Alexa en el tribunal era como disfrutar de un ballet. Tenía una capacidad asombrosa para simplificar la información más complicada y hacerla comprensible mientras interrogaba a los testigos y les pedía que explicaran en términos sencillos lo que habían dicho con anterioridad. Era una forma muy inteligente de no confundir al jurado con detalles técnicos excesivos.

Luke Quentin se puso en pie y los cuatro guardias que lo habían custodiado durante todo el juicio se lo llevaron con las esposas y los grilletes puestos. Esta vez miró a Alexa con odio manifiesto. Él también sabía que no había ido bien. No dijo nada y siguió su camino, pero si hubiera podido matar con la mirada, Alexa habría caído fulminada. Se alegraba muchísimo de haber enviado a Savannah lejos de allí. No se sentiría segura hasta que lo viera entre rejas en una cárcel de máxima seguridad.

Sam, Jack y Alexa no debían alejarse de la sala del tribunal

pero no podían permanecer dentro mientras el jurado deliberaba. Todos tenían el teléfono móvil a mano para estar locali-
zables y decidieron regresar al despacho de Alexa. Costaba
creer que aquello estuviera a punto de acabar. Alexa tenía la
esperanza de que condenaran al acusado, y le resultaba difícil imaginar que no lo hicieran. Pero los jurados reacciona-
ban de formas imprevisibles y quijotescas. Si tenían el mínimo resquicio de duda, aunque se hubieran sentido demasiado
confusos para asimilar la información, lo dejarían ir. Todos
habían presenciado situaciones así.

Sam se tumbó en el sofá del despacho de Alexa mientras
que Jack se dejó caer en una silla y Alexa se sentó en su sillón con los pies sobre el escritorio. Estaba emocionada pero
al mismo tiempo exhausta, y llevaba casi cinco semanas con
la adrenalina por las nubes y muy tensa, desde que tuvo
lugar la selección del jurado. Era 1 de junio. Al cabo de diez
días Savannah se graduaría en Charleston. Para entonces
volverían a llevar una vida normal. El fiscal del distrito había
prometido a Alexa una semana de vacaciones en cuanto se al-
canzara un veredicto. El hombre asomó la cabeza por la puerta y dijo que había presenciado su alegato final y que le había
parecido excelente. Durante el juicio se había dejado caer a
menudo por la sala del tribunal, igual que varios miembros
del FBI.

Esa tarde no recibieron ninguna llamada del tribunal, y en
el despacho conversaron poco. Estaban demasiado cansados
e impacientes.

Por fin llamó el secretario judicial y les indicó que podían
regresar a casa. El jurado iba a pasar la noche en un hotel, y
por la mañana se reunirían a deliberar. Alexa informó a Jack
y a Sam, y los dos refunfuñaron. Esperaban que hubiera un
veredicto, aunque era pronto. Invitaron a Alexa a cenar, pero
ella dijo que estaba demasiado cansada. Se marchó a casa y se
sentó en el sofá a ver la televisión sin pensar en nada. Habían

sido cinco semanas extenuantes. Se quedó dormida en el sofá, sin haberse puesto el pijama ni haber cenado, con el televisor encendido; y no se despertó hasta las siete de la mañana del día siguiente. Miró el reloj sobresaltada. Tenía que ducharse y cambiarse de ropa. El jurado volvería a reunirse al cabo de dos horas.

17

Sam, Jack, Alexa, el juez, la abogada defensora y las familias de las víctimas aguardaron otro día entero mientras el jurado deliberaba sin resultado. Todos estaban a punto de marcharse para que esa noche llevaran de nuevo al jurado al hotel cuando desde el despacho del juez el presidente del jurado hizo sonar el timbre que indicaba que habían alcanzado un veredicto.

De inmediato, el tribunal volvió a reunirse e hicieron entrar al acusado en la sala.

El anciano que actuaba como presidente del jurado se puso en pie y miró al juez.

—¿Han llegado a un veredicto, señor presidente? —preguntó el juez en tono formal, y el hombre asintió.

—Sí, señoría. El jurado ha llegado a un veredicto unánime.

Alexa exhaló un breve suspiro de alivio. El juicio no terminaría sin veredicto, no habría de repetirse. Fuera cual fuese el resultado, la cosa había tocado a su fin. Todos habían cumplido con su deber, incluidos los miembros del jurado.

El juez indicó al acusado que se pusiera en pie ante la mesa de la defensa y se volvió de nuevo hacia el presidente del jurado.

—¿Y cómo declaran al acusado de dieciocho cargos de violación, señor presidente?

—Culpable, señoría —dijo con claridad, y Alexa miró a Sam.

Aún no habían ganado, pero estaban a medio camino de lograrlo. En la sala todo el mundo contuvo la respiración al unísono.

—¿Y cómo declaran al acusado de dieciocho cargos de asesinato en primer grado?

—Culpable, señoría —dijo el presidente del jurado mirando al juez pero no a Luke. Culpable de todos los cargos.

La zona de la sala ocupada por los familiares de las víctimas estalló en gritos, chillidos y lágrimas, y hubo un ligero caos, así que el juez tomó el mazo y llamó a todo el mundo al orden. Alexa reparó en que Charlie y su madre estaban abrazados llorando mientras el juez agradecía a los miembros del jurado que hubieran realizado un buen trabajo y hubieran cumplido con su deber de ciudadanos responsables, así como las semanas íntegras que habían dedicado, y enseguida los hicieron salir de la sala, igual que a Luke, esta vez con las esposas y los grilletes que ya tenían preparados para él. Alexa no pudo evitar mirar cómo se lo llevaban. Él se volvió y con el tono más cargado de veneno posible le espetó:

—¡Que te jodan!

Y se marchó.

Judy había intentado consolarlo antes de que saliera de la sala, pero él la había apartado de un empujón; ahora permanecía sentada, aturdida. Alexa cruzó el pasillo para estrecharle la mano.

—No podías ganar este caso, Judy. No tenías ninguna posibilidad. Era demasiado evidente. Debería haberse declarado culpable.

Judy miró a Alexa con expresión triste.

—Creo que no lo ha hecho él. Eso es lo peor de todo

—dijo, mientras Alexa guardaba silencio y la miraba con incredulidad. Lo peor de todo era que ella creía en la palabra de un hombre que era un asesino más frío que un témpano y un sociópata.

—Yo creo que sí lo hizo —respondió Alexa en el tono más amable de que fue capaz.

Esperaba que Judy no volviera a verlo después de la sentencia, y lamentaba que ella sí que tuviera que hacerlo.

El juez volvió a tomar el mazo y dijo que la sentencia sobre el caso se pronunciaría el 10 de julio, y que se esperaba que tanto la acusación como la defensa estuvieran presentes, así como el acusado. Luego dio las gracias a todo el mundo, disolvió el tribunal y entró en su despacho. Eran las siete y media de la tarde y tenía ganas de marcharse a casa. Alexa también. Ahora solo le apetecía ver a Savannah. Hacía un mes entero desde la última vez.

En esta ocasión hicieron falta diez policías para ayudarla a cruzar el muro de fotógrafos apiñados en la escalera. La empujaban, la aferraban y querían que hiciera comentarios y concediera entrevistas, pero ella se limitó a sonreírles y bajó corriendo los escalones hasta el coche patrulla mientras la perseguían.

—¿Qué tiene que decirnos? ¿Cómo se siente?

Gritaban su nombre, y justo antes de entrar en el coche, ella se volvió y sonrió.

—Se ha hecho justicia, eso es todo lo que importa. Se ha condenado al asesino de dieciocho mujeres. Estamos aquí por eso. Es nuestro trabajo —dijo, y el coche patrulla arrancó.

Savannah la llamó al móvil antes de que llegara a casa. Acababa de ver las noticias y había oído las declaraciones de su madre.

—Estoy muy orgullosa de ti, mamá.

—Yo también estoy orgullosa de ti, corazón. Siento que esto haya durado tanto.

—Todo el mundo te considera una heroína, y para mí lo eres.

—Tú también eres mi heroína —respondió Alexa, y se relajó por primera vez en varios meses.

Durante el verano quería disfrutar de cada minuto al lado de Savannah para compensarla por el tiempo perdido.

—Mañana cogeré un vuelo, corazón. ¿Estás lista para volver a casa?

—Primero tengo que asistir a la graduación, mamá. Es dentro de una semana.

—Ya lo sé. —Alexa ya había dado su visto bueno—. Y luego te graduarás aquí. Tengo que estar presente cuando se pronuncie la sentencia en julio, pero creo que luego podremos pasar unos días por Europa. ¡Necesito unas vacaciones! —Rió.

Siguieron charlando unos minutos, y Alexa le prometió que al día siguiente estaría allí. Era una mujer libre. Todo había terminado. Luke Quentin pasaría el resto de sus días en la cárcel. Ella aún dispondría de la escolta de dos policías durante todo un mes, pero su vida volvería a la normalidad. Y por fin Savannah podría regresar a casa. Cuando entró en el piso, sonreía de oreja a oreja. Había hecho su trabajo. Y el saber que lo había hecho bien le causaba una gran satisfacción. Se sentía flotar.

18

Tal como había prometido, al mediodía siguiente Alexa se encontraba en el avión rumbo a Charleston. Savannah había faltado a clase y se dirigía al aeropuerto para encontrarse con su madre. Estaban más que impacientes por verse.

Alexa había hablado con su madre la noche anterior mientras preparaba la maleta. Muriel la felicitó muy efusivamente por la resolución del caso. Stanley también la llamó y le dijo lo mismo. Había asistido un par de días al juicio para verla, y opinaba que había procedido contra el acusado con gran aplomo y brillantez. En ningún momento había convertido el juicio en un espectáculo y se había centrado en los hechos y las pruebas técnicas, lo cual él consideraba que era lo correcto; y había ganado el caso.

Sam la llamó por la mañana, antes de que saliera hacia el aeropuerto, y dijo que la echaría de menos. Tenía el despacho en Washington D.C., y se disponía a regresar allí, aunque solía viajar a Nueva York a menudo y le propuso que en otoño salieran a comer juntos. Jack también telefoneó para felicitarla; Joe McCarthy lo había hecho el día anterior. Se respiraba un ambiente de victoria y celebración, y por fin su hija podía volver a casa, lo cual era mejor todavía. No recibieron más cartas. Hacía poco que Quentin le había dejado caer a uno de los guardias de la prisión que había puesto en práctica un «jueguecito» para asustar a Alexa, y Jack se lo contó a ella. Quentin le había estado tomando el pelo al hacer que uno de sus amigos le dejara aquellas notas a Savannah. A él le parecía divertido. Eso hizo que Alexa aún se alegrara más de haber decidido enviar a Savannah lejos de allí. Las cartas dejaron de llegar en cuanto su amigo avisó a Quentin de que la chica no estaba y él perdió el interés por el juego. Para ella no había sido ningún juego. Había sido un auténtico horror vivir preocupada por Savannah y por las cartas.

Estaba dispuesta a admitir que el tiempo que Savannah había pasado en Charleston le había hecho bien. Le había servido para forjar un auténtico vínculo con su padre, lo cual para ella significaba mucho, aunque a este le hubiera supuesto enfadarse con su mujer. La madre de Alexa volvió a recordarle que para Savannah era bueno saber cosas de la familia de su padre, y haber conocido a una abuela que era ya muy anciana y no viviría muchos años más. El momento había resultado apropiado, y había beneficiado a todos. Incluso a Alexa, porque le había permitido apartar los viejos fantasmas y por primera vez en mucho tiempo no estaba tan amargada. Cuando ahora miraba a Tom, veía a un hombre débil que había pagado un precio muy alto por haberla traicionado. No veía al hombre a quien amaba, ni siquiera al que odiaba. Se sentía libre por primera vez en muchos años.

Savannah la estaba esperando cuando bajó del avión, y se abrazaron estrechándose con fuerza. La chica la acompañó hasta el hotel en el pequeño coche que su padre le había prestado, y luego regresó al instituto con la promesa de que más tarde volvería a buscarla.

Tom la llamó mientras deshacía la maleta y también la felicitó. La había visto por televisión la noche anterior cuando salía del juzgado y, como siempre, se había sentido impresionado por su actitud humilde cuando decía que simplemente se había hecho justicia. No perseguía la gloria, tan solo condenar al culpable; y lo había logrado.

—Debes de estar agotada —dijo en tono compasivo, y ella reconoció que era cierto.

—Pero ha valido la pena por condenar al culpable.

—¿Te quedarás para ver la graduación de Savannah la semana que viene? —preguntó esperanzado.

—No, tengo que volver, pues solo dispongo de una semana libre. Además, asistiré a la de Nueva York. —Le seguía estando agradecida por haber dado cobijo a Savannah durante cuatro meses. A ella también le había ido de perlas porque le había permitido disponer del tiempo necesario para preparar el juicio sin tener que preocuparse por la chica.

—Me quedaré muy triste cuando se marche —reconoció él—. Y Daisy también. Espero que tengáis pensado venir a finales de junio para la boda de Travis.

Alexa no tenía claro si lo decía con sinceridad o por la típica cortesía sureña. Costaba de adivinar.

—Han sido muy amables invitándome, pero creo que a tu mujer se le haría raro verme allí.

Tom se desilusionó mucho al oír eso. Esperaba que estuviera presente.

—Con ochocientos invitados, podrías aparecer con un oso vestido de jamaicano y nadie lo notaría.

—Puede, pero con una ex mujer no —respondió Alexa con sinceridad—. Seguro que Luisa no me quiere ni ver.

Aquel era su terreno, no el de Alexa, y ella lo respetaba, aunque Luisa no hubiera hecho lo mismo.

—Eso no es cosa de Luisa, es cosa de Travis y Scarlette. Y sé que a ellos les gustaría mucho que vinieras. Y a Savannah también le hace ilusión venir.

—Ella puede ir si quiere. Se lo comentaré. Es mayorcita, puede viajar sola.

—Espero que vengas, Alexa —insistió él en voz baja, pero

ella hizo caso omiso. Aquella voz dulce le resultaba demasiado familiar y dolorosa. Además, era muy tarde.

—Ya veremos —respondió sin comprometerse, lo cual los dos sabían que era un no.

—Podemos quedar en algún momento esta semana, antes de que te marches.

—Lo único que me apetece es descansar y pasar tiempo con Savannah, y olvidarme del juicio. Estoy agotada —dijo abiertamente, y en su voz se notaba que estaba exhausta, aunque también feliz.

Savannah fue a buscarla a las seis, y pasearon juntas por las calles adoquinadas. Hacía calor y las flores lucían con toda su frescura y su aroma. Era la época en que Charleston resultaba más bella y romántica. Alexa pasó los días deambulando por la ciudad mientras Savannah estaba en clase, y también visitó una vieja plantación e hizo un recorrido turístico. El fin de semana fue a la playa con su hija, y Turner las acompañó. Alexa invitó a Savannah y a una docena de sus amigos a cenar para celebrar la graduación. Todos estaban de muy buen humor; Alexa también.

La semana pasó volando y no hubo problemas ni situaciones desagradables; ni siquiera coincidió con Luisa. Esos días la mujer ignoraba a Savannah por completo, lo cual parecía lo mejor.

Savannah esperó a la última noche para preguntarle a su madre si podría ir a la boda de Travis. Le apetecía mucho, y quería que su madre fuera con ella. Además, habría muchos invitados, o sea que Tom tenía razón cuando le dijo que Luisa no tendría ocasión de sentirse incómoda. Distinto sería que hubiera asistido a la cena previa que iban a ofrecer en el club, pero en la boda no habría problema. Alexa volvió a salir a cenar con Tom, y él también insistió en ello. No volvió a decirle cuánto la echaba de menos, ni hasta qué punto lo lamentaba, ni lo infeliz que era junto a Luisa. Respetaba los límites que ella le había impuesto, y Alexa se lo agradecía. De otro modo no se habría prestado a salir con él; había superado aquella etapa. Para ella todo había terminado, quedaba muy atrás.

—¿Vendrás, mamá? —suplicó Savannah. Parecía una niña de cinco años en lugar de una chica de diecisiete, y su madre se echó a reír.

—¿De qué te sirve que yo esté? Lo pasarás bien con tus amigos.

Todos sus conocidos estaban invitados, incluidos Turner y Julianne, y sus padres también asistirían. Charleston tenía un círculo social muy reducido, y ochocientos invitados incluían a todos los ciudadanos importantes. Savannah explicó que incluso el gobernador iba a asistir a la cena previa, y en la boda habría senadores presentes; por lo menos dos. A Luisa le encantaba hacer gala de sus contactos sociales y políticos, igual que a los padres de Scarlette. Las dos familias eran iguales en ese sentido, y los novios hacían buena pareja.

—Será más divertido si tú estás. Podemos viajar juntas.

Aún no le había dicho a su madre que en agosto quería ir a Charleston par ver a Turner antes de que los dos se marcharan a estudiar a la universidad. Su relación había sobrevivido y era cada vez más fuerte. Estaban enamorados.

—De acuerdo, de acuerdo —accedió Alexa por fin—, pero se me hace muy raro. Estaba acostumbrada a tratar con toda esa gente de casada, y ahora soy una proscrita.

Su tono de voz denotaba incomodidad y desamparo; y eso era exactamente lo que sentía.

—No eres ninguna proscrita, mamá. Eres una estrella nacional. Eres una famosa fiscal de Nueva York.

—No digas tonterías —soltó Alexa en tono humilde, negándose a aceptarlo. Pero era cierto.

—No tienes nada de lo que avergonzarte, mamá —insistió Savannah.

—Solo de que tu padre me dejó plantada, lo cual aquí es un drama; y para mí también lo fue. Un dramón. —Por muy bien que le fuera el trabajo, ese hecho seguía marcándola.

—Tú estás por encima de eso. Además, creo que ya lo has superado —aventuró Savannah; no quería importunar a su madre—. Ya no lo quieres, y seguro que si lo quisieras podrías recuperarlo. Lo está pasando fatal con Luisa.

—Eso parece —dijo Alexa en voz baja. Él mismo se lo había confesado—. Y tienes razón, no lo quiero. Pero entonces sí que lo quería.

—Ya lo sé, mamá —admitió Savannah, y rodeó a su madre con los brazos—. Entonces, ¿vendrás?

—Sí, sí. —Alexa alzó los ojos en señal de exasperación—. Mañana enviaré la confirmación.

—Yo ya le he dicho a Scarlette que sí que iré —confesó Savannah con una risita.

Pasaron una noche muy agradable juntas, y a la mañana siguiente, cuando Savannah se fue a clase, Alexa se dirigió al aeropuerto. Creía que esa iba a ser su última visita a Charleston, pero al parecer habría una más, el día de la boda.

Cuando llegó a casa, Alexa le contó a su madre todo lo ocurrido.

—No sé cómo he consentido que Savannah me convenza —se quejó—. Ahora tendré que comprarme un vestido.

—Creo que te hará bien. A lo mejor conoces a alguien —añadió Muriel, esperanzada.

A ambas les parecía irónico que su madre tuviera una vida amorosa más activa que ella.

—Solo faltaría que me topase con otro encanto sureño —exclamó Alexa con pesar—. Con una vez en la vida me basta. Ya lo he probado; punto final. No me hace falta una segunda parte.

—No todos son como Tom —le recordó su madre.

—Eso es cierto. Ni como Luisa. Pero a veces se comportan de una forma muy cerrada; si no eres uno de ellos, lo tienes crudo. Espero que Savannah no acabe viviendo allí; ojalá vuelva a Nueva York cuando termine la universidad.

—Quién sabe dónde acabará, según el trabajo que tenga o de quién se enamore. Yo me las apañé bien cuando tú vivías en Charleston.

—Sí, pero entonces ya tenías a Stanley. Yo no. Solo tengo a Savannah.

—A lo mejor en tu vida hace falta alguien más —volvió a recordarle su madre—. No puedes estar siempre pendiente de ella. No es bueno para ninguna de las dos.

—En fin. De todas formas voy a quedarme más sola que la una cuando se marche a la universidad.

A Alexa le preocupaba la cuestión, pero los cuatro meses que habían vivido separadas le habían servido de entrenamiento. Tenía pavor del síndrome del nido vacío. Incluso siendo provisional, el silencio que imperaba en el piso durante esos cuatro meses le provocaba una gran inquietud. Se alegraba de que Savannah hubiera elegido Princeton en lugar de una universidad más lejana.

—¿Quieres que salgamos juntas de compras este fin de semana? —preguntó a su madre—. Necesito un vestido para la boda. Es de etiqueta.

—Con mucho gusto. —Muriel parecía encantada, y quedaron en ir a Barney's el sábado y comer juntas.

—Hace años que no me pongo un vestido de noche —dijo Alexa con cierta emoción en la voz. Once años... Desde que estaba casada con Tom... Y ahora iba a volver, no como su esposa sino como otra persona... Como una fiscal de Nueva York, tal como había dicho Savannah... Cómo cambiaban las cosas.

Para cuando Savannah se graduó en Charleston, su madre ya había vuelto al trabajo y se estaba ocupando de varios casos menores, lo cual, después de lo de Quentin, se le antojó una bocanada de aire fresco. En la ciudad seguía siendo toda una estrella. Varias publicaciones le habían solicitado entrevistas y ella se había negado. De todos modos, le confesó a Jack que se aburría un poco solo ocupándose de esos casos. Costaba ceñirse a lo rutinario después de un reto como el que acababa de superar. Y le sorprendió descubrir que echaba de menos al FBI. Jack se preguntó si estaría cansada de tanta obligación, pero no se lo dijo.

En la graduación de Charleston, las chicas llevaban un vestido blanco debajo de la toga y los chicos, un traje. Las chicas lucían ramos de flores y todo el mundo lloró cuando cantaron el himno del instituto. Era muy emotivo, tal como correspondía a ese tipo de actos. Luego el padre de Savannah ofreció una comida en el club de campo a la que fueron Travis y Scarlette, y Turner, y Daisy. Tom también estuvo presente, por descontado, y mamá Beaumont asistió tanto a la graduación como a la comida. Luisa estaba invitada a ambos eventos pero no fingió; no tenía el mínimo interés en asistir y declinó las invitaciones. Al menos, por fin se comportaba de acuerdo con sus verdaderos sentimientos. Lo único que le apetecía celebrar era que al cabo de dos días Savannah abandonaría la ciudad. Y seguía poniéndola de mal humor que pensara ir a la boda. Esperaba que fuera la última vez que la veían en mucho tiempo. No quería que volviera por Charleston, aunque Tom ya había deslizado algún que otro comentario sobre Acción de Gracias. Pero Luisa hacía oídos sordos. Nadie la echó de menos durante la comida.

El jardín del club de campo era muy agradable. La abuela de Savannah le regaló un discreto collar de perlas que pertenecía a su madre, y su padre le entregó un cheque muy suculento y le hizo saber lo orgulloso que estaba de ella. Savannah le prometió que con eso compraría todo lo que necesitaba para la universidad. Y en agosto volvería a Charleston para ver a Turner, y a todos ellos, por supuesto. Tom albergaba la esperanza de que para entonces Luisa estuviera en Alabama visitando a su familia, tal como hacía todos los veranos. Tenía parientes por todo el Sur.

Durante los dos días siguientes a la graduación, Savannah pasó todo el tiempo posible con Turner. El chico tenía previsto trabajar en los yacimientos de petróleo de Mississippi durante junio y julio. Iba a echarla muchísimo de menos cuando se marchara; era el amor y la luz de su vida. A la semana siguiente viajaría a Nueva York para asistir a su otra graduación y, aunque solo podía quedarse dos días, los dos lo agradecían muchísimo.

La última noche en Thousand Oaks dejó a Savannah un sabor agridulce. Durmió con Daisy, cogidas de la mano, igual que el primer día. Era una calurosa noche iluminada por la luna y las chicas estuvieron cuchicheando abrazadas hasta que se quedaron dormidas. Savannah quería que Daisy fuera a visitarla a Nueva York o a Princeton, pero las dos temían que Luisa no se lo permitiera; aunque pensaban pedirle a su padre que las ayudara a organizarlo todo.

Daisy se quedó llorando en los escalones de la entrada cuando Savannah se marchó. Jed había cargado el equipaje en el coche mientras Tallulah se enjugaba los ojos. Julianne también había ido a despedirse, y estaba sollozando. Justo antes de partir, Savannah entró en casa para decir adiós a Luisa, que no había salido. La encontró sentada en la cocina, tomando el desayuno y leyendo el periódico con una pose orgullosa.

—Gracias por todo, Luisa —dijo la chica con cortesía mientras su padre la observaba desde la puerta con el corazón encogido. Savannah era una chica estupenda y había hecho todo lo posible por conectar con Luisa, pero ella no tenía ninguna compasión—. Si he sido un estorbo para ti, lo siento. Lo he pasado muy bien aquí —prosiguió Savannah con lágrimas en los ojos. Estaba verdaderamente triste por tener que marcharse, aunque al mismo tiempo se sentía feliz de regresar junto a su madre. Allí había descubierto algo que no había tenido hasta entonces: un padre. Y lo conservaría siempre.

—No has sido ningún estorbo —repuso Luisa con frialdad—. Que tengas buen viaje.

No hizo el mínimo gesto de acercarse a Savannah, y volvió a enfrascarse en la lectura del periódico.

—Adiós —dijo Savannah en voz baja, y salió de la cocina con su padre. Era la despedida más cálida que podría arrancarle a Luisa.

Abrazó a Daisy por última vez y entró en el coche. Daisy, Julianne y los dos sirvientes estuvieron agitando la mano mientras Tom y ella se alejaban de Thousand Oaks. Savannah no lo habría dicho nunca, pero detestaba tener que abandonar Charleston, la ciudad que ahora consideraba su segundo hogar. Ni siquiera Luisa había conseguido estropear el encanto. Pensó que, aunque hubiera echado de menos a su madre, esos habían sido los cuatro meses más felices de su vida. Ahora tenía padre y madre, y los quería a los dos.

19

La graduación de Nueva York fue la antítesis de la de Charleston. Debajo de la toga, todas las amigas de Savannah llevaban vaqueros desgastados, camisetas de tirantes y zapatillas deportivas o chancletas. No había nadie que luciera un ramo de flores ni un vestidito blanco, y los chicos también iban en camiseta y vaqueros y habían optado por el mismo calzado. Sin embargo, justo en el momento en que terminaron de graduarse profirieron los mismos gritos salvajes y jubilosos y arrojaron los birretes al aire a la vez que se arrancaban las togas.

Todos estaban contentísimos de volver a ver a Savannah. Había mantenido el contacto con casi todo el mundo por correo electrónico y por teléfono desde Charleston, pero ahora se le hacía raro estar de vuelta. En Nueva York todo parecía distinto. No sabía bien dónde se sentía más acogida, le gustaban los dos sitios. No se lo dijo a su madre, pero a veces echaba de menos Charleston.

Turner asistió a la graduación en Nueva York y Savannah le mostró algunos de los lugares más importantes. A sus amigas les pareció monísimo y muy simpático, e incluso a los chicos les cayó bien. Su abuela los invitó a los dos a comer y les enseñó el juzgado donde trabajaba. Turner estaba impresionado de que la abuela de Savannah fuera jueza y su madre, ayudante del fiscal del distrito. Cuando vivía, su madre no trabajaba.

—La mía tampoco trabajaba cuando estaba casada con mi padre —explicó Savannah—. Ingresó en la facultad de derecho después del divorcio, y mi abuela lo hizo cuando murió mi abuelo. Era una forma de mantenerse ocupadas para no estar tan tristes.

Turner le había confesado que su padre tenía una novia de veintiséis años y estaba pensando en volver a casarse, y que él y sus hermanos se sentían muy molestos. El hombre se sentía muy solo sin su mujer.

Savannah y Turner hicieron todo cuanto tenían previsto en Nueva York. Subieron al Empire State, que era la ilusión de Turner, cogieron el ferry de Staten Island y visitaron la Estatua de la Libertad y el museo de Ellis Island. También fueron al zoo del Bronx a ver los animales y se sintieron de nuevo como dos niños pequeños. Estuvieron en Long Island y pasearon por la playa. Ya empezaban a imaginar qué harían en Duke y en Princeton cuando fueran a visitarse mutuamente en otoño. Tenían toda la intención de seguir juntos. Mientras estaban separados, aunque solo fuera por una hora, no paraban de llamarse y enviarse mensajes de texto. A los dos les parecía que faltaba una eternidad para que Savannah regresara a Charleston en agosto, después de viajar a Europa con su madre. Pero por lo menos tenían el aliciente de la boda. Faltaban diez días cuando Turner dejó Nueva York.

Al día siguiente, Savannah encontró un vestido que le gustaba. Alexa había dado con el suyo el día que fue de compras con su madre a Barney's. Había elegido uno que no era nada típico de ella: un vestido de gasa sin tirantes de talle bajo en color melocotón, muy sexy, con la falda larga y vaporosa. Para acompañarlo se había comprado unas sandalias plateadas de tacón alto. Se lo puso para que lo viera Savannah porque temía que el talle fuera demasiado bajo y atrevido para ella.

—Mamá, tienes treinta y nueve años, no cien —la riñó Savannah—. Lo lógico es que vistas cosas atrevidas.

—Eso mismo dice tu abuela. No sé en qué estaréis pensando. A lo mejor queréis buscarme novio. Un vestido así no me lo pondré nunca más. —Le parecía un despilfarro, pero se había quedado prendada de él, y además hacía años que no se compraba un vestido así.

Savannah estaba encantada de que su madre hubiera elegido algo tan bonito.

—Te lo pondrás para la boda de Travis; con eso basta. Estás muy guapa.

—A lo mejor puedo acortarle la falda y ponérmelo para ir a trabajar —bromeó Alexa—. Estaría sensacional en el próximo juicio.

—En la vida hay más cosas aparte del trabajo —volvió a regañarla Savannah, y Alexa se encogió de hombros.

Sam la había llamado un par de veces para ver qué tal le iban las cosas y los dos reconocieron que después del juicio habían tenido un bajón. Todo lo demás parecía insignificante en comparación con lo que habían estado haciendo. Pero los asesinos en serie que dejaban dieciocho víctimas en nueve estados diferentes no abundaban a lo largo de la carrera de nadie. Era agradable saber que habían contribuido para mejorar el mundo y que habían cumplido con su deber. La sentencia estaba programada para el día anterior al viaje a Europa con Savannah. Iban a visitar París, Londres y Florencia, y tal vez pasaran un fin de semana en el sur de Francia. Estarían tres semanas enteras viajando; Alexa pensaba darse un gustazo. Luego Savannah iría a Charleston para pasar dos semanas con Turner. Su madre había accedido a ello también. No quería interponerse en su relación.

El vestido que Savannah se había comprado para la boda de su hermano era de raso color azul cielo, sin tirantes, igual que el de su madre, aunque no tenía el talle tan bajo. La falda también era larga, y había elegido unos zapatos de tacón muy sexis a juego. Los hombres caerían como moscas ante las dos, aseguró Muriel. Stanley y ella también pensaban salir de vacaciones. Harían un largo recorrido en coche por Montana y Wyoming, que era lo que más les gustaba, e irían a caminar, a montar a caballo y a pescar. A Savannah le parecía un horror. Le apetecía mucho más el viaje que tenía planeado con su madre, sobre todo visitar París.

Savannah y Alexa llegaron a Wentworth Mansion el viernes por la tarde, aunque no pensaban asistir a la cena previa ofrecida por Tom y Luisa ni tampoco a la ceremonia religiosa, que era para la familia directa y los amigos más cercanos. Saint Stephen's era una iglesia demasiado pequeña para ubicar a todos los invitados a la celebración. Sin embargo, llegaron a Charleston con tiempo porque querían relajarse y prepararse con calma para el día siguiente. Habían concertado una cita en el spa del hotel a última hora de la tarde.

En cuanto estuvieron instaladas, Savannah llamó a Daisy, y su padre la acompañó hasta el hotel para que pudieran verse un rato. Estaba muy emocionada porque la habían elegido chica de las flores y explicó que llevaría un vestido muy bonito. Inspeccionó el armario para ver el atuendo de Savannah y le gustó mucho, y después salieron a tomar un cucurucho y su padre acompañó a Daisy de nuevo a casa. Tenía que prepararse para asistir a la cena de esa noche, y a su madre le daría un patatús si llegaba tarde. O sea que fue un encuentro muy breve, pero agradable. Daisy se arrojó en brazos de Savannah como una bala, y las dos chicas se abrazaron y se besaron entre risas. Alexa se emocionó al verlas. Daisy era un placer adicional en la vida de Savannah, la hermana pequeña que siempre había deseado tener y que Alexa no esperaba que encontrara en su persona precisamente. Savannah había prometido a la niña que pasarían juntas un fin de semana en Princeton, y también que podría ir a visitarla a Nueva York, y Tom dijo que se encargaría de que pudieran cumplirlo.

Turner cenó con ellas esa noche, después de la sesión en el spa. Savannah y él salieron a dar una vuelta en coche y el chico se ofreció a acompañarlas a la recepción del día siguiente, lo cual a Savannah le pareció una gran idea y a su madre también. Alexa no quería presumir llegando a la boda en un coche de caballos alquilado o una limusina.

La celebración era a las seis, y Turner pasó a buscarlas con puntualidad a las cinco y media en el viejo Mercedes que su padre le había prestado. Al verlas dio un silbido. Alexa parecía una princesa con el vestido de gasa color melocotón y el pelo recogido en un elegante moño francés, y Savannah estaba espectacular con el vestido azul del mismo tono que sus ojos, y un escote pronunciado pero sin resultar excesivo. El de su madre no era inapropiado, aunque sí un poco más atrevido. Turner les dijo que estaban preciosas y que se sentía muy orgulloso de acompañarlas. Él llevaba un traje veraniego compuesto por un esmoquin blanco y unos clásicos pantalones negros con rayas brillantes, y los típicos zapatos masculinos un poco pasados de moda pero adecuados para la ocasión, además de una pajarita de raso negro auténtica, no de las que van sujetas con un clip.

—Estás muy elegante, joven —lo alabó Alexa, y se alegró por Savannah.

Hacían una pareja perfecta, se les veía muy jóvenes, inocentes y llenos de esperanzas, tal como debe ser en dos enamorados.

La boda tuvo lugar en la iglesia de Saint Stephen's, donde aquel día Alexa y Savannah se habían tropezado con Luisa y con Daisy. Pero ellas acudieron directamente a la recepción en el coche de Turner, ya que no estaban invitadas a la ceremonia religiosa. Luisa se había ocupado de ello. Alexa estaba convencida de que la habrían ubicado en la mesa más lejana, situada en el aparcamiento, o en la cocina, y sospechaba que Savannah no correría una suerte mucho mejor; pero les daba igual. Estaban allí por Travis y Scarlette, y para pasarlo bien. A ninguna de las dos les importaba en qué mesa las hubieran colocado. Con tener a Turner a su lado, Savannah ya era feliz.

Cuando llegaron a la fila que los invitados iban formando para dar la enhorabuena a los novios, Scarlette parecía una reina medieval, apostada con orgullo al lado de Travis. Llevaba un vestido exquisito y se la veía más guapa de lo que nadie la había visto jamás. Y Travis daba la impresión de sentirse el hombre más feliz y más ufano de todo el planeta, con Henry a su lado como padrino y rodeados por una docena de pajes y damas de honor. La primera dama de honor de Scarlette era su hermana mayor, y Daisy era la chica de las flores y llevaba un vestido de organdí blanco con mucho vuelo y una cesta de raso con pétalos de rosa. Se veían adornos florales por todas partes, con orquídeas, gardenias y muguete. Los habían hecho llegar desde todos los puntos del planeta. Fue una boda espectacular.

—¡Uau! —susurró Alexa a su hija, inclinándose hacia ella—. Menuda boda.

Los padres de Scarlette eran gente importante y Luisa estaba muy orgullosa del enlace, como si ella misma hubiera pescado un buen partido. Tal como Daisy había predicho, llevaba un vestido de raso de un rojo chillón, completado por una diadema de diamantes y un collar de rubís que había pedido prestados. Tom se avergonzó un poco al verla, pero no dijo nada; Luisa siempre hacía lo que quería. Para su gusto se había pasado ligeramente de la raya, aunque nadie pareció advertirlo.

Tom vio a Savannah y a Alexa y se apartó de la fila un momento para besarlas.

—Estás fantástica —dijo a Alexa con expresión tierna—. Me encanta este vestido. Resérvame un baile.

Ella estuvo tentada de responder: «Faltaría más», como habría hecho Savannah, pero se contuvo. Era muy amable por su parte acudir a saludarlas, y al cabo de un momento Henry se acercó a su hermana y le dio un abrazo de los que dejan sin respiración.

—Dios mío, me entran ganas de comerte de lo guapa que estás. —Le colmó el cuello de besos y ella se echó a reír, y entonces Henry se volvió hacia su madre sonriente—. Tú también estás muy guapa, Alexa. Se te ve estupenda, de verdad. Qué vestido más sexy.

—Espero no haberme excedido —repuso ella con aire nervioso.

—Eres una estrella mediática de Nueva York. A los demás, que les den morcilla —soltó Henry, que iba muy elegante con su frac.

El traje era más moderno que el de la mayoría de los hombres presentes; lo había comprado en Los Ángeles. Como padrino que era, lucía corbata blanca y faldones.

Tal como esperaban, Luisa andaba demasiado ocupada para reparar en Alexa y Savannah. La multitud que acudía a la recepción era innumerable; los padres de Scarlette tenían una finca inmensa. A medida que se iba acercando gente, Henry presentaba a Alexa como su madrastra, lo cual conmovió a esta. En general, guardaban un vago recuerdo de la historia cuando él la explicaba, pero hasta la fecha habían olvidado que su padre estuvo casado otra vez. A todos les parecía una maravilla que los chicos y ella mantuvieran la relación después de tanto tiempo.

Henry y Alexa estuvieron paseándose juntos un rato mientras Savannah iba y venía, y en un momento dado Tom les salió al paso y le recordó lo del baile que quería que le reservara. Luego la familia se marchó para hacerse fotos con los novios y Alexa estuvo deambulando sola, con una copa de champán en la mano. Vio algunos rostros que le resultaban ligeramente familiares pero nadie a quien conociera, lo cual la alivió.

Henry volvió a aparecer al cabo de media hora y acompañó a Alexa hasta el lugar de la cena. En la puerta le habían entregado una tarjeta donde se indicaba el número de la mesa y el asiento que ocupaba.

—Vaya —exclamó Henry al mirarlo—. Te han desterrado a Siberia. Era de esperar; seguro que mi madre les ha ayudado a distribuir a los invitados. —Los dos se echaron a reír, porque Alexa también se lo esperaba.

—Dios la bendiga —añadió Alexa, y se rieron aún con más ganas.

—Exacto. No me ha dirigido la palabra en toda la noche porque no he querido buscarme una acompañante femenina. Siempre puedo decirle que te he traído a ti.

Alexa se alegraba de estar con él. Su compañía era muy grata, y se mostró muy atento cuando la guió hasta el asiento. Luego se marchó a ocupar el suyo en la otra punta de la carpa. Savannah tampoco estaba sentada en la mesa de Alexa. Antes de dejarla allí, Henry le advirtió que a la celebración de esa noche asistirían muchos dignatarios, a buen seguro incluso el presidente, la reina de Inglaterra y probablemente el Papa. Era igual de divertido que de pequeño, y Alexa lo adoraba, aunque también quería a Travis. De niño Travis era mucho más callado que su hermano. Henry, en cambio, siempre había sido bromista y extravagante.

Los invitados de la mesa de Alexa parecían de lo más agradable. Había cuatro parejas mayores, cuyos componentes eran casi todos de la edad de su madre, y a ella le había tocado sentarse al lado de un sacerdote católico que era muy interesante y muy buen conversador. Al contrario de lo que su madre esperaba, esa noche no iba a conocer a su príncipe azul. De todos modos ella no se lo había planteado, y la traía sin cuidado.

Henry fue a verla en varias ocasiones a lo largo de la velada. De vez en cuando Alexa echaba una ojeada a lo lejos hacia donde estaban Savannah y Turner; y cuando después de cenar empezó a sonar la música, Henry la llevó a la pista para bailar. La recepción de la boda tuvo lugar de forma íntegra en una carpa increíblemente grande.

—¿Crees que fueron a comprarla a la feria del condado? —preguntó Henry cuando empezaban a bailar, y Alexa soltó una risita. El satén blanco parecía ocupar dieciséis mil kilómetros de longitud.

Habían bailado dos piezas cuando Tom los vio y los interceptó. Acababa de empezar a sonar un fox-trot y Tom la deslizó con agilidad por la pista de baile. A Alexa se le hacía raro estar bailando con él, pero decidió actuar con espíritu deportivo y tomárselo bien. Acababan de trazar un giro cuando se estamparon contra un hombre que cruzaba la pista, probablemente para dirigirse a la barra. Al principio Tom hizo caso omiso, pero entonces reparó en quién era. Sostuvo la mano de Alexa y la arrastró consigo unos metros de modo que pudiera saludarlo a él sin perderla a ella. A Alexa aquella cara le resultaba algo familiar pero no tenía ni idea de quién era. Rondaba los cincuenta años, era alto y distinguido y tenía el pelo entrecano. Sonrió al ver a Tom, y aún más al ver a Alexa.

—¿Qué está haciendo aquí? —dijo con una sonrisa, y Alexa dio por sentado que la había confundido con otra persona. Esperaba que no fuera Luisa.

—¿Perdón?

—La he visto en las noticias este último mes. Menudo caso ha ganado, abogada. ¡Enhorabuena!

Alexa estaba atónita de que la hubiera reconocido allí, y se sentía a la vez complacida y violenta ante su felicitación por el caso. Por unos momentos se temió que su sonrisa de admiración y placer tuviera más que ver con su escote que con su cerebro. Mejor así.

Entonces Tom los presentó. Y esta vez la sorprendida fue Alexa.

—Senador Edward Baldwin —dijo Tom con formalidad, y Alexa se dio cuenta de por qué le resultaba familiar. Tenía el mismo acento sureño que todas las personas del lugar y era senador por Carolina del Sur. Allí estaba uno de los dignatarios que Henry había prometido, si bien no el Papa.

Alexa le sonrió.

—Encantada de saludarlo, senador.

Se estrecharon la mano y él asintió. Luego se dirigió a la barra y Tom y Alexa siguieron bailando y comentando lo bonita que era la boda. Sabían que a los padres de Scarlette debía de haberles costado un millón de dólares, pero estaba claro que podían permitírselo. A Alexa le gustó que Scarlette fuera una chica tan sencilla y que solo pensara en ser enfermera y tener hijos al cabo de unos años. La novia de Travis no tenía nada de extravagante ni de pretenciosa. Alexa estaba satisfecha con la elección, y Tom también. Luisa estaba emocionadísima con la boda y el lujo evidente. La cena previa tampoco había estado nada mal. Luisa había exprimido todos sus recursos para que los padres de la novia no la desbancaran, aunque lo habían acabado haciendo de todos modos.

Tom bailó otra pieza con Alexa, un vals lento en honor de los invitados de edad, y a ella le recordó su propia boda en Nueva York. Luego él la acompañó de nuevo a su mesa. Había demasiado ruido para mantener una conversación seria, y Alexa se alegró. Tom tenía una mirada nostálgica y estaba bebiendo mucho champán. Alexa le dio las gracias por haberla sacado a bailar y se dispuso a seguir hablando con el sacerdote.

Al cabo de dos horas, cuando empezaba a pensar que lo

mejor sería salir discretamente y volver sola al hotel, el senador Baldwin apareció de la nada y ocupó el asiento que el sacerdote había dejado libre.

—¿Se sienta alguien aquí? —preguntó con aire inquieto.

—El Papa —respondió Alexa en tono desenfadado, y el hombre soltó una carcajada—. Mi hijastro me había dicho que vendría a la boda, pero resulta que solo era el párroco local. Y ya se ha ido.

—El caso me pareció fascinante —añadió, repescando el tema—. ¿Cómo consiguió mantener al margen al FBI habiendo tantos estados implicados?

—Me negué a que me lo quitaran. —Alexa le sonrió—. Y el fiscal del distrito libró una dura batalla. Los primeros cuatro asesinatos habían tenido lugar en Nueva York y no nos pareció justo que el FBI se quedara con el caso después de que nosotros hubiéramos hecho todo el trabajo. Nos estuvieron vigilando de cerca, pero al final nos permitieron seguir adelante.

—Para usted ha sido todo un triunfo —alabó él, de nuevo impresionado.

—En realidad no tanto. El final estaba bastante cantado, en todas las víctimas había restos de ADN que casaban. ¿Es abogado, senador?

—Lo era. Llevo veinticinco años dedicándome a la política. —Eso Alexa también lo sabía—. Cuando empecé, fui abogado acusador durante dos años, pero no tenía las tripas o el talento suficientes. Prefiero la política al derecho.

—Lo que usted hace es mucho más difícil —dijo ella con admiración.

No es que la impresionara su posición pero le parecía un hombre muy inteligente. Era evidente que él pensaba lo mismo de ella.

—¿Qué la trae por Charleston? —preguntó él con interés, y ella vaciló una fracción de segundo antes de contestar.

—Estuve casada con el padre del novio, hace mucho tiempo. —Él sonrió al oírlo y asintió.

—Qué bien que mantengan una buena relación. Mi ex mujer y yo llevamos veinte años divorciados pero siempre pasamos las vacaciones juntos. Su marido me cae fenomenal, es una gran persona, mucho mejor para ella que yo. Después del divorcio yo me casé con el Senado. Ella se casó con ese hombre y han tenido tres hijos que, sumados a los dos que ella y yo tenemos en común, convierten las vacaciones familiares en una maravilla.

Alexa no confesó al senador que su relación con Tom y Luisa no tenía nada que ver, y que ella no era precisamente su mejor amiga. Le habría dado un ataque si a Alexa se le hubiera ocurrido volver a casa por Navidad. Se limitó a reírse y asentir; era más sencillo. Entonces él le preguntó si quería bailar, por pura cortesía.

Preguntó al senador si era de Charleston y él respondió que era de Beaufort. Alexa sabía que era una ciudad cercana, y muy bonita. El hombre era surcarolino en estado puro, o sea que seguro que tenía una docena de generales en la familia y su madre pertenecía a las Hijas Unidas de la Confederación, como la de Tom.

Bailaron unos minutos. El senador lo hacía con elegancia y resultaba fácil seguirlo, y a Alexa le pareció altísimo cuando estuvo abrazada a él. Entonces el hombre la sorprendió con una confesión: no le gustaba vivir en el Sur. Dijo que pasaba casi todo el tiempo en Washington D. C. y que lo prefería.

—No tengo mucha paciencia para las habladurías, ni para todas esas grandes damas ancladas en otros tiempos que agitan la bandera de la Confederación, ni para esa forma de despellejarse unos a otros con la mejor sonrisa mientras se clavan un puñal en la espalda. Me resulta todo un poco complicado. En Washington las cosas son mucho más sencillas.

Alexa sabía que tampoco eran siempre tan sencillas como

todo eso, pero el senador acababa de expresar lo que a ella misma le inspiraba el Sur pero que nunca se habría atrevido a decir en voz alta, y menos allí y a él.

—Tengo que confesar —empezó ella a su vez— que a mí también se me han pasado por la cabeza cosas parecidas.

Justo al decir eso, Luisa pasó bailando por su lado con su vestido rojo vivo y la diadema torcida. Cuando vio con quién estaba Alexa, dio la impresión de que iba a montar en cólera, pero no tuvo oportunidad ya que su pareja se la llevó dando vueltas por la pista.

—Cuando vivía aquí me encantaba, pero luego me di de bruces con la realidad y regresé a Nueva York muy decepcionada del Sur. No había vuelto a pisar Charleston hasta hace unos meses.

—Pues me alegro de que haya vuelto. La verdad es que no siempre tratamos bien a los norteños.

Estaba claro, pero Alexa no lo dijo. Y le parecía admirable que él sí que lo hubiera dicho y fuera tan sincero.

—¿Su ex mujer es del Sur? —preguntó con amabilidad, y él se echó a reír.

—No, por Dios. Es de Los Ángeles y odia a muerte el Sur. Ese fue uno de los motivos por los que me dejó. Cuando entré en política supo que tendría que pasar bastante tiempo aquí y decidió poner pies en polvorosa. Ahora vive en Nueva York con su nuevo marido. Ella es escritora y él, productor.

Parecían una pareja interesante, y él también lo era. Esa noche Alexa no había encontrado a su príncipe azul, tal como anhelaba su madre, pero en cambio había conocido a un senador con quien resultaba muy grato charlar.

—Si le cuenta a alguien lo que acabo de decir sobre el Sur, perderé mi escaño y usted tendrá la culpa —bromeó el hombre. Ella se llevó un dedo a los labios y los dos se echaron a reír. Luego él la acompañó a la mesa.

Entonces apareció Henry y le hizo compañía un rato. Y

por fin Alexa encontró a Savannah y le dijo que se iba. Acababa de empezar a tocar una banda de rock muy marchosa y sabía que Turner y su hija querrían quedarse horas enteras. Ella tenía ganas de retirarse. Lo había pasado muy bien, pero ya tenía suficiente. Al cabo de unos minutos cortaron el pastel de boda y Alexa se marchó. Volvió a dar la enhorabuena a Travis y Scarlette, se despidió de Henry con un beso y al salir vio de lejos a Tom. Estaba en la barra, solo, con aire desdichado y muy borracho. Luisa bailaba con desenfreno al ritmo de la banda de rock. Llevaba la diadema colgando de una oreja y tenía una mirada salvaje. Alexa no había visto a Tom acercarse a ella en toda la noche.

No se despidió de él. No quería tener que tratarlo estando borracho; era más de lo que estaba dispuesta a aguantar. Se metió en uno de los taxis que aguardaban delante de la carpa y regresó al hotel. Pasaba de la medianoche y para ella era ya muy tarde. Una vez en el hotel, se despojó del vestido color melocotón y se puso su cómodo camisón.

—Adiós, vestidito bonito —dijo al colgarlo en una percha—. Hasta nunca.

Sabía que no volvería a ponerse un vestido así en la vida. O por lo menos en muchísimo tiempo. No asistía jamás a fiestas como esa. La boda había sido impresionante y lo había pasado bien charlando con Henry, con el senador y con el párroco, e incluso bailando, cosa que no había hecho en muchos años.

Alrededor de las tres y media oyó llegar a Savannah, y sonrió cuando se acostó a su lado.

—¿Lo has pasado bien? —masculló con los ojos cerrados.

—Estupendamente. Ha sido una pasada. Gracias por venir —dijo Savannah, y dio un beso en el hombro a su madre.

Alexa sonrió y volvió a quedarse dormida.

20

—Me siento como Cenicienta después del baile —admitió Alexa ante Jack a la semana siguiente cuando él pasó por su despacho a entregarle unas carpetas.

—¿Lo dices por la boda de Charleston? —preguntó, tomando asiento.

—No, por lo del caso de Quentin. Ahora he vuelto a los casos mundanos, de poca monta. Cuesta un poco después de tanta emoción.

Jack se echó a reír.

—Ya miraremos de buscarte pronto a otro asesino en serie —dijo, pero lo cierto es que él se sentía igual. Se ocupaban de muchos casos rutinarios, no solo de los importantes. Y en general el trabajo era bastante tedioso.

Jack acababa de salir del despacho de Alexa cuando sonó su teléfono, y respondió ella misma ya que su secretaria había salido a comer. En el otro extremo de la línea se oyó una voz grave que no reconoció.

—¿Abogada?

—Sí, Alexa Hamilton al habla —respondió con formalidad.

—Aquí el senador Baldwin —dijo él en el mismo tono, y se echó a reír.

—¿Se está pavoneando, senador? ¿Me mira por encima del hombro?

Era una forma muy atrevida de dirigirse a él, puesto que apenas lo conocía, pero sabía que el hombre tenía sentido del humor.

—Sí, por supuesto. Estaré dos días en Nueva York y me preguntaba si le gustaría que comiéramos juntos. —Era igual de directo que la gente del Norte; no se andaba por las ramas.

—Acepto encantada —dijo ella sonriendo.

—¿Anda muy ocupada estos días? —preguntó él.

—No demasiado. Estoy enterrada entre papeles.

—Qué horror.

Él propuso una hora y un lugar para la cita al día siguiente y colgó con prisas. A Alexa le chocó la llamada, pero pensó que era un hombre agradable y que le gustaría conocerlo mejor; sin duda, era alguien interesante con quien charlar. No tenía ni idea de por qué la había llamado. En la boda no se había dedicado a flirtear con ella, y a Alexa le caía bien. Parecía una persona avispada y divertida.

Al día siguiente tuvo un juicio menor, y luego cogió un taxi hasta el local propuesto por el senador. Era un restaurante italiano pequeño, concurrido y elegante, con buena comida. Alexa había estado allí antes, pero hacía mucho tiempo de la última vez. Cuando llegó, él ya estaba esperando en la mesa mientras consultaba unos documentos que enseguida guardó en el maletín. Delante de la puerta había aparcado un vehículo oficial con chófer.

Hablaron de todo un poco, desde política hasta derecho pasando por los hijos del senador, que tenían veintiún y veinticinco años. Su hija, de veintiuno, estudiaba en UCLA y le encantaba, y su hijo de veinticinco estaba en Londres con la Royal Shakespeare Company. Acababa de graduarse en la Universidad de Nueva York, en la Tisch School of the Arts. Dijo que su hija quería ser médico, aunque todos los demás miembros de la familia eran artistas o escritores, incluida su madre, que según él era un poco excéntrica pero muy divertida. Hablaba de ella como de una hermana. Alexa no había llegado a ese punto con Tom todavía, y seguramente no llegaría nunca. Pero por lo menos habían alcanzado un término medio. Tom había ido a despedirse de Savannah y de ella el día después de la boda. Se le veía deprimido y resacoso, y a Alexa le dio lástima. Pero no tanta como para aceptarlo en su vida de nuevo.

Explicó al senador que pensaba pasar tres semanas con su hija en Europa en cuanto se pronunciara la sentencia de Quentin el 10 de julio. Aún faltaban dos semanas.

—Yo también tengo previsto hacer un viaje —añadió Edward Baldwin con desenfado—. Aprovecharé para alojarme en una casita que mi mujer tiene en el sur de Francia, en Ramatuelle. Está cerca de Saint Tropez, pero no hay tanto turista. Después iré a Umbría. He alquilado un chalet. ¿Adónde tienes previsto ir con tu hija?

Mostraba interés y afabilidad, pero Alexa no tuvo la sensación de que la pretendiera, y eso le gustó. A lo mejor podían ser amigos.

—A París, a Londres, a Florencia, y tal vez a algún lugar del sur, como Cannes o Antibes. Hace mucho tiempo que no voy por allí. Es el regalo de graduación de mi hija, y además hemos pasado una primavera muy mala. Tuve que enviarla fuera de casa cuatro meses mientras preparábamos el juicio. La estaban amenazando con anónimos, era cosa del acusado y parece que lo hacía para ponerme nerviosa a mí, según supe más tarde; y lo consiguió.

—Qué horror.

—Sí. Daba mucho miedo. Así fue como Savannah acabó en Charleston con su padre. No tenía ningún otro sitio al que enviarla.

—¿Habéis mantenido una relación muy estrecha después de vuestro divorcio?

Edward daba por hecho que se llevaban igual de bien que él con su ex esposa. Alexa se echó a reír y sacudió la cabeza.

—No nos habíamos dirigido la palabra en diez años, y él apenas veía a su hija, hasta febrero. Pero todo eso ha cambiado en los últimos cuatro meses, así que imagino que a todos nos ha hecho bien; excepto a su mujer. —Decidió hacerle un pequeño resumen de la situación—. En pocas palabras, la mujer de Tom los había abandonado a él y a sus dos hijos. Entonces él se casó conmigo, y todos éramos felices hasta que al cabo de siete años reapareció su primera mujer y él me dio la patada para volver con ella. Y su madre le ayudó. Yo no soy del Sur y su primera mujer sí. Así de fácil. Yo decidí regresar a Nueva York, hacerme abogada y vivir feliz y contenta. Tengo una hija de mi matrimonio y dos hijastros a los que quiero mucho y a quienes estos días he vuelto a ver por primera vez en diez años; uno de ellos era el padrino de la boda. Y mi ex marido tiene una preciosa hijita de diez años que fue el motivo que su primera mujer utilizó para pescarlo otra vez.

—Déjame adivinarlo —dijo Edward Baldwin con aire reprobatorio. No le gustaba nada la historia y, aunque Alexa la había explicado con desenfado y un toque de humor, veía en sus ojos que se sentía herida—. Y ahora se odian el uno al otro y él quiere volver contigo.

—Más o menos —repuso Alexa—. Pero a mí no me interesa. Me queda todo muy lejano.

—Parece una novela barata sobre el Sur —comentó Edward Baldwin. Su divorcio había sido sencillo y transparente. Su mujer lo dejó pero no la culpaba por ello, y seguían siendo amigos. Ella había actuado con mucha corrección—. ¿Le guardas rencor? —Lo preguntó con curiosidad pero no la culpaba si así era. Al oír aquella historia, Tom había dejado de caerle bien. Despreciaba a los hombres como él.

Esta vez Alexa no vaciló.

—No, ya no. Al volver al Sur algo ha hecho que cicatricen

las heridas, y al ver a Tom me di cuenta de lo débil y patético que es en realidad. Me traicionó a mí, pero sobre todo se traicionó a sí mismo y ahora la traicionará a ella. Ya no le guardo rencor, más bien siento lástima por él. Pero he estado mucho tiempo bastante amargada. Diez años. Es demasiado tiempo para arrastrar una cosa así, es una carga muy pesada. —Lo había aprendido a fuerza de palos, y se daba cuenta ahora que por fin se había liberado.

—¿No has vuelto a casarte?

Ella rió ante la pregunta y sacudió la cabeza.

—No. Estaba demasiado dolida. Y demasiado ocupada con el trabajo y con mi hija. Soy feliz así. No necesito nada más.

—Todo el mundo necesita algo más. Yo también. Solo que no tengo tiempo. Estoy demasiado ocupado con viajecitos a Taiwan y a Vietnam, preocupándome de que los electores estén contentos y jugando a hacer política en Washington. Es divertido, pero no deja tiempo para gran cosa más.

Los dos sabían que eso no era del todo cierto. Había muchos senadores casados; de hecho, la mayoría lo estaban. Por algún motivo, él tampoco quería volver a casarse. Era algo que tenían en común. Los dos tenían miedo, bien de que les hicieran daño, bien del compromiso. Y él no podía poner como excusa que tenía una ex mujer asquerosa que le había fastidiado la vida, puesto que había explicado que eran amigos y tenían una magnífica relación. Era obvio que estaba solo porque quería. Durante la comida dijo que tenía cincuenta y dos años, y llevaba veinte divorciado. Así pues, le encantaba jugar o temía atarse. Fuera como fuese, Alexa pensó que había hecho un buen amigo.

Al final él pagó la cuenta y ella le dio las gracias por la comida. Pidió un taxi para volver al trabajo y se despidió de él en la puerta del restaurante. Antes, le había dado una de sus tarjetas de visita. Y se sorprendió cuando esa misma tarde la llamó al móvil.

—Hola, Alexa, soy Edward. —Su voz grave y su acento sureño resultaban fáciles de reconocer.

—Gracias de nuevo por la comida. Lo he pasado muy bien.

—Yo también. Se me ha ocurrido una cosa. Mañana por la noche he quedado para cenar con mi ex mujer y su marido, y me preguntaba si te gustaría venir con nosotros. Es una persona maravillosa.

—Me gustaría mucho —aceptó Alexa.

Le recordó su dirección y él dijo que pasaría a buscarla a las ocho. Cuando colgó el teléfono estaba atónita y ni siquiera sabía cómo decírselo a Savannah, así que no se lo dijo. Simplemente, cuando llegó la noche siguiente se vistió un traje negro que solía utilizar en los juicios.

—¿Por qué te has vestido así? —preguntó Savannah al salir de su dormitorio. Había quedado para ir al cine con unos amigos.

—Voy a salir a cenar con un senador y su ex mujer. —Solo el decirlo ya sonaba absurdo.

—¿Que qué? ¿Qué senador? —Savannah no sabía que su madre conociera a ninguno.

—Edward Baldwin, senador por Carolina del Sur.

A Savannah le sonaba de la boda, pero no se lo habían presentado. Luisa había estado fanfarroneando porque era uno de los invitados.

—¿Lo conociste en la boda?

—Me lo presentó tu padre. Es simpático, pero solo somos amigos. Estuvo siguiendo el caso de Quentin por la tele.

—Como todo el país. —Entonces Savannah miró a su madre más de cerca—. ¿Tienes una cita con él?

Se estaba quedando de piedra. Su madre no lo había mencionado para nada.

—No, solo somos amigos —repitió Alexa. Tenía cara de póquer.

—¿Y qué pinta su ex mujer? —La chica denotaba cierta suspicacia, y su madre se echó a reír.

—Son buenos amigos.

Dicho esto, sonó el timbre del intercomunicador y el portero anunció que había un coche esperándola en la puerta. Alexa besó a Savannah, cogió el bolso y se apresuró a salir. La chica se quedó mirándola y luego fue corriendo a por el móvil. Telefoneó de inmediato a su abuela materna, y Muriel contestó a la primera llamada.

—Hola, tesoro. —Había visto en la pantalla que era Savannah—. ¿Qué me cuentas?

—Alerta roja. Me parece que mamá tiene una cita, ¿te lo puedes creer?

—¿Cómo lo sabes? ¿Con quién?

Muriel se mostró interesada al instante.

—Se ha arreglado y dice que va a cenar con un senador que conoció en la boda de Travis, y con su ex mujer.

—¿Con su ex mujer? —A Muriel se le hacía raro.

—Son amigos —dijo Savannah en tono conspiratorio.

—¿Qué senador?

—Baldwin, por Carolina del Sur.

—¡Que me aspen! —exclamó Muriel, y las dos estallaron en carcajadas de pura emoción.

21

La velada con la ex mujer de Edward Baldwin fue divertida, imprevisible y desenfrenada por completo. Su marido y ella vivían en un ático de la Quinta Avenida con tres adolescentes indomables y él era un exitoso productor de cine. Nada más verlo, Alexa reconoció el nombre. Y la mujer era autora de best sellers. Dijo que había empezado a escribir después de dejar a Edward, pero Alexa sabía que desde entonces su carrera había tenido un éxito absoluto. Conoció a su marido cuando dieciocho años atrás compró una novela suya y quiso producir la película. Eran atractivos y divertidos, y estaban como una cabra. Sybil llevaba una especie de vestido largo y suelto que había comprado en Marruecos. Su marido vestía vaqueros y una camisa de safari. Tenían cuatro perros, king Charles spaniels, que se paseaban por toda la casa, y un loro posado en una percha en medio de la sala de estar. Alexa había leído varios de los libros de Sybil. Era la hija de un famoso productor de Hollywood y ahora estaba casada con otro. Era evidente que Edward y ella se caían muy bien, y él se llevaba de maravilla con el nuevo marido. Los niños trataban a Edward como si fuera su tío, lo cual distaba bastante del comportamiento que Luisa tenía con Savannah.

Parecía una situación sacada de una película, pero también era muy graciosa. Hirvieron langostas para la cena y todos echaron una mano mientras los perros no paraban de ladrar, los teléfonos sonaban y sonaban, el equipo de música bramaba y los amigos de los niños entraban y salían como si se estuviera celebrando algo. Allí la vida era una fiesta permanente, y lo disfrutaron mucho. Sybil era muy guapa y tenía unos diez años más que Alexa, sobre cuarenta y nueve o cincuenta.

Fue la velada más entretenida y amena que Alexa había pasado jamás. Todos tenían un gran sentido del humor, incluidos los niños, que habían sido muy agradables; y el loro pronunciaba palabras de cuatro letras.

—Cuando éramos un matrimonio ella no estaba tan chiflada —explicó Edward mientras acompañaba a Alexa a casa—. Brian ha hecho aflorar todo eso en ella, y les va bien. Pero antes también era muy divertida. Gastaba unas bromas tremendas, y siempre llevaba en el bolso uno de esos cojines que cuando los aprietas emiten el sonido de una ventosidad. Es una mujer maravillosa, así de simple. —Sonrió con cariño al decirlo.

—¿La echas de menos? —preguntó Alexa sin rodeos.

—A veces —respondió él con sinceridad—. Pero yo era un marido pésimo. En aquella época me importaba más la política que mi matrimonio, y ella se merecía algo mejor. Algo que encontró en Brian.

—¿Y ahora? ¿Sigue importándote más la política?

Edward le caía bien, y tenía una vida interesante. Representaba una curiosa mezcla de contrastes entre lo viejo y lo nuevo, el Norte y el Sur. Su ex mujer había dicho que odiaba el Sur. Le parecía una sociedad hipócrita, anticuada y puritana. Alexa no llegaba a ese extremo, pero comprendía su punto de vista; en determinados círculos era cierto. Luisa encarnaba todo lo peor del Sur. Pero otros eran ejemplos clarísimos de lo bueno que tenía. Y había muchas cosas en Charleston a las que les tenía verdadero cariño.

—No lo sé —dijo Edward en respuesta a su pregunta—. La política sigue siendo el motor de mi vida. Pero no me basta. En aquel momento sí que me bastaba, pero no quiero acabar solo, aunque tampoco me apetece tener que pasar por todas esas sandeces que conlleva el dar con la persona adecuada, o tal vez con alguien que no lo es. Quiero casarme con la persona adecuada, pero no quiero hacer esfuerzos para encontrarla ni arriesgarme a cometer errores. Lo cual significa que probablemente acabaré solo. —Se echó a reír. La perspectiva no parecía molestarle mucho—. Supongo que tengo pereza.

—O miedo —lo provocó ella, y él asintió con lentitud.

—Tal vez —reconoció—. ¿Y tú?

—Me he pasado diez años paralizada de miedo —respondió con sinceridad.

—¿Y ahora?

—Puede que esté empezando a calentar motores. —No estaba segura.

—Es normal que tengas miedo después de lo que te hizo tu marido. Fue repugnante.

—Sí, lo fue. Nunca he sentido deseos de volver a intentarlo con otra persona, me parecía correr demasiados riesgos. Creo que ahora estoy más relajada, pero durante mucho tiempo me asustaba con una simple mirada.

—Qué complicadas son las relaciones, joder —soltó él con brusquedad, y Alexa se echó a reír.

—No puedo estar más de acuerdo.

Luego estuvieron charlando de otras cosas, hasta que él la acompañó a casa. Ella le dio las gracias, se estrecharon la mano y Edward se alejó en la limusina mientras ella entraba en el edificio. Él partiría hacia Washington por la mañana.

Como cabía esperar, mientras el coche lo trasladaba hasta el hotel, a Edward le sonó el móvil. Era Sybil, su ex mujer.

—¡Es perfecta para ti! ¡Cásate con ella inmediatamente!

317

—fueron las primeras palabras de Sybil, y él soltó un fuerte gruñido.

—Sabía que ocurriría esto si te la presentaba. Métete en tus asuntos. Acabo de conocerla.

—Estupendo. Pues dale dos semanas de margen y proponle matrimonio. Es fantástica. —A Sybil le había caído de maravilla, y a Brian también.

—Estás como un cencerro, pero te quiero —dijo él, feliz.

Le encantaba el tipo de amistad que mantenía con Sybil, le gustaba mucho más que la vida que llevaban de casados. Le había supuesto un compromiso mayor del que habría querido en aquel momento, cuando lo que más le importaba era la vida política. Sybil lo sabía, y por eso desapareció con elegancia antes de que Brian se cruzara en su camino.

—Yo también te quiero —dijo ella con dulzura—. Gracias por traerla. Me cae fenomenal. Es lista, sincera, divertida y guapa. No encontrarás a nadie mejor. —En su día la había encontrado a ella, pero de eso hacía mucho tiempo.

—Ya te contaré qué tal va —respondió él con determinación pero sin ninguna intención de contárselo.

—Buenas noches, Eddy —dijo ella justo cuando el coche llegaba al hotel.

—Buenas noches, Sybil. Dale recuerdos a Brian, y gracias por la cena.

—Siempre que quieras, ya lo sabes. —Y dicho esto colgó. Estaba como una verdadera cabra, pero Edward la quería mucho, en el buen sentido.

Edward volvió a llamar a Alexa antes de partir hacia Europa y le preguntó qué días estaría en cada sitio. No lo sabía seguro, pero creía que podían coincidir en Londres o en París, y dijo que la llamaría si así era. Antes tenía que desplazarse a Hong Kong. Al parecer se pasaba la vida viajando.

El día antes de partir hacia Europa, Alexa asistió a la resolución del caso del asesino en serie. Luke Quentin ya no iba vestido con traje; llevaba un mono de los que se usan en la cárcel, como los días del interrogatorio. Se le veía descuidado y furioso, y fue brusco con su abogada al responsabilizarla de que lo hubieran declarado culpable. Ahora estaba más enfadado con Judy que con Alexa. La abogada defensora recibió todos los golpes; a Alexa la ignoró por completo, lo cual suponía un alivio.

Jack estaba presente, pero Sam no. Estaba ocupándose de otro caso.

El juez cumplió lo prometido e impuso al acusado la máxima pena por cada cargo, y lo hizo de forma consecutiva: ciento cuarenta años de cárcel, una cadena perpetua sin posibilidad de libertad condicional; una condena que duraba más que la propia vida. Nunca volvería a ver la luz del sol. Quentin soltó alguna insolencia a su abogada cuando se lo llevaban de la sala del tribunal, y no miró a Alexa. Ahora le daba igual; la guerra había terminado. En los próximos días lo trasladarían a la cárcel de Sing Sing.

Alexa salió de la sala con Jack. Algunos de los familiares de las víctimas habían asistido a la resolución del caso, pero la mayoría no. Charlie y su familia no estaban. Todos habían vuelto a la rutina, satisfechos con el veredicto de culpabilidad. El resto podían imaginarlo, y les sería comunicado de todos modos. También para ellos era el final. Y, por desgracia, las dieciocho chicas habían desaparecido para siempre.

En la sala había periodistas, pero no se mostraron tan insistentes como durante el juicio. Cuando todo terminó, Alexa salió del juzgado y se marchó en coche con Jack. Luke Quentin era un caso más, un peligroso criminal al que habían quitado de en medio. Habría otros casos pero seguro que ninguno causaría tanta sensación. El de Quentin había supuesto la culminación de la carrera de Alexa.

Al día siguiente, Alexa y Savannah cogieron el avión rumbo a Londres y se alojaron en un pequeño hotel que Alexa recordaba de su juventud. Tomaron el té en Claridge's y visitaron la Torre de Londres, pasearon por New Bond Street y estuvieron echando un vistazo a las joyas y la ropa bonita. Presenciaron el cambio de guardia en Buckingham Palace y fueron a ver las caballerizas reales. Siguieron todos los divertidos ritos turísticos y estuvieron de compras en Knightsbridge, en Carnaby Street y en el mercado de la pulga de Covent Garden, donde Savannah eligió una camiseta para Daisy. También fueron a ver varias obras de teatro. Lo pasaron muy bien, y al cabo de cinco días volaron a París.

Se alojaron en un hotelito de la orilla izquierda, e inauguraron su estancia con una comida en la terraza de un café mientras planeaban por dónde comenzar la visita a la ciudad y qué hacer primero. Alexa quería ir a Notre Dame, mientras que a Savannah le apetecía navegar en Bateau Mouche por el Sena y dar una vuelta por los muelles. Decidieron hacer las tres cosas ya que tenían tiempo durante la tarde. Y al día siguiente querían disfrutar de las vistas desde el Sacré Coeur y visitar el Louvre y el Palais de Tokyo. Regresaron al hotel para descansar un poco antes de cenar, y allí fue donde Alexa recibió la llamada del senador Baldwin. Acababa de llegar a París y pasaría dos días en la ciudad antes de dirigirse al sur de Francia.

—¿Qué habéis estado haciendo, chicas? —preguntó, y ella le hizo un resumen de sus variadas actividades. Él se quedó impresionado de que hubieran tenido tiempo de tantas cosas—. ¿Puedo pediros que cenéis conmigo esta noche, o tenéis otros planes?

Alexa le propuso consultarlo con Savannah y llamarlo más tarde.

—¿Qué te parece? —preguntó Alexa, haciendo extensiva a su hija la invitación de Baldwin.

—Me parece fantástico. ¿Por qué no vas tú sola? —Acababa de cumplir dieciocho años y se sentía muy madura y capaz de deambular una noche por París ella solita.

—No quiero ir sola. He venido contigo. ¿Quieres que le diga que sí, o te parece demasiado aburrido?

Savannah era su prioridad; habían hecho ese viaje juntas. La chica decidió aceptar para conocer a ese hombre, y también porque le parecía una idea divertida. Después de todo, era un senador. ¿Cómo podía ir mal?

Alexa lo llamó al cabo de cinco minutos, y le dijo que aceptaban encantadas. Él se alojaba en el Ritz y le propuso que fueran a cenar allí. Podían reservar una mesa en el patio. Hacía un tiempo cálido y muy agradable. Las invitó a que estuvieran allí a las ocho y media. Y a la hora prevista, Alexa y Savannah se encontraron con él en el restaurante, ataviadas con sendas faldas y bonitas blusas acompañadas de sandalias, y con la melena rubia cubriéndoles la espalda. Tenían el aspecto de dos hermanas más que de madre e hija, y él opinó que parecían gemelas.

El hotel era muy bonito, con un vestíbulo adornado de espejos y grandes jarrones con flores por todas partes. Y en la mesa al aire libre elegida por el camarero, situada en un patio de mármol con una fuente, se respiraba un ambiente relajado y agradable. Se oía la música procedente del comedor principal. Era una forma perfecta de pasar una noche en París, y Edward se mostró contento de verlas.

—¿Qué tal por Hong Kong? —preguntó Alexa después de presentarle a Savannah, que estaba más callada de lo habitual.

Lo estaba observando y se fijaba en cómo miraba a su madre. No cabía duda, le gustaba, y no solo como amiga. A Savannah le pareció bien. Parecía un hombre agradable, era simpático, nada pedante y tenía un gran sentido del humor. No estaba mal para empezar.

—Poco tiempo, mucho calor y demasiado trabajo —fue la respuesta de Edward Baldwin relativa al viaje a Hong Kong—. Me muero de ganas de visitar el sur de Francia. Hace muchos meses que no me tomo unas vacaciones. —Llevaba una vida estresante, igual que Alexa; sobre todo durante los cuatro meses de ardua preparación del juicio de Quentin.

Pidieron la cena, y Edward preguntó a Savannah por los estudios. Se quedó impresionado de que hubiera ingresado en Princeton, y explicó que su hija cursaba el último año en UCLA y quería ir a la facultad de medicina. No tenía ganas de regresar al Este, estaba instalada en California y esperaba que la aceptaran en Stanford.

—Mi madre no me deja ir allí. —Savannah le sonrió—. Está demasiado lejos, pero tampoco he entrado. UCLA es un gran centro. Tendría que haber hecho la solicitud, pero no la hice.

—Princeton está muy bien, gracias —terció Alexa—. No quiero que te marches a cinco mil kilómetros de distancia. Ya he tenido bastante con cuatro meses en Charleston. Te echo demasiado de menos —dijo, y tanto el senador como su hija le sonrieron. Hablaba con sinceridad—. Eres mi única hija.

Luego estuvieron hablando de arte y teatro, y de lo que Savannah quería estudiar. Fue como un encuentro relajado con un viejo amigo; el hombre sabía tratar a la gente joven. Alexa reparó en ello cuando fueron a cenar a casa de su ex mujer, con los tres adolescentes que no paraban de entrar y salir y se encontraban la mar de cómodos con Edward, y él con ellos. Invitó a Savannah a que fuera a Washington y visitara el Senado. La chica pareció interesarse y él le dijo que podía ir cuando quisiera. Tenía facilidad y gracia para tratar con la gente, y una mente muy lúcida. Al final de la velada, Alexa y Savannah lo trataban con total confianza. Después de cenar, salieron juntos del restaurante y Edward pidió un taxi para que las llevara al hotel. Se entretuvieron un momento para admirar toda la belleza de la Place Vendôme. Estaba muy iluminada y tenía un aspecto imponente con el obelisco en el centro. Luego subieron al taxi y dieron al taxista la dirección del hotel. Edward les dijo adiós con la mano y volvió a entrar en el Ritz.

—Me gusta —dijo Savannah mientras recorrían el puente de Alejandro III en dirección a la orilla izquierda del Sena.

—A mí también —admitió Alexa—. Como amigo.

—¿Por qué solo como amigo? —la provocó Savannah—. ¿Por qué no como algo más? No puedes pasarte el resto de la vida sola. Yo me marcharé en septiembre. ¿Qué harás entonces?

Savannah hablaba en serio. Estaba preocupada por ella. Y ya era hora de que su madre volviera a poner un hombre en su vida. Llevaba demasiado tiempo sola, y aún era joven; ni siquiera había cumplido los cuarenta, aunque le faltaba poco. Edward Baldwin tenía cincuenta y dos años, y Savannah pensó que era una buena edad para su madre.

—Deja de intentar deshacerte de mí —se quejó Alexa—. Estoy bien así.

—No, no es verdad. Acabarás convirtiéndote en una solterona —la pinchó Savannah, y Alexa se echó a reír.

Al día siguiente telefoneó a Edward Baldwin para darle las gracias por la cena. El hombre partía esa misma noche hacia Ramatuelle, y dijo que volvería a llamarla cuando estuviera en Nueva York, lo cual a Alexa le pareció buena idea. No estaba segura de si lo haría o no, y no le preocupaba, pero lo había pasado muy bien las dos noches que cenó con él, y también el día de la comida. El mero hecho de que la hubiera invitado a acompañarlo la halagaba.

Alexa y Savannah pasaron el resto de la semana en París disfrutando del panorama y decidieron no viajar al sur de Francia. En vez de eso, fueron directamente a Florencia, y les encantó pasar horas y horas en museos, galerías e iglesias. Luego viajaron hasta Venecia para seguir haciendo lo mismo. Durante cinco días se alojaron en un curioso hotel antiguo del Gran Canal. Se respiraba magia en el ambiente. Y después de casi tres semanas en Europa, regresaron a Estados Unidos desde Milán. Las dos estaban encantadas porque había sido un viaje perfecto.

Les resultó difícil volver a Nueva York y enfrentarse a la vida real. Alexa no tenía ningunas ganas de empezar a trabajar otra vez, y dos días después de su regreso, Savannah voló a Charleston para ir a ver a Turner. Se alojó unos días con Julianne, y luego en casa de su padre. Pensaba quedarse dos semanas enteras, ya que Luisa había salido de viaje y Daisy estaría en un campamento durante un mes.

Alexa se sorprendió de lo sola que se sentía sin Savannah. Ahora no estaba ocupada con el juicio y detestaba llegar por las noches y encontrar el piso vacío. Su madre y Stanley también estaban fuera, viajando por Montana y Wyoming.

Salió a cenar con Jack y se quejó de su soledad.

—Piensa algo rápido —le advirtió él—. Falta poco para que tu hija se marche a la universidad, y ya no volverá.

—Gracias —respondió Alexa con desánimo. Ese día acababan de empezar a trabajar juntos en un caso de robo, y a ninguno de los dos les suscitaba un gran interés. Alexa andaba de capa caída tanto en el trabajo como en casa.

Las cosas volvieron a animarse cuando Savannah regresó de Charleston. No paraban de acudir amigos suyos a casa para despedirse. Alexa y Savannah tenían cosas que comprar, y maletas que llenar. De nuevo hubo que preparar toda su ropa favorita, y también le hacían falta sábanas y toallas para la residencia de estudiantes. Buscaron un baúl donde guardarlo todo, y consiguieron tener el equipaje a punto para el 1 de septiembre. Y la última noche que pasó en Nueva York salieron a cenar con su abuela y Stanley, que acababan de regresar de Moose, en Wyoming. Los dos iban ataviados con unas botas camperas nuevas, vaqueros y camisa de cuadros, y Savannah se echó a reír y les dijo que estaban muy guapos.

Cenaron en el restaurante Balthazar, en el Village, un sitio que a Savannah le gustaba mucho. Su abuela prometió ir a visitarla a Princeton pronto. El viaje hasta allí solo duraba una hora y media. Y Tom y Travis también le habían dicho que irían en octubre.

Esa noche, acostada en su cama, a Alexa le costaba creer que todo había terminado. Todos los años de vida en común, tanto tiempo cuidándola y ocupándose de ella en solitario; y ahora se marchaba. Alexa se sentía destrozada, y sabía que nada volvería a ser nunca igual. Savannah regresaría a casa de visita, pero ya no viviría allí, excepto en verano. Y para eso faltaba mucho tiempo. Lo mejor había pasado, o eso parecía.

Alexa había alquilado una furgoneta para trasladar las cosas de Savannah a Princeton al día siguiente. La chica tenía previsto llevar la bicicleta, el ordenador, un pequeño equipo de música, cojines, mantas, una colcha grande, fotografías enmarcadas y todo lo que necesitaba para los estudios. Había hablado horas y horas con la amiga que sería su compañera de habitación, y ya estaban haciendo sus planes. Savannah se sentía expectante y llamó a Turner cuatro veces en la hora y media que duró el trayecto. Él había llegado a Duke el día anterior y disponía de una suite junto con tres compañeros. El hecho de que ella solo tuviera que compartir la habitación con una persona le parecía muy distinguido. Iría a verla el fin de semana siguiente, y Savannah estaba muy emocionada al respecto.

Disponía de un mapa del campus que utilizó para orientar a su madre cuando llegaron a Princeton. Era obligatorio dejar la furgoneta en un aparcamiento. Utilizó los edificios de Nassau Hall, el más antiguo del campus, y Cleveland Tower, situado detrás del primero, como puntos de referencia para deducir el resto. Ella iba a alojarse en Butler Hall, y lo encontraron después de dar vueltas unos minutos y preguntar a la gente. Su habitación estaba en la segunda planta. Tardaron dos horas en subirlo todo al dormitorio y organizarlo. Aún les faltaba conectar el aparato de música y el ordenador, pero todo lo demás estaba en su sitio, y los padres de la compañera de habitación de Savannah habían hecho lo propio. El padre ayudó a Alexa con el ordenador. Las chicas compartían un microondas y una pequeña nevera que habían alquilado. Cada una disponía de teléfono, una cama, un escritorio, una silla y una cómoda. El espacio libre en el armario era mínimo, y mientras Alexa batallaba con todo, las dos chicas salieron al pasillo para encontrarse con otros estudiantes. Al cabo de una hora más, Savannah estaba inmersa en la vida de la residencia y le dijo a su madre que podía irse.

—¿No quieres que te cuelgue la ropa? —preguntó Alexa con aire decepcionado.

Solo le había hecho la cama. Tenían cositas para picar y pensaba que comprarían un poco más de comida, pero Savannah estaba impaciente por pasar página y conocer a los demás estudiantes de la residencia y del campus. Su nueva vida acababa de empezar.

—No, mamá, ya me apañaré —dijo, a la vez que la otra chica decía lo mismo a sus padres—. En serio, puedes irte. —Era una forma suave de echarla de allí. Alexa la abrazó con fuerza un minuto y se esforzó por contener las lágrimas.

—Cuídate... Llámame...

—Lo haré, te lo prometo —le aseguró Savannah mientras la besaba.

Alexa sonrió con valentía al marcharse, aunque cuando llegó al aparcamiento le rodaban lágrimas por las mejillas; y no era la única madre que lloraba. Resultaba muy doloroso dejarla allí. Era como liberar a un pajarillo después de haberlo cuidado y haberle dado cariño durante dieciocho años. ¿Serían bastante fuertes sus alas? ¿Recordaría qué tenía que hacer para volar? ¿Cómo se alimentaría? Savannah estaba preparada para ello, pero Alexa no. Entró en la furgoneta, puso en marcha el motor y estuvo llorando durante todo el viaje a casa. Acababan de desprenderse los últimos restos del cordón umbilical y le parecía el peor día de su vida.

22

Al día siguiente, mientras se vestía, Alexa se sentía como si alguien hubiera muerto. Justo cuando salía de casa sonó el móvil y creía que sería Savannah. Había tenido que hacer grandes esfuerzos para no llamarla la noche anterior. En la pantalla del teléfono indicaba que llamaban desde un número secreto, y cuando contestó resultó ser Sam Lawrence, no Savannah. No había vuelto a hablar con él desde el mes de julio y se alegró mucho.

—Qué sorpresa —dijo complacida—. ¿Cómo estás?

—Bastante bien. —Se le oía jovial y de buen humor—. ¿Quieres comer conmigo hoy? —preguntó, pero el estado de ánimo de Alexa no era el más apropiado.

—Para serte sincera, estoy hecha polvo. Mi hija se marchó a la universidad ayer, y tengo la impresión de que me he quedado sin vida. De repente, ya no soy necesaria. Detesto esta sensación. ¿Qué tal si comemos juntos la semana que viene? Estaré más animada.

En esos momentos no tenía ganas de ver a nadie. Estaba elaborando el duelo por la pérdida de la infancia de Savannah, una pérdida que para ella era tremenda.

—Vente a comer conmigo de todas formas. Te alegraré el día. —Alexa esperaba que no fuera una especie de cita, porque para eso aún estaba menos preparada. Eran compañeros de trabajo y no deseaba que su relación fuera más allá. Siguió intentando librarse de la comida pero él no se lo permitió.

—De acuerdo, quedamos en el restaurante que hay enfrente de la oficina. A lo mejor muero envenenada y ya no tengo que preocuparme más por la tristeza.

—Dentro de unas semanas te sentirás mejor. Cuando tu hija estaba en Charleston durante el juicio lo llevabas bien —le recordó.

—No, no lo llevaba bien. La echaba muchísimo de menos. Pero estaba ocupada. En cambio ahora no estoy tan saturada de trabajo como entonces. —Sam no hizo ningún comentario al respecto, pero acordaron encontrarse a las doce y media.

Cuando Alexa llegó, él ya la esperaba y notó lo desanimada que estaba. Llevaba el pelo mal recogido en una coleta y no se había maquillado. E incluso se había puesto unos vaqueros para ir a trabajar. Daba la impresión de que estuviera recuperándose de una enfermedad. Sufría la añoranza por su hija.

Sam estuvo charlando de cosas intrascendentes durante unos minutos mientras se quejaban de lo mala que era la comida, y luego le sonrió.

—A lo mejor lo que voy a decirte te anima —aventuró esperanzado. Esperaba no meter la pata al insistir en quedar con ella cuando estaba tan deprimida—. Tengo una propuesta que hacerte —dijo en tono misterioso, y ella lo miró con una mezcla de curiosidad y suspicacia.

—¿Qué clase de propuesta?

Él respiró hondo y lo soltó.

—Un trabajo.

—¿Qué clase de trabajo? —Lo miró con el entrecejo fruncido—. ¿Algún caso? —Y entonces se echó a reír—. ¿Ahora resulta que sois vosotros los que queréis que os ayude con un caso? ¡Menudo cumplido! —La halagaba que el FBI solicitara su ayuda, aunque lo cierto era que habían trabajado bien juntos en el caso de Quentin.

—No es un caso, Alexa. —Él le sonrió—. He dicho un trabajo. Queremos ofrecerte un puesto en la oficina del asesor general del FBI. Es un trabajo de despacho, no de campo, o sea que no tendrás que andar por ahí disparándoles a los malos. Ya sabes a qué se dedican en esa oficina. Tú serás la que pinchará a los demás, la que estará pendiente de todo, o la que decidirá apropiarse de casos y dar la patada en el culo. Te harán una oferta formal, pero quería comentártelo yo primero. He esperado que llegara este momento desde que estuvimos trabajando juntos en el caso de Quentin. Creo que en la oficina del fiscal ya has tocado techo. Esto puede suponerte un salto profesional de calidad. Tiene muchas ventajas, es interesante; y, joder, es el FBI.

Alexa nunca se había planteado una cosa así; no se le había pasado por la cabeza ni por un momento. Daba por sentado que trabajaría en la oficina del fiscal hasta que se jubilara.

—¿Y trabajaría aquí? ¿En Nueva York? —preguntó, aún anonadada. Sin duda era un trabajo prestigioso, y suponía un gran cumplido.

—No —dijo Sam con cierta incomodidad—. En Washington D.C. Pero ahora tu hija ya no está, Alexa. Y por lo que sé, no compartes la vida con nadie. ¿Qué problema hay en trasladarte a Washington D.C.?

—Mi madre vive aquí —dijo ella con aire distraído y confuso. Eran muchas cosas para asimilarlas de golpe: un nuevo trabajo, una nueva ciudad, una nueva vida.

—El trayecto en tren hasta Nueva York dura tres horas. No es mucho. Por el amor de Dios, no estamos hablando de Venezuela.

—No, claro que no. ¿Cuánto se cobra? ¿Más de lo que cobro ahora?

—Sí. —Él le sonrió—. Te aseguro que no saldrás perdiendo. Y si no te gusta, siempre puedes volver. Pero no querrás. Aquí ya has hecho todo lo que tenías que hacer, se acabó, has quemado todos los cartuchos y lo sabes.

Alexa tenía esa sensación antes del caso de Quentin, pero luego las cosas se habían animado. Ahora volvía a ocuparse de casos de poca monta, como robos, hurtos, drogas y algún que otro asesinato. Echaba de menos tener algo más importante de lo que ocuparse.

—¿Lo pensarás? —preguntó Sam.

—Sí —respondió Alexa, asintiendo. Y se sintió mucho menos deprimida que una hora antes. Estaba asustada pero expectante—. Creía que ibas a pedirme una cita —soltó, y se echó a reír.

—Eso también podría hacerlo —dijo él sonriendo—. Pero no creo que aceptes salir conmigo; si no, te lo habría pedido.

—No, no aceptaría. Nunca salgo con compañeros de trabajo. Lo hice una vez y fue algo estúpido y muy lioso, así que se acabó.

—Me lo figuraba.

Él había adivinado por los comentarios que ella hacía mientras habían trabajado juntos que solo quería que fueran compañeros de trabajo. Y vio que se comportaba de igual modo con Jack.

—Acepta el trabajo. Te quieren a ti, y te encantará. Necesitas un cambio en tu vida. Y puede que también un novio.

Ella se encogió de hombros.

—Hablas igual que mi madre. Y que mi hija.

—Pues a lo mejor deberías escucharlas.

Alexa volvió a echarse a reír, y pasaron el resto de la comida hablando de la oficina del asesor general.

Al cabo de dos días recibió una oferta formal. El trabajo parecía interesante, tenía grandes ventajas y cobraría un salario de miedo. Resultaba difícil resistirse. Pero se sentía culpable de dejar la oficina del fiscal. Había trabajado allí desde que se licenció en derecho siete años atrás, y se habían portado muy bien con ella. Y le gustaba Joe McCarthy. Detestaba dejar aquello, pero en realidad no la necesitaban.

Tal como ocurría siempre que tenía que tomar una decisión difícil, al final de la jornada se presentó en el despacho de su madre con aire atribulado.

—¿Todo bien? —preguntó Muriel—. ¿Savannah está bien?

—Está muy feliz —respondió Alexa—. Se trata del trabajo.

—¿Te han despedido? —Su madre parecía un poco descolocada. Alexa había hecho un gran trabajo con el caso de Quentin; ¿cómo podían despedirla? Pero Alexa negó con la cabeza.

—He recibido una oferta. Del FBI. —Muriel abrió los ojos como platos.

—Es impresionante. ¿Piensas aceptarla?

—No lo sé. El sueldo está muy bien, y el trabajo me gusta. A estas alturas estaré más entretenida en el FBI que en la fiscalía. —Entonces suspiró—. Pero tendría que irme a vivir a Washington. ¿Cómo llevarías tú eso? —preguntó abiertamente, y Muriel lo pensó un momento.

—Es una buena pregunta. Gracias por pensar en eso. —Agradecía mucho la relación que tenía con su hija y lo pendiente que Alexa estaba de ella—. Pero no quiero que rechaces un trabajo por mí. —Su madre le sonrió—. No soy tan mayor. Aún trabajo y estoy activa. Con esto pasa igual que con Savannah y la universidad. Tienes que soltar el lastre y dejar que tus hijos vuelen cuando deben hacerlo. Yo ya tuve que hacer frente a esa situación cuando te casaste con Tom y te trasladaste a Charleston. Además, Washington no está muy lejos. Te echaré de menos —añadió—, pero puedo visitarte, y tú a mí. ¿Qué te parece a ti lo de vivir en Washington? Eso sí que es importante. No hay demasiadas cosas que te

aten aquí, estos últimos años no has sido muy feliz que diga-
mos. Y creo que al final acabarás cansándote del trabajo que
tienes.

—Ya estoy cansada —reconoció Alexa—. Desde el caso
de Quentin, las cosas están más que muertas; aunque de hecho ya lo estaban antes.

—A lo mejor necesitas un cambio, y como Savannah se ha
ido, es un buen momento para probar. —Y añadió sonriendo—: A lo mejor en Washington conoces a alguien.

—Eso me trae sin cuidado. Solo me importáis tú y Savannah.

—Ella se ha ido. Y yo estoy bien. Además, desde Princeton también puede viajar a Washington para verte. Y si le
apetece volver a Nueva York, puede quedarse en mi casa. Creo
que debes aceptar. —Estaba siendo desprendida y honesta,
porque lo cierto era que la echaría de menos.

—Yo también lo creo. Debo hacerlo. ¿Seguro que lo lle-
varás bien?

—Sí. —Entonces su madre también suspiró—. Stanley
lleva días detrás de mí para que vivamos juntos. No pensa-
mos casarnos, pero él cree que como nos hacemos mayores a
ninguno de los dos nos conviene vivir solo, y quiere que
estemos juntos en su casa o en la mía.

Había tardado diecisiete años en pedírselo, y Muriel estaba contenta de cómo iban las cosas hasta el momento.

—¿Qué te apetece hacer a ti, mamá? Lo que él quiera da
igual.

—Creo que me gusta la idea. Temía que a ti no te pareciera bien. —Sonrió a su hija con aire de estar ligeramente avergonzada.

—Pues yo también creo que tiene razón. Me parece bien.
Así, ¿está decidido? —Alexa sonrió a su madre.

—Es posible. Quiero pensarlo un poco más, no me apetece precipitarme.

Alexa estalló en carcajadas.

—¿Cuánto tiempo hace que salís juntos?

—Diecisiete años, me parece. Stanley cree que son dieciocho.

—En cualquier caso, te aseguro que no te estás precipitando.

—Seguramente le diré que sí. Y prefiero que sea él quien se venga a vivir conmigo. No tengo ganas de dejar el piso, y además el suyo no me gusta. Él dice que le da igual. A lo mejor podría trasladarse después de Navidad. Antes tengo que hacer muchas cosas. ¿Y tú? ¿Te trasladarás?

Alexa asintió.

—Sí, creo que sí. Gracias, mamá.

Se inclinó para darle un beso, y luego salieron juntas del juzgado.

Alexa estuvo dándole vueltas al tema por la noche, y decidió llamar a Savannah. La encontró haciendo deberes y le contó lo de la oferta. La chica se quedó sorprendida e impresionada. Creía que trasladarse a Washington sería divertido y a su madre le haría bien, y estaba de acuerdo con su abuela en que si ella quería pasar unos días en Nueva York para ver a sus amigos podía alojarse en su casa. Era un momento de cambio para todos.

—Los cambios son buenos, mamá. ¿Has tenido noticias del senador, por cierto?

A Savannah le caía bien Edward. Y a Alexa también.

—Creo que tenía previsto quedarse en Europa hasta mediados o finales de agosto. Seguro que está muy entretenido.

En cualquier caso, Savannah había aprobado el traslado, y también agradeció a su madre que la hubiera tenido en cuenta.

Alexa le comunicó la noticia a Joe McCarthy al día siguiente. Se sentía muy culpable, pero él dijo que lo comprendía. Imaginaba que ocurriría tarde o temprano, aunque siempre había creído que acabaría trabajando para algún bufete de prestigio. Nunca se le había ocurrido pensar en algo como el FBI.

—Son muy listos al querer ficharte. —Le dio un gran abrazo—. Entonces, ¿cuándo nos dejas?

—¿Un mes te parece un plazo razonable?

—Mucho. Eso me da tiempo para reasignar tus casos.

Entonces Alexa pensó en otra cosa que quería agradecerle.

—Gracias por ayudarme a conservar el caso de Quentin en vez de cedérselo al FBI.

—Quizá debería habérselo dejado a ellos —bromeó—. Así no te habrían ofrecido ningún trabajo. —Entonces se echó a reír de nuevo—. Me alegro mucho por ti. Creo que es un buen salto profesional. No me gusta nada perderte, pero me parece una buena oportunidad.

—Gracias.

En la oficina la noticia corrió como la pólvora. A las cuatro y media de la tarde, Jack se plantó frente a su escritorio y la miró boquiabierto.

—¿Qué coño es eso que dicen de ti? —preguntó con tristeza.

—Lo siento, Jack —dijo ella en tono de disculpa—. Me han hecho una oferta que no puedo rechazar.

—Será una mierda no tenerte por aquí —se quejó él con aire abatido, y salió del despacho de Alexa porque estaba demasiado triste para seguir hablando del tema.

Estaba pensando en todo lo que tenía por hacer, buscar piso, rescindir el contrato del que ocupaba, trasladarse, situarse en el nuevo puesto, traspasar la información de los casos que llevaba en la fiscalía..., cuando justo antes de que saliera del despacho la llamó Edward Baldwin.

—¿Puedo convencerte para que salgamos a tomar una hamburguesa en plan improvisado? Pasaré la noche en la ciudad. Siento no haberte llamado desde que volví, pero se me han presentado cuatrocientos fregados y he tenido que irme una semana a Charleston. ¿Qué tal le va a Savannah en Princeton, por cierto?

—Le encanta estar allí. —Alexa sonrió. A Edward se le oía rebosante de vida y de actividad, y daba la impresión de tener doscientos frentes abiertos. Igual que ella—. Lo de la hamburguesa suena muy bien. ¿Dónde nos vemos?

—Estoy a dos manzanas de tu oficina. ¿Qué te parece si paso a recogerte y lo decidimos juntos?

—Genial.

Al cabo de cinco minutos Alexa se encontraba en la puerta, y allí estaba Edward en su coche oficial. Le abrió la puerta para que entrara y fueron a tomar algo al hotel donde él se alojaba antes de salir a comer una hamburguesa.

—¿Qué tal te fue el resto del viaje? —preguntó él.

—De maravilla. ¿Y a ti?

—Perfecto. —Lo dijo sonriente—. He estado pensando mucho en ti. Quería llamarte, pero no lo he hecho. Por cierto, la semana pasada, cuando estuve en Charleston, vi a tu marido. Tengo que reconocer que parece muy triste. Y lo comprendo, porque su mujer también estaba y da la impresión de que se dedique a chupar limones por las mañanas y a darle palizas por las noches. Me parece que el destino se ha encargado de ajustar cuentas con él.

—Es posible. —Alexa sonrió a Edward. Eso ya no era problema suyo.

Mientras tomaban la hamburguesa le contó que iba a trasladarse a Washington y a trabajar para el FBI, y él se quedó de piedra.

—¿En serio? Menudo cambio. Qué valiente.

—Me ha parecido un buen momento, ya que Savannah acaba de marcharse a la universidad. Seguramente antes no habría aceptado. —Claro que últimamente había tomado muchas decisiones valientes. Había permitido que Savannah se fuera a vivir a Charleston, había ido a verla allí, había enterrado el hacha de guerra con Tom, y ahora iba a cambiar de trabajo y de ciudad. También para ella era un momento de crecimiento personal—. Pronto tendré que empezar a buscar piso.

—Yo te ayudaré —se ofreció él con una sonrisa de oreja a oreja—. ¿Cuándo empiezas a trabajar en la oficina del asesor general?

Le gustaba mucho la idea. Él pasaba la mayor parte del tiempo en Washington. Pensaba seguir quedando con ella aunque viviera en Nueva York, pero eso le ponía las cosas mucho más fáciles y les proporcionaba más tiempo para estar juntos y conocerse mejor.

—El 1 de noviembre. Y antes tengo muchas cosas que hacer.

—¿Por qué no vienes a Washington este fin de semana y empiezas a echar un vistazo?

Alexa lo pensó. No tenía otra cosa que hacer. Lo miró, sentado al otro lado de la mesa, y sonrió.

—De acuerdo.

—Nos pasaremos todo el fin de semana visitando pisos —propuso.

A Alexa le pareció un buen plan.

23

Alexa dejó la oficina del fiscal del distrito el 1 de noviembre, tal como tenía planeado. Para ella fue un día agridulce, y Joe McCarthy organizó una comida en su honor antes de que se marchara. Le entregaron una placa y le hicieron muchos regalitos de broma.

Partía hacia Washington al día siguiente, y haría una parada en Princeton. Había retrasado una semana la incorporación a la oficina del asesor general para tener tiempo de instalarse en su nueva casa. Los muebles llegarían a Washington al cabo de dos días. Esa última semana había estado viviendo con su madre, y lo pasaron muy bien. Y Edward la llamaba varias veces al día para hacer planes y proponerle cosas. La había invitado a cenar con él en la Casa Blanca al cabo de dos semanas.

Quería pasar por Princeton para ver a Savannah. Cuando llegó, la chica parecía atareada y feliz. Ya tenía muchos amigos allí, y Turner volvería a visitarla ese fin de semana. Savannah había levantado bien el vuelo rumbo a su nueva vida. Ahora Alexa tenía que ocuparse de la suya.

Prosiguió el viaje hacia Washington con sus últimas pertenencias, y cuando llegó, Edward la recibió en la pequeña casa que Alexa había alquilado en Georgetown. Había preferido eso a un piso. Parecía una casita de muñecas. Edward la había ayudado a encontrarla, y sabía que a Savannah le encantaría. La última planta era solo para ella. Y Alexa disponía de todo el espacio necesario. Además, estaba cerca del piso de Edward, que era espacioso y moderno, y él se sentía muy a gusto allí. La ayudó a descargar el coche y entraron juntos en la casa vacía. Alexa estaba entusiasmada; aquello era empezar una vida completamente nueva. Otra ciudad, otro hogar, otro trabajo y, tal vez, otro hombre. Aún no estaba segura. Pero los otros cambios ya le sirvieron para quitarse la espina de la marcha de Savannah. Las dos habían terminado una etapa, y Alexa estaba tan emocionada con su futuro como Savannah en Princeton.

Esa noche Edward la llevó a cenar al restaurante Citronella, y después la acompañó de vuelta al hotel. Había reservado una habitación para una sola noche. Y antes de dejarla, él la besó. Era la primera vez que lo hacía, y los dos se sorprendieron. Pero a ella le gustó mucho, y a él también.

Al día siguiente, cuando llegaron las pertenencias de Alexa, Edward acudió para ayudarla. Estuvo en su casa hasta medianoche, deshaciendo cajas. Cuando encontraron las sábanas, él la ayudó a hacer la cama. No paraba de contarle chistes y cosas graciosas, y los dos se estaban partiendo de risa cuando se dejaron caer en la cama exhaustos, y se quedaron mirándose el uno al otro sin parar de reír. Era un hombre agradable, se portaba muy bien con ella y la hacía feliz. Y lo que le dijo a continuación la dejó de piedra.

—Creo que me estoy enamorando de ti, Alexa. ¿Te sientes a gusto con la idea?

Sabía lo mal que lo había pasado y no quería incomodarla ni hacer algo que ella no deseaba o ir demasiado rápido.

—Me parece que sí —respondió ella en voz baja—. Creo que yo también me estoy enamorando de ti.

La asustaba decirlo, pero al mismo tiempo le sentaba bien; y era cierto. Estaba loca por él como no lo había estado por nadie en veinte años. Simplemente, era la persona adecuada. Y le merecía plena confianza.

—Puede que esto nos vaya muy bien a los dos —dijo él, y la rodeó con los brazos para atraerla hacia él. Todo estaba en orden. La nueva vida de Alexa en Washington les proporcionaba todo el tiempo que necesitaban.

—¿Quieres quedarte a dormir aquí esta noche? —propuso ella, y los dos volvieron a sorprenderse. Su vida estaba adquiriendo velocidad por momentos. Era aterrador y magnífico al mismo tiempo. Resultaba muy emocionante, y Alexa estaba verdaderamente emocionada.

—Me encantaría. —Él le sonrió y la estrechó en sus brazos.

Un poco más tarde, Alexa se dio una ducha y se metió en la cama, entre las sábanas limpias; él hizo lo mismo y al cabo de unos minutos estuvo en la cama con ella. Y esa noche un mundo nuevo empezó para ambos; un mundo que ninguno de los dos creía volver a encontrar y ni siquiera buscaba. Les parecía un milagro.

Alexa pasó el resto de la semana organizando la casa, y Edward iba a verla siempre que tenía tiempo. Todas las noches se quedaba a dormir allí. No le contaron a nadie lo que estaba ocurriendo, decidieron guardar el secreto hasta que tuvieran las cosas claras. Podía ser que aquello no durara, pero de momento era una maravilla. Alexa no necesitaba ni deseaba nada más.

Empezó en el nuevo trabajo y le encantó. Reunía todo lo que esperaba y mucho más. Adoraba la emoción y el prestigio que conllevaba trabajar en el FBI. Y a la semana siguiente Edward la llevó a la cena en la Casa Blanca a la que la había invitado. Al entrar, los fotografiaron los periodistas; hacían muy buena pareja. La cena era en honor al presidente de Francia. Y al día siguiente los boletines informativos retransmitieron las imágenes del senador, que asistía a una cena en la Casa Blanca con una mujer muy bella del brazo.

Tom y Luisa estaban viendo juntos las noticias cuando aparecieron las imágenes, y en Charleston las pasaron varias veces porque Edward Baldwin era el senador por Carolina del Sur. Al ver aquello, Luisa botó del asiento y se quedó plantada en medio del estudio con actitud airada.

—¡Qué bruja! ¡¿Has visto eso?! —Se quedó mirando a Tom.

Él no lo había visto. Dio la casualidad de que apartó los ojos un minuto y se lo perdió.

—¿De quién hablas? ¿De la primera dama o de la mujer del presidente de Francia?

—¡De ninguna! ¡De Alexa! ¿Has visto a Edward Baldwin entrando en la Casa Blanca? ¡Lo acompañaba Alexa!

—¿Alexa? ¿Nuestra Alexa? —Tom estaba atónito.

—¡Dirás tu ex Alexa, gracias! ¡Es su acompañante! Seguro que lo pescó en la boda. —Luisa echaba chispas.

—No lo pescó, yo los presenté. —Se le veía tan alicaído como furibunda estaba Luisa.

—¿Y por qué hiciste una cosa así? —lo amonestó ella.

—Porque nos topamos con él mientras bailábamos, y se me ocurrió presentarlos.

Lo lamentaba muchísimo. Sabía que la había perdido, pero no tenía intención de presentarle al siguiente hombre con quien compartiría la vida. Prefería saber que estaba sola.

—Es un mal bicho —exclamó Luisa, y apagó el televisor.

—De eso nada —repuso Tom, tajante—. No es ningún mal bicho. Tú sí que lo fuiste, y yo también. Pero ella no. Nunca nos habría hecho lo que nosotros le hicimos. No quiere saber nada de mí porque estoy casado; y aunque no lo estuviera, tampoco querría saber nada. Los malos bichos somos nosotros, Luisa. Ella no. Tú te acostaste con el marido de otra, y yo engañé a mi esposa. No es muy elegante, ¿verdad?

—No sé de qué me hablas. —Parecía indignada.

—Sí, sí que lo sabes; y yo también. Así que a lo mejor se

merece estar al lado de un buen senador, después de todo.

Luisa no pronunció palabra y abandonó la sala. Aún le daba más rabia saber que Edward Baldwin había llevado a Alexa a la Casa Blanca. No se merecía para nada una cosa así.

Cuando Luisa desapareció, Tom clavó la mirada en la pantalla a oscuras mientras pensaba que, precisamente, Alexa era bien merecedora de una cosa así. Merecía todo lo bueno que le ocurriera en recompensa por lo que él le había hecho. Y, mientras la imaginaba al lado de Edward Baldwin, dos lágrimas furtivas rodaron por sus mejillas.

—¿Qué harás para Acción de Gracias? —preguntó Edward a Alexa el fin de semana después de la cena en la Casa Blanca; faltaban dos semanas para la fecha, y ella lo miró con cara de interrogante.

—Ni siquiera había pensado en eso, he estado demasiado ocupada organizando todo esto. Solemos celebrarlo en mi casa, solo Savannah, mi madre, su amigo Stanley y yo. Pero no sé si querrán venir aquí. Será mejor que la llame, y también llamaré a Savannah. ¿Por qué lo preguntas? ¿Qué se te ha ocurrido?

Se inclinó para besarlo. Estaban en la cama, con una parte del periódico del domingo encima de las sábanas y otra por el suelo, y una taza de café en cada mesilla de noche. A Alexa le encantaba la vida que llevaban en común, y a él también. Resultaba cómoda, espontánea, cálida y feliz. Él era una persona agradable y cariñosa, todo lo amable que Alexa esperaba. Y él la consideraba todo lo perfecta que su ex mujer había anticipado que sería.

—Yo suelo celebrarlo en casa de Sybil. Mis hijos también suelen venir y nos reunimos toda la familia. Me encantaría que estuvieras con nosotros. Además, quiero que conozcas a mis hijos.

—Llamaré a Savannah y a mi madre.

Lo hizo esa misma mañana, pero su respuesta la dejó atónita. Savannah dijo que, si a la abuela no le importaba demasiado, le gustaría pasar el día en Charleston con su padre y con Turner, y, por supuesto, Daisy, Henry, Travis, Scarlette... y Luisa. Savannah le suplicó a su madre que le diera permiso, y Alexa accedió.

Y cuando llamó a su madre Muriel le dijo que hacía poco que Stanley había comprado dos pasajes para un crucero por las Bahamas y que no se lo había dicho porque no encontraba la manera.

—Si te quedas sola, no iré. —Alexa acababa de contarle que Savannah iría a Charleston. En cierta forma, los meses que había pasado allí antes del verano habían servido para que Alexa se acostumbrara a estar sin su hija. De otro modo, le habría resultado más duro. El viaje a Charleston la había preparado.

—No pasa nada —tranquilizó a su madre—. Vete de crucero. Lo pasaréis bien.

—¿Y qué harás tú? —Muriel parecía preocupada.

—Edward acaba de invitarme a pasar el día con su ex mujer y sus hijos.

—¿Edward? ¿El senador Edward Baldwin? —preguntó su madre.

—Sí —respondió Alexa con un hilo de voz.

No estaba preparada para contarle nada más. Tampoco le había contado lo de la cena en la Casa Blanca, y su madre se había perdido la noticia en la prensa. Savannah no, y estaba encantada. Tanto, que le envió a su abuela un mensaje de texto explicándole el asunto.

—Qué interesante. —Notaba que Alexa no quería hablar de ello y se preguntaba si salían juntos—. En ese caso, le diré a Stan que podemos irnos de crucero —dijo con una sonrisa. Captaba que su hija se traía algo entre manos.

Después de hablar con Muriel, Alexa le explicó a Edward

que, al parecer, tanto su hija como su madre ya tenían planes.

—Toda la familia me da la patada. —Lo dijo sonriéndole—. Así que el día de Acción de Gracias soy toda tuya.

—Cariño, eso es una excelente noticia —respondió él, y la besó.

El lunes por la mañana llamó a Sybil y se lo dijo, y ella también se mostró encantada. Todo el mundo estaba contento. Sobre todo Edward y Alexa; y el club de fans que les deseaba suerte en secreto.

La celebración de Acción de Gracias con Sybil fue tan caótica, cálida y encantadora como todo lo que estaba relacionado con ella. En lugar de pavo, sirvió una deliciosa pierna de cordero al estilo francés, con ajo y judías verdes. Antes de cenar tomaron caviar y el primer plato fue paté de foie salteado, y preparó pastel de calabaza porque a los niños les encantaba pero también sirvió tortilla noruega. Era una cena excepcional aunque nada ortodoxa. Y los vinos que llevó Edward eran exquisitos.

Todos los hijos de Sybil estaban presentes, incluidos los que Edward y ella tenían en común. A Alexa le encantó su hija, que era tres años mayor que Savannah y se la recordaba mucho. Su hijo John era interesante, inteligente y divertido, y un poco excéntrico, igual que su madre. Quería llegar a ser un actor shakespeariano, y en Londres estaba recibiendo buenas críticas. Llevaba el pelo casi tan largo como Alexa, y su novia, que también era actriz, parecía medir tres metros.

—Es una maravilla que haya llegado a ser elegido senador, con una familia como esta —bromeó Edward.

Después de cenar jugaron a las charadas, y los perros no paraban de ladrar. El loro les dijo a todos «que te jodan». Varios amigos se dejaron caer por allí, y resultó que uno de ellos era un artista muy famoso.

Estar en aquella casa era como formar parte del rodaje de una película. Más tarde, cuando las cosas se hubieron calmado un poco, Sybil se volvió hacia ellos sosteniendo en la mano una copa de un excelente Château d'Yquem que sabía a azúcar puro.

—Bueno, ¿y qué hay de vosotros dos? —preguntó con una sonrisa pícara—. Me muero de ganas de saberlo. Creo que estáis enamorados —le dijo a Edward—. A Alexa no la conozco lo suficiente para preguntárselo. Aún no somos cuñadas, pero ¿lo seremos?

—No es asunto tuyo —repuso Edward con afabilidad—. Cuando tengamos algo que contarte, lo haremos. Mientras tanto, dedícate a otra cosa en lugar de entrometerte en mi vida.

—¡Edward! ¡Qué maleducado! —exclamó Sybil, pero la mujer solo estaba bromeando, y Edward estaba muy contento de que a sus hijos les gustara Alexa, como era evidente; lo consideraba un punto importante. A él también le caía muy bien Savannah y creía que a sus hijos les ocurriría lo mismo.

—Espero que vengas a pasar la Nochebuena con nosotros —dijo Sybil a Alexa cuando se marchaban.

—Siempre la paso con mi madre —explicó Alexa—. Pero a lo mejor podéis acercaros todos a tomar algo por su casa —añadió esperanzada.

—Nos encantará —aseguró Sybil.

Alexa se dio cuenta de que tenía que avisar a su madre de la que se le venía encima, aunque solo fuera el rato de los cócteles. Una escritora famosa, un productor de cine bastante conocido, un senador y cinco jovencitos más. A su madre le daría algo cuando tuviera que meter a tanta gente en un piso tan pequeño. Pero por lo menos solo irían a tomar algo. La mujer no habría podido con toda una cena; apenas era capaz de cocinar para Stan y para ella, casi siempre se encargaba él. Cuando estaba sola, siempre se compraba ensaladas preparadas al volver del trabajo. Muriel nunca había sido una gran cocinera.

Edward y Alexa se alojaron en el hotel Carlyle durante el

fin de semana de Acción de Gracias, y tenían previsto volver a encontrarse con los hijos de él al día siguiente. Sybil, los tres adolescentes y su marido irían a pasar el fin de semana a su casa de Connecticut. Formaban una tropa curiosa. Resultó ser un fin de semana fantástico; salieron a cenar y al cine con los chicos, pasearon por Central Park y fueron al Guggenheim y al MoMA. Cuando la estancia tocó a su fin, se habían hecho buenos amigos. Y Alexa aprovechó para contárselo todo a Savannah. La echaba de menos, pero ella parecía feliz. Y, además, Luisa no le había arruinado la celebración de Acción de Gracias, lo cual era todo un detalle. Daisy se mostró encantada de tenerla otra vez en casa. Henry había acudido con Jeff, su «compañero de piso», y a Savannah le cayó la mar de bien.

Muriel se quedó de piedra cuando volvió del crucero y Alexa le dijo quién iba a pasarse por su casa en Nochebuena, y cuántos serían.

—¿Estás de broma? En mi casa no cabe tanta gente.

Muriel parecía aterrada, pero quería conocer a Edward y verlo con Alexa. También tenía curiosidad por conocer a su ex mujer y a sus hijos. Leía todas las novelas de Sybil.

—Sí que cabrán, mamá —la tranquilizó Alexa—. Solo se pasarán a tomar algo, y son una gente muy normal. De hecho, para serte sincera, todos están como una auténtica regadera a excepción de los chicos; pero son muy divertidos. Creo que te caerán bien.

—Se te oye feliz —observó Muriel con ternura.

—Lo soy —dijo Alexa en voz baja—. Edward es un hombre maravilloso.

—¿He oído campanadas de boda? —preguntó su madre, animándose por momentos. Ser la mujer de un senador le parecía una buena cosa. Y el hecho de que su hija tuviera al lado a un buen hombre aún le parecía mejor. Ya era hora.

—No, solo son campanadas de felicidad —respondió Alexa—. No necesito casarme. Eso ya lo hice en su momento. —«Y quedé tan harta que no se me ocurrirá volver a hacerlo» era el resto de la frase, pero no lo pronunció. Además, Edward no era Tom. No tenía nada de débil ni de deshonesto. Era un hombre muy directo y decente.

—Así es exactamente como yo me siento con respecto al matrimonio —dijo Muriel—. Pero yo soy mucho mayor que tú, y no le veo sentido. A tu edad, en cambio, deben afrontarse las cosas con más valentía.

—¿Por qué? Soy feliz así.

—Si es un buen hombre, también serás feliz estando casada con él. No lo descartes de entrada, nunca sabes si cambiarás de opinión en el futuro.

—Puede ser —respondió Alexa con poco convencimiento. El matrimonio le daba respeto, y seguramente se lo daría siempre.

Cuando el Senado se disolvió durante las vacaciones navideñas, Alexa se tomó una semana libre y Edward y ella volaron a Nueva York. Savannah estaba alojada en casa de su abuela y de Stan, y Alexa y Edward volvieron a reservar una habitación en el Carlyle, como habían hecho para Acción de Gracias. También reservaron otra habitación para Savannah, que más tarde se alojaría en el hotel con ellos; y el día después de Navidad iría Turner. En Año Nuevo se desplazarían a Vermont para esquiar con unos amigos.

En Nochebuena, Sybil se presentó en el piso de Muriel con su pequeño ejército. A los únicos que no llevó fueron el loro y los perros. Había acudido con sus cinco hijos y la novia de John, que otra vez había vuelto con él de Londres. Lo que no estaba previsto era que Brian llevara a su sobrina y a dos hijos ya creciditos fruto de su primer matrimonio. Alexa no sabía ni que existían. Y todos se embutieron en el piso de Muriel y Stan y tomaron ponche de huevo y champán. Muriel le confesó a Sybil cuánto le gustaban sus novelas, Brian y Stan charlaron de sus viejas películas favoritas y de la pesca con mosca, John y su novia conversaban con Savannah, y Ashley, la hija de Edward, lloraba pegada al móvil mientras se peleaba con su novio, que estaba en California. Reinaba un caos absoluto, y Alexa se dedicaba a observarlo todo desde cierta distancia, acompañada por Edward, y se partía de risa.

—La familia ha aumentado, no cabe duda. Las últimas navidades estuvimos solo Savannah, mi madre y yo. Stanley vino después de cenar porque tuvo que ir a visitar a un amigo enfermo.

—¿Qué prefieres? —preguntó Edward sin más preámbulos—. ¿Aquello o esto?

—Esto —respondió ella sin dudarlo—. Se respira animación y felicidad, y cariño.

Cuando quiso darse cuenta, su madre había propuesto que encargaran comida china y que se instalaran en la cocina o en el suelo de la sala de estar. Tenía un pequeño pavo en el horno, pero podían comérselo al día siguiente. Sybil y su tropa se mostraron encantados con la idea. Votaron por quedarse y tirar la cena que tenían preparada en casa que, según Sybil, era malísima de todos modos.

Los jóvenes se sentaron en el suelo de la sala de estar. Los adultos tomaron asiento en el comedor, donde solo cabían ocho. Y la cuestión es que todo salió bien. Era la mejor Nochebuena que Alexa había celebrado jamás, incluso mejor que las de los buenos tiempos en Charleston.

Edward y Alexa dejaron a Savannah en casa de su abuela una noche más y dieron un paseo hasta el Carlyle mientras empezaba a nevar. Cantaron juntos *Blanca Navidad* desafinando mucho, y Edward se detuvo para besarla en plena calle. Para Alexa eran las mejores navidades de su vida, y él se sentía igual. Al principio le encantaba estar casado con Sybil. Pero lo que tenía con Alexa era mejor porque gozaban de más madurez. Además, a veces Sybil era un poco demasiado alocada, incluso para él, a pesar de que le tenía un gran cariño.

—A lo mejor sigue nevando y mañana podemos hacer una batalla de bolas de nieve —dijo Alexa con aire esperanzado mientras caminaba cogida del brazo de Edward.

—No lo creo —respondió él, mirándola con expresión seria.

—¿No? ¿Por qué no? ¿No te gustan las batallas de bolas de nieve? —No parecía propio de él que le disgustaran, en general tenía un gran sentido del humor.

—Sí que me gustan —aclaró, y otra vez se detuvo a mirarla—. Es que no me parece buena idea que la mujer de un senador se dedique a arrojar bolas de nieve en el parque. Podrías darle a otra persona y acabar saliendo en las noticias. —Alexa abrió los ojos como platos al oírle decir eso—. ¿Qué te parece?

—¿Lo de las bolas de nieve? —preguntó ella sin respiración.

—No... Lo otro... Lo de ser la mujer de un senador. ¿Te parece descabellado?

Edward sabía cuánto la asustaba el matrimonio, pero ahora él estaba seguro. Había aguardado mucho tiempo hasta encontrarla. Sybil tenía razón. Alexa era la mujer perfecta para él.

—Yo... Sí... No... —Se le trababa la lengua, y él volvió a besarla—. Sí. Quiero decir, no. No, no me parece descabellado... Y sí, sí quiero.

Estaba llorando y riendo a la vez cuando él la besó de nuevo; y luego, con Alexa bien aferrada de su brazo, siguieron caminando hasta el hotel Carlyle. Ella sonreía de oreja a oreja y tenía una expresión de éxtasis a pesar del fuerte cosquilleo que notaba en el estómago, y al senador por Carolina del Sur se le veía satisfecho a más no poder.